JN186189

毒殺魔

Koji Wakaichi
若一光司

幻冬舎

毒殺魔

目次

（一）ロケハン

大分県臼杵《うすき》市野津町《のつまち》の緑深い山中に、この世の景色とは思えぬほどの恐怖に満ちた、奇怪な洞窟が存在する。「白鹿権現《しろしかごんげん》」という名のその洞窟は、地元では古くから「シシ権現」の通称で知られてきたが、全国放送のテレビ番組などではこれまでほとんど紹介されたことがない。

だからぼくも、テレビのサスペンスドラマの主演級俳優として有名な岡村佳彦《よしひこ》さんから、「このあいだ西郷隆盛の肖像画のロケで大分県に行ったときに、臼杵市の山奥にシシ権現と呼ばれる謎めいた洞窟があると耳にした。なかなかミステリアスな場所みたいなので、ぜひ行ってみたいんだけど」と声をかけられるまで、その存在をまったく知らずにいた。

岡村佳彦さんはもうすぐ五〇歳に手が届く年齢だが、大学時代には考古学を専攻していた歴史通で、雑誌や新聞にもよく、歴史ネタのエッセイや紀行文を寄稿している。

その岡村さんがレポーター役として、全国各地の「謎」や「不思議」や「興味深いもの」を訪ね歩く『岡村佳彦のワンダフル好奇心』は、毎週水曜日の夜一一時一五分から四五分間にわたって、全国ネットで放送されている。すでに番組開始から七年目に入っているが、この時間帯の番組としては異例の高視聴率を誇っており、日読《にちどく》テレビを代表する人気番組の一つになっていた。

そしてこの番組の制作ディレクターの一人であるぼくは、岡村さんからの要請でただちにシシ権現のリサーチに着手。「ロケ地は大分県臼杵市内。最初に国宝石仏として名高い『磨崖仏《まがいぶつ》』を訪ねてから、『日本一美しい鍾乳洞』との説もある風連《ふうれん》鍾乳洞に向かい、近辺で出会った猟師の証言を手がかりに、シシ権現の探索に出かける」といった流れの企画案を書き上げた。

その企画案が、番組の最高責任者である前谷チーフ・プロデューサーによって承認され、番組制作のゴーサインが出たところで、ぼくは単身、ロケハンのために現地に赴くことにした。

スタジオではなく野外や旅先での撮影映像で構成されるロケ番組では、事前のロケハンによってどれだけ正確に現地の状況を把握しておくかで、番組の出来ばえが大きく左右される。

それに人気俳優の岡村さんはスケジュールに余裕がないため、できるだけ時間をムダにしないよう、効率的な撮影の段取りをつけておくのも、ディレクターの大きな仕事だった。

二〇一五年四月七日(火)。

小雨に煙る羽田空港を午前八時に離陸した飛行機は、一時間半後に大分空港に到着。東京とはうって変わった雲一つない青空が、春の日差しの心地よさでぼくを迎えてくれた。

予約してあった貸し切りタクシーで空港から一時間半ほどかけて、臼杵市の中心市街地にある歴史資料センターへと向かったぼくは、そこで学芸員の戸倉さんと合流。タクシーに同乗してもらった戸倉さんの案内で、一路、シシ権現を目指した。

「シシ権現は地元の小さな神社の奥の院ですが、いつから豊猟祈願や動物供養の場になったのか、正確なことはわかりません。ただ、室町時代にはすでに、現在のような状況が成立していたと考えられています。私もこれまで数多くの洞窟遺跡を見てきましたが、いまだに原始宗教的な雰囲気を濃密に、リアルにとどめている場所は、もうシシ権現ぐらいのものじゃないでしょうか」

車中で戸倉さんからそんな話をうかがいながら、ほとんど対向車と出会わずに臼杵市野津町の山中を走り続け、ようやくたどり着いたのは、針葉樹の大木が鬱蒼と茂る深い森の中だった。

林道のすぐ横を澄み切った清流が流れており、増水時には川に沈むように設計されたコンクリート製の沈み橋を渡った対岸に、神秘的な風情をたたえた鳥居が立っている。

その鳥居をくぐって右側の山道に入り、急斜面を少し登ると、行く手をさえぎるようにして荒々しい岩肌の断崖が立ちはだかっていた。上からは錆《さび》の浮いた一本の鎖が垂らされているが、それがどれぐらいの長さのものなのか、下から見上げてもまったくわからない。

「この鎖は一〇メートルほどありますが、この上にもまだ二段の鎖場があります。この道のりのけわしさがあったからこそ、大昔と変わらぬシシ権現の姿がのこされてきたんでしょうね」

戸倉さんはそう言うと、両手で鎖をたぐり寄せるようにしてスルスルとガケをよじ登り、木々の茂みの中に姿を消した。そしてしばらくしてから、「大丈夫です、なにも問題ありませんから、足もとに気をつけて、ゆっくり登ってきてください！」と、上から大きな声が響いてきた。

ぼくも意を決して鎖に取りつき、垂直に近いガケを一歩ずつ、足場を確認しながら五、六メートル登ったところで、早くも、「これは大変なロケになるなぁ」と痛感させられた。

小さなリュックを背負っているだけなので両手は自由に使えるものの、それでも身の危険を感じざるをえない難コースだ。カメラや三脚や照明機材など、撮影に必要な多くのものを運び上げなければならないスタッフのことを思うと、躊躇する気持ちが生じるのも仕方なかった。

ときどき下を見おろし、落ちれば確実に命にかかわる状況であることにキモを冷やしつつ、やっとの思いで三段の鎖場を登り切ると、そこから先は少し平坦な地形になっていた。

「もう、すぐそこがシシ権現です。まずはお一人で、洞窟に入ってみてください」

戸倉さんのことばに背中を押され、密生する木々の枝をかき分けながらまたしばらく進むと、急に茂みがとぎれて視界が開け、正面に白っぽい石灰岩の露頭が現れた。

高さが六〜七メートルはありそうなその露頭の下部には、地層が上下に引き裂かれたかのようなけわしさで、大きな横穴が口を開けていた。それがシシ権現の入口だった。

足もとの滑りやすさに気をつけながら、天井部までの高さが二メートルほどある開口部に近づき、洞窟内をのぞきこんだとたん、ぼくは思わず息をのんで、その場に立ちすくんでしまった。

洞窟の入口から薄暗い奥の方に向かって、少し蛇行した細い道が延びていたが、その道の両側にはおびただしい数の動物の頭蓋骨が、山と積み上げられていたからだ。すでに白骨化したそれらの頭蓋骨は、すさまじいまでの量と密度で、異界のごとき世界を現出させていた。

シシ権現のその光景はインターネット上の動画や写真で目にしていたが、実際に現場に身を置くと、そこにはやはり、想像を超えた恐怖と驚愕が広がっていたのである。

ぼくはしばし、その場で深呼吸をくり返したあと、いよいよ洞窟に足を踏み入れた。

内部は意外に広くて、一五メートルほどの奥行きがあった。石灰岩の天面は中央に向かってドーム状のふくらみを示しており、何カ所かでポタポタと水がしたたり落ちている。

そして一番奥まった場所には、朽ちかけた古い祠《ほこら》がしつらえてあったが、外光の届かぬそのあたりは薄闇に覆われ、湿気を帯びた空気が重くよどんでいた。洞窟内を埋めつくす骨また骨の山がかもし出す、ただならぬ死の気配と恐怖感が、ひたひたと全身にまとわりついてくる。

それでも一歩ずつ、周囲の状況を確認しながら慎重に歩を進め、ようやく洞窟の最深部にある祠の前までたどり着いたぼくは、そこで柏手を打ち、深く一礼をした。

そして腰を屈め、祠のすぐそばに積み上げられていた頭蓋骨の一つをおそるおそる手に取ったとき、それは一瞬にして形を失い、白い破片となってボロボロと崩れ落ちてしまった。

その突然の異変に、ぼくは小さな叫び声を上げていた。

「どうしました？　なにかありましたか？」

背後から駆けてきた戸倉さんに声をかけられ、「骨に触れたら、壊れちゃったもんですから」と答えると、「もう相当に古い骨で、風化が進んでいたんでしょうね」と戸倉さんは言い、「ここに奉納されている骨の九割がイノシシの頭蓋骨で、残りがシカのものです。おおざっぱに言うと洞窟の奥にある骨ほど時代が古く、開口部に近いほど新しいと思われます」と教えてくれた。

入口付近までもどって、そのあたりに積み上げられた頭蓋骨を観察すると、たしかに洞窟の奥のものより全体の形状が整っており、骨の色や表面の質感にもまだ生々しさが感じられた。中には、両顎から突き出た四本の牙に、エナメル質の光沢が残っているものもあった。

それらの頭蓋骨の山のところどころに、「大分県臼杵市左津留　○田○吉」、「宮崎県延岡市稲葉崎町　○橋○郎」などと、眉間のあたりに墨で書かれた頭蓋骨が混じっている。

さらによく見ると、福岡県や熊本県、それに山口県の住所を記したものまであった。その住所氏名は、これらのケモノを猟で射止めて、骨を奉納に訪れた猟師たちのものだという。

「どうです？　想像しておられたのと、少し違いましたか？」

見るべきものを一巡した段階で戸倉さんに聞かれ、「いろんな意味で、想像以上ですね。ここに登ってくる道のりのけわしさにも驚かされましたが、やはり一番ショックなのは、この獣骨の量のすさまじさです。これほど長い歳月にわたって、営々と死が積み重ねられてきた場所というのは、ちょっと例がないでしょうね」と、ぼくは正直な思いを口にした。

「私もシシ権現に来るたびに、そう思います」と、戸倉さんも笑顔で同意してくれた。

「それにしてもなぜ、このような場所が成立したんでしょうか？」

「最大の要因は、この洞窟の成り立ちです。日本の土壌の多くは酸性で、骨の主成分を溶かしてしまいますが、石灰岩でできたこの洞窟内では土壌がアルカリ性に傾くため、骨が溶けずに保存されやすいのです。昔の人はきっと、骨が腐らないのはこの場所に神秘的な力が宿っているからだと考え、自然な原始宗教的な流れで、この洞窟の神様に猟の安全や豊猟を祈願し、感謝をこめて、射止めたケモノたちの骨を奉納するようになったんでしょうね」

戸倉さんのそうした解説に納得しながら、ぼくは内心、「これだけ謎めいた衝撃的な現場は滅多にないので、岡村さんも喜んでくれるに違いない」と、高まる思いで確信していた。

もちろん戸倉さんには、「来月末のロケ本番では画面に登場していただいて、シシ権現の研究者というお立場からの見解をお話しください」とお願いし、快諾を得ることができた。

二時間ほどかけてシシ権現の状況やロケの段取りなどを確認し終えたぼくが、戸倉さんと共に現場をあとにしようとしたのは、午後三時過ぎのことだった。

三時半には地元の村落の世話役宅を訪ね、シシ権現での撮影許可を得ておく予定になっていたので、その約束の時間に遅れないようにと、ぼくはいささか焦っていた。

それでも、登りに半時間ほど要した行程を一五分で下り、待たせておいたタクシーに飛び乗れば間に合うと考えていたぼくは、落石事故にならないよう、戸倉さんが三段の鎖場を完全に下りきったのを確認してから、ふたたび一本の鎖に身を任せて急峻なガケを下りはじめた。

そして登りとは異なる快調さで二段をクリアし、最後の一段を半分ほど下ったときに、足をかけた岩がぐらついて落下し、ぼくは鎖につかまったまま、宙ぶらりんの状態になってしまった。

そこであわてて適当な岩場に足をかけようとしたところ、今度は大きく足を滑らせてしまい、その反動で鎖を握りしめたまま、残りの五メートルほどを一気にずり落ちてしまったのだ。

着地した瞬間、左足に激痛が走って、ぼくはその場に倒れこんだ。

先行していた戸倉さんが異変に気づいてすぐにもどってきてくれたが、ぼくの姿を見るなり、「あっ、だめだ、足が折れちゃってますね！」と大声で言った。

たしかに、目の前に投げ出した左足が内側にねじれ、その足先が、本来なら絶対にありえない方向を向いている。しかも左足に力を入れようとすると、猛烈な痛みに襲われた。

「すぐに救急車を呼びますが、このあたりは携帯電話が通じないので、タクシーの運転手に頼んで下の村から電話してもらうことにします。運転手に頼んだらすぐにもどってきますから、動かないで、この場で待っていてください」

そう言って戸倉さんが駆け出していったあと、断崖の前に一人残されたぼくは、「困ったことになった」と思うその一方で、なんだか不思議な、非現実的な感覚にとらわれた。

ガケからずり落ちる途中で左膝を岩の突起で強打した記憶はあるものの、それは大した衝撃ではなかった。なのに骨折しているというのは、どういうことなのか。

ぼくはなかば呆然として、自分の身に起きたことをうまく整理できずにいた。さらに、刻一刻と左足全体に広がってゆく激しい痛みに、思考力そのものを奪われてしまいそうだった。ため息の中で天を仰ぐと、そこには何本ものヒノキの大木が枝葉を広げ、鬱蒼たる重々しさで空を覆っていた。そのわずかな隙間から差しこむ日の光が、鋭い刃のようにまぶしく感じられる。なぜかふと、先ほどまで目にしていた頭蓋骨の山が、脳裏によみがえった。

そして、いまは白骨の集積と化した無数のケモノたちの、その一頭一頭が、それぞれに異なる命と歴史をもっていたことに初めて思いが至って、不意に身の毛がよだちそうになった。そうしたことにはまったく想像力を働かせることなく、ぼくはただ単に、おもしろい番組作りのためのミステリアスな素材としてしか、獣骨の山を見ていなかった。洞窟内に堆積した白骨の一つ一つが、人間と変わらぬ命の主体であったという事実に、気づきもしなかった。

宗教心も思慮も乏しいそんなぼくに対して、シシ権現の神がまさに怒りの鉄槌を下した結果が、左足の骨折なのではないかと、そんなふうにも思えてくるのだった。


救急車で搬送された先は、臼杵市の中心市街地にある整形外科病院だった。

病院のすぐ前をゆるやかに大きな川が流れ、対岸には三重塔のあるお寺が見えたが、その川が臼杵川であることを知ったのは、ずいぶんあとになってからのことだ。

病院ではすぐにレントゲンを撮られ、かなり高齢の禿髪《とくはつ》の男性医師から、「大腿骨の遠位部、つまり、大腿骨の下部で膝関節に近いところを粉砕骨折しているので、最低でもこのまま一カ月ほどは入院が必要ですね」と宣告されてしまった。

レントゲン写真を見ると、たしかに膝関節の周囲が細かく砕けており、そこから少し上で斜めに亀裂を走らせるようにして骨が折れているのが、はっきりわかった。

しかし、縁もゆかりもない土地での突然の入院生活には、大きな心理的抵抗があった。

そこで、「東京にもどってから手術を受けるわけにいきませんか?」と医師にたずねると、「こちらはそれでも構いません。ただし、骨折したままで長距離を移動するのも、相当に苦痛だと思いますよ。とくに大腿は筋肉量が多いので、折れた骨が筋肉にくいこんで、すさまじく痛みますからねえ」と、おだやかながらも諭すように言われて、返すことばもなかった。

たしかに、担架で救急車まで運ばれたり、ストレッチャーからレントゲン台に移されたりした際に経験した、あの耐えがたい痛みを思うと、医師のことばには抗しがたい説得力があった。

結局、そのまま入院することになったぼくは、一階の診察室から三階の病室に移された。

その病室は四人部屋だったが、すでに三人の入院患者がいたため、ぼくに与えられたのは廊下側のベッドで、周囲のカーテンを閉めてしまえばもう、薄緑色の天井と壁しか見えなかった。

治療室から運び出されるときに医師から、「折れてしまった骨がズレたり、ねじれたりしないように、一時間ほどしたら病室の方で牽引の処置をします」と聞かされていたぼくは、ベッドに横たわるとすぐに、スマホ(スマートフォン)で会社に電話を入れた。病室内でのケイタイの使用は原則禁止だったが、自力で動けない患者に限っては特例が認められていた。

そして事務のバイトの佐藤さんに、その夜の宿泊先である臼杵観光ホテルと帰りの航空便をキャンセルするよう指示してから、チーフ・プロデューサーの前谷さんに事の次第を報告した。

「命にかかわる事故じゃなくてよかったけど、とにかく動けるようになるまで、そちらで治療に専念するしかないな。それから悪いけど、シシ権現の企画はもうボツにするよ。おまえがそんな大ケガをするほど危険な場所に、岡村さんに行ってもらうわけにはいかんから」

それが、ぼくの話をすべて聞き終えた前谷さんが出した結論だった。

そのあとで、今度は直接の上司である木原プロデューサーに電話を代わり、労災保険の手続きに必要な事項の確認や、ぼくが抱えていた仕事の引き継ぎなどを打ち合わせて、電話を切った。

続いて大阪市内の実家に半月ぶりの電話を入れ、母に手みじかに事情を説明すると、「お父ちゃん、大変や！　英樹《ひでき》が大分県で足のホネ折ったゆうてるで！」と母が大声で父を呼び、入れ替わりで電話口に出た父に、また同じ説明をくり返さなければならなかった。

父は興奮気味に、「身の回りの世話もいるやろから、お母ちゃんをそっちに行かせるわ」と言ってくれたが、「完全看護やから、大丈夫やて」とそれを押しとどめて、電話を切った。

ぼくが生まれる前から母と二人、東住吉区の自宅で小さな食堂を営んできた父は、典型的な職人気質で偏屈者だったが、一人息子のぼくには、よく遊んでくれるやさしい父親だった。

その両親の声を聞き、久しぶりに大阪弁で会話したことで、ぼくは少し精神的に救われた。事故の直後からずっと張り詰めたままだった気持ちが、心なしかやわらぐ気がしたのだ。

しかし、足の痛みは増す一方だった。レントゲン撮影のあとで痛み止めの注射は打ってもらったものの、状態は改善することなく、むしろ悪化するばかりだった。

そうした痛みに耐えながら、ぼくはしばし、杏奈《あんな》に電話をかけるべきかどうか、迷い続けた。いますぐ電話をかけて苦境を伝え、彼女の口から直接、ぼくの身を案じることばを聞きたいという思いと、それをためらう気持ちがぶつかり合って、なかなか結論を出せそうになかった。

梶木杏奈は半年前の二〇一四年一〇月から、日読テレビの看板番組『ニュースレーダー・テン』に、事件リポーターとして出演している。京都大学卒業後にアメリカの有名大学院でメディア情報学を学んだという学歴の華やかさや、切れ長の目をした涼しげな美人顔、それに、事件現場からの臨場感に満ちたリポートなどが注目材料となって、着々と人気を集めつつあった。

杏奈はぼくより二歳年長の三〇歳だったが、大阪の市立大学を卒業してすぐに日読テレビに入社したぼくとは同期で、社内研修期間中は行動を共にした仲間の一人だった。

やがてぼくは希望通りに制作局に配属されたが、報道局報道部に配属されて東京都庁担当記者となった杏奈は、たちまち生活保護の不正受給事件や、都議会議員の政務活動費流用事件などをスクープして、翌年には異例の早さで警視庁担当記者に抜擢された。

そしてそのあとも期待に違わぬ活躍ぶりを見せていた彼女が、予期せぬかたちでつまずくことになったのは、世間を震撼させたあの「青山公園ロシア人女性殺人事件」がきっかけだった。

日本に観光旅行に来ていた二四歳のロシア人女性が、東京都港区六本木の青山公園で無惨なバラバラ死体となって発見されたこの事件では、危険ドラッグの中毒者である五人の若者が逮捕されたが、実はその中心人物が、与党である自明党の幹部議員の息子だった。

その幹部議員は七年前に離婚しており、当時未成年だった息子は母親に引き取られて母方の旧姓を名乗るようになったため、逮捕直後はだれもそのことに気づかなかった。

しかしその事実をいち早く突きとめた梶木《かじき》杏奈が、デスクの了承を得て夕方のニュース番組でそれをリポートしようとしたところ、報道部長の日高巧三《ひだかこうぞう》からストップがかかった。

政治部デスクから報道部長に昇進したばかりだった日高は、自明党との関係悪化を恐れ、「おまえは政治家のこわさをわかっとらんのか！」と、大勢の部員の前で杏奈を叱責したという。

結局、日読テレビはこの情報を握りつぶしたが、その数日後に、警視庁に三つある記者クラブのうちの一つで、日読テレビを含む民放五社で構成する「報道記者会」の、日読テレビ以外の四社がこぞって、この事実を報道した。もちろん、情報を流したのは杏奈だった。

これに激怒した日高部長は、杏奈を本社勤務から外して、横浜支局に配置換えにした。

そして、ぼくと杏奈の関係が発展したのも、彼女が不遇をかこっていたこの時期のことだ。

半年に一度の同期会で悪酔いした杏奈に、「横浜まで帰るのは面倒だから、泊めてくれない？」と頼まれ、ぼくの部屋に連れて帰ったところ、彼女の方から求めてきて、ぼくたちは結ばれた。

それから月に二、三度のペースで、彼女がぼくの部屋に泊まりに来るようになった。

ところが去年の春に、まさに青天の霹靂《へきれき》のような出来事が起こった。報道部長の日高が、妻が運転する車の助手席に乗っていて交通事故に遭い、意識不明のまま三日後に亡くなったのだ。

これを受けて、ニュースデスクの要だった重光健人《しげみつたけひと》が報道部長に昇格。梶木杏奈の手腕を買っていた重光部長は、彼女を本社に呼びもどし、夕方のニュース番組のリポーターに起用した。そしてそのころから、杏奈の態度に変化があらわれ、ぼくの部屋に泊まりに来る回数も急減した。

たぶん、男ができたのだ……そう感じながらも、ぼくにはどうすることもできなかった。

たしかにぼくは杏奈を熱愛していたが、その一方で、「杏奈ほどに聡明で魅力的な女性が、ぼくみたいな凡庸な男で満足するはずがない」という思いを、ずっと抱き続けていたからだ。

杏奈がついに、「実は私、英《ひで》ちゃん以外に、好きな人ができちゃったの」と打ち明けてくれたのは、南青山のラウンジで久しぶりに二人で飲んでいるときのことだった。

来るべきときが来たのだと、いたたまれずに黙りこんでしまったぼくに、「英ちゃんのことが嫌いになったわけじゃないのよ」と、杏奈は慰めるように言い、「あなたより好きな人ができてしまった、ってことだから、どうか許してほしいの」と目を伏せた。

「その相手って、ぼくの知ってる人なのか？」

ことばに困って苦しまぎれにたずねると、杏奈は少し言いにくそうに、「うん……」と間を置いたあとで、「報道部長の、重光さん」と、想像だにしなかった名前を口にした。

「だけど重光さんは離婚したばかりで、当分は再婚しにくいみたいだし、私の方もやっと日の目を見つつあるところだから、いますぐ重光さんとどうこうするわけじゃないの。でも、このまま中途半端な関係を続けるのは、英ちゃんに申しわけないと思ったから……」

杏奈はそう言ったあとで、「私が一番つらいときに支えてくれた英ちゃんには、本当に感謝してる。だからこれからもずっと、心を許せる関係でいてほしいの」とぼくの手を握りしめた。

こうしてぼくたちの男女関係に終止符が打たれた直後に、杏奈は今度は、『ニュースレーダー・テン』の事件リポーターに抜擢され、また一段、階段を上った。

『テン』のメインキャスターである印南次郎《いなみじろう》が夕方のニュース番組での杏奈のリポートぶりに惚れこみ、重光部長に頼みこんで引き抜いたと、局内ではまことしやかに噂されていたが、杏奈と重光部長との関係を知っているぼくは、また違った目でそれを見ていた。

いずれにしても、それからこの日に至るまでの半年間、局内で顔を合わせたときに短くことばを交わしたり、ちょっとしたメールのやりとりをすることはあっても、直接電話をかけ合ったり、デートに誘い合ったりすることは、もうなくなっていた。

それでも杏奈をあきらめきれなかったぼくは、ロケハン先での骨折入院というぼくの一大事を、電話で直接知らせるべきかどうか、迷いに迷った末に、次のようなメールを杏奈に送った。


久しぶりのメールですが、番組出演の方も順調そうで、なによりです。

実は今日の午後に、大分県の山奥でロケハン中に、左足を骨折しました。

いまは救急車で運びこまれた臼杵市内の病院にいますが、数日のうちに手術を受け、一ヵ月ほどはこちらで入院生活を送るしかなさそうです。

やがて耳に入ると思うので、ぼくの方から先に連絡しておきます。


そうこうしているうちに、田代という名のあの禿髪の医師が、看護師を引き連れて病室にやって来た。そしてただちに、左膝の周囲に三本の麻酔注射を打ち、大工道具とまったく変わらぬ電動ドリルを使ってゴリゴリと、膝の少し下のあたりの脛骨《けいこつ》に穴を開けはじめた。

麻酔が効いていたので、その穴が貫通する瞬間をのぞけば、ほとんど痛みを感じることはなかったが、自分の肉体が無慈悲に加工されている感じがして、ひどく気持ちが悪かった。

そして脛骨の穴に通された金属棒に金具が取りつけられ、その金具から足先にまで延びたロープの先端に、六キログラムの重りが取り付けられて、牽引の処置が完了した。

この夜、木原プロデューサーと同僚ディレクターの吉岡さん、それに母親からもぼくのスマホに電話があり、そのたびに周囲に声が漏れないよう、深々と掛け布団をかぶって話をしたが、期待していた梶木杏奈からの電話は、ついにかかってこなかった。

しかし、左足の激痛で眠れず、夜中の二時に看護師に座薬を入れてもらってなんとか眠りに就いたぼくが、翌朝の七時前に目を覚ますと、夜中のうちに杏奈からのメールが届いていた。

メールを見て、本当に驚きました。
骨折した足は、かなり痛むのでしょうね。
番組があるので、大分まではお見舞いに行けませんが、
英ちゃんが少しでも早く回復して、東京に帰ってこられるよう、
励ましと祈りの思いをこめて、今夜の『テン』では、
あなたが買ってくれたアルベルティーナの服を着て出ることにします。
そちらで番組を見られるといいのですが……

たったこれだけの文章から、杏奈の心中をどのように推し量ればいいのか、さまざまな思いをめぐらせながら、ぼくは飽きることなく何度もこのメールを読み返した。

そして、杏奈が出演する『ニュースレーダー・テン』は全国放送なので、大分でも視聴できるという当たり前のことを、このメールでようやく思い出した。前夜は激痛でテレビどころではなかったし、『テン』の画面で杏奈を見られるという事実にも、まったく思いが至らなかった。

すぐにスマホで、系列地元局の番組表をたしかめてみると、やはり、『テン』は東京のキー局と同時刻にオンエア（放送）されていた。これならイヤホンがあれば、九時消灯の病室内でも周

囲を気にせずテレビを楽しめる。

この日の昼過ぎに、病院のスタッフに頼んでイヤホンを買ってきてもらったぼくは、ベッドに固定されているつらさや足の痛みに耐えながら、なんとか二日目の夜を迎えると、ベッド脇の小さなテレビ画面に目を凝らしつつ、『ニュースレーダー・テン』がはじまるのを待った。

もう一〇年近い番組歴をもつ『ニュースレーダー・テン』は、月曜から金曜までの週五日、午後一〇時から一一時一〇分まで、全国ネットで放送されている。

日読新聞編集局次長からキャスターに転身した印南次郎の鋭い論評で知られるこの番組は、当初こそ苦戦したものの、八年前に財務省の女性職員三人が惨殺された「財務省女性職員連続殺人事件」でスクープを連発して、一気に評価を高めると、その後も独自色の強い調査報道を展開。数年前からは夜の報道番組の中でもっとも視聴率の高い番組として、独走状態を続けている。

いまや日読テレビの「顔」とも言える大番組に成長した『ニュースレーダー・テン』へのレギュラー出演は、梶木杏奈にとって、願ってもないチャンスであったに違いない。

だからこそ杏奈はこの半年間、局内のだれもが認めるほどの熱意と取材努力をもって、事件リポーターという役柄に打ちこんできたし、それにふさわしい評価も獲得しつつあった。

それは十分に理解しながらも、ぼくはあまり熱心には『テン』を視聴していなかった。

硬派のリポーターの顔でテレビに登場する杏奈を見ていると、恋愛関係にあったころの、ぼくだけしか知りえない杏奈の姿がさまざまに思い出されて、喪失感がつのるばかりだからだ。

なのにこの夜のぼくは、熱く待ち焦がれた思いで杏奈をながめていた。

『ニュースレーダー・テン』の中ごろの時間帯に登場した杏奈は、きのうの深夜に東京都足立《あだち》区で発生した放火殺人事件の現場から、事件のポイントを見事におさえたリポートを展開し、スタジオの印南キャスターからの問いかけにも、取材実感を交えて巧みに答えていた。

その杏奈の姿を凝視しながら、ぼくはなんだか、涙が出そうになった。

杏奈はメールでの約束通りに、かつてぼくがプレゼントしたアルベルティーナのブラウスとジャケットを、シックな上品さで着こなしていた。しかもそれだけではなかった。

いつもは右手でマイクを持つはずの杏奈が、なぜかこの夜は左手でマイクを握っていることに気づき、その手首に目をやると、そこには琥珀《こはく》のブレスレットが鈍く輝いていた。それは、一昨年の夏に二人で東日本大震災の被災地を訪ねた際に、ぼくが杏奈に買ってやったものだ。

もちろん、杏奈がもう以前のようにはぼくを愛していないのは、わかっている。

しかし、遠隔の地で大ケガをしたぼくの身を案じて、なんとか励まそうとしてくれている、そのやさしい心づかいだけは、十二分に伝わってきた。

病室のベッドの上で『テン』を見ました。
アルベルティーナのブラウスとジャケット、
それに久慈《くじ》産の琥珀のブレスレットも、とても素敵でしたよ。
杏奈のおかげで、なんだか元気が出てきました。本当にありがとう。
もうこちらのことは心配しないでいいから、
仕事の方、思う存分に頑張ってください。

感謝の気持ちをこめて杏奈にそんなメールを送ったあと、ぼくはテレビのチャンネルを日読テレビ系列に固定したまま、次の番組を待った。毎週水曜日の夜一一時一五分からは、ぼくが制作に携わっている『岡村佳彦のワンダフル好奇心』がオンエアされるからだ。

しかも今夜のテーマは、『幕末の英雄・西郷隆盛の本当の顔を求めて（最後の肖像画の謎に迫る！）』というもので、実はこの企画のロケで大分県を訪れた岡村さんが、その地で「シシ権現」の存在を知ったことでぼくに担当ディレクターのお鉢が回ってきた、という経緯がある。

そんな企画のオンエアを、シシ権現の当該地である臼杵市の病院で視聴することの因果を感じつつ、ぼくはあらためて、先輩ディレクターである桑見さんの手腕に感嘆させられた。

坂本龍馬や大久保利通や木戸孝允など、同時代の傑物たちの写真は多く残されているのに、なぜか西郷隆盛の写真は一枚も現存しない。その理由については諸説あるが、「西郷隆盛はどんな顔をしていたのか？」を知ろうとすると、彼を描いた肖像画に頼るしかないのが実状だ。

そこで番組の冒頭でまず、鹿児島市加治屋町の「西郷隆盛生誕地」を訪ねた岡村さんは、すぐそばにある「維新ふるさと館」に足を運び、西郷隆盛を描いた数多くの肖像画と対面する。

その中でも特に有名なのが、イタリア人画家のキョッソーネが描いた肖像画だが、西郷隆盛と一面識もないキョッソーネは、隆盛の弟の西郷従道と従弟である大山巌の顔の特徴を合成して、モンタージュ的手法でこの絵を描いており、当初から「西郷に似ていない」との声もあった。

それに対して、床次正精《とこなみまさよし》・服部英龍・石川静正・肥後直熊の四人の画家は、実際に生前の西郷隆盛を目にしていたと思われるが、彼らが西郷の肖像画を描いたのは西郷の没後、相当な年数を経てからであり、それがどこまで写実的な西郷像なのか、疑問視する向きも少なくなかった。

ところが二〇〇三年に、大分県日田《ひた》市で大きな発見があった。幕末・明治期に日田で活躍した文人画家の平野五岳《ひらのごがく》が、西郷隆盛の肖像画を描き残していたことがわかったのだ。

日田市を訪ねてその肖像画と対面した岡村さんは、そこに描かれた西郷隆盛の顔が、いかにも軍人っぽい威厳を感じさせる従来の西郷像とは大きく異なり、とても知的で温和な雰囲気をたたえていることに驚愕する。

そして平野五岳の足跡をたどり、「大久保利通の依頼で西南戦争の直前に西郷に会い、蜂起せぬよう説得を試みた五岳は、そのときの西郷の印象をこの肖像画に描きとめた」と推論する。

「以前から西郷隆盛と交流のあった平野五岳は、最晩年の西郷と正面から向き合う中で、その心の奥底まで、感じ取ったのだと思います。並外れた直観力の持ち主だった五岳だからこそ描くことのできた、知的で、温和で、やさしそうな西郷さん。そのまなざしからは、死を覚悟した深い悲しみさえ伝わってきます」

岡村さんのそうしたことばで番組が締めくくられたあと、なんとも言えない知的興奮と感動が残って、ぼくはしばし、病室の暗い天井をながめたまま、時の流れも足の痛みも忘れていた。

そしてこの回の担当ディレクターである桑見さんに、心からの尊敬を覚えた。

五人いる番組ディレクターの最年長で四〇歳の桑見さんは、常に質の高い作品を世に送り出していた。酒癖の悪さには閉口させられるが、いつも情熱的に番組作りに取り組む桑見さんがぼくは大好きだったし、仕事には厳しい岡村さんも、桑見さんにだけは全幅の信頼を寄せていた。

番組に参加して三年にもなるのに、まだ自信を持って「代表作です！」と言い切れる作品のないぼくは、すみやかに東京にもどって制作現場に復帰し、一刻も早く、桑見さんにも誇れる作品を生み出したいと、入院二日目の夜にして焦燥にかられるばかりだった。

しかし、現実はなかなか、ぼくが望むようには進展してくれなかった。

入院四日目にようやく手術を受け、骨折部をチタンプレートとネジで固定されたぼくは、それから三日間、かつて経験のない激痛にさいなまれてほとんど眠れなかった。そしてようやく最悪の状態を脱したと思ったら、今度はその直後から、リハビリという名の苦行が待ち受けていた。

最初はまず、ベッドの上で自力で起き上がる練習からはじめて、看護師の手を借りながら車椅子に乗り移る練習をくり返し、リハビリテーション室に移動できるようになってからは、CPMと呼ばれるマシンを使って連日、膝を折り曲げたり太股を持ち上げたりする訓練を重ねた。

初めのころは二〇度の角度で膝を曲げるだけでも、猛烈に痛かったが、リハビリを続けるうちに、三〇度、四〇度、五〇度と、膝を曲げられる角度が大きくなり、痛みも少しずつやわらいできた。ただし、リハビリの後は太股の筋肉がパンパンに張ってしまい、マッサージが欠かせなくなった。

手術後九日目にしてようやく、両松葉杖を使って少しだけ歩けるようになり、術後一二日目には、三〇センチほどの長さで三六針も縫った傷口から抜糸することもできた。

それはたしかに順調な回復ぶりではあったが、「早く東京に帰りたいでしょうから、少し大目に見て、自力で膝を一二〇度曲げられるようになったら、退院を認めることにします」という、主治医の田代先生の条件をクリアするには、さらに二週間もの時間が必要だった。

五月四日（月）。

予期せぬ入院から二八日目となるこの日、ぼくはやっと、臼杵市の整形外科病院を退院し、大阪から来てくれた母につき添われて、飛行機で東京にもどった。

大分空港では保安検査場でセキュリティゲートをくぐる前に、「左足に金属プレートが入っています」と自己申告したが、検査棒でしつっこく全身をチェックされただけでなく、X線検査装置を使って二度も、ジュラルミン製の松葉杖を調べられたりした。

そして、ようやく帰り着いた羽田空港からタクシーに乗り、ぼくが住む文京区へと向かう途中、首都高速道路からながめた東京の街に、圧倒される思いがした。臼杵市の病院周辺の、のどかな市街地の光景になじんでしまったぼくの目には、東京の巨大さと病的なまでのその密度が、なにか理解不能な、神秘的な呪詛《じゅそ》をはらんでいるようにも感じられたのだ。

三日後の木曜日、ぼくはほぼ一カ月ぶりに、港区六本木にある日読テレビ東京本社に出社し、上司や同僚たちに退院の報告をした。

と言っても、社内にとどまったのは、わずか一時間足らずのことだった。

しかも、まだ左足を浮かせたままで接地できず、両松葉杖でぎこちなくしか歩けないぼくを気づかい、前谷チーフ・プロデューサーが制作部の応接ルームにぼくを鎮座させたため、制作局長や部長までもが、わざわざ応接ルームまで足を運んでくれたのだった。

臼杵の田代医師から、「骨折した左足に部分荷重をかけられるまでに、術後六週間から八週間。全荷重をかけるには、三カ月前後の時間が必要です」と言われていたぼくは、その診断書を前谷さんに手渡し、七月中旬までは休職してリハビリに専念することを了承された。

この数日前に、日読テレビの社内クリニックの専属医師が、臼杵の田代医師と直接電話で話してぼくの状況を確認し、あらかじめ、ぼくがリハビリのために通院できる病院も手配していてくれたので、万事がありがたいほどスムーズに運んだ。

しかし一つだけ、思いもしないことがあった。

『岡村佳彦のワンダフル好奇心』では毎年、春と秋に一時間ものの『スペシャル版』を制作し、それをレギュラー枠ではない日曜日の夜にオンエアして、好評を博していた。

先ごろオンエアされた今春の『スペシャル版』は、『華岡青洲《はなおかせいしゅう》が世界初の全身麻酔手術に用いた秘薬の謎に迫る!』という企画で制作されたが、なんと、「この秋のスペシャル版は、広川《ひろかわ》、おまえが担当しろ」と、なんの前触れもない唐突さで前谷さんに命じられたのだ。

「終戦から七〇年の今年は、米軍普天間基地の辺野古移設問題も含めて、沖縄に注目が集まっている。そこで岡村さんとも相談し、秋のスペシャル版は沖縄ネタで勝負しようと決めた。だから去年の夏の『琉球犬』みたいに、意外性があって数字（視聴率）を稼げるような企画を考えてもらいたい。七月に復帰したらすぐに動き出せるよう、休職中に準備をしておいてくれ」

期待に満ちたまなざしで前谷さんにそう言われ、「ありがとうございます。がんばります」と勢いこんで答えたものの、内心では、「大変なことになった」と狼狽する感情の方が勝っていた。

帰りのタクシーに揺られながら、ぼくは梶木杏奈のことを考えていた。

入院中は週に一度の割合で「お見舞いメール」をくれた杏奈だったが、結局、一度も電話をかけてこなかったし、ぼくがプレゼントしたアルベルティーナのブラウスとジャケットを着て『ニュースレーダー・テン』に登場したのも、たったの一度っきりだった。

そんな杏奈に、ぼくの方からあえて電話をかけたのは、前夜のことだ。『テン』の生放送後に一段落したころを見計らい、「今日やっと退院して、東京に帰ってきた」と報告すると、「よかったね。退院、おめでとう！」と、杏奈はよろこんでくれた。だが、「七月の中ごろまで会社を休んで、ずっと家にいるから」と言うと、返ってきたのは、「じゃあ、八月の同期会で会えるのを楽しみにしてるわ」ということばだった。

しかし、それでいいのだと、ぼくは思った。

「今回の休職をあらたな仕切り直しのチャンスに変えるためにも、もういい加減、杏奈への未練を断ち切ってしまわなければ……」と、ぼくは強く強く、自分に言い聞かせていた。

父と二人で営む食堂の仕事があるため、母は東京に一泊しただけで大阪に帰り、そしてぼくも翌日から、タクシーで一〇分ほどの南大塚にある病院に、リハビリに通うようになった。

スタッフや器材や施設スペースなど、リハビリ環境の整ったこの病院では、交通事故や運動中のケガなどでリハビリを受けに来る若者の姿も見られたことから、リハビリ室ではぼく以外の全員が高齢者という臼杵での状況と比べて、気分的にもずいぶんとラクになった。

会社を休んでいる日が長引くにつれ、とにかく一日も早く復帰したいという思いをつのらせたぼくは、午前中は自宅で自分なりのトレーニングやマッサージをして、夜のうちに硬直した筋肉を十分にほぐしてから、昼過ぎにタクシーで病院に通うようにしていた。

そうした努力の甲斐あってか、退院から一ヵ月後には、踵がお尻につくぐらいまで膝が曲がるようになったし、接地させた左足にも、少しばかりの荷重をかけられるようになった。

ところがその直後から、膝の上下にこれまで感じたことのない鋭い痛みが走るようになり、さらにミミズ腫れに盛り上がった傷口が、リハビリのあとでうずくようになった。

いずれもそれほど深刻な症状ではなかったものの、「熱心すぎるリハビリは予期せぬ副作用を招き、かえってマイナスになることもありますよ」と、理学療法士に説教されてしまった。

そんな「一歩前進・半歩後退」をくり返しながら、ぼくは『岡村佳彦のワンダフル好奇心（秋のスペシャル版）』の企画立案という大きな課題に対しても、書店から参考図書を取り寄せたり、ネットで情報を検索したりしながら、最大限の情熱を持って取り組んだ。

前谷チーフ・プロデューサーが『秋のスペシャル版』の担当ディレクターにぼくを抜擢してくれたのは、前年の夏にぼくが手がけた、『沖縄戦で絶滅の危機に！　生きた文化遺産「琉球犬」はどのようにして復活したのか？』という企画が、視聴率と作品評価の両面で好成績を収めたからに違いなかった。

ぼくがその企画を思いついたのは、行きつけの理容室で手にしたペット専門誌で、琉球犬の記事を読んだのがはじまりだった。それまではたった一度しか沖縄に行ったことがなかったし、沖縄の歴史や沖縄戦についても学んだことはなく、もちろん琉球犬の存在も知らずにいた。

縄文時代から沖縄で飼われてきた琉球犬は、オオカミの特徴を受け継ぐすぐれた狩猟犬として、人々に愛されてきた。しかしその琉球犬も人間同様、沖縄戦での苦難にさらされる。

一九四五年四月一日にはじまった沖縄戦では、「ありったけの地獄を一つにまとめた戦争」と形容されるほど凄惨きわまりない地上戦が展開され、六月二三日に日本軍の敗北が確定した。

集団自決や日本軍による住民虐殺なども発生したこの沖縄戦で、沖縄県民の四分の一を超える、約一二万人の住民が死亡。日本軍や米軍を含めた全戦没者数は、二〇万人以上にのぼった。

　そして琉球犬も、多くが戦火の中で命を落とし、かろうじて生きのびた犬たちもまた、戦後の食糧難の中で飢えた人々に捕らえられ、その胃袋に消えたのだった。

　こうして三〇頭に満たない数にまで激減した琉球犬は、絶滅の危機に直面。そこで獣医師らが「琉球犬保存会」を設立して種の保護に努めると共に、トゥラー（虎毛の琉球犬）やアカイン（赤毛の琉球犬）と呼ばれる琉球犬の価値を世に知らしめるための、普及活動にも乗り出した。

　やがてこの取り組みが実を結び、琉球犬の頭数は絶滅の危機を脱するまでに回復。一九九五年には「生きた文化遺産」として、沖縄県の天然記念物にも指定されている。

　番組の中で、子ども時代に琉球犬を飼っていた高齢者を訪ね、「私がかわいがっていた琉球犬を、戦時中に母が家族の食糧にした。泣いて抗議したが飢えには勝てず、私も涙ながらにそれを口にした」、「戦火の中で琉球犬を連れて近くのガマ（洞窟）に逃げこんだが、私たちが寝ている間に他の避難者たちが、犬を殺して食べてしまった。骨だけにされた愛犬の姿が、いまも夢に出てくる」といった証言に接した岡村さんは、琉球犬保存会の元会長の犬舎にも足を運ぶ。

　そして仔犬たちとじゃれ合いながら、「こんなかわいい犬を食糧にするしかなかった状況を想像するだけで、凍りつきますが、集団自決などでわが子を手にかけざるをえない状況にまで追い詰められた親たちもいたのだと思うと、ただもう、ことばもありません……」と絶句する。

あの『琉球犬』の企画は、たしかに好成績を収めたし、周囲からもずいぶんほめられた。

だけどぼく自身、大きな反省が残った。沖縄戦の振り返りで、いわゆる資料映像に頼りすぎてしまい、もっと丁寧に耳を傾けるべき沖縄の人たちの肉声が、拾いきれていなかったからだ。

だからこそ次回は、絶対にそんな失敗はせずに、悔いのない作品を作りたかった。

そのためにも沖縄の歴史や現実をもっと学んで、地に足の着いた、説得力のある企画を考え出さねばと思った。いや、なんとしても考え出してみせるのだと、心に誓った。

（二）　デリヘル

退院して三七日目となる、六月九日（火）。

リハビリ通院を終えて午後三時過ぎに帰宅したぼくは、すぐにデリヘル店に電話を入れた。

デリヘルとは「デリバリーヘルス」のことで、「出張ヘルス」とも呼ばれている。

デリヘルは一般の風俗店のようには店舗を構えず、ただ事務所的なものがあるだけで、そこに電話で要請すれば、自宅やホテルなどにデリヘル嬢（コンパニオン）を派遣してくれる。

その女性がさまざまな性的サービスを行ってくれるのだが、もちろん本番（性交）は法律で禁じられている。ところが実際には、条件次第で本番もOKというデリヘル嬢が少なくないらしい。

ぼくがこの日に電話したのは、あくまでも法令遵守に徹したデリヘル店だった。

「はい、こちら出張ヘルスの、『渋谷ミント・ラバー』でございます」

若い男性の声が、意外なさわやかさで返ってきた。

「あのう、そちらのお店のリョウさんに、いまから自宅まで来ていただきたいのですが」

「ありがとうございます。ですが、リョウさんには先約が入っておりまして、お宅にうかがわせていただけるのは五時半以降となりますが、それでもよろしゅうございますでしょうか？」

「ええ、けっこうです」

「ありがとうございます。では、ご自宅のご住所を、お教えいただけますでしょうか？」

「文京区の白山《はくさん》〇丁目△△の〇、緑川セントラルハイツの四〇六号室で、広川と言います」

「わかりました。白山でしたら、六時にはうかがわせていただけると思いますが、もしも遅れそうな場合、現在おかけいただいている番号にお電話を差し上げてよろしいでしょうか？」

「ええ」

「ありがとうございます。そうしますと、コースの方はいかがいたしましょう？」

「一時間ほどの、一般的なコースでいいんですけど」

「ではエンゼルコースになりますが、オプションのご希望はございますでしょうか？」

「とくにありません」

「それでは、料金は六〇分で一万八千円となっております。文京区ですと交通費を三千円頂戴しますので、二万一〇〇〇円のお会計となりますが、よろしゅうございますか？」

「わかりました」

「ありがとうございます。では六時まで、いましばらくお待ちくださいますように」

そんなやり取りで電話を切ったあと、ぼくはなんだか、軽い興奮状態におちいった。自分でデリヘル店に電話をかけて予約を入れるのは、これが初めてだったからだ。

いつものように南大塚の病院でリハビリを終えてタクシーで帰宅する途中に、春日《かすが》通りで偶然にリョウさんを見かけたのは、この前日のことだった。

反対車線側の歩道を歩いてくるパンツルックの女性とは、ほんの一瞬すれ違っただけだったが、その美しさはたしかに、『渋谷ミント・ラバー』のリョウさんに間違いなかった。

そう気づいたとき、ぼくは不思議な胸の高鳴りを覚え、二年ぶりにまたリョウさんと会ってみたいという、強い衝動に襲われた。そして丸一日迷った末に、店に電話をかけたのだった。

それからぼくは、シャワーで丹念に全身を洗い、久しぶりに二枚刃カミソリでひげを剃った。

さらに、スウェットシャツもハーフパンツも下着も、すべて洗い立てのものに着替えたあと、二DKの部屋の中の、とりわけベッドの周辺をきれいに片づけたりした。

思い返せば、梶木杏奈が最後にぼくの部屋にやって来たのは、前年の八月だった。それ以来、ぼくの部屋に女性が訪ねてきたことはないし、女性の肌に触れる機会もなくなっていた。

そもそも、ぼくは女性に対して奥手な方で、初めての恋愛も大学生になってからだった。

しかも、同じ「廃墟同好会」のメンバーだったその子とは、彼女の快活さに巻きこまれるような感じでつき合いはじめたものの、交際期間が一年にもならないうちに、「あなたはとてもいい人だけど、いろんな意味で物足りないから」と、別れ話を切り出されてしまった。

結局は女性に捨てられたという意味では、杏奈の場合も似たようなものかもしれない。

そんなぼくが初めてリョウさんと会ったのは、新宿のラブホテルでのことだった。

二年前のその夜、ぼくは先輩ディレクターの桑見さんと一緒に新宿のグレースシアターで劇団陽炎座《かげろう》の芝居を観劇し、そのあとに立ち寄った居酒屋で、深夜まで飲み続けた。

その居酒屋を出る直前に桑見さんが、「女房が実家に帰ってるから、これから近くのラブホテルに泊まってデリヘルの子を呼ぶ」と言うので、「風俗だなんて、愛妻家の桑見さんらしくないですね」とぼくが批判がましく言うと、「それは誤解だ！」と桑見さんが声を荒らげた。

「たしかに違法な本番で稼いでいるデリヘル店も多いけど、おれが利用しているのは『コンプライアンス遵守』を看板に掲げる、きちんとした店なんだ。だから女房にも公認されている」

開き直るように言うと、「広川は風俗経験がないらしいが、おまえの分も女の子を呼んでやるから、今夜は経験してみろ。本番なしでも絶対に満足できるから」と、酔った勢いで迫り、居酒屋の裏手のラブホテルに二人の女性を派遣するよう、目の前で電話をかけてしまった。

ぼくはなんとか逃げ出そうとしたけれど、「おれの言うことが聞けんのか！　卑怯者！」と叫ぶ桑見さんに強引に腕をつかまれ、しぶしぶホテルに同行するしかなかった。そのときに『渋谷ミント・ラバー』から派遣されてきたデリヘル嬢の一人が、リョウさんだった。

グレーの楊柳《ようりゅう》生地のジャケットにブルージーンズという姿でぼくの前に現れたリョウさんは、はかなげな陰影を目もとにたたえた美人で、独特の品のよさを感じさせた。

それに、ぼくのからだに接するときの彼女の、その仕草の細やかさや指先のソフト感、吸いつくような唇の感触は、うっとりとするしかない気持ちよさで、ぼくが抱いていた「風俗」への心理的抵抗を解きほぐしてくれた。

最後には、彼女の閉じた股間にペニスを挟んで摩擦する「素股」という方法でぼくを昇天させてくれたのだが、それもぼくにとっては未知の体験であり、快感だった。

しかし、その夜のリョウさんの印象の中でもっとも鮮明に記憶しているのは、そうした性的サービスについてではなく、イシカワガエルという名の、めずらしいカエルに関してだった。

当時のぼくは、『岡村佳彦のワンダフル好奇心』のディレクターになって丸一年を終えようとしていたが、なかなかヒット企画を出せずに試行錯誤を続ける中で、「それ、ユニークなネタだな。やってみるか」と初めて前谷さんに言ってもらえたのが、イシカワガエルの企画だった。

イシカワガエルは沖縄本島と奄美大島にだけ生息する絶滅危惧種のカエルで、沖縄・鹿児島両県の天然記念物にも指定されている。大きさはオスの体長が一〇センチ前後で、メスはそれよりやや大きいが、このカエルの最大の特徴は、なんといってもその美しさにある。

背中全体が鮮やかな黄緑色で覆われており、そこに黒褐色・紫褐色・金色の斑紋が不規則にちりばめられている様は、まるで由緒ある宝飾品のような、高貴な美しさを感じさせた。

そしてこのイシカワガエルをめぐって、二〇一一年に意外な発見があった。広島大学教授の研究により、沖縄のイシカワガエルと奄美のイシカワガエルとでは、遺伝子に違いがあり、しかも奄美のイシカワガエルの方が金色の斑紋がより多くて美しいことが、判明したのである。

こうして奄美大島のイシカワガエルは新発見の新種とみなされ、「アマミイシカワガエル」という名を与えられると同時に、「日本で一番美しいカエル」と称されるようになった。

そのアマミイシカワガエルを奄美大島の原生林で探し出し、本当にどれほど美しいカエルなのか、岡村佳彦さんの目で確認してもらおうというのが、ぼくが出した企画だった。

それが採用され、しかもロケを二週間後に控えていたため、ぼくは『奄美大島の生きものたち』というタイトルの写真集をいつも持ち歩き、こまめに勉強していた。そしてこの夜も、リョウさんがホテルに来るのを待っている間、ベッドの上でずっとその写真集をながめていたのだ。

そんなぼくを驚かせたのが、リョウさんの予期せぬ反応だった。

すべてのサービスを終えたあとで、ベッド脇のテーブルに置かれたその写真集に気づいたリョウさんは、開いたままになっていたページの写真をのぞきこみながら、「あらっ、イシカワガエルじゃない?」とつぶやき、それを手に取って間近に見ながら、「これは、アマミイシカワガエルの方ね」と口にしたのだ。

そのことばにびっくりしたぼくが、「どうしてそんなに詳しいの?」と問うと、「だって、何年か前に新聞で報道されてたでしょ。奄美のイシカワガエルは新種だって」と、リョウさんはサラッと言ってのけ、帰り支度のためにシャワー室に消えた。

それだけのことだったが、ぼくと同世代に思える若い女性が、ぼくがそれまで存在すら知らなかった希少種のカエルのことを知っており、しかも写真を一瞥しただけで、旧種と新種の区別がついてしまうという事実が、ぼくには不思議でならなかった。

決して大げさではなく、それはぼくにとって、一種のショック体験でもあったのだ。

そのリョウさんが、まもなくぼくの部屋に来てくれる。そして二年ぶりに、彼女とふれあうことができる……そう思えば思うほど、胸のときめきをおさえられなかった。

ベッドの上で沖縄関係の本を読んだり、パソコンデスクに向かって調べものをしたりして、『秋のスペシャル版』企画の手がかりを探っているうちに、もう五時半になっていた。

しかし、六時までの残りの三〇分が、とてつもなく長い時間のように感じられる。

それにリョウさんが来訪する時間が迫るにつれ、彼女の方はぼくのことなど完全に忘れているかもしれないという不安で、気持ちがどんどん萎えてしまいそうになる。

そんな状況にいたたまれなくなり、ぼくは少し大きめの音量で、パソコンのメディアプレーヤーに取りこんでいたシトウ・マサトの歌を聴くことにした。

そのころにリリースされたアルバムの冒頭に、アルバム・タイトルにもなった『いまになって』という曲が入っており、この曲に深く感動したぼくは、日に何度もくり返し聴いていた。

ゆっくりとしたテンポのボサノバ調の曲で、都会的なクールさを漂わせたメロディも魅力的だったが、それ以上に、シトウ・マサトならではの、次のような歌詞にも惹かれていた。

いまになって　ようやく気づいたことがある
あの日のルージュ　いつもと違った　マンゴーの香り
だれかに奪われそうだと　教えようとしてくれたのに
ぼくは信じすぎていて　愛を忘れるほど　信じすぎていて

いまになって　ようやく気づいたことがある
あの日のベッド　背を向けたままの　夜明けのうなじ
だれかに傾きそうだと　気づかせようとしてくれたのに
ぼくは急ぎすぎていて　愛を忘れるほど　急ぎすぎていて

行きずりのネットで目にした　あなたの手料理のブログ
しあわせそうな食卓に　妻の笑顔　はじかせて

行き違えた時間の意味が　目にする景色を変えてゆく
透き通る青空だというのに　天罰のような一人ぼっち

肩まで届くストレートの長髪と、顔の上部を覆い隠す真っ黒なワンレンズ型のサングラスをトレードマークとしているシトウ・マサトは、一〇年ほど前に人気テレビドラマの主題歌を自作自演して大ヒットさせ、シンガーソングライターとして知られるようになった。

しかし、本名や年齢や出身地などの個人情報をいっさい公開せず、テレビやラジオの出演も拒否し、定例となった夏の全国コンサート・ツアー以外では人前に姿を現すことがないため、世間からはいまも、「徹底したマスコミ嫌いの、謎めいたアーチスト」と目され続けている。

それほど露出頻度が低く、ファン・サービスなど皆無のはずのシトウ・マサトが、この一〇年近く安定的な人気を保ち続けているのは、「シトウ・マサト・ワールド」としか表現しようのない、その独特の音楽世界に魅せられた固定ファンが多いことによる。

そんなシトウ・マサトとぼくの最初の出会いは、大学三回生の夏休みだった。

軽音サークルのリーダーだった友人が、「彼女と行くつもりでチケットを買ってたけど、彼女の都合が悪くなったので、一緒に行かないか？」と誘ってくれたのだ。こうして生まれて初めて足を運んだ音楽コンサートが、大阪文化会館でのシトウ・マサト・コンサートだった。

そのとき、曲名の紹介以外はいっさいしゃべらないシトウ・マサトが、求道者のごとき真摯《しんし》さで熱唱する歌の数々から、魂のバイブレーションとでも形容するほかない、切々とした悲痛な感情が伝わってきて、涙ぐんでしまうほどの感動を覚えた。

それ以来一貫して、ぼくはシトウ・マサトの熱心なファンであり続けてきたし、彼の歌はいつしか、ぼくの日常に欠かせないものの一つになっていた。

とはいうものの、日読テレビに入社してからは一度も、シトウ・マサトのコンサートに行けずじまいだった。番組制作ディレクターの仕事は勤務が不規則で、先々の予定が見通せないため、即座に売り切れてしまうチケットの購入が決断できず、結果的にいつも出遅れてしまうのだ。

ベッドに寝転んでシトウ・マサトの歌声に聴き入っていると、不意に玄関チャイムが鳴った。

掛け時計を見ると、ちょうど六時だった。

あわてて身を起こすと、ぼくは玄関に急ごうとして、ダイニングの食卓テーブルの角に松葉杖をぶつけてしまい、あやうく転倒しそうになった。

自分の動揺ぶりになさけなさを覚えつつ、ひと呼吸置いてから玄関ドアを押し開くと、いきなり、「こんにちは。リョウです」と、明るい声が響いた。

「あっ、どうも……いらっしゃい」

口ごもりながらぼくは目をみはった。

淡い藤色のマキシワンピースに身を包み、やさしげな笑顔でぼくを見つめるリョウさんの姿が、その前日に見かけたパンツルックとは別人のような、華やかな優雅さをたたえていたからだ。

ナチュラルボブのヘアースタイルも、洗練された気品を感じさせた。

「以前に、お会いしてますよね」

彼女が覚えていてくれたことに安堵しつつ、「ええ、新宿のホテルで一度だけ」と答えてから、「前もそうだったけど、本当にきれいですね」ということばが、自然に口をついて出てしまった。

「どうかしら。でも、お世辞でもうれしいわ」

少し恥じらいっぽくほほえんだかと思うと、リョウさんは突然、驚きの表情を見せ、「いまかかってるこの歌、シトウ・マサトじゃないですか？」とぼくの顔をのぞきこんだ。

「そうです。大好きなんで」

「そうなの……。そうなんだ……」

独り言のようにつぶやくと、彼女はあらためてぼくの顔を見つめ、「私もシトウ・マサトの大ファンなの。夏のコンサートにも毎年行ってるし」と、親しげに表情をゆるめた。

「そうですか。ぼくは最近、コンサートには行けてませんが、CDは全部持ってます」

なんだかうれしい気分になってそう言ったあと、「とにかく、どうぞ上がってください」と、ぼくが先導してダイニングを抜け、八畳ほどのリビングへとリョウさんをいざなった。

「前にお会いしたときは、松葉杖じゃなかったですよね？」

ぼくがすすめたパソコンデスクの椅子に腰を下ろしながら、リョウさんがたずねる。

「ええ、二カ月ほど前にガケのような場所から滑り落ちて骨折したもんですから。それ以来、ずっと会社も休んだままで、いまはリハビリに専念しているところです」

彼女と向かい合うようにしてベッドに座ったぼくがそう答えると、「じゃあ、私もいまから、リハビリに協力させていただこうかしら」と、リョウさんはいたずらっぽく笑った。

それから「ちょっと電話しておきますね」と花柄のトートバッグからスマホを取り出し、「いま入りました。一〇分前によろしく」とだけ言ってすぐに切った。送迎の車が近くで待機しているのだろう。

「六〇分のエンゼルコースとうかがってますけど、それでいいですか」

「ええ」

「でも、どうしてまた、私のことを思い出してくださったのかしら？」

「実は昨日、タクシーに乗ってるときに春日通りで偶然、リョウさんの姿を見かけたんです。それでつい、お会いしたくなって」

「そうでしたか。私、地味な恰好をしてたのに、気づかれちゃったんですね」

「リョウさんに一度会った人なら、たぶん、お顔を忘れることはないと思いますよ」

「それって、どう理解すればいいんでしょ。……悪いけど、シトウ・マサトのこの歌、もう止めちゃいましょうか。気持ちが引きずられてしまいそうになるから」

リョウさんに言われ、ぼくはパソコンデスクまで行くと、音楽をオフにした。

そのあとで、「一緒にシャワーしましょうよ」と声をかけられ、「ぼくの場合、シャワーするのも時間がかかるので、さっきもう済ませておきました」と答えると、「そんなに気をつかわなくてもいいのに」と、リョウさんは残念そうな表情を見せた。

「じゃあ私、急いでシャワーしてきますから、待っててね」と言い残すと、ワンピースの裾を踊らせるようにして、リョウさんは部屋から出て行った。

うしろ姿を目で追いながら、ぼくは突然、泣き出してしまいそうな思いにかられた。なにか温かく切ないものがこみ上げてきて、胸がつまりそうになったのだ。それはもうずいぶんと久しく体験したことのない、からだの芯が熱せられたかのような感情だった。

やがてシャワーからもどってきたリョウさんは、ぼくをベッドに横たわらせると、やさしげなほほえみを絶やすことなく、着衣を脱がせてくれた。

それから、「骨折って、こんなに大きな手術痕が残るんですね。痛かったでしょ」とつぶやきながらショーツだけの姿になり、ぼくに覆いかぶさってきて、強く強く抱きしめてくれた。

最初は耳たぶのあたりにふれていたリョウさんの唇が、ゆっくりと頬を這ってぼくの唇と重なり、何度も強く押し当てられたとき、ぼくはふと、杏奈のことを思った。

唇の皮膚が弱かった杏奈は、ぼくの部屋で寝るときはいつも口紅を落としてから、リップクリームとグロスを重ね塗りしていた。そして「腫れるから」と、激しいキスをさせてくれなかった。

「なんにも考えないで、からだの力を抜いて、リラックスしていてくださいね」

耳もとでやさしくささやくと、リョウさんは首筋から肩、肩から胸へと、複雑な曲線を描きながら唇をすべらせ、舌先を微妙に震わせるようにして、肌をなめ回してくれた。

その感触があまりに心地よくて、いつのまにか放心状態だったぼくは、急に乳首を強く吸われた驚きで、小さく声を発してしまった。

それがおかしかったのか、笑い声をもらしながらも、リョウさんのリップはとどまることなく全身を移動し、下腹や内股のあたりでは、時間をかけて行きつもどりつした。

そしてついに、リョウさんの唇がぼくの核心に達し、めいっぱい硬直したそれを口に含んでくれた、そのときだった。何気なく外側にねじった左足に、すさまじい激痛が走ったのは。

「イタタタタッ！」と声を上げると、ぼくは両手でリョウさんの頭部を押し上げた。

「どうしたの？」と、ぼくの下半身から離れながらリョウさんが聞いたが、ぼくは、「イタタタタッ！　イタタタタッ！」と声を強めて、襲いかかる激痛に耐えるしかなかった。

実はその四時間ほど前に、病院で少し痛い目に遭っていた。左足に体重の三分の一ほどの荷重をかけながら松葉杖で歩く訓練をしているときに、突然、左足にまったく力が入らなくなり、松葉杖のバランスを狂わせて前屈みに倒れこんでしまったのだ。

その際に左膝の外側を強く床に打ちつけ、しびれるような痛みを覚えたが、あわてて様子を見に来た療法士には、「大丈夫です。足を滑らせただけですから」と、笑ってすませておいた。

そしてタクシーで帰宅したころにはもう、膝の痛みは消えており、左足の状態も完全にもとにもどっていた。だからそんなことは忘れて、リョウさんを呼んだのだ。

しかしやはり、あのときに膝を打ったことのダメージがまだ残っていたのだろう。左足を不自然な角度でねじったために、それがぶり返して激痛を走らせたのかもしれない。

そんなふうに考えながら、「ごめんね……びっくりさせてしまって」と口にすると、「足が痛むの？」とぼくの顔をのぞきこんで、リョウさんがたずねた。

「ちょっと左足をねじった瞬間に、急に膝が痛くなって。こんなこと、なかったんだけど」

「足を冷やすとか、薬を塗るとか、しなくていいの？」

「まだ少し、うずくような痛みが残ってるけど、大丈夫です。このままやりすごせば、そのうちおさまると思うから」

「そうなの？　じゃあ、こうしていてあげる」

リョウさんは右手でぼくの胸をやさしくさすりながら、少しずつからだを下方にずらせてゆくと、なんの予兆もないままに突然、ぼくの核心をくわえこんだ。そして痛さで萎えてしまったそれを、ゆっくりといつくしむようにしゃぶりはじめた。

その直後からまた、短い痛みが断続的に左膝を襲い、ぼくは小さく声を発したりしたけど、リョウさんはそうした変化に左右されることなく、黙々とその行為に専念し続けてくれた。

不思議なことに、ぼくは左膝の痛みに気を取られながら、一方でとろけてしまいそうな甘美な心地よさを、下半身の中心で感じていた。その心地よさにできるだけ神経を集中し、上下動するリョウさんの口もとを見ていると、いくらでも痛みに耐えられそうな気がしてくるのだった。

その痛みがようやくおさまったと確信できたころになって、リョウさんのトートバッグの中のスマホが突然、聴きなれたメロディを奏ではじめた。シトウ・マサトの初期の作品である『昼下がりに水族館で』の「着うた」だった。

「あらっ、時間なの?」

リョウさんは身を起こして電話に出ると、「わかりました。あと一〇分ですね」とだけ話して切り、「ごめんなさい、もうこんな時間だなんて」と、すまなさそうにぼくを見た。

「なさけない姿を見せちゃって、すみません」

「私の方こそちゃんと時間管理ができずに、ごめんなさい。このあと予約が入っているから、延長はできないけど、でもまだ一〇分あるから、手と口でいかせてあげましょうか?」

リョウさんに言われて少し迷ったものの、「また膝が痛くなるといけないので」と、ぼくはその厚意を辞退した。先ほどのフェラチオだけでも、十分な満足感を味わえていた。

「だったら私、シャワーしてきますね」

そのことばで背を向けかけたリョウさんを、「待って!」と呼びとめ、「悪いけど、シャワーに行かないで、このままそばにいてくれませんか」と、ぼくは懇願するように言った。

リョウさんと片時も離れたくないという感情が、急激にこみ上げてきたのだ。

ほんのせつな、困惑の色を浮かべたリョウさんは、すぐにやさしげな笑顔にもどって、「わかった。じゃあ、服だけ着てしまうわね」と、ベッドの隅に腰をおろした。

「リョウさん、って呼んでもいいですか？」

「ええ、どうぞ」

「リョウさんは、ぼくと同級生かもしれませんね」

「あなたはいま、お幾つかしら？」

「二八です」

「じゃあ、私の方が五つもお姉さんだわ」

「ほんとですか。とても三三歳には見えないなぁ」

「お決まりの年齢詐称で、仕事の上では二八歳ってことになってるけど」

「お店のホームページでそれを拝見したので、ぼくと同級生なんだと思って……。でも、二八より若く言っても、十分に通用すると思いますよ」

「ありがとう。だけど、若く見られたって、なにもいいことないのにね」

「老けて見られるよりいいと思いますが」

「どうだかね。若く見られるのは、ちゃんと成長し切れていない証拠かもしれないし」

ブラジャーをつけ、ワンピースを身にまとって、普通の姿にもどってゆくリョウさんとそんな会話を交わしたあとで、ぼくはどうしても聞きたかったことを口にした。

「リョウさんは、二年前に新宿のホテルで会ったときに、少しイシカワガエルの話をしたのを覚えてますか？」

「ええ。それにあのとき、岡村佳彦さんの番組を作ってるって、あなたから聞いたから、ずっとイシカワガエルの放送を楽しみにしていて、ちゃんと拝見したんですよ」

「えーっ、見てくれたんですか。うれしいなぁ。だけどリョウさんはなぜ、イシカワガエルのことをご存じだったんですか？　普通の人ならたぶん名前すら知らないはずのに」

「それは……」

答えかけてなぜか一瞬、リョウさんはことばを途切れさせた。

そして、しばしうつろに視線を泳がせたあと、「私がまだ子どもだったころに、そういった生きものにとても詳しい人が、身近にいたからなの」と、思い出すように言った。

「その人が撮影したいろんな生きものの写真を、よく目にする機会があって、その中にイシカワガエルもいたから、自然に覚えてしまったんでしょうね。クリムトの絵画みたいにとても装飾的できれいなカエルだから、いつのまにか心に焼きついてしまったんだわ」

「じゃあ、リョウさんは奄美大島か沖縄のご出身なんですか？」

その質問には答えることなく、「それから、偶然だったけど、〈公園のタコのスベリ台〉の放送も、見させてもらったわ。私の中でもずっと疑問だったことがやっと氷解したみたいで、すごくおもしろかった」と、リョウさんはにこやかに、思いがけない方向に話を展開した。

ぼくは思わず、「実はその企画も、ぼくが担当したんです。おもしろく見てもらえましたか。いやーっ、ありがたいなぁ」と口にしていた。

アマミイシカワガエルのオンエアが好反響に恵まれたことで、少し自信をつけたぼくは、間を置かずに次なる企画を考え、プロデューサー陣にプレゼンテーションした。

それが、「全国各地の公園で愛され続ける『タコのスベリ台』は、どのようにして生み出されたのか？　その誕生秘話に迫る！」という企画だった。

ぼくは幼いころによく、自宅近くの公園にある「タコの形をしたスベリ台」で遊んだが、こうした「タコのスベリ台」は北海道から沖縄まで、いまも全国の二〇〇カ所以上の公園に設置されている。

それぞれの公園の条件に合わせてコンクリートで手作りされているため、大きさや形状など、一つとしてまったく同じものは存在しないが、発想やデザインの共通性からして、全国各地の「タコのスベリ台」はすべて、同じルーツを持っているように思える。

では、だれがいつどのような状況で、「タコのスベリ台」の第一号を生み出したのか？

その謎に迫ろうとしたこの企画は、提案するやいなやゴーサインをもらえて、イシカワガエルのオンエアから四カ月後には、無事に放送することができたのだった。

「タコのスベリ台」の生みの親は、彫刻家で多摩美術大学名誉教授でもあるK氏だった。

東京藝大を卒業して屋外美術制作会社に就職し、公園遊具のデザインや制作を手がけていたK氏は、五〇年ほど前に東京都の足立区から、新たな公園用スベリ台の制作を依頼された。

そこで造形的な曲線美を追究したスベリ台をデザインするが、足立区の役人が、「このスベリ台はなんとなくタコ足みたいだから、いっそのこと頭もつけてタコにしてしまおう」と言い出し、結局それで押し切られてしまった。

こうして足立区に誕生した「タコのスベリ台」は、斬新さで評判を呼び、K氏の会社には制作依頼が殺到。以後の一〇年間で全国で四〇〇基が設置されるほどの、大ヒット遊具となった。

「企業的には大成功ですが、そのうち目玉をつけろ、足にイボをつけろ、頭にハチマキを巻けなどと、即物的な要求が増えてきて、子どもたちに芸術性の高い遊具を与えたいという私の思いとは、まったく違う方向に進んでしまいました」と、K氏は番組の中で当時を振り返る。

だが、「私もタコのスベリ台で遊びましたが、これほど大勢の子どもに愛された公園遊具は、ほかにないですよ。新旧の子どもを代表して、心からお礼を言わせていただきます」という岡村佳彦さんのことばに、いまは年老いたK氏の顔も満面の笑みで覆われたのだった。

リョウさんはたまたま、その回の放送を見ていてくれたのだ。

「東京に来る前に住んでいた町の、市役所のすぐそばの公園にも、タコのスベリ台があったわ。その周囲には、ゾウやカニや、イルカやヤドカリなんかの、小さな遊具も配置されていて、全体の雰囲気が大好きだった。だから市役所に出かけたついでに、よくその公園に立ち寄ったけど、そんなスベリ台があるのはそこだけだと思ってたから、東京でタコのスベリ台を見たときは、本当に驚いたわ……」

リョウさんはそう言うと、トランクス姿になって上半身を起こしていたぼくをゆっくりとベッドに押し倒し、前部分だけをずり下げて、またフェラチオをはじめてくれた。

ぼくはなにか、リョウさんにたずねたいことがいっぱいあるのを感じながらも、その心地よさにことばを失い、リョウさんの口の動きに身をまかせ続けた。

するとまた、リョウさんのスマホが鳴った。車で待つ送迎スタッフからの催促だ。

「ごめんなさい。すぐに出ますから」

リョウさんはあわただしく電話を切ると、トランクスを元にもどして、ぼくから離れた。

ぼくは急いでベッドマットの下から白封筒を取り出すと、「これ、料金です」と差し出した。

しかしリョウさんは、「そんなの、いいのよ。私の方も、最後までサービスしてあげられなかったし」とそれを押し返した。

対応に困りながら、「じゃあ、また来てください！」とぼくは言った。

「そうね、私もあなたに、また会いたいわ」

本心からだと信じるに足る響きでそう言うと、「あなた、お名前はなんておっしゃるの？『広川さん』なのは事務所から聞いているけど、下のお名前は？」とリョウさんがきいた。

「英樹です」とぼくが答えると、「えっ？」と、リョウさんがぼくの顔を見つめ直した。

「いま、ひでき、って言ったわよね？」

「そうです、英樹、です」

「それって、どんな字を書くの？」

「英語の『英』に、樹木の『樹』と書いて、『ひでき』と読みます」

そう説明すると、リョウさんの表情が心なしか、変化したように思えた。

「そうなんだ……英樹ちゃん、なんだ……」

少しの間を置いてから、なんだか声をつまらせるように言うと、「あなたの電話番号はわかってるから、あとでまた、ショートメールしますね」と、リョウさんは胸の横で小さく右手を振り、急いで部屋を出て行った。

ベッドから出て松葉杖を手にするだけの時間的余裕もないまま、ぼんやりと藤色のマキシワンピースを見送ったぼくの耳に、玄関ドアの閉まる音がやけにもの悲しく響いてきた。

それからの二時間半、ぼくは夢を見ることもなく眠り続けた。
大分での入院生活中に不眠に悩まされるようになり、このころもまだ、睡眠導入剤を飲まなければ眠れない日々が続いていたのに、なぜかこのときだけは自然に爆睡することができた。
そして、真空世界からはじき出されたかのように目覚めたぼくが、真っ先にやったことは、パソコンのメディアプレーヤーでシトウ・マサトの歌を聴くことだった。

どんなに温めつづけた言葉も
届かぬものには届かない　響かぬものには響かない
夜明けのダイアモンドダスト
二人で見たくて　いくら呼び起こしても
凍えた猫のように丸まった　あなたの背中　悲しくて
もう　なにも返してくれなくていいから
なにも叶《かな》えてくれなくていいから
私のこころとからだだけは　いつまでも覚えておいて
このぬくもりほどの　愛ではないにしても

恋にふさわしい季節など　最初からありもしないのに

あなたはそれを信じるふりをして　私を困らせる
どうせならもっと残酷に　踏みにじってしまえばいいものを

どんなに血のにじむような想いも
届かぬものには届かない　響かぬものには響かない
夕暮れのグリーンフラッシュ
二人で見たくて　いくら話しかけても
手負いの犬のようにうなだれた　あなたの横顔　寂しくて
もう　なにも返してくれなくていいから
なにも叶えてくれなくていいから
私のこころとからだだけは　いつまでも覚えておいて
このぬくもりほどの　愛ではないにしても

ひとつに溶け合う季節など　最初からありもしないのに
あなたはそれを求めるふりをして　私を苦しめる
どうせならもっと無慈悲に　打ち捨ててしまえばいいものを

いつも不思議に思うのだが、なぜか心が不安定で感情をうまくコントロールできそうにないときは、シトウ・マサトの歌が聴きたくなる。彼の歌を聴いているとただそれだけで、本来の自分にもどれるような、見失いかけた自分がよみがえるような、そんな気分にさせられるからだ。シトウ・マサトの数あるナンバーの中でも、とりわけぼくにそうした効果をもたらしてくれるのが、この『覚えておいて』という、哀切さの漂うバラード調の歌だった。

その歌をリピートさせて聴きながら、ぼくはリョウさんのことを考えていた。

二年前に一度だけ会ったときのリョウさんは、たしかに美しくて魅力的ではあったが、その反面でどこか弱々しげな、そこはかとないうれいをたたえていた。

しかし再会したリョウさんは、明らかに以前とは違っていた。見た目がより女っぽく、美しく華やかに変化したというだけでなく、かつての弱々しさが消えた分だけ、大人っぽいアンニュイな香りが増し、なにかが鋭く研ぎ澄まされたかのような、そんな印象を受けたのだ。

リョウさんの二年間でのその変化は、いったいなにを意味しているのだろうか。

二人で過ごした一時間の出来事を振り返りながら、そうしたことにぼんやりと思いをめぐらせているうちに、ぼくの胸の中で次第に、リョウさんの存在が重さを増してゆくのだった。


その夜、リョウさんから予期せぬショートメールが届いたのは、ぼくが電子レンジで温めたレトルトカレーを食べながら、『ニュースレーダー・テン』を見ているときのことだった。

この日の『テン』では、国会審議中の「安全保障関連法案」をめぐる特集が組まれていた。

二〇一二年の年末選挙で自明党が圧勝したのを受けて首相の座に就いた安藤健三は、「集団的自衛権の行使は認められない」とする歴代内閣の憲法解釈をくつがえし、「集団的自衛権の行使容認」を閣議決定。これに従い、自衛隊の海外活動を拡大するための安全保障関連法案を、二〇一五年五月一五日に国会提出したため、国民間でも賛否両論がせめぎ合う状況が続いていた。『ニュースレーダー・テン』ではこの夜、日読テレビが親会社の日読新聞と共同で行った世論調査の結果を公表したが、それによると、「集団的自衛権の行使を前提とした安全保障関連法案には反対」という人が全体の四六％、「賛成」の人が三九％だった。

この結果を受けてメインキャスターの印南次郎が、「本来なら、憲法九条の改正手続きを踏むべき大問題です」と疑問を呈し、レギュラー・コメンテーターで日読新聞論説委員の高山正も、「政府の狙いは、日米軍事同盟を強化し、自衛隊と米軍を一体化させることで中国の脅威に備えたい、ということだと思いますが、自衛隊の海外活動の拡大に国民の理解が得られるか、疑問ですよね」と、しかめっ面で答える。

そして、日読テレビの人気女子アナでサブキャスターでもある中井麻里の、「ここで、町の声を聞いてみたいと思います。今夜は梶木リポーターが、品川駅前に行ってくれています。梶木さーん、お願いします」との呼びかけで、生中継画面に杏奈が登場した。

「はい、品川駅前です。先ほどからこの場所で二〇人を超える人に、国会で審議中の安全保障関連法案をどう思うか、たずねてみました。その一部をご覧ください」

マイクを手にした杏奈の、いつもながら歯切れのいい仕切りを受けて、おそらく編集されたばかりのVTRがスタートし、四人の通行人の意見が次々に紹介された。

「反対です。そんな法律を作って自衛隊が海外に出て行くと、日本に直接関係のない戦争や紛争に巻きこまれて、日本の安全はむしろ悪化するような気がします」（二〇代女性）

「賛成だよ。中国や北朝鮮は常識の通じない凶暴な国だから、いつ襲ってくるかわからん。だか

ら国の備えはもっと強化すべきだし、時には先制パンチも必要じゃないの」（五〇代男性）
「私は本当の戦争を経験してますから、断固反対です。それに、国民の声にじっくりと耳を傾けようとしない安藤政権のやり方に、なんだか戦前と同じ怖さを感じますね」（八〇代女性）
「当然、賛成に決まってます。中国がひたすら軍拡を続けているのだから、対抗して自衛隊の守備範囲を広げなければ、尖閣だけでなく、沖縄まで奪われちゃいますよ」（三〇代男性）
最後の、三〇代男性の意見を聞きながら、ぼくは杏奈のかつての主張を思い出していた。
ぼくたちが親密な関係だったころ、杏奈はお酒を飲むとよく、「憲法九条を守るために集団的自衛権の行使を否定するのは、本末転倒よ。国家が守るべきは、憲法じゃなく、国民の生命なんだから」と持論を語り、護憲派のぼくを「お花畑の理想主義者だ」と批判したものだった。
ところが日高報道部長が交通事故で亡くなり、よき理解者の重光さんが報道部長に昇進したことで、杏奈の立場は激変。いまでは日読テレビを代表する、局内出演者の一人となっている。
もちろん、憲法改正には慎重な親会社のスタンスに合わせて、杏奈はかつての持論を封印。いまでは印南キャスターや高山論説委員と論調を揃えて、安保関連法案に反対する側に回っていた。
街頭インタビューのVTRがオンエアされたあと、ふたたび杏奈が画面に登場。
「ということでして、やはりこの品川駅前でも、先ほどの世論調査の結果と同じような割合で、賛成と反対の双方の意見が真っ向から拮抗《きっこう》している、という印象を受けました」
杏奈はそう総括したあと、「ご意見をうかがった中に、ご主人が自衛隊員だという、三〇代の女性がおられました。二人の男の子の母親でもあるその方は、安保関連法が成立したら、子どもたちには自衛隊員になってほしくないと、複雑な心境を口にしておられたのが印象的でした」と、今夜も番組プロデューサーが喜びそうなエピソードで、自分の出番を締めくくった。

そのときだった、ぼくのスマホのメール着信音が鳴ったのは。

掛け時計は一〇時四〇分を指している。仕事のメールが届く時間ではないので、不審に思いながらスマホを開くと、意外にも、届いていたのはリョウさんからのショートメールだった。


あと一時間ほどですべての仕事が終わります。

遅くなりますが、もう一度ぜひ、英樹ちゃんに会いたいので、それからあなたの部屋にうかがってもいいでしょうか。（リョウ）

その文面を読み返しながら、ぼくは泣きそうになった。いきなり「英樹ちゃん」と呼ばれていることに驚きはしたが、リョウさんからの申し出は、まさに天使からの贈りものに等しかった。


もちろん大歓迎です！　どんなに遅くなってもいいので、お待ちしています。

もしもなにかあれば、いつでもメールしてください。


浮き立つ気持ちでそう返信すると、すぐにメールが返ってきた。


ありがとうございます。うれしいです。

なんとか、一二時半までには行けると思います。

そのことば通り、日付けが変わって二〇分後に、リョウさんはふたたびぼくの前に現れた。

「マンションの前まで来たんだけど、このままお邪魔しても大丈夫かしら?」

リョウさんからそんな電話が入り、「ええ。玄関のドアは開けたままにしていますから、そのまま入って、奥の部屋まで来てくれますか。ぼくはベッドに寝転がってますので」と答えると、

「また具合が悪いの?」と、リョウさんが心配そうにたずねた。

「そうじゃないんですけど、なんだか今日は足の調子がよくないので、こうして寝転がったままにしているのが一番ラクなもんで」

「そうだったの。疲れちゃったのかもね。あんなに痛い思いをしたから」

リョウさんはやさしくそう言ってくれたが、実はその直前に、松葉杖を使わずに立ったままでシャワーを浴びていたとき、また一瞬、左足に鈍い痛みが走った。

そして、「さっきみたいになったら、最悪だ」と不安にかられたぼくは、リョウさんには失礼だとは思いつつ、最善の安全策として、ベッドに寝転がった状態で待つことにしたのだ。

やがて軽いノックの音がして、ぼくのいるリビングのドアが開いた。

と同時に、思わずぼくは、「どうしたの?」と声を上げていた。

夕方とまったく同じ姿で現れたリョウさんの、その右目の周囲に、だれかになぐられたみたいに大きなアザができていたからだ。

「びっくりさせちゃったかしら」

バツが悪そうに言うリョウさんの顔をよく見ると、それは本物のアザではなく、一種のメイク

のようなものに思えた。

「ごめんなさい。おうちに入る前にイタズラ心で、ルージュで塗っちゃったの」

リョウさんはお茶目っぽく笑うと、何事もないかのようにぼくのそばまで来てベッドに腰を下ろし、そのままからだを重ねてきた。

その自然なしぐさがぼくの緊張をほぐし、夕方からずっと一緒に過ごしているかのような、打ち解けた気分にさせてくれた。

そして、右目のまわりを紫色に塗りたくった、なんとも奇妙な顔をぼくに近づけて、「このメイク、落とした方がいい？」とリョウさんがきくので、「そのままでもいいけど」と答えると、「ありがとう」と、リョウさんはうれしそうな笑顔を見せた。

それから、「悪いけど一時間ぐらいしか時間がないから、このまま私にまかせてくれる？　また足が痛み出したら大変だから、英樹ちゃんはそのままにしていればいいからね。今度はちゃんと最後まで、気持ちよくしてあげるから」と、まるで幼い子をあやすように言った。

いつのまにか「英樹ちゃん」と呼ばれていることに、やはり微妙な違和感を覚えながらも、ぼくはこれからはじまろうとする出来事への期待に満ちて、黙ってうなずき返すしかなかった。

するとリョウさんは、ぼくのスウェットシャツとハーフパンツ、それに下着を脱がせにかかり、やがてゆっくりと崩れ落ちるように、ぼくの下半身に顔をうずめた。

たちまち生温かい快感が局部にあふれ、それは同心円を描くようにして全身に広がった。

最初のとき以上に激しく技巧的なリョウさんの口づかいと、表現しがたく濃密な吸着感が、期待をはるかに超えた気持ちよさで、ぼくのすべてを弛緩させてゆく。

狂おしくもどこか耐えがたくてせつない、そんなえもいわれぬ時間が続いたあとで、リョウさんはぼくから離れて身を起こし、自分も全裸になった。

それからベッドの上でいったん立ち上がると、ぼくの腹部をまたいでからだの向きを変え、ゆっくりと沈みこむように腰を下ろしてきて、シックスナインの姿勢をとった。その結果、リョウさんの秘部がぼくの眼前に固定され、肉感的な光景で視界のすべてが覆われた。

と同時に、ぼくは激烈な衝動に押し出されて、リョウさんのからだに突進していた。

そこから先は、どこからどこまでがぼくのからだで、どこからどこまでがリョウさんのからだなのか、それすらも定かではないなまめかしい粘液質の海で、ぼくは溺れそうになりながらも必死で泳ぎまくり、必死で潜りまくり、必死で息継ぎをくり返した。

いつしか気がつくと、ぼくの上に騎乗位でまたがったリョウさんが、しなやかに腰を上下させていた。からだ全体で大きくリズムを刻み続けるその動きが、ぼくのすべてを支配し、ぼくのすべてを満たしてくれていた。

そしてついに爆発の予兆に突き動かされたぼくは、リョウさんのからだを突然に引き寄せると、強く抱きしめたままで横に転がり、一瞬にして二人の上下関係を反転させた。

驚いたリョウさんがぼくの顔を見上げて、「英樹ちゃん、だめよ。また足が痛くなっちゃうわ」と、心配そうに言った。

そのリョウさんを組み敷くようにして、両膝でしっかりと自分のからだを支えると、ぼくは無我夢中でリョウさんのからだを押し開き、一気にその中心部に分け入った。

あとはもう、どんなに足が痛もうとも引き返すことのできないひたむきさで、一直線にリョウさんに挑み続けるしかなかった。首を小さく左右に振りながら、少女のような声であえぐリョウさんの、その不可解なメイク顔を見おろしたまま、ぼくはどこまでもひた走り続けた。

やがてのぼりつめようとする直前に、「リョウさん！」とぼくがたまらず声をかけると、リョウさんも「うん！」とだけ呼応して、完璧なまでにぼくの動きに合わせてくれた。

そしてぼくは、これまでに経験したことのない、脳髄が溶け出しそうな到達感に打ち震えながら、リョウさんのからだの中ですべてを終えた。


五分ほどが過ぎたのだろうか。

いや、それ以上の時間がたっていたかもしれない。

気を失ったようになっていたぼくが、ふと正気にもどったとき、すぐ目の前にリョウさんの紫色の顔があった。

ぼくは思わず、「ありがとう。すばらしかった！」と、ストレートな気持ちを口にした。

するとリョウさんは、なにも答えずにほほえみ返してくれたけれど、そのとき、紫色のメイクで覆われた右目から、一筋の涙がこぼれ落ちるのをぼくは見た。

「泣いてるの？」

「そんなことない」

明るい口調で否定すると、リョウさんは、「英樹ちゃんはこのメイク、どう思う？」と、思いがけない質問を返してきた。

「なんだか、いつまでたっても幸せになりきれないパンダみたいで、おかしいよ」

「そうよね。私なんか絶対に、幸せにはなれないものね」

自嘲的な笑みを浮かべてそう言うと、「もう時間がないから、シャワーをお借りしますね。このメイクも落とさなければ、外に出られないし」と、リョウさんはベッドから身を起こした。

「また来てほしい」とぼくは声をかけた。

「リョウさんのことを好きになってしまったから、また会ってほしい」

たたみかけるように言うと、「私もできることなら、また英樹ちゃんに会いたいわ。でも、もう会えないの」と、ぼくの顔を正面から見すえてリョウさんが言った。

「どうして?」

「しばらくしたら、遠くに行っちゃうから」

「遠くって、外国?」

リョウさんはなにも答えず、小さくほほえんだ。

「じゃあ、明日だけでいいから。明日、もう一度来てくれませんか」

「ごめんなさい」

「だったら、明後日《あさって》でも、明々後日《しあさって》でも、もっと先でもいいから、なんとか、もう一度会える時間を作ってください」

「英樹ちゃん、無理を言わないで。私、いまこの瞬間だけでも、精一杯なんだから……」

苦しげに言い残すと、リョウさんは脱ぎ捨てていた衣服とトートバッグを全裸の胸に抱えるようにして、足早にバスルームへと向かった。

一人でベッドに残されたぼくは、自分でも意外なほど消沈していた。

「好きになってしまった」とリョウさんに言ったのは、セックスのあとの一時的な感傷からではなかった。ぼくは本当に、リョウさんに恋をしてしまったのだ。

なのにリョウさんは、もう会えないと言う。どこか遠くに行ってしまうのだと言う。


シャワーを終え、マキシワンピースのゆるやかなシルエットに身を包んだリョウさんが部屋にもどってきたとき、その顔からはもう完全に、あの奇妙な紫色のメイクが消えていた。

「やっと普通の顔にもどったね。その方がずっときれいなのに」

ぼくがなにも考えずに言うと、「つき合わせてしまって、ごめんなさい」と、思いがけない神妙さでリョウさんは言い、「あしたの朝早くから、行かなければならないところがあるの。だから、もう帰るね」と、すまなそうにほほえんだ。

ぼくはあわてて、「今度は絶対に受け取ってください」と、用意していた封筒を差し出した。するとリョウさんは、「英樹ちゃん……、私は仕事で来たんじゃないのよ。そんなこと、しないでちょうだい」と、思いっきり悲しげな表情を見せた。

ぼくは後悔しながら、「だったら、リョウさんの本名を教えてください。リョウさんはぼくの本名を知ってるのに、ぼくが知らないのは、不公平だから」と食い下がった。

「たしかに、そうよね」

リョウさんはまたほほえみを取りもどすと、「私の本当の名前は、みずき、っていうの。水が貴いと書いて、水貴よ」と、正面からぼくを見て教えてくれた。

それから、「英樹ちゃん、ありがとう。最後の最後に、本当にいい思い出ができたわ。見送ってくれなくていいからね」と、ベッドの上のぼくに覆いかぶさるようにして言い、頬をすり寄せながら、強く抱きしめてくれた。

「リョウさん、本当にもう会えないの?」

ドアに向かうリョウさんの背中にそう声をかけたものの、リョウさんは無反応だった。

そして、一度も振り向かずに部屋から出て行こうとするリョウさんに、今度は「水貴さん!」と呼びかけてみると、驚いたようにリョウさんが振り返った。

半分閉めかけたドアの陰《かげ》からこちらを見ているリョウさんに、「お願いだから、また来てください」と、すがるような思いで言うと、リョウさんはしばしの無言のあと、「残念だけど、もう会えないの」とだけ、震える声で言った。

その目には明らかに涙があふれていたけど、それを悟られまいとするかのように、リョウさんはゆっくりと背を向けると、音を立てずにドアを閉めきった。

（三）　アラフェス

　リョウさんが帰ったのは、夜中の一時半ぐらいだった。

　軽い興奮状態で、身も心も熱く火照《ほて》ったままのぼくは、すぐに眠れそうもなかったので、それからダイニングの食卓に腰をすえ、大好きなベトナム産のウォッカを飲みはじめた。

「ネップモイ」という名のそのウォッカは、どことなくお焦げ御飯のようななつかしい香りがして、サラミソーセージを肴にロックで飲むのが、寝つけない夜の習慣となっていた。

……それにしてもリョウさんはどうして、最後まで許してくれたんだろう？　いぶかりながらも、ぼくはリョウさんと過ごした時間の一部始終を、そして、二人で交わしたことばの一つ一つを思い出しながら、結局、四杯のロックを飲んでしまった。

　それから睡眠導入剤であるアモバンをいつもの倍量服用し、ようやく眠気を覚えたころになって、ベッドに横になった。たぶん、四時半ごろだったと思う。

　目覚めたとき、もう昼の一二時前だった。

睡眠導入剤を多めに飲んだせいか、それともネップモイのせいなのか、からだの芯が異常なまでにけだるく、なんだか頭の中に分厚いモヤが垂れこめているようだった。

それからいつも通り、ユニットバスに溜めたぬるめのお湯につかりながら、ゆっくりと時間をかけて左足をマッサージしたぼくは、「きょうはもう、リハビリを休んでしまおうか。それとも無理をしてでも行くべきか……」と迷いつつ、シャワーを浴びた。

洗面台の前でヘアードライヤーを使い、濡れた頭髪を乾かしているとき、ふと、足もとのシャギーマットの隅に小さな紙片が落ちているのに気がついた。

拾い上げ、二つ折りになったその紙片を開いてみると、几帳面な美しい字で、「加賀雄二郎　港区赤坂七丁目○番○○号　グランディシエール赤坂」と書かれていた。

もちろん、ぼくが書いたものではないので、リョウさんが前夜に、化粧直しの際にでも落としたとしか考えられなかった。とするなら、リョウさんはそのことに気づいているだろうか？

ともあれぼくはその「加賀雄二郎」という名に、どこか見覚えのある気がした。すぐには思い出せなかったものの、たしかにどこかで、同じような名前を目にした記憶があったのだ。

そこで、冷凍ピザとインスタント・コーヒーで食事をすませたあと、パソコンに向かい、「加賀雄二郎」がいったいどこのだれなのかをインターネットで調べてみた。

すると意外にも、「加賀雄二郎」の名で二万件以上のウェブサイトがヒットしたので、驚いてしまった。加賀雄二郎は建築界ではそれなりに知られた存在らしく、ネット上の人物事典では次のように記されていた。

■加賀　雄二郎（かが　ゆうじろう）　日本の建築家（一級建築士）。一九五〇年、東京都杉並区に生まれる。京都大学工学部建築学科卒業。在学中は高田純三に師事。大学卒業後、鳴海原建設（株）に勤務した後、「株式会社加賀雄二郎建築研究所」を設立。「下北沢W邸」、「三鷹の高瀬邸」、「八王子市の益子邸」などの個人住宅で注目され、「鱗島アートセンター」の設計で一九九二年に堺神吉賞を受賞。沖縄県那覇市の集合住宅「HANAS沖縄」で一九九八年度の公共建築年間最優秀賞を受賞。これを契機として沖縄で多数の作品を手掛けるようになり、那覇市内の「ゆいまーる羽賀ビル」、「リゾートピアランド久茂地」、北谷町《ちゃたんちょう》の複合商業ビル「ロマンキックス」、恩納《おんな》村《そん》のリゾートホテル「恩納ガラリアガーデン」などを設計。次女の加賀真奈美は絵本作家として知られている。

また、日読新聞の有料検索サイトにログインして、ここ二年以内に「加賀雄二郎」に関して書かれた記事を検索してみると、全部で五件の記事が見つかった。

そのうち四件は、「作家の増田英一さんの還暦を祝う会で、建築家の加賀雄二郎さんがお得意のカンツォーネを披露し、拍手喝采を浴びた」、「第三七回全国学生建築コンクールの審査員に、建築家の有馬哲也氏・建築家の加賀雄二郎氏・工業デザイナーの水津俊常氏の三氏が決定した」といった、文化面の小さな記事だったが、二〇一四年四月一九日付け朝刊の『人物近況』欄では、本人へのインタビューにもとづく、次のような記事が掲載されていた。

【七〇歳で沖縄に移住予定。建築家・加賀雄二郎さん（六四歳）】

独特の多角形を用いた集合住宅「HANAS沖縄」や「鱗島アートセンター」、「ホテル・オオウラ・ドリームズ」などの設計で知られる加賀雄二郎さんは、このところ月の半分以上を沖縄で過ごしている。沖縄各地で、加賀さんが設計したビルや商業施設の建設が、何件も同時進行中だからだ。「初めて沖縄で仕事をしたのは、一九八八年。知人が恩納村に建てた別荘を設計したのですが、自然の美しさと人情の深さに感動しました」と加賀さん。以来、頻繁に沖縄を訪ねるようになり、九一年には那覇市内に事務所を開設。その六年後に手がけた「HANAS沖縄」で公共建築年間最優秀賞を受賞し、沖縄との関係が一層深まった。「沖縄の昔からの民家は、台風対策のために屋根が低く天井も低いが、その分、水平方向への空間の開放度が高い。『HANAS沖縄』では、そうした伝統家屋の特徴を多く採り入れましたが、それが沖縄の方々から『住みやすい』との評価を得たことで、沖縄でも建築家としてやっていける自信がつきました」と加賀さんは謙遜するが、「建物外観のダイナミズム」と「住む人の暮らしやすさ」を高度に調和させようとする加賀作品の支持者は多く、この先も沖縄での大型プロジェクトが目白押しだ。「当分はこのまま、東京と沖縄を行き来する生活を続け、七〇歳を迎えたら完全に沖縄に移住するつもりです。糸満《いとまん》市にもう、永住用の土地を見つけてありますし」と加賀さん。そのうち、沖縄定住用の自宅を「趣味的にコツコツ設計する」のを、今から楽しみにしている。

この記事の最初の数行を読んだ時点で、ぼくはすぐに、以前にこの記事を読んだことがあるのを思い出した。おぼろげながらも加賀の名を記憶していたのは、この記事で初めて、「ホテル・

オオウラ・ドリームズ」の設計者が加賀であることを知り、それが印象に残ったからだろう。ホテル・オオウラ・ドリームズは、二〇一三年に沖縄県名護市にオープンした高級リゾートホテルで、大浦湾を一望できる絶景の地に建っている。

一泊が最低一〇万円というこのホテルは、芸能人やスポーツ選手など、有名人がお忍びで訪れるセレブなリゾートホテルとして、テレビや雑誌でもたびたび紹介されているが、その場所にかつて沖縄を代表する巨大な廃墟が存在したことは、次第に忘れ去られつつある。

しかしその廃墟こそが、大学二回生の夏に、ぼくに初めての沖縄旅行を決意させたのだった。

自宅通学ができて学費が安く、なんとか合格できそう……との理由から大阪市立大学に進学したぼくは、入学直後から総菜店でアルバイトをはじめた。両親が営む食堂はコンビニやファストフード店に押されて経営が悪化しており、家計が厳しいことは、ぼくもひしひしと感じていた。その一方で「廃墟同好会」に所属し、休日には仲間たちと関西の様々な廃墟を訪ね歩いていたぼくは、「夏休みの廃墟探索遠征ツアー」に参加することで、初めて沖縄を訪ねたのだった。

太平洋戦争末期に熾烈な地上戦が展開された沖縄では、「戦跡」という名のリアルな「戦争廃墟」が数多く残されているし、観光の島ならではの「リゾート系廃墟」も少なくなかった。

そうした廃墟見たさに、二〇〇七年八月三日の朝に那覇空港に到着したぼくたちは、レンタカーに分乗して一路、北部の名護市を目指した。その市内に最大の目的地があったからだ。

それが「ケギナ・マリンズ」という名の廃墟ホテルで、大浦湾を見おろす丘の上に、すさまじく荒廃した姿をさらしていた。一九八〇年代初頭に倒産後、実質的に出入り自由な状態で放置されてきたこのリゾートホテルは、沖縄屈指の大型廃墟物件として、全国の愛好家に知られていた。六階建てホテルの内部には、複雑な動線に沿って一二〇の客室が配置されていたが、その部屋のすべてが荒らされ、壁が突き破られていた。それに、共有スペースの壁や床や階段は、下品な落書きやペインティングで埋めつくされ、いたるところに汚物が散乱して、ぼくたちの好む「廃墟特有の静止した時間感覚や、朽ちてゆくものの愛しさ」など、望むべくもなかった。

ケギナ・マリンズのあと、ぼくたちは目と鼻の先にある「辺野古社交街」へと向かった。大浦湾の西側には名護市の辺野古地区が広がるが、大部分の土地はキャンプ・シュワブ米軍基地に組み入れられており、辺野古の住民たちは、基地の外側のわずかな土地で暮らしていた。

辺野古は当時もいまも、米軍普天間飛行場の移設先として注目を集め続けている。こうした事態の発端となったのは、一九九五年九月四日に発生した「沖縄米兵少女暴行事件」だった。

沖縄のキャンプ・ハンセンに駐留する三人の米兵が、北部の商店街で一二歳の女子小学生を拉致。粘着テープで顔を覆われ車に押しこまれた少女は、近くの海岸で集団強姦され、負傷した。

しかも米軍が日米地位協定を盾に犯人の引き渡しを拒んだため、米兵の横暴と犯罪に苦しめられてきた沖縄県民の怒りが爆発。主催者発表では八万五〇〇〇人が抗議集会に結集し、反基地感情が一気に噴出した。

この動きで基地負担の緩和を迫られた日米両政府は、代替基地の建設を条件として、米軍普天間飛行場の返還を、翌九六年に合意。その後の紆余曲折を経て二〇〇六年に、辺野古のキャンプ・シュワブ沖を埋め立てて「二本のV字型滑走路を持つ代替基地」を建設することが決定した。

ぼくたちが廃墟探索で辺野古を訪れたのは、その翌年の二〇〇七年だった。

辺野古社交街は、キャンプ・シュワブのメインゲートからほど近い場所にあった。

「社交街」とは、バーやスナックなどが密集する「飲食店街」のことだが、沖縄の米軍基地周辺にはこうした社交街が多く形成されており、風俗関係の店が含まれることも少なくなかった。最盛期にはキャンプ・シュワブの米兵でにぎわった辺野古社交街も、ベトナム戦争が激化するにつれて米兵の足が遠のき、やがて廃業者が続出。いつしか廃墟化の一途をたどりはじめる。

その辺野古社交街は、聞きしにまさるさびれ方でぼくたちに衝撃を与えた。

塗装の剝げた壁に無数の亀裂が走り、ゆがんだ木製ドアが腐敗して朽ちている古い建物が、まぶしい陽光のもとでひしめく様は、干からびた時間の残酷さを感じさせるのに十分な光景だった。落下しそうな突き出し看板や、外壁にペンキで描かれた店名の痕跡などから、それらの建物が半世紀前には繁盛したであろう、バーやスナックだとわかったときの、胸をつくもの悲しさ。

そんな辺野古社交街の一角で、ぼくたちが一団となって写真を撮っているときのことだった。

被写体にしていた無惨な廃墟のドアが突然開き、姿を現した白髪の男性に、「パチパチ撮るんじゃないさ！　失礼だと思わんかね！」と一喝されてしまった。

「すみません。人が住んでおられるとは、思わなかったものですから」

ぼくが謝ると、「それも失礼な言い方だ！　どんな場所で暮らす人間にも、礼儀は尽くさんといかんさ！」と、老人は諭すようにどなって、また建物の中に姿を消してしまった。

この沖縄旅行ではやはり、沖縄戦のむごさを伝える戦争関係の廃墟に強く心を揺さぶられたが、辺野古社交街で老人にどなられたあの一言も、ぼくの胸に深く刻みこまれたのだった。

それから半年もしないうちに、「ケギナ・マリンズ」はようやく取り壊され、そこに新たな高級リゾートホテルとして、「ホテル・オオウラ・ドリームズ」が建設されることになった。その設計者が加賀雄二郎という名の建築家であることを、日読新聞のその記事を読むまで、ぼくはまったく知らずにいた。

それにしても、加賀雄二郎とリョウさんの間に、いったいどんな関係があるのだろう？

リョウさんはなぜ、加賀の名前と住所を書いた紙片を持ち歩いていたのか？

漠然とそんなことを思いながら、リョウさんの紙片に書かれていた「港区赤坂七丁目○番○○号　グランディシエール赤坂」という住所も、ネットで調べてみた。

すると、「グランディシエール赤坂」が俗に「億ション」と形容される高価格の豪華マンションで、有名漫画家の奥野フミカや、売れっ子作家の内田晴人らが住んでいることがわかった。

だが、その億ション内に加賀の自宅があるかどうかまでは、確認できなかった。

一方、加賀が代表を務める「株式会社加賀雄二郎建築研究所」の所在地が、「港区赤坂六丁目○番○○号　船越センタービル二号館七階」なのも、ネットでわかった。その研究所から「グランディシエール赤坂」までは、徒歩で一五分もかからない距離だった。

また、加賀の「沖縄事務所」が、沖縄県庁にほど近い那覇市泉崎《いずみざき》にあることも判明したが、ぼくにはもうそれ以上、加賀に関してなにかを調べなければならない理由もなかった。

ネット検索のついでに、ぼくはふと思い立って、リョウさんが所属する『渋谷ミント・ラバー』のホームページにアクセスした。

前夜のリョウさんは、「もう会えない」、「しばらくしたら、遠くに行っちゃうから」などと話していたが、それでは、デリヘルの仕事の方はどうするつもりなのか。

疑問を抱きながら同店のホームページを開いたぼくは、しばしわが目を疑った。そこに掲載されていたはずのリョウさんの写真が、どこにも見当たらなかったからだ。

リョウさんがまだ二年前と同じく、『渋谷ミント・ラバー』に在籍しているかどうかをたしかめたくて、同店のホームページに初めて目を通したのは、前日の午後三時前だった。

そしてぼくは、顔ボカシで掲載されていたコンパニオンたちの写真の中に、すぐにリョウさんとおぼしき女性を発見。「リョウ　二八歳　（一六一・八七・五六・八五）」というプロフィルを確認してから、「リョウさんに自宅に来てほしい」と、予約の電話を入れたのだった。

なのに、そのときに見たリョウさんの写真が、消えてなくなっていた。

ぼくは営業開始の一二時を待って、『渋谷ミント・ラバー』に電話をかけてみた。

電話口に出たのは、声に聞き覚えのある若い男性だった。

「あのう、リョウさんの予約をお願いしたいんですが」

そう切り出すと、「申しわけありません。リョウさんはもう、店をやめてしまったのですが」と、思いがけない答えが返ってきた。

「どういうことでしょうか？　リョウさんには昨日、自宅まで来てもらったばかりですが」

驚きながらたずねると、「実はですね……」と、彼は声のトーンを落とした。

「リョウさんは昨日でお店をやめると、前々から決まっておりましたので」

「前々から、ですか？」

「ええ、本人からそのような申し出がありまして」

「ほかのお店に移られたのですか？」

「そこまでは、わかりかねます」

「じゃあ、こちらからリョウさんに連絡する方法はないんでしょうか？」

「申しわけありませんが、個人情報保護の問題もあって、なにもお話しできないのですが」

ことばづかいは丁重ながらも、冷たく突き放すように言われ、ぼくは電話を切るしかなかった。

そのあとで、前日のリョウさんのことを、事細かに思い出してみた。

リョウさんは前日の夕方にぼくの部屋に来たときも、そして夜中に来てくれたときも、それぞれ一時間近くぼくと過ごしながら、その間に一言も、お店をやめる話はしなかった。

しかし、「もう会えない」、「遠くに行っちゃうから」といったことばからは、リョウさんが『渋谷ミント・ラバー』をやめる前提でぼくに接していたと推測することもできる。

ただし、店をやめる理由が「都内の他店への移籍」だったら、あれほど「もう会えない」とくり返しはしないはずだ。他店に移ってからも、ぼくが客になればいくらでも会えるのだから。

とするならやはり、リョウさんは東京を離れて、どこか遠くに行こうとしているのかもしれない。ぼくとは物理的に会えなくなるような場所へと、旅立つつもりかもしれない。

そう考えると、「せめてもう一度、リョウさんに会いたい……」という気持ちが急激に膨張してきて、ぼくは居ても立ってもいられぬ思いで、スマホを手にしていた。

そのスマホには、前夜にショートメールを交換したり、電話で話したりした際に自動的に記録された、リョウさんのスマホの電話番号が残されている。

意を決して、その番号に電話をかけてみた。

すると一度だけ呼び出し音が鳴ったあとに、女性の声で、「おかけになった電話は、電源が入っていないか、電波が届かない場所にあるため、かかりません」という音声アナウンスが流れ、同じメッセージが二回くり返されたあとで、電話は自動的に切られてしまった。

こうして頼みの綱のスマホが役立たない状況では、リョウさんがいま、どこでなにをしているのか、まったく想像のしようもなかった。スマホの電話番号と「水貴」という名前、それに三三歳だということ以外、ぼくがリョウさんに関して知っていることは、なにもなかった。

もどかしさに苛立ちながら悶々としているうちに、もう昼の一時になっていた。

しばらくの間、ぼくはまた、病院に行くべきかどうか迷い続けた。

しかし結局、「今日のような体調の悪さだと、どうせ中途半端なことしかできないから、かえって病院の迷惑になる」と考えて、この日はもうリハビリに行かないことにした。

そして、このままじっくりとパソコンに向かい続けて、ネットで徹底的にリョウさんのことを調べてみようと、そう決めたのだった。

また新たにインスタントコーヒーを作って飲みながら、気を取り直してパソコンに向かうと、ぼくはサーチエンジンの検索窓に、「デリヘル」、「渋谷ミント・ラバー」、「リョウ」とキーワードを入力し、どんな情報が引っかかってくるのか試してみた。

すると、八四件がヒットした。そのすべてにじっくりと目を通した結果、最終的には四件のデータが、リョウさんについて書かれたものだと判断できた。いずれも、『デリヘル体験記』という総称でくくられる内容の個人ブログだ。

その中でもっとも衝撃的だったのが、「悲喜劇的独身中年男」と称する人物が書いている、『私が愛したデリヘル嬢たち』と題するブログだった。このブログのタイトルには、〈〜喜びも悲しみも、彼女たちのお気に召すままに〜〉という副題が添えられている。

そして、リョウさんらしきデリヘル嬢について記述された二〇一四年八月一二日付けのブログには、次のようなことが書かれていた。

昨日から盆休みの週がはじまったが、仕事を休めぬ吾輩は、昨夜の八時に自宅生還。こんな日は愛しのデリヘル嬢と気分転換を図ろうと、なじみの数店にアプローチしたが、お目当てのデリヘル嬢は全員御欠勤。そこでなかばヤケ気味で『渋谷ミント・ラバー』のリョウちゃんを指名したら、すぐに伺います、ってゆうじゃない。これには驚き申した。リョウちゃんは同店の高位ランクで、いつ指名しても待たされ、最後は自爆しそうなほど。それがすぐに来てくれるなんて、盆休みもない吾輩への、まさに僥倖ではないか。

ところで吾輩がなぜ、つき合いの長いリョウちゃんを指名するのに「ヤケ気味」になるかというと、実はリョウちゃんの誕生日が、吾輩の元女房と同じだからだ。元女房は若い男と不倫し、離婚届を置いて駆け落ちした。吾輩はこの元女房を憎んでおるし、目の前に現れたら首を絞めて殺してやりたいと思っている。それほど憎悪の対象である元女房と誕生日が一緒だという事実が判明した時点から、吾輩は深層心理的に、リョウちゃんを避けるようになった。なんの罪も責任もないリョウちゃんには、誠に申し訳ない限りだが。

とはいえ、吾輩ごときの八つ当たり的偏見で、リョウちゃんの魅力が微動だにするはずもない。久しぶりのリョウちゃんのサービスとテクニックは、掛け値なしに最高で、まさに天にも昇る心地にさせてくれた。もちろん『渋谷ミント・ラバー』のデリヘル嬢たちは絶対に本番拒否だし、リョウちゃんの場合は、ほとんどのオプションもNGだ。つまり、デリヘル嬢としての最も基本的なテクニックだけで真剣勝負しているのがリョウちゃんなのだが、そこに「感情労働の質の高さ」が大きく寄与していることを、吾輩は常々、深く実感させられている。

「肉体労働」と「頭脳労働」に続く第三の労働形態が、「感情労働」だ。「お客様ファースト」を大前提として自分の感情をコントロールすることで顧客の要望に応え、顧客に心理的な満足感や充足感を与えるというのが、「感情労働」の業務である。しかし最も人間的な要素である「感情」を客に合わせて加工するには、それなりに知的な自己抑制が必要となる。デリヘル嬢の中には天性の明るさだけで客を楽しませてくれる子もいるが、そんな子に限って、男のプライドや自尊心を傷つけておきながら、本人は少しも気づかないほど鈍感な場合が多い。それでは「感情労働」は務まらない。

たとえば、見栄えの悪い疲れ切った中年男の吾輩にも、男としてのプライドもあれば、自尊心もある。だからこそプレイで抜いてもらった後に、なんとも言えない情けなさというか、場合によっては惨めさに近い感情にすら襲われる。射精後の白々とした現実感の中では、ある種の反動で自分が過剰に小さく思えてしまうものなのだ。特に相手がデリカシーの乏しいデリヘル嬢の場合は、その思いが増大する。だけどリョウちゃんとプレイした後は、絶対にそんな気持ちにならないから不思議だし、それが最高に素晴らしくもある。

ということで、これ以上の詳細は省くとして、八月一一日の夜のリョウちゃんは、これこそが感情労働のお手本とも言うべき優しさと寛容さで、卑小にねじ曲がった吾輩の人間性回復をサポートしてくれたのでありました。リョウちゃん、あの許し難き元女房と誕生日が同じだからという、たったそれだけのことでついつい避けてしまって、本当に本当にごめんなさい。そして昨夜はありがとうね！　リョウちゃん、また会いましょう！　今度会ったときにはもっともっと、リョウちゃんのことを大事にしてあげたいと思ってます！

自己紹介欄に、「都内の特許事務所に勤める、しがない中年独身男です。出身は房総半島の漁村。趣味は自然科学系の読書と、デリヘル嬢とのふれあい。このブログでは、愛しきデリヘル嬢たちのことを備忘録的に書いていきたいと思います」と記している「悲喜劇的独身中年男」氏は、この記事からほぼ三カ月後の、一一月一七日付けの記事でも、リョウさんについて書いていた。

今日は吾輩の四九回目の誕生日だったが、なんの取り柄も財力もない吾輩には、だれも一緒に祝ってくれる者などいない。そんな孤独な誕生日をいくら嘆いてみてもはじまらないので、馴染みのデリヘル嬢を呼んで気晴らしをすることにした。そこで何人かの、癒し系と思えるデリヘル嬢の顔を思い浮かべて、最終的に『渋谷ミント・ラバー』のリョウちゃんを指名することにした。ただし、人気者のリョウちゃんゆえの四時間待ちだったので、彼女が拙宅に現れたときにはもう、誕生日から日付けが変わってしまっていたのだが。

でも、リョウちゃんを指名したのは大正解だった。というのも、吾輩が「誕生日のお祝いに一つだけ叶えてほしい希望がある」とリョウちゃんにおねだりすると、「内容次第です」とのお言葉が。そこで正直に、「これまでに一度も陰毛を剃られたことがないので、リョウちゃんの手でツルツルにしてほしい」と甘えてみたところ、リョウちゃんは破顔一笑、「可愛らしいご希望ですね」と言いながら、仕方なさげに受諾してくれたのだ。今回もまた、リョウちゃんの優しさと人柄のよさを、しみじみ再認識させられた次第である。

それからリョウちゃんと吾輩は、いつもの基本プレイを手短に済ませると、いよいよ誕生祝いの記念イベントに突入。ベッドに横たわる吾輩のペニちゃんの周辺に、シェービングフォームの泡をデコレーションケーキのように塗りたくってから、リョウちゃんは吾輩愛用の三枚刃カミソリで繊細かつ慎重に、すべての陰毛を剃りあげてくれたのだった。その間、「剃りやすい体勢」を維持するために、吾輩はどれほどいかがわしくも滑稽なポーズをさせられたことか。しかしこうしたプロセスにもまた、秘儀ならではの歓びがある。

「生まれたての天狗さんみたい」とリョウちゃんは笑ったが、吾輩も自分のツルツルの下半身を鏡に写し、その表現の的確さに同意したのだった。そして当分の間、陰毛のないパイパン状態の下半身をズボンの中に隠したまま、上司や同僚や得意先に接するのだと思うと、その愉快さに心が躍った。しかもそのパイパンは、リョウちゃんみたいな心優しき美人が誕生祝いとして剃り上げてくれたものなのだ。ありがとう、リョウちゃん！　感謝感激ですぞ！　他店の愛しきデリヘル嬢たちにも、大いに見せびらかしてやろうっと。

「悲喜劇的独身中年男」氏が書いているブログの、リョウさんに関する二本の記事を読み終えたあと、ぼくの胸の中で、「リョウさんに会いたい」という思いがさらに強まるばかりだった。「お誕生祝い」だからと、おそらくは笑顔を絶やさぬ明るさで、馴染み客である中年男の陰毛をすべて剃り上げ、そのあとで「天狗さんみたい」と笑っているリョウさん……

そんなリョウさんの姿は、ぼくが接した範囲で感じた、知的でやさしくて慎ましやかな印象からは大きく異なっていた。だけどその振幅の激しさは、決してリョウさんの価値や魅力をそこなうものではなく、むしろ逆に、リョウさんの人間的な寛容性の反映のようにも感じられた。

そのリョウさんに、二〇一五年に入ってから、なにか暗い異変があったのかもしれない。

そう推測させずにおかないのが、リョウさんについて書かれた、残りの二件のブログ記事だ。

「東京のフーゾク界を旅して二〇年。このブログはそんな旅の紀行文としてお読みいただければ幸いです」と自己紹介欄に書いている「ミスター・デオ」氏は、『東京フーゾクお気楽漂泊記』と題するブログの、二〇一五年二月二〇日付けの記事で、次のように書いている。

「一人でも多くの女性と楽しみたい」のがデオの基本ポリシーなので、同じ姫を二度指名することはありません。ところが、その自己規制を破ってでも会いたいと思わせるデリヘル姫に出会ってしまいました。お相手は、渋谷の『M』店のリョウという姫です。

毎回利用している恵比寿のラブホテルに初めて呼んだのは、去年の一二月下旬のこと。フーゾク仲間のお薦めによる指名でしたが、なるほど巷の評判通り、サービス内容も気立てもビジュアルも申し分なく、特にその明るさが、根暗なデオにはピッタリでした。

そこで昨夜、みずから掟を破って、そのリョウ姫を招請したのです。これまでに四〇〇人以上の姫と会ってきましたが、同じ姫の再指名は、正直、二度目のことでした。

ところが、目の前に現れたリョウ姫と対面して、いきなりショックを覚えました。前回からのわずかな期間にかなり痩せてしまい、雰囲気がガラリと変わっていたからです。

そのうえ、こちらがなにを話しかけても、虚ろな答えしか返ってきません。

「体調が悪いの?」「なにかつらいことでもあるの?」と尋ねてみても、ただ「いいえ」と、寂しげな笑顔で答えるだけ。前回のあの明るさが、とても信じられないほどでした。

それでも、やるべきことは決して手抜きせず、ひたむきにやってくれるので、素股までは面倒を見てもらいましたが、正直なところ、スカッとした気分にはなれませんでした。

どんな理由があるのかわかりませんし、姫たちも人間なのですから、悩みや苦しみに心を奪われることもあるでしょう。しかしはっきり言って、リョウ姫はフーゾクに不向きだと言わざるをえません。「いつも変わることのない、安定した接客とサービス」こそが、フーゾクの世界における絶対的な基本だと、デオはそう考えるからです。

ミスター・デオ氏によるこのブログでは、「渋谷の『M』店」としか書かれていないので、それがリョウさんの所属する『渋谷ミント・ラバー』を指しているのかどうか、判然としない。

しかし、このブログは読者コメントを受けつけており、寄せられた三本のコメントの中に、「リョウ姫とは『渋谷ミント・ラバー』のリョウちゃんのことだろうけど、私も三日前に同じ目に遭いました。楽しい気分にさせてくれる明るい子だったのに、超根暗な感じになっちゃってて、ショックでした。でも、リョウちゃんが風俗に不向きと決めつけるのは、勝手すぎませんか」という一文があったことからしても、記事の中の「リョウ姫」はやはり、リョウさんに思えた。

さらに、その時点でリョウさんについて書かれた最後の、そして最新のブログである『酒と薔薇と音楽と女』では、リョウさんは「渋谷M店のデリヘル嬢」として登場する。

ちなみに、「物見遊介」と名乗る人物がこのブログ記事をネットにアップしたのは、二〇一五年四月一一日となっている。つまり、ぼくがリョウさんと再会する、わずか二カ月前のことだ。

物見遊介氏は、「浜崎あゆみこそが、Jポップ界の頂点に立つビッグ・アーチストなのだ」という主張を長々と述べたあとで、記事の終盤で突然、リョウさんのことにふれていた。

そういえば今日、日本のフォークシンガーの草分け的存在である立原明大《たちはらあきひろ》の古希記念コンサートに行ったら、偶然、渋谷M店のデリヘル嬢であるリョウに出くわした。

リョウには今年になってから二度、お世話になった。最初は二月中旬だったが、その時の彼女は極端に無口で、自分からはほとんど、言葉らしいものを口にすることがなかった。

その徹底した無口さは、異文化圏の人間と対峙しているような奇妙な印象を与えたし、相当な美形だったので、リョウの存在は私の記憶に強く刻みこまれることとなった。

そして二度目に呼んだのは三週間前だが、この時は一転、別人のごとき対応を見せた。笑顔を絶やさぬ愛想のよさで接し、聡明さを感じさせるジョークさえ口にしたのである。

その印象の変化に驚かされた私が、二月に会った時とは別人のようだというと、彼女は、「本当にごめんなさい。そのころの私はどうかしていたの」と、素直に謝った。

そんなリョウの姿を見つけて声をかけると、彼女は私の名を口にして、軽く頭を下げた。立原明大のファンなのかと問うと、彼女は「シトウ・マサトのファンです」と答えた。

今回の古希記念コンサートには立原のたっての希望で、立原の影響を受けたというシトウ・マサトが友情出演しており、中盤で三曲を披露した。リョウはそれが見たくて来たらしいが、シトウ・マサトが自分のコンサート以外で舞台に立つのは前例のないことだ。

そこで、「今日のシトウ・マサトの出来はどうだった?」と尋ねると、「いつも以上に拒絶的なところが、出色でした」と予期せぬ答えが返ってきたので、シビれてしまった。

シトウ・マサトは日本の音楽界において、特異な地歩を築いている。彼はいわば純文学的な詩的世界を、卓越した歌唱力とギターテクニックで、まっすぐに表現し続けてきた。シトウ・マサトの歌からは、「孤独こそが人生なのだ」、「寂しさや弱さを肯定しよう」というメッセージが感じ取れて、それが聴く者の心に、癒しや励みを与えてくれるのだ。

しかしシトウ・マサトの歌は、親しみやすさの奥に、拒絶的な難解さも併せ持っている。その難解さが歌詞に表れたり、メロディーに表れたり、歌いっぷりに表れたりするのだが、確かに今夜は、自分のコンサート以上にそうした要素が強く感じられた。それを見事に指摘したリョウに、私は強烈な好奇心を覚え、このまま飲みに行かないかと誘ってみたが、「いまからお仕事ですので」と、やんわり逃げられてしまった。

どことなく「上から目線」が感じられて、あまりシックリとこないブログ記事だが、この記事に書かれているのがリョウさんのことであるのは、疑う余地がないだろう。

リョウさんはぼくにも、「シトウ・マサトの大ファンで、CDもDVDも全部持ってるし、毎年欠かさずコンサートにも行ってる」と話していたが、リョウさんはぼくが感じた以上に、シトウ・マサトの熱心なファンであり、理解者でもあるようだった。

いずれにしても、ぼくはこれらのブログ記事を読んで、リョウさんに対する思いを一層かき立てられた。たった二度の出会いからは想像しがたいほど、リョウさんは多面的な表情を持っているようだったし、ぼくよりもはるかに、大人としての世界を生きているようにも思えた。

それにしても、二月ごろのリョウさんの暗さの理由は、なんだったのか?

リョウさんはなぜ、「別人のようだ」と思われるほど、落ちこんでいたのか?

パソコンに向かい、リョウさんに関する情報の検索に没頭していたぼくが、疲れを覚えて窓の外に目をやると、もう薄暮の気配が広がっていた。

ディスプレイ画面の隅に表示されている時刻は、まもなく七時になろうとしている。

ぼくはふたたびリョウさんのスマホに電話をしてみたが、依然として変化はなく、「おかけになった電話は、電源が入っていないか、電波の……」というアナウンスが空しく響くだけだった。

もしかするとこのまま電話が通じずに、何日も時間だけが過ぎてゆき、気がつけばもう、リョウさんに会える機会が失われてしまっていたと、そうなるかもしれない……

不安にかられたぼくは、今度は、「ぜひ、もう一度会ってほしい」という内容のショートメールを送信しようとして、寸前で思いとどまった。

「リョウさんを『アラフェス』に招待し、リョウさんがそれをスマホにインストールしてくれたら、リョウさんの居場所がわかるはずだ」と、そんなアイデアが脳裏にひらめいたからだ。

『アラフェス（ARAFES）』は、杏奈にすすめられて交際中に二人で使っていた無料メール・アプリで、完全な英語版アプリだが、日本語メールの送受信にも対応していた。

『アラフェス』の基本機能は日本で人気の『LINE』と変わらないが、受信メールの末尾に自動的に「イエス」「ノー」「保留」の三種類のキーが表示され、それをワンタップするだけで即座に返答できるというシステムが、多忙な杏奈のお気に入りだった。

たとえばぼくが杏奈に、「今夜は会えそうかな？」というメールを送ると、杏奈から即座に、大きな文字で「NO」とだけ表示された「キー・メール」が返信されてくる、というように。

それにもう一つ、『アラフェス』にはユニークな特長があった。それは、送信メールにはすべて、「GPS緯度経度情報（ジオタグ）」が自動的に付加される仕組みになっていることだ。

メールに付加されたこのジオタグを「位置情報取得アプリ」で読みこめば、最大誤差が一〇メートル以内の精度で、メールが発信された地点を地図上で確認することができる。

このジオタグ付加機能は、デートの際に大いに役立った。

待ち合わせ時間に遅れることの多い杏奈から、「いまタクシーに乗った」とメールがあれば、発信地点を確認してあと何分で到着しそうか見当がついたし、目印のない場所で会うときは、先着した方が「着いた」とメールし、受信者側がその発信地点を目指せば、簡単に合流できた。

しかしあるときを境に、『アラフェス』を使って杏奈からメールが送られてくる回数が、激減した。おそらくそのころから、杏奈は重光部長との関係を深めていったのだろう。

ともあれ、もしもリョウさんが『アラフェス』のインストールに応じてくれて、それを使ってメール交換ができれば、リョウさんの現在地がわかるようになる。

だが、リョウさんが英語に堪能で、『アラフェス』の説明文に「送信メールにはGPS位置情報が自動的に付加される」と書いてあるのに気がつけば、警戒心を抱くかもしれない。位置情報を知られるのがイヤで、ぼくが杏奈以外とは『アラフェス』を使おうと思わなかったように。

とにかくその可能性に賭けてみよう……

そんな気持ちになって、ぼくは次のようなショートメールをリョウさんに送信した。

昨夜は夢のような時間を、ありがとうございました。ずっとリョウさんのことが頭を離れません。勝手なお願いで恐縮ですが、イーグル・プレイにアクセスし、『ARAFES』というアプリをインストールしていただけないでしょうか。英語版アプリですが、便利なメール・アプリなので、できればそれを使ってメール交換したいのですが……。でも、ぼくともう関わりたくなければ、無視してくださって結構です。リョウさんがお店を辞められたと知り、二度と会えない気がして、ショックを受けています。(広川英樹)

すると、遅めの夕食を終えた九時過ぎに、「英樹ちゃんに指示されたアプリをインストールしました」という短いメールが、『アラフェス』を使ってリョウさんから送られてきた。

思わず歓喜しつつ、そのメールを位置情報取得アプリで読みこみ、リョウさんがどこから発信したのかを地図上に表示させると、いきなり沖縄の地図が表れたので、めんくらってしまった。

「あしたの朝早くから、行かなければならないところがある」

前夜のリョウさんはそう言っていたが、その行き先が沖縄だとは、想像だにしていなかった。

しかもリョウさんの「位置マーク」は、沖縄本島最北の村である国頭村《くにがみそん》の一点を指していた。

その地図にグーグルアースの航空写真を重ね合わせ、最大限に拡大してみたところ、リョウさんの位置マークが、国頭村の「安波《あは》」という集落の中の民宿を指していることがわかった。民宿の名が「安波ヤンバル荘」なのも、地図上で確認できた。

それにしてもリョウさんは、どんな目的があって、そんな場所にまで出かけたのだろう？

旅行なのか、それとも、なにか所用があってのことなのか。

一人なのか、だれかと一緒なのか……

そんなことを思いながら、「ARAFESのインストール、ありがとうございます。いまからリョウさんに電話をかけてもいいでしょうか？」というメールを送ってみた。

しかし、五分が過ぎ、一〇分が過ぎ、二〇分が過ぎても、返信がなかった。

待ちきれなくなったぼくが、思い切って一方的に電話をかけてみようかと考えはじめたころになって、ようやく、「YES」と大きく表示された「キー・メール」が送られてきた。

うれしさのあまり、すぐに電話をすると、呼び出し音が一回鳴っただけでリョウさんが出た。

「遅くにすみません」と、少し緊張気味のぼく。

「英樹ちゃん、どうかしたの?」

「別になにもありませんが、どうしてもひとこと、お礼が言いたくて」

「そんな、お礼だなんて」

「昨夜は本当に、ありがとうございました」

「ううん、私の方こそ」

「リョウさんがまたもどってきてくれて、あんなふうに過ごせるなんて、思ってもみなかったので、いろんな意味で、本当に感激しました」

そんなことばで、ぼくの精一杯の感謝の気持ちを伝えたつもりだった。

しかし、なぜかリョウさんからは、なにもことばが返ってこなかった。

意味のわからぬ沈黙がしばらく続き、どう話しかけていいのか迷っていると、リョウさんが不意にポツリと、「足は大丈夫なの?」と口を開いた。

「あれからはもう、なんともないです」

「だったらいいんだけど。でも、足の骨を折って、あんなに大きな傷が残るほどの手術を受けて、そのあともずっとリハビリを続けてるっていうのも、大変でしょうね」

リョウさんのそのことばが、不思議な親和力をもってぼくの心に染み入った。

ぼくは子どもじみた無防備な気持ちになると、「思いがけない事故でしたし、すさまじく痛い思いもしたので、ちょっとくじけそうなほど、つらかったですね。それにいまも休職中なので、うまく職場復帰できるか、それもちょっと不安で……」と、正直な心情を吐露した。

リョウさんはそんなぼくを、「大丈夫よ、元気を出して」と励ましてくれ、「私もきのうは一緒に過ごせて、幸せだったわ。英樹ちゃんのぬくもりを、もう忘れられないぐらいにいっぱい、感じることができたし」と、やさしい響きで言った。

「リョウさん、もう一度だけ、会っていただけないでしょうか？」

またすがりつくように頼んでみたが、返ってきたのは、「きのうも言ったけど、無理なの」というとばでしかなかった。

「どうして無理なんですか」

「もう、決めてしまったから」

「決めたって、なにをですか？」

「とにかく、自分なりに決めてしまったことがあるから、あともどりはできないの。英樹ちゃんには悪いけど」

その語調の抗しがたさに、ぼくはことばをつまらせた。リョウさんの心の中に、決してふれてはならない領域があるように思えて、少したじろいてしまったのだ。

「変なことを聞くけど」と、リョウさんが突然に口調をあらためた。

「英樹ちゃん、あなた、犬が好きでしょ？　犬が大好きなので、子どものころに見知らぬ犬の相手をして、犬に咬まれたことがあるでしょ？」

「ええ、たしかに犬好きですし、小さいころに何度か、公園で出会った犬と一緒に遊ぼうとして、咬まれたことがあります」

「そうでしょ。私にはわかるの」と、リョウさんはうれしげに言った。

「お絵描きも大好きで、とくに真っ白なものになにか描くのが大好きで、冷蔵庫や洗濯機に落書きしてしまい、お母さんから叱られたこともあったでしょ？」

「たしかに、そんなこともあった気がします」

「やっぱり、そうよね」と、リョウさんは声をはずませた。

「じゃあ、三歳になってすぐのころに、買ってきたばかりの靴が足に合わなくて血豆ができちゃったから、もうなにも履きたくないって、大騒ぎをして、はだしのままで保育園に行ったことがあったでしょ？　覚えてる？」

「うーん……覚えてないです。たぶん、そんなことはなかったと思うけど」

正直に答えると、リョウさんはまた受話口のむこうで黙りこみ、かなりの時間を経てから、聞こえないほどの小さなため息をついた。

方向性の見えない沈黙が、ぼくを困惑させてゆく。せっかくリョウさんの声が聴けたというのに、リョウさんは昨夜とは異なる、謎めいたうれいの中にいるようだった。

ふと、このままだとリョウさんの存在を見失ってしまいそうな、そんな不安にかられ、ぼくはあえて、「リョウさんはいま、どこにいるんですか？」と、唐突にたずねていた。

少し待たせたあとで、「自分の部屋よ」と、先ほどまでとは別人のような重たさで、リョウさんのことばが返ってきた。

「その部屋は、どこにあるんですか？」

「……………………」

「その部屋は、居心地のいい部屋なんですか？」

「…………………」

「リョウさんはそこで、一人で暮らしているんですか？」

「…………………」

ふたたび沈黙の中に立ち帰ったリョウさんは、いくら問いを投げかけてみても、まったく反応することなく、無言の中に引きこもり続けた。

やがてぼくも発すべきことばを失い、ただ、受話口に耳を澄ませるだけだった。

するとかすかに、苦しげにすすり泣く声が聞こえた。リョウさんは黙りこんでいるのではなく、ずっと泣き続けていたのかもしれない。

「泣いてるの？」

そうたずねると、「もう切っちゃうね。つらいから……」と、涙でくぐもった声が返ってきた。

「待って。お願いだから、本当にお願いだから、また来てください！」

必死に懇願したけど、リョウさんは、「英樹ちゃん、ありがとう。さようなら！」と、最後は叫ぶように言って、電話を切ってしまった。

それだけではなかった。ほぼ同時に、スマホの電源まで断ってしまった。

いまいちど航空写真で確認すると、リョウさんがいる国頭村の安波は、太平洋に面した小さな集落で、背後には国頭半島を覆い尽くす緑の山並みが、延々と東シナ海まで広がっていた。

その緑の濃さは、まるで永遠の迷路のような森林の密度を感じさせた。

（四）　企画会議

二〇一五年六月一一日（木）。

この日は仕事の予定があったので、六時過ぎに起床した。

そして、「早すぎると迷惑だから、八時半になったらリョウさんに電話をしよう」と決めた。

とにかく目覚めてからずっと、リョウさんの声が聴きたくてたまらなかったし、昨夜の電話で、「ぼくの部屋に、メモ書きのような紙片を落としていましたよ」と伝え忘れたことに、あとから気がついたからだ。

しかし、八時半に電話をかけても、リョウさんのスマホは電源が切られたままだった。

なんだか拒絶されているような寂しさを覚えながら、ぼくは昨夜の会話を思い出し、いくつかのことが気になって仕方がなかった。

リョウさんはなぜ、正直に「沖縄に来ている」と答えず、「自分の部屋」だと言ったのか？

思いつめた響きで口にした、「自分なりに決めてしまったことがあるから、あともどりはできないの」ということばは、いったいなにを意味しているのか？

そしてリョウさんはどうして、あんなに親しげに「英樹ちゃん」とぼくを呼ぶのか？

そんな謎と疑問のスパイラルに心を奪われそうになりながらも、ぼくはしばしの間、意識して、リョウさんのことを忘れようと努めた。この日の午後には三六日ぶりに出社して、企画会議に臨まなければならず、その事前準備に気持ちを集中させる必要があったからだ。

『岡村佳彦のワンダフル好奇心（秋のスペシャル版）』の件で前谷チーフ・プロデューサーから電話があったのは、前週の金曜日のことだった。

「さっき編成と話し合い、オンエアは一〇月一一日、日曜の夜一一時からで決まった。それで、岡村さんの事務所にロケスケ（ロケのスケジュール）の確認を取ったら、できれば九月の第三週でお願いしたいということなんだけど、おまえ、その日程でなんとか対応できそうか？」

「大丈夫です。来月の中ごろには現場復帰するつもりで、リハビリに励んでますし、九月の第三週のロケなら、なにも支障はないと思います」

「そうか。なんとか順調そうで、よかったな。それから、休職中の宿題になってたネタ出しの件だけど、どうだ、なにかおもしろそうな企画が浮かんだか？」

「いまのところ、三つか四つは出せると思います」

「じゃあ来週の木曜日に、一回目の企画会議をやろう。有森さんと高階《たかしな》さんにも声をかけておくから、木曜の昼一からということで、悪いけど、その時間だけ局に出て来てくれるかな？」

「了解しました。それまでにネタ案を整理しておきます」

そんなやりとりで電話を終えたあと、ぼくはあらためて、身の引き締まる思いがした。

まだ二八歳で、正ディレクターになってわずか四年目のぼくが、人気番組の一時間もののスペシャルを担当するというのは、どう考えても異例の抜擢に違いなかった。

当然、社内的な関心や同僚ディレクターたちの注目度も高くなるので、その分、見応えのある良質な作品を制作できれば、ぼくの評価は確実に向上するだろうが、見るも無惨な結果で終わってしまえば、当分、チャンスとは無縁の日々を過ごすしかなくなるだろう。

どちらに転ぶかは自分次第なのだ……と思えば思うほど、自信と不安が交錯して、なんとも複雑な気持ちにおちいってしまうのだった。

その重圧を乗り越えて最善の結果につなげるには、まず、みずからが提案した企画（ネタ案）で制作するのが絶対条件だと、ぼくは考えていた。

構成作家の有森さんと高階さん、それに桑見さんをはじめとする先輩ディレクターも、それぞれにネタ案を出してくるはずだ。その競い合いに勝ち残ってこそ、制作の主導権を握れる。生意気ながら、他人のネタで制作するのは、ぼくにとってもっとも意欲をそがれることだった。

朝の九時過ぎからパソコンに向かい続けたぼくは、これまで沖縄について学んだり調べたりしながら書きつらねてきたアイデア・メモを整理するかたちで、昼前にようやく、この日の企画会議で提出するネタ案の基本プロット（構想）を書き上げた。

それは次のような四案だった。

①案　初代琉球国王の父はなんと、あの源義経の「叔父」である荒武者だった！
　琉球王国の正史『中山世鑑《ちゅうざんせいかん》』にも記された「源為朝来琉球伝説」の真相は？

沖縄は一四二九年から一八七九年（明治一二）までの四五〇年間、「琉球王国」と呼ばれる統一国家だった。その初代国王の舜天王《しゅんてんおう》には、「源為朝が現地豪族の娘に産ませた子だ」との伝説がある。源頼朝や源義経の叔父にあたる源為朝は、弓の名手として知られた武将だが、「保元の乱」で敗れて伊豆大島に流され、追討をうけて切腹している。しかし沖縄には、伊豆大島からひそかに脱出した源為朝が流れ着いたとされる港（運天港）があり、源為朝ゆかりの地名も遺されているし、琉球王国の正史である『中山世鑑』（一六五〇年に成立）にも、舜天王の父が源為朝であると記されている。

この「源為朝来琉球伝説」に関わる場所を岡村さんが訪ね歩いて、真相を究明する。そして岡村さんは、「琉球王国は一六〇九年に薩摩藩に武力制圧され、日本の属国にされた」という歴史的事実に着目。「薩摩藩は琉球の人々に、『琉球王も、薩摩藩主である島津氏と同じく、源氏の血を受け継いでいる』と思いこませることで、自分たちの琉球支配を正当化しようとしたのではないか。舜天王が源為朝の子だと『中山世鑑』に記されているのも、薩摩藩が圧力をかけてそう書かせたからではないか」という見解に到達する。

②案　意外や意外！『真栄田』や『譜久山』や『我如古』など、沖縄特有の三文字苗字が誕生したのは、悲劇的な歴史の結果だった？

沖縄県糸満市の平和祈念公園にある「平和の礎《いしじ》」と呼ばれる刻銘碑には、沖縄戦で亡くなった約二四万人の氏名が刻まれている。その内の約一五万人が沖縄県民であることから、「平和の礎」は世界で一番、沖縄の苗字を数多く目にできる場所ともなっている。その「平和の礎」を訪ねて黙禱を捧げた岡村さんは、そこに刻まれた名前の中に、真栄田・玻名城・宇栄原・名嘉真・譜久山・富名腰・我如古・佐久川・津嘉山《つかやま》・渡嘉敷・屋比久等々の三字姓（三文字の姓）が多いことに気づき、なぜそうなのか、疑問を抱く。そして、沖縄各地で苗字に関する街頭インタビューを重ねたあと、沖縄の人名研究で有名な〇〇教授を琉球大学に訪ね、「沖縄の三字姓の歴史」を解説してもらう。

〇〇教授は、「一六〇九年の武力侵攻で琉球の支配者となった薩摩藩は、琉球を介して中国交易を継続するうえで、琉球が日本の一部と見なされるのは得策でないと考え、日本的な名前の使用を禁じました。その結果、前田は真栄田、花城は玻名城《はなしろ》、上原は宇栄原、仲間は名嘉真、福山は譜久山、金子は我如古《がねこ》、船越は富名腰というように、沖縄独自の表記換えによる三字姓が増えたのです」と語り、岡村さんを驚愕させる。

③案

沖縄には、速さではなく美しさを競う、世界に類のない競馬が存在した！

四〇〇年の伝統を誇りながらも幻と化した「琉球競馬」の、感動の復活劇に迫る！

沖縄では琉球王朝時代から、「琉球競馬（ンマハラシー）」と呼ばれる独自の競馬が行われてきた。速さで順位を競うのではなく、着飾った二頭の馬がゆっくりと並走する際の、その走り方や脚づかいの美しさで優劣を競うという、世界でも類のないこの琉球競馬は、琉球王朝の士族の楽しみとして広まり、やがて琉球王国最大の娯楽となった。

しかし、四〇〇年以上の歴史を持ち、最盛期には沖縄全土で二〇〇ヵ所近い馬場（競馬場）を誇った琉球競馬も、沖縄戦以後はその伝統が跡絶えたままになっていた。

ところが二〇一二年に、本土の某スポーツ紙の記者が琉球競馬に関する著書を刊行したのを契機に、沖縄でも琉球競馬を復活させようとの機運が高まり、ついに翌年三月、沖縄市の動物園「沖縄こどもの国」で、約七〇年ぶりに琉球競馬が行われた。

ドラマで騎手役を演じたこともある岡村さんは、沖縄各地に琉球競馬の歴史を訪ね、その復活に尽力した人々とも対面する。そして、現在では定期的に琉球競馬が開催されるようになった「沖縄こどもの国」で初めて琉球競馬を目にして、感動。「馬の速さではなく美しさを競うことに熱狂した琉球人の、心のありよう」に思いを巡らす。

④案

半世紀にわたって愛され続ける「ウルトラマン」の本籍地は、沖縄だった？
不滅の巨大変身ヒーローの生みの親である金城哲夫《きんじょうてつお》とは、どんな人物だったのか？

円谷《つぶらや》プロダクションによる特撮テレビ番組『ウルトラマン』は、一九六六年から六七年にかけて放送されて大人気を博し、その後も番組がシリーズ化された。このウルトラマンの誕生に決定的な役割を果たしたのが、円谷プロの企画文芸部主任・金城哲夫だ。

沖縄で育ち、沖縄戦では収容所生活も体験した金城は、東京の大学を卒業して、円谷プロに入社。二八歳のときに、ヒューマンなスーパーヒーローが大活躍する『ウルトラマン』を企画立案し、放送がはじまると、全精力を傾注して脚本を書き続けた。ところが円谷プロの経営悪化で、やむなく沖縄に帰郷した金城は、ラジオのパーソナリティーや沖縄芝居の脚本家として活動。やがて、本土復帰を記念した「沖縄海洋博（七五年七月〜翌年一月）」の式典演出を担当するが、この前後から次第に酒量が増え、一九七六年二月に、泥酔して自宅の階段から転落。脳挫傷で三七年の生涯を終えた。

まず最初に、金城の実家である南風原町《はえばるちょう》の料亭「松風苑」を訪ねた岡村さんは、その敷地内に併設された金城哲夫資料館を見学。さらに、金城の足跡や関係者の証言をたどりながら、『ウルトラマン』に託された金城ならではの思いを、丹念に解き明かしてゆく。


このような四案を書き終えた時点で、実はぼくにはもう一案、本命のネタが残されていた。しかしぼくなりの戦略として、この日の会議ではそのネタ案を提出しないことにしたのだ。『秋のスペシャル版』のオンエアは一〇月一一日の日曜日で確定しているので、日程的に逆算していくと、だいたい八月の中ごろに、最終的な企画（ネタ案）を決めこむことになる。

それまでにまだ二カ月もの時間があるし、その間にあと数回は、「より魅力的で、より独自性があって、より視聴率を稼げそうなネタ」を求めて、企画会議が行われるに違いなかった。つまり、今日の会議でもっとも自信のある、ぜひとも実現したいネタ案を提出したところで、よほどのことがない限り、その場で即決するはずがなかった。だとしたら、一番最後の企画会議で「決め球」を投げた方が効果的だと、ぼくは考えたのだ。

それに、一時間の長尺番組では、番組の背骨となるメインテーマ以外に、番組内容をふくらませるためのサブテーマが必要になる。企画会議の重要性は、単にメインのネタを決めることだけではなく、そうしたサブテーマをいくつもストックしておく、という点にもあるのだった。

会議の下準備をすべて終えたぼくは、手早く昼食のカップラーメンをかきこんだあと、大好きなコーヒーを飲みながら、またリョウさんのことを考えはじめていた。

一昨日の二度目の出会いによって、リョウさんは確実にぼくの心を占有しつつあった。

時間的には短いふれあいにすぎなかったが、ひとときの快楽や興奮をはるかに超えた、なにか根源的な回復や安堵のようなものを、リョウさんはぼくの心にもたらしてくれた。

そのリョウさんと、もっと一緒の時間を過ごしたい。

彼女のやさしさやあたたかさに、もっともっとふれてみたい……

そう願いながら、ぼくはまたスマホを手にし、リョウさんに電話をかけていた。

しかし正午前のこの時間になっても、電源は切られたままだった。

そのとき、突然にひらめいた。

リョウさんが宿泊している民宿に電話をかければ、なにかリョウさんの情報を得られるかもしれない。それに、リョウさんがまだ民宿に滞在中なら、電話口に呼び出してもらって、声を聞くこともできると、そう思ったのだ。

ただしその場合は、ぼくが『アラフェス』のジオタグ付加機能によってリョウさんの居場所を知ったことを、正直に説明する必要があるだろうけど……

とにかく、リョウさんに少しでも近づきたい一心で、ぼくはそれを実行した。

前夜に『アラフェス』で送られてきたメールで、リョウさんが「安波ヤンバル荘」にいるのはわかっていたので、その民宿の電話番号を調べて電話をかけてみたのだ。

何度も呼び出し音が鳴り、ずいぶんと長く待たされたあとで、「はーい、安波ヤンバル荘ですがぁ」と電話口に出たのは、かなり年配の女性だった。

「突然のお電話で失礼します。東京の広川と申しますが、そちらに昨日から、東京の若い女性が宿泊していると思うんですが、その方をちょっと、呼び出していただけないでしょうか?」

少し声を張り上げるように言うと、「ああ、鈴木さんのことですかぁ。鈴木さんは朝の九時半ごろにここを出て、山の方に行かれましたよ」と、のんびりした声が返ってきた。

「登山にでも出かけられたのでしょうか?」

「いやぁ、あのお嬢さんは登山じゃなくて、自然観察の方のようでしたねぇ。ヤンバルの森には何度か来られているみたいで、ここから高江《たかえ》に向かって少し西にもどった山の中に、気になる観察ポイントがあるんで、そこに行くんだと、話しておられましたよ」

「観察ポイントですか?」

「ええ。最近は、ヤンバルクイナやノグチゲラ、それにテナガコガネなど、ここにしかいない珍しい生きものを見てみたいという人が、東京や大阪からもやって来られますからぁ」

「鈴木さんは、バスかタクシーで出かけられたのでしょうか?」

「それがねぇ、ここから反対方面には村営バスが出てるんだけど、ちょうど高江までの区間はバスが走っておらんので、一人で歩いて出かけられました。道はだいたいわかってますから、ハイキング気分でのんびりと歩いていきますと、そうおっしゃってねぇ」

「鈴木さんは今夜も、そちらにお泊まりですか？」

「いいえ。昨日だけで、今日はどちらに泊まられるか、聞いておらんです」

こうして、安波ヤンバル荘の人のよさそうな年配女性から、思いがけず、リョウさんが「鈴木」姓で、一人旅らしいことを聞き出せた。

ぼくはただちにネットで、「鈴木水貴」という名を検索し、リョウさんに関する情報を調べてみたいと思ったが、その前に「企画会議」のため、局に向かわなければならなかった。


この日のぼくは初めて、「ロフストランド杖」と呼ばれる片手杖を使って外出した。

「前腕部支持型杖」とも形容されるこの杖は、ステッキのような杖の上部に、肘（腕）を固定するためのカフが備えられており、単にグリップを握り締めるだけの普通のステッキに比べて、肘部分をカフで固定している分だけ、杖全体に安定的な力が伝わるように設計されている。

本当のところは、まだ両松葉杖の方がはるかに歩きやすかったが、いささかの無理を承知で、買ったばかりのロフストランド杖で出社したのは、両松葉杖で重々しく歩く姿に比べると、この片手杖の方が格段に、着実な回復ぶりを印象づけられると考えたからだった。

狙いは見事に成功し、退院直後から一カ月ぶりに顔を合わせた制作局長や制作部長からは、「だいぶよくなったみたいだな」と声をかけてもらえたし、前谷・木原の両プロデューサーにも、「予定通り、七月中旬には職場復帰できそうだ」と感じてもらえたようだった。

そして、午後一時。

制作部の第二会議室ではじまった企画会議には、ネタ決めの権限を持つ前谷・木原の両プロデューサー以下、構成作家の有森さん、高階さん、先輩ディレクターの桑見さん、松居さん、吉岡さん、それにぼくと、アシスタントディレクターの藤本くんという、計九人が参加した。

会議はいつものように、前谷チーフ・プロデューサーの熱弁で幕を開けた。

「春のスペシャル版では華岡青洲の秘薬の謎に迫って、内容的には好評だったが、数字は期待外れだった。やっぱり、華岡青洲という人物に関する説明部分が退屈で、前半部分で視聴者が逃げてしまったんだと思う。秋のスペシャル版ではその反省も踏まえ、視聴者に『お勉強』を強いることなく、感覚的に楽しみながら理解してもらえるような、間口の広い作品を目指してほしい。

今年は戦後七〇年の節目だし、なにかと沖縄に関心が集まる条件が揃っているので、スペシャル版は沖縄で行こうと、おれと岡村さんで意見が一致した。番組の底力を示すためにも、沖縄は恰好の舞台だと思う。担当ディレクターは広川くんだが、年に二回のスペシャル版なので、一丸となって取り組んでもらいたい。従来の枠にとらわれない、大いに意外性のある企画を期待しているが、それではまず、有森さんからお願いします……」

同年代の前谷さんからそう振られて、有森さんがおもむろに、「じゃあ、今日は二つ、私なりに可能性の感じられるネタを、提案させていただきます」と話しはじめる。

他局の報道番組の構成も請け負うなど、社会問題に広く精通していた有森さんは、『岡村佳彦の……』の構成を最初から手がけてきた実力者で、つい先日、五〇歳になったばかりだ。

「一つ目のネタ案は、不発弾に関してで、タイトル的には『沖縄　果てしなき不発弾との戦い　その現場で岡村佳彦が見たものは?』という感じですかね。東京でもたまに不発弾が発見されて大騒ぎになったりしますが、その大半は、米軍の空襲によるものです。一〇万人以上が亡くなった東京大空襲を含め、米軍は空襲で日本本土に、一四万七〇〇〇トンもの爆弾を投下しました。しかし沖縄では、それをはるかに上回る二〇万トン以上の爆弾や砲弾が、空襲や艦砲射撃などで撃ちこまれたのです。これはもう明らかに、虐殺を前提とした悪魔的な量だというしかないですね。しかも、その内の一万トンほどが不発弾となって残り、いまだに大きな危険をもたらし続けているわけです。

沖縄ではこれまでに一〇〇〇件以上も不発弾の爆発事故が発生し、七〇〇人以上の死者と一三〇〇人近い負傷者が出ていますが、その中には小さな子どもたちも含まれています。

不発弾が発見されれば、陸上自衛隊の不発弾処理部隊がこれに対処しますが、このような部隊が日本全国で四隊、各地に配置されている中にあって、ダントツでもっとも多くの不発弾を処理しているのが、沖縄の那覇駐屯地の第一〇一不発弾処理隊です。番組ではこの第一〇一処理隊に岡村さんが密着し、命がけで不発弾処理に当たる隊員たちの思いを通して、戦後七〇年を迎えてもなお、不発弾に苦しみ続ける沖縄の現状を表現できたらと思います」

そんな有森さんのプレゼンテーションを聞きながら、ぼくは恥じ入る思いだった。

沖縄に関しては自分なりに勉強してきたし、とくにこの一カ月間は、スペシャル版の企画のために集中的に資料を読み漁り、沖縄戦についてもそれなりに理解したつもりになっていた。なのに、ぼくの問題意識からはスッポリと、不発弾のことが抜け落ちてしまっていたからだ。

「そういえば二〇〇〇年の沖縄サミットのときも、道路工事の最中に何度も不発弾が発見されて、うちの局でもニュースにした記憶がある。いつのまにか忘れてしまっていたけど……」

いつになく自責の口調で木原プロデューサーが言い、四期先輩の吉岡ディレクターも、「沖縄で聞いた話ですけど、戦後しばらくは、自分で探し出してきた不発弾の信管を抜いて鉄屑屋に売り払うような、そんな仕事をしていた人が大勢いたみたいですね」と言葉を添えた。

不発弾に関する議論がしばし展開されたあと、有森さんが次のネタを説明しはじめる。

「もう一案は、タイトルイメージで言うと『方言はだれのものなのか？　ウチナーンチュの心に刻まれた　あの日の「方言札《ほうげんふだ》」を探して』というような感じなんですが、藤本くん、『ウチナーンチュ』とか、『方言札』とかって、なんのことかわかりますかね？」

会議の記録係としてメモをとり続けていた藤本くんは、入社したての新人だが、「どちらのことばも初耳なんで、意味はわかんないです」と明るく答えて、先輩たちの苦笑を誘った。

人柄のいい有森さんはやさしく説明してから、かみくだくように「方言札」の解説をした。

「『ウチナーンチュ』というのは沖縄の方言で、『沖縄の人』『沖縄人』という意味です」

一六〇九年に薩摩藩に武力制圧されて以降、薩摩藩と徳川幕府に厳しい従属を強いられた琉球王国は、やがて明治新政府の「琉球処分」により、強制的に日本国に組み入れられた。

沖縄の学校ではその後、徹底した標準語教育が推進され、沖縄の方言は「遅れたことば」として排斥され、それを口にした生徒の首には、懲罰として「方言札」がかけられたのだった。

「方言札はカマボコ板ぐらいの木札にヒモを通したもので、その木札には墨字で、『方言札』と書かれています。現存する方言札の実物を、岡村さんが沖縄各地で探し求めながら、実際にそれを首にかけられた人たちの体験談を聞き取ってゆく。そして沖縄の方言を通して、私たちが使う『ことば』が、いったいだれのものかを考え直してみる、というのがこの企画です」

有森さんの話を聞き、歴史にはめっぽう造詣の深い桑見さんが、すぐさま反応する。

「その方言札を首にかけられた生徒は、だれかほかの生徒が方言を使うのを見つけ出し、その生徒に方言札を渡すことで、ようやく解放されるんですね。方言札が子どもたちの関係を分断し、沖縄人であることの劣等感を植えつけてしまったと、そうも言えるでしょうね」

こうして、有森さんならではの質の高いネタ出しでスタートした会議は、中堅の構成作家である高階さん、そしてぼく、桑見さんの順で、ネタ案のプレゼンテーションが続けられた。

「アウトドア大好き中年」の高階さんが出してきたのは、次の二案だった。

① 豊かな海に恵まれたはずの沖縄では、なぜ、大漁唄が歌われないのか？
知ってるつもりで知らなかった、「琉球王国の漁業」の意外な実態を探る！

② 奇跡の自然地形なのか、それとも水没した古代文明の跡なのか？
与那国島の「海底遺跡」らしき構造物を、岡村佳彦が潜水調査する！

①案に関してはぼくもまったく知識がなかったが、琉球王国では米や粟や上布などの年貢徴収のために農業が奨励され、専業で漁業が行われていたのは、糸満の周辺ぐらいだったという。そのため本土のようには、多様な大漁唄が自然発生することもなかったらしい。

また②案だが、一九八六年に「海底遺跡らしきもの」が発見された直後から、高階さん自身が四回にわたり、与那国島で潜水取材をしてきたとのこと。その結果、「絶対に人工遺跡だ」と高階さんは力説するが、一九九八年に「遺跡発見届け」の提出を受けた沖縄県文化局は、「人間が関与した痕跡が確認できない」として、いまも遺跡認定を見送ったままにしている。

そしてぼくの番が回ってきて、準備していた四案をプレゼンテーションしたが、前谷チーフ・プロデューサーと木原プロデューサーの反応は、ぼくが想定していた通りのものだった。

続いて桑見ディレクターが、「空手の発祥地は沖縄だった！『空手』の真髄ともいえる琉球空手の世界を、岡村佳彦が熱血体験！」というネタ案と、「沖縄の森に潜む伝説の精霊・キジムナーは実在するのか？目撃情報をもとに、キジムナーの正体に迫る！」というネタ案を提出。

桑見さんは、キジムナーの出現率が高いとされる大宜味村《おおぎみそん》で撮影されたばかりの、「キジムナーの姿をとらえた衝撃写真」まで入手してきて披露したが、みんな腹を抱えて大笑いだった。

その写真の中でガジュマルの大木に登っている、真っ赤なからだのキジムナーを、高倍率のルーペで丹念に調べてみると、なぜか右手首に腕時計をしていたからだ。

それを前谷さんから指摘された桑見さんは、「これこそが、キジムナーが実在する知的生物であることを示す、決定的な要素なのです」などとおもしろおかしく強弁して、また爆笑の渦。

ところが、その直後に松居ディレクターが出したネタ案のせいで、会議の雰囲気が一変した。

三年前に朝のワイドショーから異動してきた松居さんは、常に思い入れの強い、クセのあるネタ案ばかり提案するので、ほとんど採用されることがなかった。

なので二カ月に一本ぐらいの割合で、他人が出したネタ案で番組を制作していたが、岡村さんとの関係もうまくいかず、このところさらに、ロケに出る回数が減りつつあった。

その松居さんのネタ案は、

米軍普天間飛行場の移設先である辺野古のキャンプ・シュワブで
地元無視のテント村に居座って移設反対を叫ぶ人たちの、正体を暴く!

というもので、ぼくたちの手元には、そのタイトルだけを記したプリントが配られた。

「私の今回のネタ案は、米軍の普天間飛行場の移設先である、名護市辺野古のキャンプ・シュワブにおける、移設反対派の内実や実態を暴いて、真実を明らかにしようとするものです。現在、日米政府と沖縄県の合意のもとで、キャンプ・シュワブ沖にV字滑走路を建設するための計画が進行中ですが、キャンプ・シュワブのゲート前では、移設工事に反対する人々が座りこみ用のテント村を設営し、連日のように基地への資材運びこみを妨害するなどしています。

しかし、このテント村に関してはもう三年も前に、生活の平穏を乱すとして、辺野古の住民たちが撤去を求める署名を名護市長に提出していますし、それを無視してテントに居座る人たちの半数以上、あるいは大部分が、地元民ではない県外の人たちで占められているのが実状です。

つまり、テレビのニュースなどで報道されたりする、あのゲート前での抗議行動には、地元民の声などほとんど反映されていないと言っても、決して過言ではないのです。今回の沖縄スペシャルでは、そうした事実を徹底的に暴き出して、間違った方向でイメージ操作されている現状を、少しでも事実に即して正すことができればと、そう思っています」

なにも見ずにスラスラと、よどみなく松居さんが説明し終わると、即座に、「松居くん、率直に聞くけどなあ」と木原プロデューサーが疑問を呈した。

「きみは本気で、そんなネタが実現すると思ってるのか? 岡村さんにキャンプ・シュワブのテント村まで行ってもらい、抗議活動をしている人たちに、『あなたはどこから来ましたか?』、『あなたは地元の人ですか』などと、本気で聞き出してもらおうと思ってるのか?」

厳しい口調で詰問する木原さんに対し、松居さんはいつも通り、鈍いほど冷静だった。

「思っているからこそ、プレゼンしたわけです。ネタ案の最終決定権は番組の側にあるのですから、こちらで決めてしまえば、岡村さんも対応せざるをえないんじゃないでしょうか」

「おまえはバカか!」と、木原さんがいきなり怒りを爆発させた。

「岡村さんとは長年の信頼関係で、双方が納得できるネタでやってきた。なのに、こちらから一方的にネタを押しつけるようなことをしたら、それこそ喧嘩を売るようなもんじゃないか」

「その信頼関係というのが、番組の枠をせばめているんじゃないですか。岡村さんの意向を尊重しすぎて、番組としての問題意識や主張がないというのも、なさけないように思います」

「松居、それは違う!」と、今度は桑見さんが声を上げた。

「この番組は、岡村さんの人柄を通して世の中の興味深いことに迫ろうという前提で、企画されている。だから、岡村さんの思想や価値観が番組に反映されるのは、当たり前のことだ。岡村さんのその持ち味が視聴者に支持されたからこそ、好成績を維持してこられたんだ。われわれ制作陣が大切にすべきは、岡村さんにより自由闊達《かったつ》に自分を表現してもらうことであって、おまえが言わんとしていることは、真逆じゃないか。それがわからんなら、一緒に仕事はできんな」

「私だって好きこのんで、桑見さんと仕事をしているわけではありません。人事異動でここにきただけのことです。でも私にだって責任感はありますから、だから正直に、自分がおもしろいと思えるネタ案をプレゼンしただけです。それはみなさんと同じじゃありませんか」

「自分がおもしろいと思えるだけではダメだって、何回言ったらわかるんだ。もう一つ大きな観点からの客観性が必要なんだよぉ」と、しびれを切らしたように、また木原さんの大声。

「だから、その客観性を番組に取りもどそうというのが、私のネタ案です。広川くんのウルトラマンや、桑見さんのキジムナーなんかより、よっぽど客観性のあるネタじゃないですか」

松居さんのそのことばに、思わず反論しかけたぼくより先に、「松居、なんだその言い方は！」と桑見さんが声を荒らげたが、「まぁ、そんな大声を出すな」と前谷チーフ・プロデューサーが場を制し、次いでおもむろに、松居さんに次のような質問をした。

「松居、おまえさっき、日米政府と沖縄県の合意のもとで移設計画が進行中だと、そう言ったよな。それは本当か？　だったらなんで、沖縄でこれほど移設反対の声が強まっているんだ？」

「ええ、本当です。二〇〇六年に政府と名護市との間で、キャンプ・シュワブ沖に普天間の代替施設を造るという合意が成立し、この計画を含めたロードマップが、二〇〇九年に国会で承認されています。二〇一三年の末には、沖縄県知事の仲松さんも、代替施設建設のための埋め立てを承認しました。政治的には、いまもその状況に変わりはないんです」

「そうかな？　じゃあなぜ、沖縄の世論が辺野古移設反対に傾いているんだ？」

「それは、沖縄の人たちが強欲だからじゃないですか。自分たちが選んだ知事が、基地移転のための埋め立てを承認する見返りとして、年間三〇〇〇億円以上の国家支援を引き出しただけでは満足できずに、一方では移設反対運動を活発化させることで、もっともっと多くの支援金を積まなければまた事態がこじれると、そう思わせようとしているんだとしか考えられません」

不思議なほどの自信に満ちて断言する松居さんを、つくづく辟易《へきえき》した面持ちでながめていた前谷さんは、「この中では有森さんが一番、基地問題に詳しいと思うけど、松居のいまの言い分について、どう思いますか？」と、下駄をあずけようとした。

「松居さんの考え方は、ちょっと理解しがたいですね」と、困惑を隠さず有森さんが答える。

「たしかに一昨年末に当時の仲松知事が、辺野古の海の埋め立てを承認しました。しかし、『辺野古移設反対』を公約に再選された仲松知事が、政府から三〇〇〇億円の特別補助金を目の前にぶら下げられて態度を豹変させたことに、沖縄の人々は怒りと屈辱を感じたんだと思います。

しかも直前には、『辺野古移設反対』を公約に当選していた五人の沖縄選出自明党議員が全員、党の圧力で『辺野古移設容認』へと転向させられる姿を見せつけられていただけに、金と権力で沖縄を押さえつけようとする安藤政権のやり方に、大きな不信と憤りが広がったわけです。

その結果、昨年一月の名護市長選では辺野古移設に反対する市長が再選され、九月の名護市議会選挙でも、移設反対派が勝利。さらに、同年一一月の沖縄知事選でも三選を狙う仲松知事を大差で破って、『辺野古移設反対』を訴える奥間氏が当選しました。そのあとの総選挙でも沖縄の全選挙区で『移設反対』派の候補者が当選しましたし、選挙や議会を通して示された沖縄の民意はことごとく、移設反対で固まっていると言えるんじゃないでしょうか」

「ということだ、松居。おれもそれが現状だと認識している」と前谷さん。

「だけど、そんな後出しジャンケンのようなことを認めていたら、いつまでたってもなにも決まらないし、政治が前に進まないじゃないですか。ぼくは、沖縄が特別扱いされすぎているのが、根本的な問題だと思います」と松居さんが食い下がる。

そこに思いがけず、「ぼくも松居さんに同感です」と、新人の藤本くんが参入してきたので、ぼくだけでなく、前谷さんや木原さんも驚いたみたいだった。

「ぼくも、沖縄は特別扱いされていると思います。米軍基地のことだって、地主の人はそれでものすごい金額の借地料を得ているわけだし、政府からも見返りに莫大な補助金が渡されているんだから、本来なら、それでチャラのはずじゃないですか。それに沖縄の人って、なにか言うとすぐに沖縄戦のことを持ち出してくるけど、広島や長崎では大勢の人が原爆で亡くなってますし、東京大空襲でも一〇万人以上が亡くなっているわけです。なのに沖縄の人たちはいつでも、自分たちだけが特別に悲惨な目に遭ったかのような言い方をする。それって、おかしいですよね」

まるで、隠し持っていた不満を一気にはき出すように藤本くんが話すのを聞きながら、ぼくはあらためて、人の心のうかがいしれなさを見せつけられた気がした。

その藤本くんに対して、異なる観点からの見方を提示したのは、趣味のスキューバ・ダイビングで三〇回以上も沖縄を訪れているという、高階さんだった。

「そりゃあ、戦争で被害を受けたのは沖縄だけではないけど、沖縄が明らかに他の地域とは異なる戦争体験を強いられたのは、事実だよね。多数の住民が犠牲となるような地上戦がたたかわれたこと自体がそうだし、その中で日本兵による住民虐殺や、集団自決が発生したりと……

しかも沖縄では、米軍基地の建設や拡大のために多くの住民が土地と生活を奪われ、さらに本土復帰までの二七年間、日本と切り離されてアメリカの統治下に置かれ続けた。そうした沖縄の特異性は、考慮されて当然だと思うけどね」

「そんなセンチメンタルな言い方しないでください」と、松居さんが冷ややかに反論する。

「そうした妙な感情移入が、この問題をややこしくしてしまっているんじゃないですか。政治というのは利害調整の手段でしかないんだから、冷徹で合理的な考え方が優先されるべきです。行きすぎた当事者尊重は、国益のためになりません」

そこで割って入った前谷さんに、「広川は、いまの松居や藤本の意見をどう思う？」と急に振られて、ぼくは、ずっと喉元につまったままになっていた思いを、率直に吐露した。

「あのう、松居さんはさきほど、キャンプ・シュワブでの抗議運動の中に沖縄県外の人が多くまざっていると、否定的な言い方をされましたが、それがなぜ、いけないのでしょうか？

いま、沖縄の米軍の最大兵力は海兵隊ですが、この海兵隊も戦後しばらくは岐阜や山梨など、本土に分散配置されていました。でも、周辺住民の不満や反対の声が高まる中で、海兵隊の基地は次々に沖縄に移されてきたわけです。沖縄なら、米軍の思い通りに基地を拡張できたからです。

こうして沖縄に米軍基地が一極集中するような構造ができてしまいましたが、その現実に対しては、日米安保体制の恩恵を受けてきたすべての国民が、責任を負うべきじゃないでしょうか。だから、沖縄県外の人がその責任において、沖縄にこれ以上の負担を押しつけてはならないという意思表示のために、現地で基地移設反対の抗議行動に加わることに、なんの問題があるのでしょうか？　むしろそれが、国民としての自然な姿ではないかと思いますが」

できるだけ感情的にならないようにぼくが話している間、松居さんはいっさいぼくの顔を見ることなく、そっぽを向いたままだった。

「よーしっ。吉岡はローテーション担当で今回はネタ出し義務はないから、今日の会議はここまで。おれの印象では、『不発弾』と『方言札』と『三文字苗字』あたりが、可能性がありそうに思えた。今日出たネタ案は岡村さんの耳にも入れておくけど、まだ時間もあるので、それぞれ、さらにおもしろそうなネタを考えておくように。じゃあ、これでお開き！」

前谷チーフ・プロデューサーのそんなことばで会議が終わったあと、ぼくは木原さんのデスクに呼ばれ、いつもながらの内輪っぽいグチを聞かされた。

「実は松居のヤツ、スペシャルのD（ディレクター）は自分にやらせてほしいって、前谷さんに直訴したんだけど、『広川くんで決めている』とにべもなく言われたもんで、頭にきてるんだ。あんなバカな、けんか腰のネタを出してきたのも、広川くんへの嫉妬と、前谷さんへの腹いせからだろう。能力はないのに自信家なんだから、本当に困ったヤツだ」

木原さんはそう言うと、「次の異動では、絶対に放り出してやるから」とつけ加えた。


前日はリハビリをサボったため、この日は会議を終えた足ですぐに病院に向かい、一時間ほどでリハビリを終えると、そのまま学食のような地下のレストランで夕食をとった。

午後七時前に帰宅し、すぐにパソコンに向かったぼくは、企画会議の最中もずっと気になっていた「鈴木水貴」に関する情報を、ネットで調べはじめた。

ところが、「鈴木水貴」の名で完全一致したサイトは八件しかなく、しかもそれらのサイトがリョウさんと無関係なことは、すぐに確認できた。その結果から考えても、「鈴木」という名は、リョウさんが民宿で用いた偽名かもしれないと思えてきた。

一方、「水貴」だけで検索すると一五万件以上のサイトがヒットするため、それらの膨大な情報の中からリョウさんを探し出すのは、最初から不可能なことだった。それに、「水貴」という名もまた、それがリョウさんの実名であることを示す確証があるわけではなかった。

しかし、ここで簡単にあきらめるわけにはいかなかった。

どんなささいなことでもいいから、一ミリでも二ミリでも、リョウさんを身近に引き寄せるための手がかりを得たいと、ぼくは思いをめぐらせ続けた。

そしてあることを思い出した。一昨夜にリョウさんがぼくの部屋に来てくれたときに、二人で交わした何気ない会話の一節が、不意に脳裏によみがえってきたのだ。

ぼくが制作した「タコのスベリ台」の放送をたまたま見たというリョウさんは、「東京に来る前に住んでいた町の、市役所のすぐそばの公園にも、タコのスベリ台があったわ。その周囲には、ゾウやカニや、イルカやヤドカリなんかの、小さな遊具も配置されていて……」と、たしかにそう話していた。

だったら、その公園がいったいどこの公園なのかを探し当てれば、リョウさんが以前に住んでいた町を特定できるはずだ。もちろん、それがわかったところで、リョウさんとの距離が縮まるわけでも、リョウさんに会える可能性が増すわけでもない。

しかしそれでも、リョウさんに関する「事実」が一つでも確認できるのなら、それは十分にトライしてみるだけの価値があることだと、ぼくには思えた。とにかくこの時点ではなに一つ、リョウさんの実体につらなる事実にたどり着けてはいなかったのだから。

ぼくはまたパソコンに向かうと、「タコのスベリ台」の愛好者たちが集うサイトや関連する個人ブログ、自治体サイトなどから情報を集めまくり、日本全国の「タコのスベリ台が設置されている公園」のほぼすべてにあたる、一八七の公園の名称と住所を特定した。

さらに、「市役所に出かけたついでに、よくその公園に立ち寄った」というリョウさんのことばをヒントにして、一八七の公園の中から、「市役所から徒歩で一五分、距離にして一キロ圏内の公園」だけをピックアップしてみると、一九カ所の公園がそれに該当した。

そこで、各々の公園における遊具の配置をグーグルマップの航空写真で調べたところ、「タコのスベリ台の周囲に四つ以上の小型遊具が配置されている公園」を、五つにまでしぼりこむことができた。しかし、それらの小型遊具がどんな生きものを模したものかは、読み取れなかった。

そこから先は、五つの公園の具体的な情報をさらに収集することで、「タコのスベリ台」の周囲に配置された小型遊具の中に、「ゾウ・カニ・イルカ・ヤドカリ」の遊具が含まれているかどうかを、丹念に確認してゆくしかなかった。

こうして四時間半もの時間を費やして、ぼくはようやく、その公園を突きとめた。

それは沖縄県の宜野湾《ぎのわん》市にある「あすなろ児童公園」で、この公園は宜野湾市役所からも、そして、住宅密集地にあることから「世界一危険な米軍基地」として知られる普天間飛行場からも、わずか二〇〇メートルしか離れていない場所にあった。

ここで思いがけず、またしても沖縄の存在がからんできたことに、ぼくは軽い衝撃を覚えた。

そして、リョウさんがイシカワガエルに詳しかった理由も、おそらく、リョウさんが沖縄に住んでいたことと関係するのだろうと、ようやく合点のいく気がした。

だとするなら、リョウさんは沖縄の出身者なのだろうか？

そして、リョウさんがいま沖縄にいるのは、旅行ではなく、里帰りなのだろうか？

そんなことを考えながらぼくはスマホを手に取り、リョウさんに電話をかけていた。

深夜の一二時前だったので、いきなりの電話でリョウさんに迷惑をかけるのは心苦しかったが、とにかくリョウさんの声が聴きたいという感情を、おさえられなかった。

すると今度は、リョウさんのスマホの電源が入っていて、すぐに呼び出し音が聞こえたので、ぼくは神経を集中して身構えた。

しかし、五回、六回、七回、と呼び出し音が鳴っても、リョウさんは出なかった。

呼び出し音を一五回数えたところで、ぼくは電話をかけるのをやめた。

そして、リョウさんは就寝中だと考えて、次のようなメールを『アラフェス』で送信した。


　いま、電話をかけてしまいました。

　もう寝ておられるかもしれないところを、申しわけありません。

　よろしければ明日の午前中にでも、お電話をいただけないでしょうか。

　すごくすごく、リョウさんの声が聴きたいです。

　もう一度リョウさんに会いたいという思いが、強まるばかりです。

　祈るような気持ちで、お電話をお待ちしています。


それからシャワーを浴び、歯を磨いたりしてもどってくると、パソコンデスクの上のスマホが、着信LEDを点滅させていた。おそらく、リョウさんからの返信メールに違いなかった。

ぼくは喜び勇んでスマホの画面を開いたが、着信していたのが「NO」とだけ表示されたキー・メールだったので、一気に落胆した。そして、リョウさんがこの「NO」にどんな意味を託しているのか、それを理解できずに、とまどうばかりだった。

そのメールを「位置情報取得アプリ」で読みこみ、どこから発信されたかを地図上で確認したぼくは、思わず目を疑った。発信地点を示す位置マークが、リョウさんが前夜に宿泊していた民宿から直線距離で一〇キロ以上も離れた、山奥の一点を指していたからだ。

その場所が実際はどんな環境なのかを、グーグルマップの航空写真でたしかめてみたところ、さらに驚きが倍加した。リョウさんがいるのは、まさに「濃緑の海」と言ってもおかしくないほど広大な密林の奥深くで、しかも周囲には、林道や山道などがいっさい見当たらなかった。

もう、夜中の一二時を過ぎている。

リョウさんはこんな時間になぜ、山奥に一人でいるのか？

夜行性の動物たちを求めて、自然観察でもしているのだろうか？

それとも道に迷って、山の中をさまよっているのか？

もしかしたら負傷して、動けなくなっているのかもしれない……

そんな疑問や不安が次から次に湧いてきて、心が乱れるばかりだった。

そこで思い切って、もう一度リョウさんに電話をかけてみると、今度は呼び出し音も鳴らず、

「おかけになった電話は電源が入っていないか、電波の……」と、アナウンスが響くだけだった。

不慣れなロフストランド杖を使って久しぶりに出社したことや、企画会議のプレゼンで大いに緊張したことで、この夜のぼくはいつになく疲れ切っていた。

しかし、ベッドに倒れこんだあとも、おそろしげな深夜の密林で一人過ごすリョウさんのことが気がかりで、窓の外が白むころになっても、まだ眠りに就けなかった。

（五）死刑囚

『アラフェス』で返信されてきた「ＮＯ」のキー・メールにより、リョウさんの居場所を最後に確認できたのは、六月一二日（金）の午前〇時一四分のことだった。

リョウさんはそのとき、沖縄本島最北の村である国頭村の、密林の奥にいた。

しかしそれ以降は、何度電話をかけてもスマホの電源が切られたままで、メールへの返信もなく、リョウさんがいったいどこでなにをしているのか、わからない日々が続いていた。

だけどその間に、ぼくはついに、リョウさんの本名を突きとめた。

それだけではない。リョウさんの人生の断片をも、思いがけず知ることができたのだった。

「タコのスベリ台」を手がかりに、リョウさんが以前、沖縄の宜野湾市で暮らしていた可能性が高いことを探り当てたあとは、もうそれ以上、リョウさんに迫りうる方法がなかった。

それでも、なんとしてもリョウさんの本名や住まいを知りたい。そして絶対に、もう一度会ってみたい……と思い続けていたぼくは、ある苦肉の策に出た。

リョウさんのことを記事にしていた三人のブロガーのうち、「読者コメントの受け付け」というかたちで唯一、連絡先を公開していた「ミスター・デオ」氏に対し、ダメもとで、次のようなメールを送信してみたのだ。

突然のメールを差し上げる無礼を、お許しください。

私はミスター・デオさんのこのブログの愛読者であると同時に、デオさんのブログにも登場したことのある『渋谷ミント・ラバー』のリョウさんの大ファンです。

実はそのリョウさんにまた会いたくて、先ほど、『渋谷ミント・ラバー』に電話したら、リョウさんはつい最近、店を辞めてしまったと教えられ、ショックに見舞われております。ただちにリョウさんの携帯にも電話をかけましたが、どうやらそれも使えなくなっているようで、現在のところ、リョウさんに連絡を取るすべがありません。

そこで、以前にリョウさんのことをブログに書いておられたミスター・デオさんなら、なにかしら、リョウさんに関する情報をお持ちではないかと、勝手にそう想像し、失礼を顧みずにこのようなメールを差し上げるにいたった次第です。

どうかお願いです。どんな些細なことでも結構ですので、私がもう一度リョウさんと会えるための手がかりとなりそうな情報（リョウさんの本名、電話番号、メールアドレス、現住所等々）をなにかお持ちでしたら、ぜひともお教えいただけないでしょうか。

私は決して怪しい者ではありませんので、もしも必要でしたら、私の身元を確認できる資料を複数、いつでもお見せいたします。まことに勝手なお願いではありますが、どうかよろしくご協力くださいますよう、お願い申し上げます。

するとまる一日を経てから、次のようなメールが返信されてきた。

せっかくのお問い合わせにご協力できず申し訳ありませんが、私はリョウ姫に関する個人情報など、まったく持ち合わせておりません。それに、あなたが本当にリョウ姫の大ファンで、彼女もそれを快く思っていたなら、すでにこれまでに、リョウ姫の方からなにかと個人情報を教えてくれていたはずです。そうでないのなら、リョウ姫はあくまでもビジネスオンリーで接していたにすぎないと判断して、潔く諦められた方が賢明だと思います。執着しすぎて後を引かないこと……それがデリヘル姫と楽しくつき合う、絶対条件だと思います。

なるほど、デオ氏が言わんとしていることは、いたって正論だった。
それはわかりきったうえで、「いさぎよくあきらめる」ことなど絶対にできなかったぼくは、次なる可能性の矛先を、「悲喜劇的独身中年男」に向けることにした。
リョウさんのことを書いていた三人のブロガーの中で、リョウさんともっともつき合いが長いのが、『私が愛したデリヘル嬢たち』の筆者である「悲喜劇的独身中年男」なのは明らかだった。
しかも同氏は、リョウさんの誕生日が前妻の誕生日と同じ日だとも書いているので、他の二人に比べれば圧倒的に、リョウさんの個人情報を持っている可能性が高い。

それゆえぼくも真っ先に、「悲喜劇的独身中年男」氏に連絡を取ろうとしたのだが、そのブログは読者コメントを受け付けておらず、また、連絡先のデータも記載されていないため、こちらからは連絡のしようがなかったのだ。

しかし、デオ氏からなにも情報を得られなかった以上、なんとかして「悲喜劇的独身中年男」氏の連絡先を探し出す以外に、そこから先に進む方策がなかった。

そこでぼくは、二年半にわたって書き綴られてきた『私が愛したデリヘル嬢たち』のブログ記事を、最初からすべて読み通すことにした。リョウさんの名前が直接出てこなくても、なにかリョウさんにつながる手がかりが読み取れるかもしれないと、そう考えてのことだった。

そして一年分をほぼ読み終えたころになって、思いがけず、「悲喜劇的独身中年男」氏がある風俗専門誌でコラムを書きはじめたという記述が、目にとまった。

ぼくはただちにその風俗誌のホームページを開き、「悲喜劇的独身中年男」氏の連載コラムがいまも継続中なのを確認すると、同氏に宛てた手紙をしたためて、編集部に送ることにした。

今度はミスター・デオ氏のような反応で終わらせないためにも、ぼくは、「つい先日、『渋谷ミント・ラバー』のリョウさんに家まで来てもらい、とても親切にしてもらったのですが、その際に体調が急変してしまい、リョウさんには大変にご心配とご迷惑をおかけしました。なので、もう一度ぜひ再会して、そのときのお詫びとお礼を言いたいと思って店の方に電話をかけてみると、なんとつい最近、リョウさんがお店を辞めてしまわれたとのことでした。（中略）……ということで、もしもリョウさんの本名や現住所、連絡先等をご存じでしたら、ぜひともお教えくださいますよう、重ねてお願い申し上げる次第です」といった内容の、ほぼ事実に即した丁寧な文面にした。

そして、「怪しげな人物だ」と一蹴されないための身元確認資料として、運転免許証のコピーと、仕事で使っている会社の名刺の実物も、同封することにした。

もちろん、見ず知らずの相手にそのような個人情報をさらけ出すことの危険性は、十分に理解していたが、そうしたリスクを覚悟したうえでの「お願い」だからこそ、「悲喜劇的独身中年男」氏もこちらを信用して、なにか情報を提供してくれるかもしれないと、そこに賭けたのだ。

うれしいことに、ぼくのそんな思いを、「悲喜劇的独身中年男」氏が受けとめてくれた。

「拝啓　本日、『プレイング・ノマド』編集部から、貴兄の手紙が転送されて参りました。思いがけない文面に接して、ただただ驚いております。小生がなかば気散じで書いているブログの駄文を、熱心にお読みいただいているようで、本当に恐縮の限りです」

そんな一文ではじまるメールが届いたのは、「悲喜劇的独身中年男」氏宛ての速達を出してから、三日後だった。それは、手紙に記しておいたぼくのパソコンのメールアドレスに届いたが、「中辻嗣郎」という、見覚えのない差出人名を目にしたときは、迷惑メールかと思った。

予約のタイミングが合わず、リョウちゃんとは三カ月ほどご無沙汰しておりましたが、貴兄の手紙で初めて、リョウちゃんが店を辞めたことを知り、本当に驚きました。というのも、彼女が『渋谷ミント・ラバー』に勤めるキッカケを作ったのは、小生だからです。

リョウちゃんと知り合ったのは七年前で、当時のリョウちゃんは新宿の某店で、デリヘルの仕事をはじめたばかりでした。それ以降、継続的にお世話になるようになったのですが、「もっと安心感のあるお店に移りたい」とリョウちゃんから相談され、小生がマネージャーと懇意にしていた『渋谷ミント・ラバー』を紹介したのは、四年前のことです。

さて、貴兄がお尋ねの件に関してですが、リョウちゃんの本名は、座刈谷水貴（いまかりや・みずき）で、本籍地は沖縄の名護市です。いつ上京したかなど、詳しいことは知りませんが、高校時代に英語を専門に勉強していたということは、耳にした記憶があります。

ちなみに、小生がリョウちゃんの本名や本籍地を知ったのは、リョウちゃんが三年ほど前に、小生宅のコピー機で書類をコピーしたことがあったからです。

弁理士という職業柄、小生宅のコピー機は高性能で、コピーの際には必ず元データが記録媒体に残る仕組みになっていました。なので、リョウちゃんが帰った後に、内緒でそのデータを呼び出し、悪いとは思いながら、ついついその書類に目を通してしまったのです。

リョウちゃんがコピーしたのは、宮城県の某市に提出予定の、「災害援護資金借入申込書」という書類でした。リョウちゃんの友人の実家が東日本大震災で被災したみたいで、その修理に要する二〇〇万円を、行政から融資してもらうためのものだったと思います。

リョウちゃんは連帯保証人として、本名や現住所、生年月日、本籍地など、様々な項目にわたってその書類に記入していたのです。「座刈谷」を「いまかりや」と読むのも、その書類にルビが振ってあるのを目にして、初めて知った次第です。

そしてこの時、リョウちゃんの誕生日が、小生の最大の憎悪対象である元妻と同じ三月一六日で、おまけにリョウちゃんの住まいが、元妻が再婚して暮らす世田谷区代田《だいた》三丁目のマンションの、すぐ近くのマンションであることも知り、二重のショックを受けました。（ちなみに、小生の元妻が住んでいるはずの「ソフィス波佐間」という名のマンションの、斜め向かいかその隣のマンションが、リョウちゃんの住まいだったと思います）

これは他人には理解され難いでしょうが、小生にとっての元妻は、全宇宙で最も汚らわしき存在であり、酌量の余地など微塵もない絶対悪です。それゆえ、元妻のことはできるだけ忘れ去ろう、一瞬たりとも思い出さないでおこうと、そう心がけて生きてきました。

なのに、あの魅力的で心優しい、小生の大好きなリョウちゃんの誕生日と現住所が、よりによって元妻と見事なまでにカブっていただなんて……。それからしばらくの間、小生がリョウちゃんを敬遠せざるをえなかった心情についても、どうかお察しくださいますように。

次に、リョウちゃんに連絡を取る方法ですが、実は小生も彼女の電話番号やメアドを知りません。教えてほしいと何度も迫りましたが、なぜか教えてくれませんでした。

ただ、『渋谷ミント・ラバー』に移籍する際に、リョウちゃんが「鈴木美香」という通名を使っていたことは確かです。デリヘル業界では本名を明かさないのが普通ですから。

貴兄のお手紙を拝読し、リョウちゃんに会いたいという貴兄の思いの真摯さと、その一途さに胸を打たれたからこそ、小生が知りえたことを、ここに記させていただきました。

ただし、リョウちゃん自身は、小生が彼女の本名や本籍を知っていることに、まったく気づいてはいませんので、その点につきましてはくれぐれもご配慮くださいますように。

最後につけ加えさせていただきますが、リョウちゃんはデリヘル嬢としてのみならず、一人の人間としても、最高に素晴らしい女性です。そのリョウちゃんがお店を辞めて、今後どうするつもりか、私としましても、大いに気になるところであります。

中辻嗣郎　拝

「悲喜劇的独身中年男」こと中辻嗣郎氏からのメールを読んで、ぼくは深い安堵を覚えた。リョウさんが教えてくれた「水貴」という名が、もしも本名でなかったら、二人で過ごしたあの夜の感動が無残に否定され、瓦解してしまいそうな、そんな不安を感じていたからだ。

しかし、それは本名だったし、リョウさんの本籍地が名護市であることも、判明した。すでに「タコのスベリ台がある公園」の探索で、リョウさんが宜野湾市に住んでいた可能性が高いことがわかっていたが、やはりリョウさんは、沖縄県の出身だったのだ。

とするなら、リョウさんは沖縄に「里帰りした」と考えた方が自然だ。しかもそれは、一時的な帰省ではなく、もしかすると故郷に定住するという、完全なUターンなのかもしれない。

ぼくの部屋を立ち去る間際のリョウさんが「もう会えない」と言ったり、電話で話した際に、「決めてしまったことがあるから、あともどりはできない」と口にしたのも、東京での生活に見切りをつけて沖縄で一からやり直そうという、リョウさんの決意の反映だったのかもしれない。

しかしその一方で、不審に思えることも少なくなかった。

リョウさんはなぜ、沖縄に到着した初日の夜に、本籍地である名護市かどこかに存在するであろう実家にはもどらず、国頭村の安波ヤンバル荘に宿泊したのか？

二日目の夜も、どうして実家に帰らず、密林の奥深くに分け入っていたのか？

それに、「そちらに、東京の若い女性が宿泊していると思うんですが……」と、ぼくが安波ヤンバル荘に電話をかけたとき、年配の婦人がすぐに、「ああ、鈴木さんのことですかぁ」と答えたのは、リョウさんが宿帳のようなものに、東京の住所を書いていたからではないだろうか。だとしたら、それもおかしなことだ。もしも本気で沖縄にUターンし、そのまま定住するつもりなら、断ち切ったはずの東京の住所を記帳することはないはずだ。

あれやこれやと想像をめぐらせているうちに、またしてもぼくは、リョウさんの背後に広がる迷路に迷いこみ、そこから抜け出せなくなってしまいそうだった。

そこで、勝手な思いこみは排除し、リョウさんに関する客観的な事実だけを積み重ねることで、なんとかリョウさんの実像に迫ろうと、気持ちを切り替えることにした。

そして、中辻氏に教えてもらった「座刈谷水貴」という名で「完全一致」するサイトや記事が存在するかどうか、ネットで検索してみたところ、たったの一件だけだったがヒットした。

それは、沖縄県人権教育啓発推進ネットワーク協議会のホームページに掲載された、「平成二四年度全日本中学生人権作文コンテスト沖縄地区大会」に関する、広報記事だった。

> 作文の読み書きを通して、人権の大切さとその意義を広く共有し合うことを目的に開催されてきた『全日本中学生人権作文コンテスト』ですが、平成二四年度の沖縄地区大会では、七四校の中学校から一四八八編もの応募があり、事務局で厳正な審査が行われた結果、沖縄地区最優秀賞の二編をはじめとする下記の一八編が、各賞を受賞しました。
> 沖縄地区協議会では例年に倣い、沖縄地区の全受賞作品を掲載した作文集『沖縄の風・沖

縄の心』を、県内の各中学校及び主要図書館に配布する予定です。加えて、この作文コンクールも今回をもって三〇周年という記念すべき節目を迎えたのを機に、沖縄地区における過去の全受賞者リストを、下記に掲載させていただきました。この取り組みの確かな歴史と成果を振り返る際の一助としていただければ、幸いです。

そのように書かれた挨拶文のあとに、「平成二四年度受賞者」の一覧表が掲載されており、それに続いて、三〇年にわたる年度ごとの受賞者名が、細かな字でビッシリと記されていた。

ぼくはその小さな字を一字たりとも見落とさないよう、慎重に追い続けて、ついに平成七年度（一九九五年度）の「奨励賞受賞者」の中に、リョウさんの名を発見した。

『私の顔を見て笑った人たちに』　浦添市立港西中学校　二年　座刈谷水貴

その一行を何度も読み返しながら、ぼくはようやくリョウさんの実体にふれられたかのような、感動を覚えていた。「座刈谷水貴」という名の同姓同名者が他に存在するとは思えないし、二〇年前に中学二年生ということは、三三歳だというリョウさんの年齢とも一致する。

それにしても、その年度の他の受賞者たちが、『祖父母の教えを胸に』、『平等と不平等、どちらが当たり前?』、『一人の希望をみんなの希望に』というような、なんとなく「中学生の人権作文」らしいタイトルをつけている中にあって、『私の顔を見て笑った人たちに』という風変わりなタイトルで、リョウさんはいったいどんなことを書いているのか？

それを読んでみたいと、ぼくは思った。いや、かならず読んでみるのだと、心に誓った。

そしてぼくは、次に「座刈谷」の姓だけで、ネットを検索してみた。

すると、これもたった一件だけ、ヒットした記事があった。

それは、日読新聞の経済担当記者である花房一郎という人物が書いている『経済ジャーナリストの私録』というブログの記事で、この年（二〇一五年）の一月二四日にアップされた記事のタイトルは、『米国オクラホマ州で、死刑執行寸前の死刑囚に面会する』となっていた。

記事の中にどんなかたちで「座刈谷」という名が出てくるのか、ぼくはまったく予想できないままに読みはじめたが、その内容は、思わず居住まいを正させるものだった。


アメリカのオクラホマ州での、シェールガスの現状をめぐる三週間の取材を終えて、昨日の夜遅くに帰国。今日は久々に、リラックスした休日を過ごしている。

そこで今日は、経済記者という立場と仕事を離れて、私がオクラホマで体験したショッキングな出来事について、少し書いてみたい。それは、死刑囚に関してである。

アメリカでは近年、執行数が減りつつあるとは言え、昨年（二〇一四年）は年間で三五人が死刑を執行されている。その中で一番、執行数が多かったのが、ミズーリ州とテキサス州で、いずれも一〇人だったが、オクラホマ州でも三人が死刑を執行された。

アメリカでは日本と異なり、死刑執行情報が事前公開されるのが当たり前で、オクラホマ州では執行の一ヵ月以上前に死刑囚本人に告知され、同時に、その情報が一般公開される。

さらに驚かされるのが、死刑囚の外部接触をめぐる、日米間の違いだ。

日本では死刑確定後の面会は家族と弁護士など、ごく少数の関係者に限定されるが、オクラホマ州では死刑囚が了解すれば、ジャーナリストがインタビューすることもできる。

実はこの私にも思いがけない形で、そのインタビューの機会が巡ってきたのだ。

一週間前。現地紙の記者であるロバートから、「マッカレスター刑務所で明日、五日後に死刑執行される殺人犯に三回目のインタビューをする」と教えられた。ロバートは死刑廃止運動家の立場で死刑囚のインタビューを重ねており、一冊の本にするつもりでいた。

それを聞いた私が、「日本では絶対に考えられない」と感嘆すると、ロバートが突然、「きみもその死刑囚に会ってみるか?」と、思いもしなかったことを口にしたのである。

ロバートの話では、ジョージ・オオサキというその男性死刑囚は日系人で、五三歳。九年前にオクラホマ州東部で麻薬の売人の女性を二人、撃ち殺し、死刑判決を受けていた。

「インタビューしたければ、明日の面会時に私から直接、本人に頼んでやるよ」

ロバートにそう言われ、「じゃあ、お願いします」と答えたのは、正直なところ、一度は死刑囚という存在に会ってその肉声にふれてみたいという、素朴な好奇心からだった。

そして迎えた、翌々日の朝。私は午前一〇時にオクラホマ州立マッカレスター刑務所の事務棟を訪れ、ビザや記者証を示して、正式にジョージ・オオサキへの面会許可を得た。

それから、だだっ広い構内に点在する刑務所棟の一つに案内され、そこで厳重なボディーチェックを受けてから、いよいよ一階の面会室に通された。

面会室の広さは一二畳ほどで、中央に大きなテーブルがあり、私とジョージがテーブルを挟んで向かい合い、刑務官が横に座って二人を監視する、という構図になっていた。

両手首に手錠、両足首に足錠をかけられたジョージが、見るからに屈強そうな二人の刑務官につき添われて姿を現したのは、私が着席してから五分ほどが過ぎたころだった。見た目は日本人そのもののジョージは、物珍しげに私の顔を見ながら、無言で腰を下ろし、つき添ってきた二人の刑務官も、ジョージのすぐうしろの長椅子に座った。

一メートル半ほどの距離を隔てて向き合った青い囚人服姿のジョージが、まるで大学教授のような、インテリっぽい雰囲気をたたえていることに内心で驚きながら、私は手短に自己紹介を済ませ、最後に、ロバートの紹介であなたに会いに来たのだと、説明した。

「わかっている。ロバートの紹介でなければ、私もあんたに会いはしなかった」

それがジョージ・オオサキが発した、第一声だった。そして彼は、「すまないが体調がよくないので、インタビューは一〇分前後にしてほしい」と、私の目を見て言った。

「それでは早速うかがいますが、死刑執行を三日後に控え、どんなご心境でしょうか？」

あらかじめ録音の許しを得てから、私がそう質問すると、ジョージはテーブルの上の一点に目を落とし、しばらく黙りこんだ。そしておもむろに語りはじめた。

「死刑執行に関する恐怖も、いまではかなりの部分、受け入れることができつつある。しかし、いまだに受け入れられないのは、家族が私の遺体の引き取りを拒否しているという、その事実だ」

「ご家族はどうして、拒否しておられるのでしょうか？」

「私には、わからない。考えられるのは、家族の中の誰かが強硬にそう主張し、他の者がそれに逆らえないと、そういう状態ではないかということだ」

「自分が犯してしまった罪については、どのように感じていますか？」

「あのころの私は、最悪のジャンキー（麻薬中毒者）だった。それは認めるしかない」

「あなたが事件を起こした現場が、すでに死刑制度を廃止した州であったとしたら、あなたは死刑になることもなかったわけですが、そのことをどう思いますか？」

「なんとも思わない。自分がどこで人殺しになってしまうのかを、あらかじめ自分で決められるような人間は、おそらく最初から、人を殺したりはしないだろう」

「亡くなった被害者に対して、いまはどんなお気持ちですか？」

「自業自得だ。あの女たちは、法外な値をふっかけてきた。通常の値で麻薬を売ってくれたら、私も撃ち殺しはしなかった。それを思うと、同情心など湧いてこない」

「このアメリカの社会で、自分が日系人であることをどう感じていますか？」

「別になにも感じない。私は三世だが日本語は話せないし、日本に知り合いがいるわけでもない。この国で大切なのは、人種や民族ではなく、金なんだ。私もあり余るだけの金を手にしていれば、絶対に死刑になるような人生は送らなかった」

「あなたの死刑は薬物注射によって執行されますが、その方法についての感想は？」

「日本はこの時代にまだ絞首刑をやってるって、ロバートから聞いたが、信じられん。そんな野蛮な方法に比べれば、薬物注射の方がよっぽどマシだ」

ジョージは吐き捨てるように言うと、私の方に身を乗り出しながら、「あんたは日本の新聞記者だそうだから、面白い話を提供してやろうか。実は、私はもう二〇年以上も前に、日本人を殺したことがある。海兵隊の歩兵部隊の一員として、オキナワにいたときのことだった」と、突然に思いがけないことを口にした。

「それはどういうことですか？　もう少し詳しく話してくれませんか？」

私がジョージにそう問い直したとき、右横に座っていた刑務官が私のICレコーダーの上に手を置き、「ここから先は録音をやめてくれ」と、私の目を見ながら言った。もちろん、私は従うしかなかった。そしてジョージは、臆することなく喋り続けた。

「あれは一九九〇年の、一〇月だった。私が駐留していたのはチャタン（北谷）のキャンプだったが、そのときは北部のジャングル訓練場で、一週間の戦闘訓練を受けていた。そのさなかの深夜に部隊を脱走し、ジャングルの中をかなり歩いてやっと細い道まで出たら、そこに小さなトラックが停まっており、その横で男がなにか作業をしていた。だから、背後からそいつをナイフで刺し殺して車を奪い、そのままナハ（那覇）まで逃げたんだ」

「そもそも、どうして部隊から脱走しようと思ったのですか？　それに、その男性が死んだことを、どのように確認したのですか？」

「私はオキナワでもフィリピン人から覚醒剤を手に入れ、自分で使うだけでなく、同じ部隊の仲間にも売りさばいていた。それが発覚しそうになったので、憲兵隊に拘束される前に、軍を脱走することにしたんだ。……男が死んだのを確認してはいないが、戦闘ナイフの柄の部分がメリこむほど思いっきり刺したので、生きているはずがない」

「そのお話は、すべて事実ですか？　そして、脱走は成功したのでしょうか？」

「もちろん事実だし、脱走も成功した。だれが見たって私は日本人の顔をしているから、日本の中で身を隠すのに苦労はしなかったし、すぐに偽造パスポートで、アメリカにも帰ってこられた。しかし、オキナワで人を殺したことは、これまで誰にも話さなかった。何年かぶりで、日本人であるあんたの顔を見て、急に思い出したんだ」

ジョージは少し投げやりな口調でそういうと、「きょうは来てくれて、ありがとうよ」と初めて笑顔を見せて言い、自分から席を立った。

私もすぐに立ち上がり、感謝の気持ちをこめて右手を差し出したのだが、ジョージはその手を握ろうともせず、そのまま背中を向けて部屋から出て行った。

刑務官は私を伴って事務棟までもどる途中に、「死刑の執行間際に過去の殺人事件を告白するヤツは、これまでに何人もいた。事件捜査がはじまれば執行も延期されると、そう考えるんだろうな。しかし、彼らの狙い通りに事が運んだケースは一度もない」と、噛んで含めるように言い、「三日後の死刑執行はどうする？」と、私に尋ねた。

驚いた私が、「私も立ち会えるのか？」と問うと、「報道関係者の立ち会いは一二人まで認められる。申請者はまだ三人なので、確実に立ち会える」と、刑務官は笑顔で答えた。

しかし、執行当日の早朝にはもう、私は帰国の途に就くことが決まっていた。

さて、こうしてジョージ・オオサキとの面会を終えてホテルにもどった私は、すぐに日読新聞東京本社に連絡を入れ、親しい社会部の記者に、ジョージから聞かされた「殺人事件」に該当しそうな事実があるかどうか、調べてくれるように依頼した。

するとその日のうちに、次のような内容のメールが送られてきた。

「確かに、一九九〇年一〇月二七日早朝に沖縄県国頭村の県道沿いで、座刈谷朝清（いまかりや・ちょうせい）という五一歳の男性が刺殺体で発見される、という事件が発生しています。

沖縄県警に確認したところ、本件はその後、容疑者の特定にはいたらないまま、二〇〇五年一〇月に公訴時効が成立。また、ジョージ・オオサキに関して、在日米軍司令部（USFJ）に問い合わせたところ、『そのような人物が当軍に在籍したとの記録はなく、一九九〇年に在沖縄米軍基地から兵が脱走したとの事実もない』との公式返答がありました。

このような状況ですので、現時点での記事化は見送るしかない、というのが社会部長の見解です……」

確かに、これでは記事にしようがなかった。米軍が公式返答でジョージの軍籍と脱走を否定している以上、そこから先は調べようがないし、事件そのものも、すでに時効が成立している。それに、ジョージの犯行を裏付ける確定的な証拠が存在するわけでもない。

しかし私には、ジョージが嘘を語ったとは思えなかった。彼の話しぶりには十分なリアリティーが感じられたし、その告白になにか企みが隠されているようにも見えなかった。

だが、真実はもう、永遠に確かめようがない。ジョージ・オオサキは今から二八時間前に、マッカレスター刑務所で死刑を執行され、物言わぬ存在と化したからだ。

その直後に、死刑執行に立ち会ったロバートから届いたメールには、「ジョージは薬物注射の直前に、凄まじい大声で泣きわめいたため、力ずくであの世に送られた。これまでに目にした死刑執行の中で、もっとも痛々しく不条理な最期だった」と書かれていた。

このブログ記事を読み終えたぼくは、ジョージ・オオサキの最期を想い、しばしことばを失った。しかし、それにもまして衝撃的だったのが、「一九九〇年一〇月二七日早朝に、沖縄県国頭村の県道沿いで、座刈谷朝清という五一歳の男性が刺殺体で発見され……」との記述だった。

犯人が本当にジョージかどうか、確認しようがないにしても、「リョウさん」こと座刈谷水貴と同姓の人物が殺害されていたことだけは、動かしようのない事実なのだ。

しかも、座刈谷朝清氏の刺殺体が発見された「国頭村の県道沿い」は、前週の木曜の深夜にリョウさんが分け入っていた国頭村の密林から、それほど離れていない場所のように思える。

この符合を、どう考えればいいのか。

はやる気持ちをおさえながら、ぼくはパソコンで日読新聞の有料データベースにアクセスした。

そして、「座刈谷朝清」という名で記事を検索すると、一件だけヒットした。

その記事は、一九九〇年一〇月二八日付けの西部本社版朝刊に掲載された『沖縄北部の山中で男性の刺殺体』という見出しの記事で、内容は次のようなものだった。

二七日午前六時一〇分ごろ、沖縄県国頭村安波の県道七〇号線から西に入った林道で、男性が血を流して倒れていると、住民から通報があった。男性は背中から左脇腹にかけて貫通する刺し傷を負っており、搬送先の病院で死亡が確認されたため、沖縄県警は殺人事件として捜査を始めた。死亡したのは名護市字屋部《やぶ》の工務店勤務・座刈谷朝清さん（五一）で、使用していた軽四輪トラックが見当たらないことから、県警では犯人が座刈谷さんを刺殺後、軽四輪トラックを奪って逃走したと見て、行方を追っている。座刈谷さんは地元の自然保護グループのメンバーで、長年、国頭村一帯の森林で生物観察を続けており、二六日も夜間観察のために午後六時には現場付近に軽四輪トラックを停めていたことが、目撃されている。

やはりそうだった。座刈谷朝清氏の刺殺体が発見されたのも、リョウさんが深夜にキー・メールを送ってきた山奥の地点も、国頭村の「安波」と呼ばれる、同じエリア内だったのだ。

しかも、安波ヤンバル荘の年配女性の話では、リョウさんは「自然観察」を目的として山に向かったみたいだし、殺された座刈谷朝清氏もまた、生物観察の専門家のようだった。

それに、記事では座刈谷朝清氏の住所が「名護市字屋部」となっており、リョウさんの本籍も名護市であることを考えあわせると、二人がなんらかの血縁関係にあるのは間違いないように思えた。

ぼくはそこで、パソコン画面に沖縄の地図を呼び出すと、国頭村一帯を最大倍率にまで拡大して、くまなくながめ回してみた。

すると、それまで意識したことのない、意外な事実に気がついた。リョウさんが分け入っていた密林を含む広大なエリアが、なぜか、他のエリアとは微妙に異なる色で塗り分けてある。

どうしてだろうかと、色の変化を目で追い続けたぼくは、やがて「米軍北部訓練場」という表示を発見した。実は、他のエリアとベース色が異なるそのエリアは、アメリカ軍の軍事演習場となっており、その範囲は驚くほど広大な地域におよんでいたのだ。

ジョージ・オオサキ死刑囚は日読新聞の花房記者とのインタビューで、「北部のジャングル訓練場で、一週間の戦闘訓練を受けていた」と語っていたが、まさにこの広大な「米軍北部訓練場」こそが、ジョージの言う「ジャングル訓練場」なのだろう。

　ネットで調べると、北部訓練場に関して次のようなことがわかった。


　米軍北部訓練場は、国頭村と東村《ひがしそん》にまたがるアメリカ海兵隊の基地で、総面積約七八〇〇ヘクタール（東京ドームの一六六八倍）という広大な区域を持つ、沖縄県内最大の軍事演習場である。本区域の上空二〇〇〇フィートまでは米軍による使用が認められている。英名はキャンプ・ゴンサルベスで、正式名は「ジャングル戦闘訓練センター」。

　同訓練場は米軍にとって世界で唯一のジャングル訓練場で、海兵隊・陸軍・海軍・空軍の各部隊が対ゲリラ訓練基地として使用。イラクで戦死した約四五〇〇人、アフガニスタンで戦死した二〇〇〇人以上の海兵隊員の多くが、この北部訓練場で訓練を受けていた。

　ベトナム戦争の際には、猛毒のダイオキシンを含む「枯れ葉剤」が訓練場内で試験散布されたり、地元住民をベトコン（武装共産ゲリラ）に見立てての演習が行われたりしていた。

　同訓練場一帯はまた、沖縄本島随一の森林地帯である「ヤンバルの森」として知られ、絶滅寸前の希少動植物の生息地として、世界的にも貴重な自然環境や生態系を保持する一方、水源涵養林《かんようりん》としても、県土保全上の大きな機能を果たしてきた。

　一九九六年の「沖縄に関する特別行動委員会（ＳＡＣＯ）」での合意により、六カ所のヘリパッド（ヘリコプターの離着陸施設）の建設を条件に、同訓練場の約半分が日本に返還されることが決まった。しかし、ヘリパッドの建設地に近い東村の高江では、「ヤンバルの自然が破壊されるだけでなく、昼夜を問わず民間地域の上空を低空飛行するオスプレイ等の、限界を超えた騒音や低周波によって、地元住民の暮らしが侵される」として、激しい反対運動が続いている。

要するに、米軍基地だらけの沖縄でも、ダントツで圧倒的な基地面積を誇るのが北部訓練場であり、それは国頭村と東村を足した総面積の、およそ五〇%もの広さにおよんでいた。

その広大さゆえに、金網フェンスが張られているのは主要ゲートの周辺だけで、面積の大半を占める山岳森林地帯では、そこが米軍訓練場であることを示す簡易標識が立てられているだけだという。

そして、前週の木曜の深夜にリョウさんが分け入っていた密林も、座刈谷朝清氏の遺体発見現場となった林道も、いずれもこの北部訓練場の中に含まれていた。

中辻嗣郎氏（悲喜劇的独身中年男）からのメールが届いた、その翌日の水曜日。

「リョウさんが沖縄からもどっているかもしれない」との淡い期待を胸に、ぼくはさっそく、中辻氏に教えられた情報を手がかりとして、リョウさんの住むマンションを探しに出かけた。

自宅近くから乗りこんだタクシーは、半時間ほどで、世田谷区代田三丁目に到着。

宮前橋交差点の北側で下車したところ、すぐ近くに交番があったので、中辻氏の元妻が住むという「ソフィス波佐間」の場所をたずねると、「あそこの、ちょっとピンクがかった大きなマンションです」と、若い警官が指差して教えてくれた。

その「ソフィス波佐間」の斜め向かいの、細長い七階建てのマンションがリョウさんの住まいだと見当をつけたものの、オートロックのために郵便受けの氏名を確認できず、仕方なく管理人室の呼び出しボタンを押すしかなかった。

数分待たされ、姿を見せたのは、七〇歳前後と思える恰幅《かっぷく》のいい男性だった。

「ちょっとおたずねしますが、こちらのマンションに、座刈谷さんという女性がお住まいではないでしょうか？」

会釈してたずねると、「そんな名前の人は住んでないな」と即座に言われてしまった。

「じゃあ、鈴木美香さんというお名前の方は？」とたずね直すと、「ああ、鈴木さんならいるよ。だけどつい二、三日前に、引っ越しちゃったよ」と、予期せぬことばが返ってきた。

「どちらに引っ越されたか、ご存じないでしょうか？」

「なんでも、当分は海外に出かけるので、なにか郵便物が届くようなことでもあれば、すべて処分してくださいってことだったね」

「鈴木さんはお一人で住んでおられたのでしょうか？」

「そういうことだね」

「その部屋は、鈴木美香さんの名義で借りておられたのですか？」

「このマンションはもともと分譲で、賃貸の仲介をしている不動産屋と私らとは、直接関係がないから、そのへんのことはわからないね」

老人はそう答えたあと、「おたく、どうしてそんなことを聞くの？」と、不審そうな顔つきになってぼくをにらみつけた。

リョウさんは沖縄にUターンしたのではなく、また東京にもどって来ていた。

それはぼくにとって、うれしいことには違いなかったが、リョウさんが数日前に住まいを引き払ったと知って、それまで以上に追いつめられた気分になった。

リョウさんのスマホの電源は相変わらず切られたままで、『アラフェス』でいくらメールを送っても返信はなく、現実のリョウさんに迫りうる手段は、もう皆無だった。

だからこそぼくは一層の執着をもって、リョウさんの情報収集にのめりこむしかなかった。そうすることでせめて心理的にでも、リョウさんを自分に引き寄せていたかった。


翌木曜日の、午後四時過ぎ。

リハビリから帰宅したぼくは、那覇にある「ロケーション・ウリズン」に電話を入れた。

ロケーション・ウリズンはロケ・コーディネートの会社で、沖縄でのロケの際に、ロケ地の選定や撮影許可の取得、ロケバスの手配など、さまざまな手助けをしてくれる頼もしい存在だった。

同社の比嘉《ひが》照子社長は美容師だったが、二五年前に離婚を機にロケーション・ウリズンを起業。いまでは自社ビルを持つまでの成功を収めている。その一人娘が、同社専務の真帆さんだった。

前年に沖縄で琉球犬のロケをしたとき、ぼくは真帆さんに大いに助けられたし、沖縄の歴史や現実について、多くのことを教わった。「本土では一九五七年に売春防止法が施行されましたが、沖縄でそれが完全施行されたのは、本土に復帰した七二年でした。つまりそれまで、沖縄では売春が合法のまま放置されていたんです」と教えてくれたのも真帆さんだった。

真帆さんは琉球大学で沖縄戦後女性史を学んだ才媛だが、卒業後は母親の仕事を手伝いながら、二年前に「ウリズンクラブ」という名の、女性スタッフだけの便利屋を設立。とくに、沖縄に多いシングルマザーの生活支援のために、低料金でさまざまなサービスを提供していた。

「あらっ、広川さん。お久しぶりですね」

いつもの明るく屈託のない真帆さんの声が、心地よく電話口に響いた。

ぼくはあらためて、琉球犬ロケでお世話になったことの謝辞を伝えたあと、「今回は個人的なことで、真帆さんがやっておられる便利屋の力をお借りしたいと思いまして」と切り出した。

「個人的なことって、どんなことでしょ？」

「実は、沖縄出身のある女性について、調べてもらいたいのですが」

「それってもしかしたら、沖縄の女性に恋をしちゃった、なんてことですか？」

「もしかすると、そうなのかもしれません」

少しどぎまぎしながら、ぼくは依頼内容の概略を説明し、それをまとめたペーパーをファックスですぐに送るので、目を通した段階でまた電話をもらえるようにと、真帆さんにお願いした。

ぼくが一枚の紙にまとめた「依頼内容」とは、次のようなものだった。

①沖縄県人権教育啓発推進ネットワーク協議会が発行した「平成七年度（一九九五年度）全日本中学生人権作文コンテスト沖縄地区大会受賞作」の作文集から、浦添市立港西中学校の二年だった座刈谷水貴（いまかりや・みずき）さんが書いた『私の顔を見て笑った人たちに』と題する作文をコピーして、データを送ってください。
②一九九〇年一〇月二七日に、名護市字屋部の工務店勤務・座刈谷朝清（いまかりや・ちょうせい）さんが、「国頭村安波」で刺殺体となって発見された事件に関する、『沖縄新

報』と『琉球タイムズ』の記事をすべてコピーして、データを送ってください。(両紙とも九七年一月以前の記事はデータベース化されていないため、ネットで入手できません)
③座刈谷水貴さん(本籍地は名護市内で、現在は三三歳)に関してわかることはどんなことでも調べて、データを送ってください。
④座刈谷水貴さんと座刈谷朝清さんとの関係について、調べてください。

真帆さんからの電話は、ファックス送信から五分もせずにかかってきた。

「送っていただいた文書を拝見して、ちょっと驚いちゃいました」

その驚きの余韻を感じさせる口調で、真帆さんが言った。

「実は私も中学時代には、この人権作文コンテストに毎年応募していて、一度だけ入選したこともあるんです。たしか、一九九八年だったと思いますが」

「そうですか。じゃあ、受賞作を集めた作文集が毎年発行されているのは、ご存じですね」

「ええ。作文集なら、那覇の県立図書館に行けば、全部見られると思います。それに、『沖縄新報』と『琉球タイムズ』の縮刷版や実物も、県立図書館にすべて揃っています」

「お願いしたことは全部、おまかせできそうですか?」

「大丈夫です。ウリズンクラブは探偵業の届け出も済ませてますので、普通の興信所や探偵事務所がやることなら、どんなことでもできちゃいます。私が言うのもなんですが、スタッフも優秀ですし。そうですね、①と②のご要望には、この数日間で対応できると思います。ただ、座刈谷水貴さんの身上調査は、早くても一週間ほどはお待ちいただくことになるかもしれません」

「わかりました。それで、率直なところ、いくらぐらい費用がかかりそうですか？」

「どれだけの作業量になるのか、実際に動いてみなければわからないので、ざっとしたお見積りで恐縮ですが、だいたい一〇万円から二〇万円ぐらいの幅で見ていただけますでしょうか？」

「了解しました。それでお願いします」

そんなやり取りのあと、真帆さんからの二、三の質問に答えてから、電話を切った。

リョウさんがいまどこでなにをしているのか、まったくなにもわからないというのに、あらがいようのない引力に支配されて、ぼくはリョウさんを周回する衛星と化しつつあった。

（六）　受賞作文

二〇一五年六月二〇日（土）。

ぼくの部屋を出て行くリョウさんの姿を見送ってから、一一回目となる朝。

前夜は寝る前にビールを多めに飲んでしまったせいで、尿意を感じて六時過ぎに目覚めたぼくは、そのまま二度寝をせずに、ベッドに横になったままでテレビを見ていた。

毎週、土曜の朝六時三〇分からは他局で、『柿森真亜弥の旅する女ゴコロ』と題する三〇分番組が放送されているのだが、この朝は久しぶりにリアルタイムで視聴することにしたのだ。

一九八〇年代を代表するアイドル歌手の一人だった柿森真亜弥が、日本各地を旅して回るこの番組は、二〇年近く続く長寿番組で、真亜弥もすでに五〇歳を超えている。しかし、旅先での出会いや食べものに、無垢な子どものように反応する彼女の姿は、幅広い層の支持を集めていた。

「柿森真亜弥のすごいのは、自分の正直さを天真爛漫《てんしんらんまん》に表現できるところだね。ぼくらは番組の中でマズいものを口にしても、お店や料理人に気をつかって、『なかなかですね』とか、『独特のお味ですね』とか言ってお茶を濁しちゃうけど、真亜弥は、『値段ほどじゃないわ』とか、『なんだ、おいしくないよ』とか、平気で言っちゃうもんな。それでいて番組が成り立つんだから、あれは絶対、ぼくらには真似のできない芸当だよな」

一緒に飲んだときの岡村佳彦さんは、よくそんなことばで『旅する女ゴコロ』をおもしろがっていたが、たしかにこの日の柿森真亜弥も、鳥取県の浜村温泉の旅館でトビウオ料理を食べながら、「期待したほどじゃないな」、「ダメだ、私の口に合わない」などと、平気で連発していた。

番組が終わったあと、ぼくはそのまま漫然と、七時からのニュースを見ていた。

そして、「大阪府高槻市の安満《あま》遺跡の発掘調査で、弥生時代前期の水田跡や墓が見つかった」というニュースのあとに、突然、胸をつかれた。

黒縁メガネの男性アナウンサーが、「次のニュースです。建築家の加賀雄二郎さんが亡くなりました」と、そう言ったからだ。

ぼくは驚きのまま、テレビ画面を凝視した。

「建築家の加賀雄二郎さん・六四歳が、本日未明に、東京都港区赤坂の路上で死亡しているのが発見されました。加賀さんに外傷はなく、現場に争った形跡もないことから、警察は病死と事件の両面から捜査しています。公共建築年間最優秀賞などの受賞で知られる加賀さんは、遺体発見現場から五〇〇メートルほど離れた自分の設計事務所で、昨夜遅くまで、一人残って仕事をしていたといい、警察ではその後の詳しい足取りを調べています」

アナウンサーがニュース原稿を読み上げている間、加賀が死体で発見された現場の様子や、加賀の顔写真が映像で流された。

加賀雄二郎……それは、リョウさんがぼくの部屋に落としていた紙片に名が記された人物に違いなかった。加賀の死体の発見現場が赤坂だというのも、紙片の住所と一致する。

ぼくはキツネにつままれた気がして、この思いがけないニュースを、リアルに受け止められなかった。リョウさんの紙片で加賀雄二郎の存在を初めて意識したに等しい、そのほぼ一〇日後に、本人死亡のニュースに接するというのは、どういうことか。

それに、リョウさんはなぜ、あの紙片に加賀の名前と住所を書いていたのか？

どのような目的で、それを持ち歩いていたのか？

そんな疑問に心を奪われているうちに、次第に、得体の知れない不安がこみあげてきた。

もしかしたら、リョウさんの紙片と加賀の死との間に、なにか関係があるのかもしれない……漠然とではあるものの、なぜかしらそんな気がしてきたのだ。加賀の死が病死なのか、それとも事件性が疑われる死なのか、まだなにもわからないというのに。

ふと脳裏に、杏奈の顔が浮かんだ。この日は土曜日なので、『ニュースレーダー・テン』の放送はない。

だから、杏奈の勤務シフトがどうなっているのかわからなかったが、この加賀の件についても、杏奈が事件リポーターとして関わる可能性があるかもしれないと思えた。

そこで杏奈のスマホに、次のようなメールを送っておいた。

おはようございます。朝のこんな時間に、突然のメールでごめんなさい。

いまテレビで、建築家の加賀雄二郎が遺体で発見されたというニュースを知りました。

ちょっと個人的な関心があって、このニュースがとても気になります。もしもなにか、報道されている情報以外に杏奈の知っていることがあれば、杏奈の迷惑にならない時間帯に、メールででも教えてもらえたらうれしいです。


すると二時間後に、杏奈はメールではなく、わざわざ電話をかけてきてくれた。

「おはよう。メール読んだけど、足の方はどうなの?」

杏奈の明るくはずむ声を耳にするのは、ぼくが退院した五月四日以来のことだった。

「朝早くにごめんね。足はだいぶよくなったから、あとは時間の問題だと思うけど。杏奈は、今日は休みなの?」と、ぼくも意識して明るい声を返した。

「一応は休みなんだけど、気になってる仕事があるから、局に出てきたところなの。それで、英ちゃんはどういうことを知りたいのかな?」

「一番知りたいのは、加賀っていう建築家の死因なんだけど」

「たしかにそれ次第で、事件化しちゃう可能性もあるもんね。わかった。私もまだ詳しいことは知らないので、いまから警視庁のクラブに電話して、聞いてあげるわ」

「申しわけないな」

「いいのよ。今日の担当記者は、私の親しい子だから」

そう言って電話を切ったあと、ぼくはあらためて、杏奈の変化に圧倒される思いだった。

ぼくたちが恋人関係だった時期は、杏奈が横浜支局に左遷された不遇期と重なっていたこともあって、当時の彼女はいつもどこかなげやりで、もの憂げな雰囲気を漂わせていた。

それがいまは、短い電話の会話においても、『ニュースレーダー・テン』の画面で見せる、テキパキとしてクールな才媛のイメージそのままで、あのころとはまるで別人のようだった。

その杏奈から、「庁内で情報収集をしていた記者に聞いたんだけど……」と報告があったのは、三〇分後のことだった。

「死体が発見されたのは午前三時過ぎで、外傷はないってことになってるけれど、両頬に爪を立てたような、内出血の痕が残っているらしいの。たぶん死ぬ間際に苦しみもだえて、自分の手で頬をかきむしったんでしょうね。現場には捜査一課の庶務担当管理官が駆けつけたあと、強行犯係の刑事も出動してるそうだから、この流れだと、他殺の可能性が濃厚だわね」

「それって、具体的に他殺と推定できる証拠があるってこと？」

「そのあたりは、明日の司法解剖でいろいろ出てくると思うわ。ただ、私が耳にしたところでは、加賀さんは亡くなる前に嘔吐しているんだけど、胃の中から吐き出されたものにたかっていたアリが、全部死んでるっていう話があるの。要するに、なにか毒薬のようなものを飲むか飲まされるかして、亡くなった可能性もあるってことね。だけど、それだけでは他殺と断定できないかもしれない。自殺するために自分で飲んだってこともありえるしね」

「死体発見現場の周辺で、不審者情報のようなものはあるのかなぁ？」

「まだそうした情報は出てきてないみたいだけど、赤坂のあのあたりは防犯ビデオの密度が高そうだから、警察の映像分析が進めば、思いがけない事実が出てこないとも限らないわ」

「ありがとう、手間を取らせちゃって、悪かったな。いつも『テン』を見て応援してるから、がんばってな」

「英ちゃん、私が話したことは、いまの段階ではだれにも口外しないでよ」

「わかってる。ありがとうな」

「どういたしまして。またなにかあったら、いつでも連絡してくれていいから」

杏奈のやさしいことばで電話を切ってから、ぼくはしばし、混乱したままでいた。

久しぶりに杏奈と話せたうれしさと、加賀雄二郎の死が他殺だった可能性が高いと聞かされたことの、そのおののきのようなものが、ぼくの心で複雑に交錯していた。

そしてやはり、リョウさんと加賀の関係が気になって仕方なかった。

普通に考えれば、沖縄の出身で沖縄で暮らしていたリョウさんと、東京と沖縄を行き来しながら建築家をしていた加賀との間に、なんらかの接点があったとしても不思議ではない。

それでも引っかかりを覚えてしまうのは、リョウさんが加賀の名前と住所を記した紙片を持ち歩いていたという、その事実の割り切れなさというか、どんよりとした不可解さだった。

しかも、リョウさんが書きとめていたのは、加賀の職場である建築研究所の所在地ではなく、そこから徒歩で一五分ほどの距離にある、豪華マンションの住所だった。

そのマンション内に加賀の自宅があるのかどうかは、ネット上の情報ではまったく確認できないのに、リョウさんがぼくの部屋に落としていた紙片には、なぜか、加賀の名前とその住所が併記されていた。そこにはどんな意味が隠されているのか？

しかし、いくら考えたところで、リョウさんと加賀の接点や関係がわかるわけでも、リョウさんにまつわる謎や疑問が解消されるわけでもなかった。

それにしても、リョウさんが眼前を去ってからの一一日間に、ぼくはどれだけ多くの時間と思いを費やして、リョウさんのことを考え、心を砕いたことだろう。なのにいまこの瞬間も、リョウさんがどこでなにをしているのかさえ、まったく知りようがないのだった。

加賀雄二郎の死体発見のニュースは、この日の正午のNHKニュースでも報道された。内容的には朝の第一報と変わらず、新たに判明した事実はなにも含まれていなかった。杏奈の話では、司法解剖は明日になるらしいので、加賀の死因が法医学的に解明されて、自殺なのか他殺なのかがわかるまでには、もう少し時間がかかりそうだった。

このニュースを見終わってから病院に出かけ、地下のレストランで昼食をとったぼくは、それから時間をかけて、左膝を正座の角度まで曲げる訓練をみっちりとくり返した。

さらに、左足にかける重さを増やしていく訓練でも、体重の三分の二までは苦もなくこなせたが、それ以上の重さをかけようとすると太股に痛みが走るため、意識して自重した。

それでもリハビリの先生からは「この早さでここまで回復するのは、本当にまれなケースですよ」と声をかけられ、気をよくして帰宅したぼくは、いよいよ、『岡村佳彦のワンダフル好奇心(秋のスペシャル版)』の、「本命ネタ」の資料整理に取りかかった。

前回の企画会議では、有森さんが提案した「不発弾」と「方言札」、それにぼくの「三文字苗字」の三案が、前谷チーフ・プロデューサーの関心を引いたようだった。その中ではおそらく、有森さんの「不発弾」がもっとも有力だろうと、ぼくは個人的にそう感じていた。

そうした状況をなんとか好転させるには、ぼくの職場復帰に合わせて七月中旬に開かれる二回目の企画会議で、想定していたよりも早く、「本命ネタ」を提案した方がよさそうに思えた。

その「本命ネタ」とは、「ガマフヤー」に関するものだった。

沖縄のことばで、「ガマ」は「自然の洞窟」を、「ファー」は「掘る人」を意味している。つまり「ガマフヤー」とは、「自然洞窟を掘る人」のことだが、では、いったいなぜ洞窟を掘るのかといえば、それは、沖縄戦で犠牲になった住民や兵士の遺骨を捜し出すためである。

沖縄全土に二〇〇〇カ所はあるといわれるガマは、太平洋戦争末期の沖縄戦において、日本軍の陣地や野戦病院として利用されたり、日本兵や住民たちの避難場所になったりした。

アメリカ軍はこれらのガマを執拗に攻撃し、火炎放射器で焼きつくしたり、毒ガス（青酸ガス）を注入したり、手榴弾を投げこんだりして、戦闘員・非戦闘員の区別なく殺戮した。

戦後になり、多くのガマで遺骨収集がなされてきたが、いまも数千人の遺骨が埋もれたままになっているらしい。そうした遺骨を捜し続けているのが、ガマフヤーと呼ばれる人たちだ。

実はぼくもこの前年、「琉球犬」の取材で南部の八重瀬町《やえせちょう》を訪れた際に、同行していたロケーション・ウリズンの比嘉真帆さんに、「知り合いがこの近くで遺骨捜しをしているので、よければ見学していきますか」と誘われ、ガマフヤーの活動現場を訪ねたことがあった。

八重瀬公園にほど近いそのガマは、三〇メートル以上の奥行きがあったが、内部は細長く蛇行しており、幅が一・五メートルほどで、どうにか人が立って歩けるだけの高さしかなかった。

沖縄戦で開口部が崩落したままになっていたこのガマに、六九年ぶりに足を踏み入れたのが、地元の四人のガマフヤーたちだ。彼らは一週間におよぶ捜索で、五柱分の人骨を発見していたが、そのすべてが女性の遺骨らしいとのことだった。

ぼくが真帆さんと現場に到着したとき、ガマの前に敷かれたビニールシートの上にそれらの遺骨が丁寧に並べて置かれており、二人の若い巡査が写真に撮っている最中だった。

四人のガマフヤーの代表格である砂川さんは、糸満市で小学校教員をしていたが、六年前に定年退職してからは同世代の仲間と一緒に、週末以外はほぼ毎日、遺骨捜しを続けていた。

砂川さんに導かれ、懐中電灯を手にしてガマの内部に踏みこむと、砕け散った陶器や錆びついた生活用品が散乱する中に、足の形をした、なんとも奇妙な物体を発見した。おそるおそる手に取ってみると、それは、地下足袋のゴム底だけが黒く焼け残ったものだった。

やがてガマの行き止まりで、「ここで明かりを消して、黙禱しましょうか」と砂川さんが言い、ぼくも真帆さんも同時に明かりを消した。その瞬間からぼくたちを包みこんだ暗闇の中で、遺骨となった女性たちが六九年前にこの場所でどのようにして亡くなったのかを、想像すればするほど、ぼくは戦争というものの怖さをリアルに感じて、戦慄するばかりだった。

実は、「ガマフヤー」ということばには、生みの親とも言える人物がいる。

それは、ある遺骨収集ボランティアグループの代表を務める、照屋《てるや》晴杉《はるすぎ》さんだ。那覇生まれで現在六一歳の照屋さんは、二八歳のときから一人でコツコツと、遺骨収集活動を続けてきた。

「ずっと暗い地中に放っておかれた人たちを、一人でも多く家族のもとにもどしてあげたい。たとえ遺骨が見つからなくても、亡くなった人に近づこうとする思いが、供養になる」

その一念に貫かれた照屋さんの活動は共感を呼び、一九八二年には照屋さんを中心とする遺骨収集ボランティアグループが誕生。以後も、遺骨の身元確認のためのＤＮＡ鑑定を国に実現させたり、行政と連携した遺骨収集事業を展開するなど、その活動は裾野を広げ続けている。

そんな照屋さんが自分たちの活動を「ガマフヤー」と称したことで、そのことばが広まったのではないかとぼくに教えてくれたのは、八重瀬町のガマで出会った砂川さんだった。

ぼくは照屋さんのガマフヤーとしての活動や思いを、なんとか『岡村佳彦のワンダフル好奇心（秋のスペシャル版）』で番組化したいと思っていたが、おそらく木原さんあたりから、「地味すぎて、スペシャル感がないよなぁ」といった批判が出てくることは目に見えていた。

だから、そう言われないような構成と内容にするには、どうすればいいのか。

ぼくはそれを見きわめるために、すでに収集を終えていた多くのガマフヤー関連資料に、目を通し続けた。

作業に没頭してしまい、気がつくと八時を過ぎていた。

急に空腹感を覚え、リハビリの帰りに買ってきたフライドチキンを冷蔵庫から取り出して、レンジで温めようとしていたときに、電話がかかってきた。

スマホの画面を見ると、見覚えのない電話番号が並んでいる。

だれからか見当もつかないまま、「はい、広川です」と電話口に出ると、「突然の電話で失礼します。日読新聞の花房と申しますが」と、よく響く声が返ってきた。

「御社の姉崎さんから今日、広川さんが私と話したがっておられるというお電話を頂戴したのですが、あいにく私は、明日からベトナム取材でして。それで、こんな時間に失礼ですが、どのようなご用件なのかということだけでも、おうかがいしておこうと思いまして」

「お忙しい中を、わざわざお電話いただきまして、こちらこそ本当に恐縮です。私は日読テレビの制作部で岡村佳彦さんの番組を担当している、広川英樹と申しますが、あらためまして、よろしくお願いいたします」

そんな挨拶を返しながら、ぼくは前日の姉崎との会話を思い出していた。

日系人死刑囚について書かれたブログ記事を読み、なんとしても花房氏と話してみたいと考えたぼくは、局内の同期会のメンバーで、報道部の経済担当記者である姉崎泰宏に電話をかけて、

「日読新聞経済部の、花房一郎という記者を知らないか?」とたずねてみた。

すると、「電力会社を担当するエネルギー記者クラブで、二年間ほど顔を合わせていた。ぼくらより三歳年上で、東大出のエリートなのに、とても腰が低くて愛想のいい人物だった。記者クラブのゴルフ大会でも、何度か一緒にラウンドしたことがある」とのこと。

姉崎は電話番号も知っていたので、それを教えてもらうと同時に、「花房さんのブログに関して直接聞いてみたいことがあるので、数日中にこちらから電話しようと思うけど、その事前了解を取るような感じで、姉崎からも声をかけておいてくれないか」と、仲介を頼んでおいたのだ。

姉崎の人物評通り、花房氏はとても気さくそうな感じだった。

「実は、花房さんのブログの、ジョージ・オオサキ死刑囚の回を大変興味深く拝読しまして、その関係で少しおたずねしたいことがあったものですから……。花房さんはあの記事の中で、ジョージに殺されたのかもしれない、沖縄の座刈谷朝清さんのことについてふれておられますよね」

「たしか、名護市の方だったと思いますが」

「その座刈谷さんに関して、ブログを書かれてからこれまでの間に、なにか新たに判明したことなどがありましたら、ぜひともお教えいただきたいのですが」

「この事件について、なにか関心をお持ちで?」

「少し個人的に、どんな事件だったのか調べてみたいと思いまして」

「そうですか。座刈谷さんの事件に関しては、私の方も現地支局に頼んでいろいろ調べてもらいましたが、結局、なにも新しい情報は出てきませんでした。時効が成立してからは、沖縄県警もほったらかしにしているようですし。ただ、ジョージ・オオサキが海兵隊の一員として沖縄に配属されていたのは、事実でした。嘉手納《かでな》基地の近くにあるフィリピン・バーの、複数の従業員が、ジョージのことをはっきり覚えていたと、支局員から報告がありましたから」

「じゃあ、そんな人物の軍籍はないと、米軍が嘘をついていると?」

「そうでしょうね。日本側には米軍の軍籍名簿を調べようがないので、確認のしようがありませんが。それに米兵の場合、軍機や軍艦で直接、本国と在日米軍基地を行き来しているため、入出国記録から該当者を捜し出すことも不可能ですし」

「ジョージの脱走についても、本当のことはわからないんですね?」

「その通りです。これまでに沖縄を含む全国の米軍基地から脱走した米兵の数は、かなりの数に上ると見られますが、正確な人数やデータは公表されていません。ようやく六、七年前に、在日米軍基地から脱走兵が出た場合は日本側に通報する、との取り決めがなされましたが、それまでは、凶悪な米兵が脱走した場合でも、まったく日本側に知らされなかったのです。まさに日米地位協定が不平等条約であることを示す、端的な例ですよね」

花房氏は怒りを内向させた声で、そう断言した。

ぼくは、一番たしかめたかったことを質問した。

「花房さんのあのブログの記事を、座刈谷さんの関係者の方がご覧になって、なにか具体的な反応があった、というようなことはなかったでしょうか？」

「そういえば、座刈谷さんの親戚にあたるとおっしゃる女性が、私を訪ねて、社まで来られましたね。あのブログ記事を書いた、二週間後ぐらいのことでしたが」

花房氏のそのことばで、ぼくは受話口に当てた左耳に全神経を集中した。

「その女性はどのような用件で、花房さんに会いに来られたのでしょうか？」

「自分は座刈谷さんの親戚の者なので、ジョージ・オオサキから耳にした座刈谷さんの最期の様子を、できるだけ詳しく教えてほしいと、そういうことでしたね」

「それでなにか、お話しになったのですか？」

「いや、これといった意味のある話をしたわけではありません。私がジョージ・オオサキから聞かされたことはほぼすべて、あのブログ記事に書いていましたから。ただ一点だけ、ジョージの話を省略したところがあったので、そのことだけをお話ししました」

「それはどんなお話だったんでしょうか？　ぼくがうかがっても問題がないようでしたら、ぜひとも、お聞かせいただけないでしょうか」

他人事に立ち入るような僭越《せんえつ》さを自覚しつつもお願いすると、花房氏は、「かまいませんよ、別に隠しておくべき情報でもありませんので」と、淡々と応じてくれた。

「ジョージは、座刈谷さんの断末魔の声を覚えていると、話してくれたのです。彼が座刈谷さんを背中から刺したあと、キーがついたままの軽トラックに乗りこもうとしたら、倒れていた座刈谷さんが上体を起こしながら『ミズーリ！』と大声で叫んだと、そう言ってました。ジョージは、オクラホマ州に隣接するミズーリ州の出身なので、その叫び声を聞いたときは、どうして自分の出身地を知っているのかと、びっくりしたそうです。だから、その叫び声はいまでも鮮明に覚えていると、そう話していました。私が鈴木さんにお伝えしたのも、そのことでした」

「えっ、いま、鈴木さんとおっしゃいましたか？」

「そうですね、いま自分で話していて、急に思い出しました。その女性は、たしか鈴木美香さんとおっしゃる方でした」

やっぱりだ！　とぼくは思った。

「その話を聞かれたときの、鈴木さんの反応はいかがでしたか？」

「それが、話の途中から突然に嗚咽《おえつ》され、あとはハンカチで顔を覆ったままでした。社の応接ロビーで話していましたので、人目もありますし、喫茶店にでも行きましょうかとお誘いしたのですが、大丈夫です、ありがとうございました、とおっしゃって、そのまま帰って行かれました」

リョウさんが突然に人目もはばからず嗚咽したのも、無理はなかった。

座刈谷朝清氏が死の間際に叫んだのは、「ミズーリ！」ということばではなく、おそらく「ミズキー！」であり、「水貴！」であったはずなのだ。座刈谷朝清氏は、断ち切られてゆく人生の最後に、座刈谷水貴の名を叫んだのだ。リョウさんもそれに気づいたから、嗚咽したのだ。

花房氏に丁重に礼を言って電話を切ったあと、ぼくは温めかけていたフライドチキンを食べるのも忘れて、考え続けた。

花房氏のブログ記事は、二〇一五年一月二四日付けで書かれている。その記事を目にして、日系人死刑囚の証言に驚愕したリョウさんは、より詳しいことが知りたくて二月上旬に花房氏を訪ね、そこで「ミズーリ！」の叫び声も含めて、座刈谷朝清が殺害された状況を聞かされた。

デリヘル愛好者であるミスター・デオ氏や物見遊介氏のブログ記事に登場する、今年の二月ごろのリョウさんが、「なにを話しかけても、虚ろな答えしか返ってきません」という状態だったり、「極端に無口」だったりしたのは、すべてこのことが原因だったのではないだろうか。

座刈谷朝清氏の死をめぐる、想像だにしなかった事実を知った衝撃で、リョウさんの心は深い悲しみで覆いつくされ、呆然自失してしまったのではないだろうか。

そして、リョウさんにとっての座刈谷朝清氏は、おそらく実の父親か、あるいは、それに匹敵するほどの深い血縁で結ばれた関係であるに違いない……

そう確信しながら、ぼくはなかば習性のように、またリョウさんに電話をかけていた。

しかしいつもと同じく、「おかけになった電話は、電源が入っていないか、電波が届かない場所に……」のアナウンスが流れるばかり。もう数え切れないほど、そんなくり返しが続いていた。

ところが次の瞬間、ぼくはあることに気づいて、愕然とした。

ただちにスマホの画面に、『シトウ・マサト・コンサートツアー　二〇一五』の公式サイトを呼び出して確認すると、たしかに六月二〇日の土曜日は、東京公演の日に当たっていた。

つまり、いまこの時間、品川のアートフル・パルプラザでは『シトウ・マサト・コンサートツアー　二〇一五』の、初日ライブが行われているのだ。

掛け時計を見ると、八時五〇分を過ぎていた。

ぼくは大急ぎで外出着に着替えると、両松葉杖で外に飛び出した。

文京区の白山から品川駅前のアートフル・パルプラザまで、タクシーで三〇分の距離だった。

だから、コンサートが終わる九時半ごろまでにパルプラザに到着すれば、会場から吐き出される観客の中に、きっとリョウさんの姿を発見できるはずだ。

ところが、白山通りまで出たものの、この日はなぜか流しのタクシーが少なく、目にするタクシーも実車ばかりで、ようやく乗車できるまでに一〇分以上もかかってしまった。

しかも日比谷公園のあたりで渋滞に巻きこまれ、ぼくは焦燥で天を仰ぐしかなかった。

『シトウ・マサト・コンサートツアー　二〇一五』のチケットが発売されたのは二月だったが、ロケや取材の予定が見通せずに、ぼくは結局、この年もチケットの購入を断念していた。

しかし、心からシトウ・マサトの音楽世界を愛し、コンサートにも欠かさず駆けつけてきたというリョウさんなら、今年もきっちりと初日ライブに足を運び、熱心なファンで埋めつくされた観客席のどこかで、シトウ・マサトの歌声に耳を傾けているに違いなかった。

とするなら、この日はリョウさんに会える、願ってもないチャンスの日なのだ。

なのにぼくは、どうしてもっと早く、そのことに気づかなかったのか。

気づいていれば開場前から待ち受けて、絶対にリョウさんに会えたはずなのに……

そんな悔しさにさいなまれながら、やっと品川駅前のアートフル・パルプラザに着いたのは、コンサートの終了から二〇分後のことで、会場から出てくる人もすでにまばらだった。

それでも、もしもリョウさんが出てきたら絶対にわかるようにと、ぼくは松葉杖を両手にした姿で、出口の前に立ち続けた。だが、一〇分ほどで観客は完全に会場からはけてしまい、エントランスの内側から、大きなガラスドアが閉められてしまった。

ぼくはその場で、またリョウさんに電話をかけてみたが、結果は同じことだった。そこで、リョウさん、お願いだから、もう一度会ってください。
それが無理なら、せめて声だけでも聞かせてください。
そのどちらも無理だったら、メールだけでもくれませんか。
いまもずっと、リョウさんのことばかり考え続けています。

というメールを『アラフェス』で送信しておいたが、これまで送った多数のメールも含めて、それがリョウさんの目にふれているのかどうか、たしかめようもなかった。

アートフル・パルプラザでリョウさんと会えなかったぼくは、その足で久しぶりに、桜田通りの少し北側にあるイタリア料理店へと向かった。なんだか気持ちがひどく消沈してしまい、そのまま自宅に引き返す気にはなれなかったのだ。

やはり、ロフストランド杖より両松葉杖の方が格段に歩きやすいが、リハビリ的にはそれがむしろマイナスであることを実感しながら、二〇分ほどかかって白金台二丁目の住宅地まで歩き、瀟洒《しょうしゃ》なビルの三階にあるその店に足を踏み入れると、ほぼ満席だった。

「申しわけありませんが、窓向きのカウンター席しか空いていませんので」

そんなことばで若い女性店員が案内してくれたのは、店内の一番奥まったスペースで、窓に面して二メートルほどのカウンターが設けられ、三つあった丸椅子にはだれも座っていなかった。いつもは桑見ディレクターに引き連れられて三、四人で来ていたので、店の奥にそんなカウンター席があることに気づかなかったが、それはこの夜のぼくの気分に、ぴったりの席だった。

赤のグラスワインに、ルッコラとベーコンを使ったオイル系のパスタ、それに、この店のメニューの中でぼくが一番好きな「手長エビのトマトクリーム」を注文したあと、眼前の住宅街の夜景をながめながら、ぼくはまた、リョウさんのことを考えはじめていた。

リョウさんは今夜、本当にコンサート会場に来ていたのだろうか？

来ていたとしたら、いまはどうしているのか？

代田のマンションを引き払ったあと、どこで暮らしているのか？

そしてなぜ、ぼくの電話やメールに応えてくれないのか？

そんな堂々めぐりをくり返しながら、ぼくはショルダーバッグからスマホを取り出すと、ツイッター検索サイトで、「シトウ・マサト・コンサート」と入力してみた。

すると、次のような新しいツイート（つぶやき）が並んでいた。

◆今年のシトウ・マサト・コンサートは、なにかが違う。極限まで抒情《じょじょう》をそぎ落とした、骨肉ぎりぎりの、悲痛な決意のようなものが立ちこめていて、恐いぐらいだった。シトウ・マサトはどこに向かおうとしているのか？

◆だめだ……。コンサートで聴いたシトウ・マサトの歌声が頭から離れない。「あなたを愛したのは、あなたの不幸を生きてみたかったから」というフレーズが、いつまでも心を去らない。だめだ……本当にだめだ……。

◆愛や恋の歌って、結局は幸せになりたいってことを言ってるにすぎないけど、シトウ・マサトの場合は、愛や恋を歌いながらも、幸せになりたいって願望を少しも感じさせない。なんでだろう？　今夜のコンサートで、また謎が深まった。

受け止め方の違いや評価の幅はあるものの、やはり多くの人が、シトウ・マサトにしか発することのできないメッセージやバイブレーションを、深く感じ取っているようだった。しかし中には、思いがけないツイートも含まれていた。それが次の二本だ。

◆今夜のコンサートのエンディングで突然、なんの説明もなしに、シトウ・マサトが沖縄民謡のようなものを歌ったけど、歌詞が方言みたいで、ぜんぜん意味がわかんなかった。不親切なのはいつもだけど、ちょっと度を超している気がする。

◆シトウ・マサトがコンサートの最後に歌った沖縄の歌って、どうやら『PW無情』って曲らしい。出口のところで沖縄民謡に詳しそうな人が、そんな話をしていた。

ぼくが知る限り、シトウ・マサトはこれまで一度も沖縄民謡を歌ったことがないはずだし、彼が沖縄民謡に関心を持っているというような情報にも、接したことがない。おそらく多くの人が、センシブルな都会派シンガーの代表格だと思っているであろうシトウ・マサトが、沖縄民謡とどう結びつくのか。ぼくにはその回路が、まったく想像できなかった。

そして、『PW無情』がどんな歌なのかをスマホで検索しながら、何気なく眼下に目を移したとき、驚きで心臓が止まりそうになった。窓の下の歩道を、リョウさんが歩いていたからだ。反射的に席を立ったぼくは、「すぐもどってきます！」と店を飛び出そうとしたが、「すみません。お支払いを済ませてからにしてください！」と、レジの女性に呼び止められてしまった。

「だったら、これで」と、財布から取り出した一万円札を彼女に渡すと、ぼくは急いで店を出て、斜め向かいにあったエレベーターのボタンを押した。

それから、一階に降りていたエレベーターが三階に昇ってくるまでの待ち時間の、異常に長く感じられたこと。その間にレジの女性がお釣りを持ってきてくれたが、骨折していなければ自分で階段を駆け下りられたものをと、このときばかりは歯がゆくてならなかった。

ぼくがようやく、眼下に見えていた通りまで下りたとき、もうどこにも、リョウさんの姿はなかった。そのまま、リョウさんが向かっていた方向に三〇〇メートルほど歩いて目黒通りに出たが、その間の横道を一本一本見渡してみても、やはりリョウさんの姿を見つけ出せなかった。

しかし、ぼくが見かけたのは間違いなく、リョウさんだった。一瞬の印象で、しかも頭上からの角度ではあったが、あのパンツルックの女性の横顔は、絶対にリョウさんだった。

ぼくは目黒通りでタクシーに乗ると、「捜している人がいるので、このあたりをゆっくりと、グルグル走り回ってください」と頼みこんで、半時間近く、白金台一帯を低速で走り続けた。

だが、リョウさんと遭遇することはなく、その行方はわからずじまいだった。

翌六月二一日（日）。

まだ完全に眠りこんでいたぼくは、スマホの着メロで起こされた。

こんな朝早くにだれが……と不機嫌な気分でスマホを見ると、もう九時を過ぎている。

電話をかけてきたのは、ロケーション・ウリズンの比嘉真帆さんだった。

「ご依頼のありました座刈谷水貴さんの作文と、座刈谷朝清さんの新聞記事を接写してきましたので、いまから画像データとして、メールに添付してお送りします」と、軽やかな声。

「早々と対応していただき、ありがとうございます」

ぼくが礼を口にすると、「昨日のうちにお届けするつもりが、明後日が『慰霊の日』で、一年で一番忙しい時期なので、少し遅れてしまいまして」と、すまなそうに真帆さんが言った。

そうだった。沖縄にとっての六月二三日は、「慰霊の日」と定められている。

七〇年前の一九四五年（昭和二〇年）六月二三日早朝、第三二軍沖縄守備隊の牛島満《うしじまみつる》司令官が、摩文仁《まぶに》洞窟に置かれた司令部壕で、長勇《ちょういさむ》参謀長と共に自決。これにより、沖縄での日本軍の組織的戦闘が終結したとされている。つまり六月二三日は、沖縄戦が終わったとされる日なのだ。

その六月二三日が沖縄にとって特別な日なのは、ぼくも知っていた。しかしぼく自身は、「慰霊の日」を沖縄で身をもって体験したことがなかった。

そこで真帆さんに、「『慰霊の日』って、どんな一日ですか?」とたずねると、「自分が沖縄の人間であることを、痛切に自覚せざるをえない一日ですね」、ということばが返ってきた。

「戦没者の霊を慰め、平和な世を願う日だという意味では、本土の終戦記念日と変わらないかもしれませんが、沖縄ではこの日、役所や学校は休みになります。そして、沖縄戦の激戦地だった摩文仁の平和祈念公園で『沖縄全戦没者追悼式』が開催され、多くの人がそれに参加します」

「一年で一番忙しい時期だと言われましたが、それはどうしてでしょう?」

『慰霊の日』の少し前から当日にかけて、日本中のテレビ局やプロダクションから撮影チームが来られるので、機材やスタッフ、ロケバスやロケ弁当の手配だけでも、ものすごい件数になります。それに皆さん、追悼式典だけじゃなくて、なにか付随したテーマでも撮影されますので、そのお手伝いや段取りにも人手がかかるんですね。だから私も母も、てんてこ舞いです」

「じゃあ、便利屋の方も、ロケ・コーディネート部門の手助けで忙しいんですね」

「それが、便利屋は便利屋で、この時期はスタッフの手が足りないほど依頼が集中します。多いのはやはり、戦没者のお墓や慰霊碑の掃除のご依頼ですね。それにご遺族の依頼で、平和祈念公園の『平和の礎』にお花をお供えに行く件数も、年々増える一方です」

「『平和の礎』に花を、ですか?」

「これまで『慰霊の日』には『平和の礎』に行っていたけど、年老いてそれが難しくなった、という方も多いんです。私たちはそんな方々に代わって、お花を買いに行き、それを一度、依頼者にお見せしてから、『平和の礎』に刻まれた戦没者のお名前の前に、お供えに行くんです」

「依頼者の方に花を見せるのは、どうしてですか?」

「私たちが買ってきたお花をそのままお供えしたのでは、単にモノを運んだだけで終わってしまいます。だけど依頼者の方にお見せすると、どなたもかならず、お花に手を合わせて、深い思いを託されます。中にはお花を抱きしめて、泣かれる方もおられます。私たちが『平和の礎』にお供えに行くのは、全部、そうした心のこもったお花なんです」

真帆さんの話を聞きながら、ぼくは胸の奥に熱いものを覚えた。

「座刈谷水貴さんの身上調査も作業をはじめていますが、この時期はちょっと動きづらい点もありますので、申しわけありませんが、もうしばらくお待ちいただけますでしょうか」

恐縮して言う真帆さんに、「時間の制約があるわけじゃないので、いいですよ」と答えると、「でもその分、質の高い調査はお約束します」と、真帆さんはまた明るい声にもどって言った。

数分後に、真帆さんからメールと添付データが送られてきた。

最初にその、「一九九五年度受賞作集　表紙」と記された画像ファイルを開くと、『沖縄の風・沖縄の心（平成七年度全日本中学生人権作文コンテスト　沖縄地区大会受賞作集）』と題する、地味な冊子の表紙が写っていた。この冊子の中に、リョウさんの作文が掲載されているのだ。

次に、「作文1P」と記された画像ファイルを開いたぼくは、しばしわが目を疑い、あとは食い入るように画像を凝視した。そこには冊子の一ページが接写されており、『私の顔を見て笑った人たちに』という題名の左下に、少女の顔の白黒写真が掲載されていた。

それはもちろん、座刈谷水貴、つまりリョウさんの顔写真のはずだが、少女の顔はなぜか少しもリョウさんと似ておらず、しかも右目の周囲には、黒々とした大きなアザが広がっていた。

これはいったいどういうことかと、ぼくは激しく混乱しながら、「作文2P」、「作文3P」と記された画像ファイルを順に開き、とにかくリョウさんの作文を読んでみた。


（奨励賞）『私の顔を見て笑った人たちに』

浦添市立港西中学校　二年　座刈谷水貴

私の顔には生まれ落ちたときから、大きなアザがあります。右目を囲むようにして、頬から額にいたるまで、青紫色のアザが広がっているのです。

私を産んだとき、母はショックのあまり、泣きつづけたそうです。

母は中学時代に体調をくずして脱毛症になり、頭髪の三分の一が抜け落ちたため、クラスメートから「女ハゲ、女ハゲ」と呼ばれて、大変にいじめられた経験を持っていました。だからアザを持って生まれた私を見て、この子はきっと、かつての自分のようにいじめられて、つらい目にあうだろうと、そう思って涙が止まらなかったそうです。

だけどそんな母を救ったのが、仕事先からかけつけた父の一言でした。

生後まもなく対面した父は、「ああ、この子は立派なウチナーンチュ（沖縄人）だ。だれが見てもわかるように、顔にハジチを入れている」と言って、私をずっと抱きしめていたそうです。

「ハジチ」というのは、沖縄や奄美に伝わる、イレズミの風習のことです。

これらの島々では昔から、もう大人であることを示すためや、結婚していることを示すため、または、おまじないだとか、自分を美しく見せるためになど、いろんな理由で、女性が手の甲や指先に、さまざまな模様のイレズミをほどこす風習があったそうです。

そして、琉球王国が薩摩藩に支配されるようになってからは、そのハジチがさらに広まったとも伝えられています。薩摩藩の男たちに強引に連れ去られたり、どこかに売り飛ばされたりしても、ハジチをしていればそれが琉球の女性だと、すぐにわかるからです。

だからハジチは、自分が琉球の女であることを示す一つのあかしであり、自分の身を守るための目印のようなものだったと、そう言えるかもしれません。

父はそのような昔の風習にもとづき、私の顔のアザを「ハジチ」に置きかえることで、母を、そして私を、励ましたかったのではないでしょうか。

こんなやさしくて思いやりの深い両親に育てられたからこそ、私は自分の顔のアザにそれほど劣等感を抱くことなく、過ごすことができました。でも、小学五年生で見知らぬ土地の学校に転校してからは、たちまち、アザのことでいじめられるようになりました。

「気持ちが悪い」、「アザがぅつる」、「マジムン（お化け）」などと言われ、私は何度、休み時間にトイレで泣いたかしれません。授業が終わるとすぐに、泣きながら家に帰ったこともあります。だけど家にはもう、父も母もいません。二人とも早く亡くなったからです。

それでも私が今日まで、なんとかそんないじめに負けないでやってこられたのは、いじめる生徒がいる反面で、私を助けて支えてくれる生徒がいたからです。

私は心からの感謝をこめて、その生徒たちのことを「仲間」と呼びたいと思います。

その仲間の中で一番親しく、一番大きな影響を受けたのが、女子のAさんです。

Aさんはとてもハキハキとした、元気のいい女の子で、私がだれかに「気持ち悪い！」と言われているのを見かけると、その相手が乱暴そうな男子であっても、「水貴の顔のどこが、気持ち悪いのよぉ？　あんたの顔の方が、よっぽど気持ち悪いと思わなくてぇ？」、というように、はっきりと口に出して抗議することで、いつも私を守ってくれます。

以前は黙っていじめられているだけの私でしたが、このAさんのおかげで、「耐えているだけではなにも変わらない」ことに気づかされました。そして最近の私は、許せないことばを投げかけてくる生徒に、少しは勇気をもって抗議できるようにもなりました。

私は一度、「Aさんはどうしてそんなに強いの？」とたずねたことがあります。

するとAさんは、「父が家庭内暴力で、よく母を殴ったり蹴ったりしていたけど、私は父がこわくて、それを止められなかった。その母が三年前に自殺し、父の暴力ではれあがった顔のまま焼かれてゆくのを見たとき、私は、父に殺されてもいいから、命がけで母を守ってあげるべきだったと、つくづく後悔させられた。そのときのくやしさがあるから、人をいじめるような人間は絶対に許せない」と、涙ながらに話してくれました。

沖縄は全国でも有数の、家庭内暴力の多い土地柄だと、つい最近も新聞で目にしました。Aさんの家庭も、きっとそんな家庭の一つだったのです。

だからAさんは私の何十倍も、つらくて悲しい経験をしてきたはずです。

でもそのつらさを乗り越え、私だけでなく、クラスの弱い生徒たちのことをいつも心配してくれるAさんが、私は本当に立派だと思いますし、心から尊敬しています。

私もAさんのように、許せないことは許せないと主張できる人間になりたいです。

そして、私の顔を見て笑った人たちに、たずねてみたいと思うのです。「あなたはなぜ、私の顔を見て笑ったのですか？　私の顔のどこが、そんなにおかしいのですか？」と。

暗く内向していく気分で作文を読み終えたあと、ぼくの脳裏にはくっきりと、右目の周囲を紫色のルージュで塗りつぶしたリョウさんの顔が、浮かんで見えた。

一二日前のあの夜、深夜にふたたびぼくの前に現れたリョウさんは、その異様な顔でぼくを驚かせたが、あのときのメイクと、写真の少女のアザの形状や範囲が、ほぼ同じに見える。

もしかすると「座刈谷水貴」は、中二のときに顔の四分の一を占めていたアザを、やがて手術で消し去り、さらに整形手術を施すことで、「リョウさん」になったのではないだろうか。

そう推測する以外に理由を思いつけないほど、中学二年生当時の「座刈谷水貴の顔写真」と、ぼくが出会って抱き合った「リョウさんの顔」との間には、大きな隔たりが存在するのだった。

そして、アザを持って生まれたリョウさんが、早くに両親を亡くしていることが作文から読み取れたが、もしも座刈谷朝清氏がリョウさんの父親だとすると、この記述とも合致する。座刈谷朝清氏が殺された時点で、リョウさんはまだ八歳、小学三年生だったはずだからだ。

座刈谷朝清氏の殺害事件に関して、比嘉真帆さんは、『沖縄新報』の四件と『琉球タイムズ』の三件の、計七件の新聞記事データを送ってくれていた。

しかし、それらの記事に目を通してみたところ、事件そのものに関してはすでにぼくが知り得ていること以外に、新たに注目すべき情報はほとんどなかった。

ただ、『琉球タイムズ』の記事の中に、次のような記述があった。

「殺害された座刈谷朝清さんは、事件現場周辺のヤンバルの森で長年、生物観察を続けており、一九八三年に発見された新種の昆虫であるヤンバルテナガコガネや、その二年前に発見された新種の鳥であるヤンバルクイナに関しても、存在が公式に確認される以前に、写真撮影に成功していたことが、関係者の話でわかっている。しかし座刈谷さんはなぜか、そうした新種発見の情報やデータを公表することがなかった。また、座刈谷さんは名護市を拠点とする自然観察グループに在籍していたが、ほとんどの場合、単独で生物観察に出かけていた。妻の智子さんは、『最近は三日に一度の割合で夕方に森に入り、明け方近くまで観察を続けていた』と話している」

この記事が事実なら、座刈谷朝清氏は相当に経験を積んだ生物観察者だったはずだ。新種の生物を二度までもいち早く発見し、写真撮影に成功するというのは、単なる偶然や幸運だけではなしえない、大いなる才能と努力の成果だというしかないだろう。

なのに座刈谷氏はなぜ、「新種生物の発見者」として自分の名前が歴史に残るという栄誉を、手にしようとしなかったのか？　どうして、新種発見の事実を公表しなかったのか？

ぼくはあらためて、座刈谷朝清という人物に強い興味を抱くと同時に、その妻の名が「智子」だと新聞記事で知り、複雑な気持ちにおちいった。

もしもこの「智子」さんがリョウさんの母親だとしたら、リョウさんがあの作文を書いた一九九五年より前に、つまりもう二〇年以上も前に、すでに他界しているはずだからだ。

そうするとリョウさんは、五年に満たない期間に両親を続けて亡くしたことになる。

そんな境遇を思うとなおのこと、リョウさんがいまどこでなにをしているのか、気がかりでならなかった。

（七）　はじまり

二〇一五年六月二二日（月）。

この日は二週間ぶりに医師の診察を受け、職場復帰の日程をほぼ確定させるつもりでいたので、ぼくは朝の八時過ぎに部屋を出て、豊島区南大塚の病院に向かった。

病院へは片道一〇〇〇円ほどで行けるため、毎日のリハビリ通院はタクシーを利用していたが、この日からは職場復帰に備えたトレーニングを兼ねて、タクシーを使わないことにした。

なので、ロフストランド杖を手にして自宅から白山駅まで歩き、都営三田《みた》線と東京メトロ丸ノ内線を乗り継いで病院まで通うのに、タクシー利用時の四倍以上の時間がかかってしまった。

受け付けのあと、二時間近く待たされて医師の診察を受けた結果、「骨の回復具合も順調だし、三分の二荷重もまったく問題がないようなので、手術から三ヵ月が過ぎる七月一二日以降なら、職場復帰にも支障がないだろう」とのことだった。

二週間後にもう一度、最後となる診察を受ける際に、会社の指示書に沿って「復帰可能な日付けを明記した診断書」を書いてもらえるよう、医師にお願いしたあと、ぼくは診察室を出た。

それから地下のレストランで早めの昼食をとり、一時間ほど、膝の屈伸や体重移動のリハビリをした。いよいよ職場復帰の日が具体化してきたことで、リハビリにもさらに身が入った。

そして、すべての予定を終えて自宅に帰ると、二時を少し過ぎていた。

パソコンデスクにはまだ、読み切れていないガマフヤー関連の資料が積み上げてある。できることなら、『秋のスペシャル版』は照屋晴杉さんを取材対象とした「ガマフヤー」の企画で勝負したいと考えていたぼくは、なんとかこの日のうちにすべての資料に目を通し、それから一週間ほどかけて企画構成案の骨子を練り上げるつもりでいた。

しかし、資料を読むのに疲れて一息つくたびに、前々夜に白金台で見かけたリョウさんの姿がよみがえり、会えそうで会えなかったことの悔しさが、ひしひしと胸をしめつけた。

その痛みにたえながら、ぼくはひたすら作業を続けるしかなかった。


結局、夜の一〇時近くまでかかってようやくすべての資料を読み終えたが、ぼくはその過程で、また新たな事実を知って衝撃を覚えた。

実は、米軍普天間飛行場の移設先となっている名護市のキャンプ・シュワブ内に、数百人もの住民の遺骨が、放置されたままになっているというのだ。

アメリカ軍は沖縄戦の際、県内一六カ所に民間人の収容所を設けたが、劣悪な環境に最大時で三〇万人がつめこまれたため、多くの住民がマラリアや栄養失調などで死亡。とくに北部の収容所では、三〇〇〇〜四〇〇〇人の住民が亡くなったと推定されている。

その一つである大浦崎《おおうらさき》収容所が、戦後そのまま米軍基地化されてキャンプ・シュワブとなったため、大浦崎収容所で亡くなって隣接地に埋葬された住民たちの遺骨もキャンプ・シュワブ内に取りこまれたまま、これまでに一度も、正確な調査が行われずにきたという。

それに憤ったのが、ガマフヤーとして遺骨収集を続けてきた照屋さんたちだった。

「キャンプ・シュワブでの普天間基地移設工事の審査に、埋葬遺骨の調査や発掘が含まれていないのはおかしい。戦争犠牲者である沖縄住民の遺骨を放置したまま、その上に新たな基地を造るのは、死者への冒瀆《ぼうとく》です。沖縄防衛局は工事を中止し、まず遺骨の調査をすべきです」

照屋さんらのそんな訴えを今回初めて知ったぼくは、「ガマフヤーの方々がキャンプ・シュワブの住民遺骨に寄せる思いをたどることで、従来とは異なる観点からの『基地移設問題』が見えてくるかもしれない」との思いに至り、その方向で密度のある番組構成を考えようと決心した。

だが、照屋さんがぼくたちの番組の取材や撮影に応じてくれるかどうかは、わからない。ぼくは照屋さんとまったく面識がなかったし、特別なツテがあるわけでもなかった。

でも、もしもこの企画が実現される可能性が出てきたら、ぼくはただちに沖縄に飛び、誠意の限りを尽くして、照屋さんにご協力をお願いするつもりでいた。

なんとか本命ネタの構成イメージを絞りこめたので、大いにホッとしたぼくは、ダイニングのテーブルに腰をすえ、ささやかな晩酌気分に浸ることにした。大好きなベトナム産のウォッカを楽しむのは、リョウさんがぼくの部屋に来てくれた夜から、ほぼ二週間ぶりだった。

冷蔵庫から取り出したサラミを手早く薄切りにし、それだけを肴に飲みはじめたぼくは、久しぶりに『ニュースレーダー・テン』を見ようと、食器棚の上のテレビの電源を入れた。

同時に、耳になじんだ『テン』のオープニング曲が聞こえ、その軽快な曲調をバックに、有名アニメーターが手がけたオープニング映像が二〇秒ほど流れた。

ところが、そのあとにワンショットで登場した印南次郎の様子が、いつもと違った。

明らかに沈痛な、こわばった表情で画面に大映しとなった印南次郎は、「こんばんは、印南次郎です」とおもむろに頭を下げてから、「この東京で、何人もの幼い子どもたちが犠牲となる、許しがたい事件が発生しました」と、いつになく重い口調で切り出したのだ。

「昨日、午前九時ごろから夕方にかけて、東京都港区の白金台周辺に住む、三歳から六歳までの子どもたち一三人が、突然の体調不良や発作を起こして、近くの複数の病院に搬送され、そのうち、これまでに四人が亡くなっていたことが、今日になってわかりました。まさに悪魔の所業だと、そう形容するしかないような事件です」

印南次郎の口から「白金台」という地名が語られた瞬間、ぼくは思わず、ハッとした。

一昨夜にシトウ・マサト・コンサートの会場に出向いたぼくが、その足で立ち寄り、そして窓からリョウさんを見かけた、あのイタリア料理店があるのも、「白金台」だったからだ。

しかも四人の幼い子どもが亡くなっただなんて、これはいったい、どんな事件なのか。

ぼくはネップモイを飲むのも忘れて、テレビ画面を注視した。

サブキャスターの中井麻里が滑舌のいい、少し高めの声で事件の詳細を語りはじめる。

「死亡が確認されたのは、田村あおいちゃん三歳、武藤祐希ちゃん四歳、中西理奈ちゃん四歳、浦河純也ちゃん五歳の、あわせて四人です。四人には手足のケイレンや腹痛、それに嘔吐や歩行困難、意識障害などの共通した症状があり、呼吸麻痺で死亡したと見られています。

警視庁では、なんらかの毒物による中毒死の可能性もあるとして、子どもたちが体調不良を訴えるまでの経緯や行動を調査。その結果、病院に運ばれたすべての子どもたちが、昨日の朝から夕方にかけて、白金台四丁目の『すこやか児童公園』で遊んでいたことが判明しました。

こうしたことから、子どもたちはこの公園で毒物による影響を受けた可能性が高いと見て、警視庁では本日の午後三時から、『すこやか児童公園』での現場検証に着手する一方、体調を悪化させた子どもたちの血液や体内から毒物が検出されていないか、確認を急いでいるとのことです。それでは、現場検証がはじまってからすでに六時間以上が経過した『すこやか児童公園』から、梶木杏奈リポーターに、現在の様子を報告してもらいます。梶木さーん」

中井麻里の呼びかけを受けて画面は野外へと切り替わり、マイクを握りしめた杏奈の姿がバストショットで映し出された。

「東京都港区白金台の、『すこやか児童公園』からお伝えします。こちらの公園では午後三時から、三〇人近い捜査員を動員して現場検証が行われ、日が暮れてからもあかあかと照明をともしての検証が続けられていましたが、つい先ほど、作業はいったん打ち切られました。

都心ながらも静かな住宅街の中にあるこちらの公園は、日ごろから利用者も多く、地域の子どもたちにとって恰好の遊び場となっていました。その公園で突然、警察による大がかりな現場検証がはじまったため、まだ事件の発生をご存じなかった周辺住民の方々が、不安げな面持ちで集まってこられ、一時はその数が一〇〇人を超えるほどでした」

そこで杏奈の姿はいったん消え、ヘリコプターから見おろした「すこやか児童公園」の空撮映像が、「午後四時ごろ撮影」という小さな字幕入りで画面に流れはじめた。それほど広くはない公園の中に、かなりの密度で捜査員が散らばっているのが見て取れる。

その映像にかぶせて、緊迫感をはらんだ声で杏奈が続ける。

「体調を悪化させた一三人の子どもたちの全員が、昨日のうちにこちらの公園で遊んでいたという事実を警察が突きとめたのは、今日の午後二時ごろと思われます。その直後に公園の周囲に規制線が張られましたし、もともと公園の三方が背の高い植えこみで囲まれているため、公園内でどのような検証作業が行われているのか、ここからは見ることができませんでした。

ただ、ヘリコプターからの報告によりますと、スベリ台やブランコ、それに、ジャングルジムや鉄棒、コンクリート・マウンテンといった遊具類が、とくに丹念に調べられていたようです。

一方、公園周辺の防犯ビデオには、一昨日の土曜日の深夜に、不審な女性がこちらの公園に入っていく姿が映っていた、との情報もありますが、まだ警察の確認は取れていません」

「梶木さん。子どもたちの異変はなにか毒物によるものだと、警察はそう見ているようですが、そちらの公園ではなんらかの理由で、子どもたちが知らず知らずのうちに毒物を口にしてしまうような、そうした状況があったということでしょうか?」と印南キャスター。

「そこが不可解なところなんですが、こちらの公園には、トイレや水道設備はありませんし、売店や自動販売機といったものも近くにはありません。子どもたちはいずれも、母親や父親など、保護者にともなわれて公園に来ており、現在入院中の五歳の女の子が、家から持参した水筒のお茶を飲んだという以外に、いまのところ公園内でなにかを飲食した子どもの存在は確認されていません。また、子どもたちが不審者と接触したとの情報もありません」

「そうしますと、子どもたちがどのようにして毒物のようなものを体内に取りこんだのか、現時点ではわかっていない、ということですね？」

「その点に関しましては、まだいっさい情報が出てきていませんので、警察がどのような見方をしているのか、はっきりしたことはわかりません。ただ、明日の朝九時には、警視庁で記者会見が行われる予定ですので、そこでなにか新たな事実が示されるかもしれません」

「わかりました。番組中にもしもなにか進展がありましたら、報告してください」

テレビ画面はいったんスタジオにもどされ、今度は中井麻里の、「続きまして、体調を悪化させた一三人の子どものうちの、四人が救急車で搬送され、二人が亡くなった明法大学付属病院から、藪井信和記者がお伝えします。藪井さん、なにかわかったことはありますか？」との振りで、画面がまた中継先へと切り替えられた。

「つい先ほど、子どもたちを診察した医師の一人に、話を聞くことができました。それによりますと、亡くなった二人が搬送されてきたのは昨日の昼前後で、二人ともその時点ではまだ意識がありましたが、全身の知覚がマヒしており、嘔吐をくり返したとのことです。病院側はなんらかの中毒症状である可能性が高いとみて、ただちに必要な処置を施しましたが、二人ともほぼ二時間後に呼吸困難におちいり、チアノーゼを起こして亡くなったそうです。

病院側では、具体的な毒物は確認できてはいないものの、不自然な点が多いため警察に通報したとのことでした。そのときに警察から教えられて、他の病院にも同じ症状の子どもたちが運びこまれているのを、初めて知ったそうです。今後はそれらの病院とも緊密に連携しながら、まだ入院中の子どもたちの治療に万全を尽くしたいと、そう話しておられました」

取材メモを一気に読み上げるようにリポートした藪井記者は、まだ入社二年目の新人で、大事件に気後れしたのか、いつもより声がうわずっていた。

「そうしますと現在のところはまだ、子どもたちの命を奪った毒物がいったいどのようなものなのか、具体的にはなにもわかっていないということでしょうか？」

「はい。警察はもちろん病院でも、子どもたちの血液などから、死因となった毒物を検出するための作業が行われているとのことですが、いまのところはまだ、結果は出ていないようです」

「では、被害者の子どもたちが、どのようなプロセスで毒物を体内に取りこんだのか、それを明らかにする手がかりのようなものも、まだ確認されていないということですね？」

「その点についても医師にたずねてみましたが、口の中や喉なども含めて、子どもたちのからだのどこにも、腫れやただれや、炎症のようなものは見当たらなかったそうです。なので、どのようにして毒物を摂取したのかは、まだ正確にはわからないと話しておられました」

「そちらの病院には、四人のお子さんが救急車で運びこまれていますが、時間帯にはかなりのばらつきがあるようですね」

「ええ。最初の子どもが搬送されてきたのが、午前九時過ぎでして、その後、一一時五〇分ごろに一人、午後になって、一二時一〇分ごろに一人、そして最後の一人は、夕方の五時五〇分ごろに、救急車で搬送されてきたとのことです」

「ということは、子どもたちは同じ時間帯に遊んでいて被害に遭い、体調を悪化させたのではなく、それぞれ異なる時間帯に公園で遊んでいて、被害に遭ったということですね？」

「その通りなんですが、こちらの病院の医師の中には、事件現場となった公園では現場検証がはじまるまでは、子どもたちが自由に遊べたはずなのに、今日に限っては一件も、被害を訴える子どもが現れないのは不思議だと、そう話す方もおられました」

「言われてみますと、たしかにそうですね。事件の現場となったと思われる『すこやか児童公園』で警察の規制線が張られたのが、今日の午後二時過ぎのことですから、それまではだれでも、公園内で遊ぶことができたはずですよね。……わかりました。そのあたりの疑問も含めて、ここから先は専門家にお話をうかがいたいと思います」

印南キャスターと藪井記者のやりとりのあと、スタジオには新たに、著名な犯罪心理学者の岡本卓志氏と、『ドクツルタケからサリンまで・毒殺の科学史』と題する著書があることで知られる、東京総合薬科大学の原口幹朗教授が登場。

これまでに何人もの凶悪犯の精神鑑定を手がけ、テレビにも頻繁に出演している岡本氏は、「この事件の第一報に接したとき、どんな印象を持たれましたか?」という印南キャスターの質問に対し、「もしかしたら事故かもしれないと、最初はそう思いましたね」と語りはじめた。

「もう一〇年ほど前ですが、フィリピンで小学生らが次々に、二七人も死亡するという事件がありました。最初は死因が不明でしたが、やがて、露天商が売っていたイモの揚げ物の中に、誤って有機リン系の農薬が混入し、それを食べた子どもが死亡したとわかったんですね。ですから、何人も子どもが倒れたと聞いたときは、それに近い不注意事故かもしれないと思いました。

しかし今回の現場は、東京のど真ん中ですしね。それに、これまでにわかっているいろんな情報を総合的に判断してみるなら、これはもう、明らかに不注意事故などではなく、だれかが意図的な犯罪として引き起こした事件だと、そう考える以外に説明のしようがありませんね。

だとしたら、子どもを標的としたまれに見る凶悪犯罪だということになりますが、この種の事件で大きなポイントとなってくるのが、凶器としての毒物をどこまで把握できるかということですね。その毒物が明確に特定されたうえで、ようやく、製造元や入手経路をたどって、容疑者に迫れるわけですから、なにをおいてもまず、事件に用いられた毒物の特定が急がれます」

「たしかに、どのような毒物によって引き起こされた事件なのか、それが解明されない限り、事件の全体像が見えてこないと思われますが、では現時点で、どのような毒物が用いられた可能性があるのか。毒物研究の専門家である原口先生は、どう見ておられますか？」

「正直なところ、私のような研究者の立場からしましても、ちょっと理解に苦しむところがあります」と、原口教授は苦渋の表情をのぞかせた。

「自治会の夏祭りでふるまわれたカレーライスを食べて、四人の住民が亡くなったあの『和歌山毒物カレー事件』のように、被害者の子どもたち全員が、共通した飲みものや食べものを口にしていたなら、その中に毒性の強い物質、たとえば青酸カリやヒ素のようなものが混入していた可能性も出てくるでしょうが、飲みものも食べものも口にしていないとしたら、あとはもう、毒物を吸いこむか、それとも皮膚から吸収するか、そのどちらかしかないわけですね。

しかし、被害の状況からしまして、なにか有毒ガスのようなものが発生したり、散布されたりしたとは考えにくいので、子どもたちはたぶん、なんらかの毒物にふれて体調を悪化させたと、そう考えるのが妥当だと思われます。その場合、いったいどんな毒物が用いられたかとなると、ちょっと、具体的な毒物の名前が浮かんでこないんですね」

「どうしてなのでしょうか？」

「いささか専門的になりますが、皮膚というのは、異物が人体に侵入するのを防ぐ第一バリアですから、とても堅牢にできています。そのバリアを突き抜けて人体に作用するのは、分子量が小さいとか、脂溶性が高いとか、融点が低いとか、特定の物理化学的性質をもった物質に限られます。つまり、飲みこんだり血液に混ぜたりすれば死に至るような毒物はたくさんありますが、経皮浸透で、皮膚から吸収されて死に至らしめるような毒物は、ごく限られているんですね。

しかもそれらは通常、たとえば、フッ化水素酸やシアン化水素のように、皮膚そのものになんらかのダメージをもたらします。ところが、先ほどの医師のお話では、被害を受けた子どもたちのからだに、腫れや、ただれや、炎症のようなものは見られないということのようですから……もしかするとなにか、まったく予想外の毒物というか、非常に特殊な毒物が用いられたのかもしれませんね。それがいったいどんなものなのかは、もう少し詳しいデータが揃わないことには、ちょっと見当をつけにくいというのが、正直なところです」

「わかりました。毒物に関しましては、警察の捜査で一刻も早く解明されるのを待ちたいと思いますが、もう一点、原口先生におたずねしたいことがあります。事件現場になったと思われる白金台の『すこやか児童公園』では、今日の午後二時ごろまで、だれもが自由に出入りして遊べる状態になっていました。なのに今日に限ってはなぜか、いまのところ新たな被害者が出ていないのは、どうしてだと思われますか？」

「それは、昨夜遅くから今朝にかけて、かなり強い雨が降ったことと、なにか関係があるんじゃないでしょうか。仮に、事件の原因となった毒物が公園のどこかに散布されたりしていた場合、それが雨によって薄められたり、あるいは流されたりして、人体に害をおよぼさなくなったと、そういう可能性も否定できないと思いますが」

「なるほど。逆に言いますと、雨が降れば薄まったり、流されたりしてしまうような状態で、なんらかの毒物がまかれていた可能性もあるということですね？」

「常識的に考えて、固形の毒物が用いられたとは想定しにくいので、おそらく粉末状か液状の毒物が、見た目ではまったく気づかない状態で、公園のどこかに散布されたりしていて、それにふれた子どもたちが被害に遭ったと、そういう可能性が一番高いんじゃないでしょうか」

「それは大いにありえることのように思えてきますね……。ともあれ、まだなにも事件の輪郭が見えてこない現状では、いったいだれが、どんな目的でこのような事件を起こしたのか、なかなか想像しにくいとは思いますが、そのあたりのことに関して岡本さんは、どのように感じておられますでしょうか？」

「この段階では犯人像やその動機について、臆測のしようがありませんので、ここから先は一般論になりますが、毒物を用いた犯罪はよく、『弱者の犯罪』だと言われたりします。体力や腕力のない弱者でも実行できるからですが、それは同時に、『女性的な犯罪』だとも言えるわけです。

実際のところ、毒物事件の犯人が女性だったという例も、決して少なくはありません。一九六〇年に熊本県で三人の女性が毒殺された『女性連続毒殺魔事件』や、先ほど原口先生がふれられた一九九八年の『和歌山毒物カレー事件』、それに、二〇〇〇年の『奈良長女薬殺未遂事件』や、二〇〇五年の『静岡タリウム殺人未遂事件』の犯人もすべて、女性でしたしね。

それに、今回の事件の発生現場だと思われる白金台の児童公園が、大人があまりジョギングや軽運動に利用することのない、ほとんど子ども専用の公園であるという事実にも、私はある種の、女性的な要素を感じるんですね。これはまぁ、単に直観的なレベルでのことですが……」

一三人もの子どもが体調を悪化させて病院に搬送され、そのうち四人が亡くなって三人が重症という、前代未聞の大事件に心を奪われ、テレビ画面に釘づけになっていたぼくは、「白金台」という地名を耳にするたびに、胸騒ぎのようなものを覚えた。

その前々日の土曜の夜に、リョウさんに会いたくてシトウ・マサトのコンサート会場に出かけたぼくが、たまたまその足で立ち寄ったのが、白金台二丁目のイタリア料理店であり、そこから白金台四丁目の「すこやか児童公園」まで、徒歩でわずか一〇分ほどしか離れていなかった。

しかも、ぼくが姿を見失ったときのリョウさんは、たしかに目黒通りに向かって歩いていたが、そのまま進んで目黒通りを渡ったすぐ左側に、「すこやか児童公園」があるのだ。

それは、単なる偶然でしかないとは思えたものの、その反面で、なにかことばにしがたい不安を覚えたのは、やはり、加賀雄二郎の事件がぼくの心に暗い影を落としていたからだった。

加賀の司法解剖はすでに終了しているはずだが、その所見が「他殺」だったのか、それとも自殺や病死だったのか、まだなにも報道されてはいなかった。その氏名と住所を書いた紙片を持っていたリョウさんと加賀雄二郎との関係も、もちろんぼくにはわからないままだ。

なのになぜか、リョウさんのことを思えば思うほど、沈鬱な気分に落ちこみそうになった。

それはきっと、思いもよらぬ身近な場所で大事件が発生したことの、その衝撃の余波によるものだろうと、ぼくは漠然とそう受けとめていた。

翌六月二三日（火）は、沖縄にとっての「慰霊の日」だった。

戦後七〇年という大きな節目の年だし、緊迫の度を増す米軍普天間飛行場移設問題とのからみもあって、本来なら新聞やテレビは、朝からその関連ニュースで占められるはずだった。

ところが、この日の朝のニュース番組やワイドショーのすべてが、前日に判明した「児童死亡事件」の続報一色となり、「犯罪史上最悪の児童毒殺事件か？」、「和歌山毒物カレー事件以来の衝撃！」、「見えない犯人像、もしかするとわが子が被害に！」、「致死率の高い猛毒か　犯人に薬物の専門知識が？」といったタイトルやキャッチコピーが、そこかしこにあふれた。

そして警視庁では、予定通り朝九時から記者会見が行われ、次のような事実が発表された。

「『すこやか児童公園』での現場検証の結果、鉄棒やブランコ、ジャングルジム、スベリ台など複数の遊具に、液体状の毒物が塗られていたことを確認した。これにより、今回の事件は『毒物を用いて不特定多数を狙った殺人事件』であると断定し、高輪《たかなわ》警察署に『白金台児童公園事件』捜査本部を設置。また、子どもたちは毒物の塗布された遊具にふれることで、手や腕、足などが毒物に汚染され、その毒物が口を経るか、皮膚から浸透するかして、被害をおよぼしたものと考えられる。現在、毒物の鑑定作業を続けているが、詳しい結果は出ていない」

警察はまた、「毒物が仕掛けられたと思われる時間帯に公園に出入りした人物はすべて、周辺の防犯ビデオの映像に記録されており、その中の特定の人物に強い関心を抱いている」と言明。

こうした発表を受けて、『白金台児童公園事件』をめぐる報道が一気に沸騰。沖縄の「慰霊の日」の関連ニュースは、二番手以下の扱いとなってしまった。

朝のワイドショーの中には、被害児童の家族に直接取材し、証言を得ている番組もあった。

犠牲となった四人の子どもの中で、二一日（日）の昼前にもっとも早く死亡が確認された田村あおいちゃん（三歳）の父親は、ずっとうつむいたまま、次のように語った。

「うちの娘は公園では一五分ほど、ブランコで遊んだだけでした。その帰りに気分が悪そうで、顔色も悪かったけど、最初は、ブランコで酔ったのかなと思っていました。でも、公園から五分も離れていないマンションに帰りつく寸前に、もう歩けなくなり、抱きかかえてエレベーターに乗ったところで、口から泡を吹きだしたんです。まだ三歳の子どもに、いったいだれが、こんなむごいことをしたのか……。犯人が捕まったら、自分の手で殺してやりたいです」

また、自宅で倒れて救急車で搬送されたが半日後に意識を取りもどしたという、五歳の男児の母親は、終始ハンカチを口に当て、声を震わせながらインタビューに応じていた。

「公園では幼稚園の友だちに会い、その坊やと二人で、スベリ台やジャングルジムで遊んでいました。だけどその坊やが気分が悪くなって、お母さんと帰られたので、息子は私と一緒に二〇分ほど、砂場で遊んでいました。それから帰宅したのですが、一〇分もしないうちに突然バタッと倒れて、そのまま意識を失ったんです。どうして、こんなことになったのか……。一緒に遊んでいた坊やは亡くなられたので、本当になんと言っていいのか、ことばもありません」

そして犯罪専門家たちの、「子どもを狙った変質的な犯行で、続発するおそれも高い。犯人逮捕までは子どもを公園で遊ばせない方がいい」、「子どもに対する異常な憎悪が、犯行の原点にあるのではないか。今後さらに、犯行形態がエスカレートする可能性もある」といったコメントが、子をもつ親たちの不安をかき立てずにはおかなかった。

一方、沖縄県糸満市の平和祈念公園で、安藤健三首相をはじめとする関係閣僚や駐日アメリカ大使らが出席する中、沖縄県と沖縄県議会が主催する『戦後七〇年沖縄全戦没者追悼式』がはじまったのは、午前一一時五〇分のことだった。

五四〇〇〇人が参加した追悼式の様子を、最初から最後まで衛星放送で見ていたぼくは、あらためて、沖縄と政府の間に横たわる対立と亀裂の深さを、見せつけられた思いがした。

「七〇年目の六月二三日を迎えました。この沖縄で凄惨きわまりない地上戦が行われ、家族や友人など二〇万人余りが犠牲となった悲しみを、私たちはいまも忘れることができません」

注目された『平和宣言』をそんなことばではじめた奥間知事は、「選挙で示された民意からして、米軍普天間飛行場の辺野古移設は到底、許容できるものではありません。すぐに移設作業を中止し、沖縄の基地負担の軽減に向け、政策を見直されることを強く求めます」と言い切った。

一方、奥間知事のあとに来賓挨拶に立った安藤首相は、「美しい自然と豊かな文化を誇る沖縄の潜在力を、大いなる発展に結び付けるため、私が先頭に立って沖縄の振興を前進させてまいります。そして今後も、沖縄の基地負担軽減に全力を尽くしてまいります」と語り、「基地を持って帰れ！」、「口だけで言うな！」とヤジが飛ぶ中、最後まで辺野古問題にはふれなかった。

日読新聞の論説主幹である古川治昭《ふるかわはるあき》氏は、この式典の様子を翌日の朝刊で、「『慰霊の日』の戦没者追悼式に参列した首相に、今回ほど激しいヤジが浴びせられたことはなかった。それに気分を害したのか、安藤首相は来賓挨拶のあとで戦没者の祭壇に向かい、ほんの一瞬頭を下げただけで、すぐに席にもどってしまった。追悼式を長年取材してきた私の目にも、それは軽いショックを覚える光景だった。戦没者遺族の一人は、『あんなおざなりな頭の下げ方はないだろう』と嘆いたが、一方で、『首相へのヤジは非礼で恥ずかしい』と言う人もいた。戦後七〇年の追悼式はまさに、『沖縄戦の死者が共有されない時代』の到来を痛感させた」、と書いている。

この夜のテレビの報道番組も、「白金台児童公園事件」のニュースで埋めつくされた。

各番組が共通してトップで報じたのが、「死亡した四人を含む一三人の被害児童の血液から、毒性成分が検出され、それが『すこやか児童公園』の遊具に塗られていた毒物の成分と、ほぼ一致した」という、きわめて重要な事実だった。

しかし、それで犯人像に一歩迫れたかというと、そうでもなかった。『ニュースレーダー・テン』でも、捜査本部のある高輪警察署から梶木杏奈が中継で、次のようにリポートしていた。

「子どもたちの血液中から検出された毒性成分と、スベリ台やブランコなど、公園の遊具に塗られていた毒性成分とがほぼ一致した、ということではありますが、この『ほぼ一致した』という、ある意味で幅を持たせた表現にこそ、捜査陣の苦悩が反映されているように思えます。

と言いますのは、警察ではまだ、その毒性成分がどんな物質なのかを、科学的に解明しきれていないからです。『犯罪に用いられることの多い毒物なら時間をかけずに特定できるが、今回はデータの乏しい、犯罪例の少ない毒物が用いられている可能性が高い』と話す捜査官もおり、使用された毒物が明確に特定されるまでには、いましばらく時間がかかりそうです」

杏奈はさらに、「公園周辺の防犯ビデオに残されていた、容疑者らしき人物の映像につきましても、警察は『捜査の支障になる』として詳しい情報は公開していません。しかし、警察が注目しているのは、『二〇代から四〇代ぐらいの、メガネをかけたパンツルックの女性』だとの情報もあります。このように、いまもって具体的な犯人像が見えてこない状況が続いており、それが事件に対する不安を拡大させる要因の一つにもなっています」と報告。

そのあとは男性記者が、死亡した浦河純也ちゃん（五歳）の通夜の様子を詳しく伝えていた。

こうして、『ニュースレーダー・テン』では冒頭から二五分ほどが「白金台児童公園事件」の関連ニュースに割かれ、続いて沖縄の「慰霊の日」特集として、『七〇年目の沖縄　梅沢友美《うめさわともみ》が初めて知る　祖母の衝撃の真実とは？』と題する、一八分の特集VTRが流された。

この特集VTRは、人気女優である梅沢友美の、家族をめぐるドキュメンタリーだった。

テレビドラマへの出演も多い梅沢友美は、二八歳。東京の江東《こうとう》区の生まれだが、母の逸子さんは沖縄の金武町《きんちょう》の出身で、実家では八四歳の祖母・和子さんが一人暮らしをしていた。

しかし近年、足腰が弱って独居生活が困難になった和子さんは、娘や孫がしきりに「東京での同居」を誘いかけるものの、「沖縄で死にたい」と言い張って、地元の福祉施設への入所を決意。

その入所予定日の前々日に、娘の友美を連れて実家に里帰りした逸子さんは、最後の団欒の中で、「一度も詳しく話してくれなかった対馬《つしま》丸のことを、聞かせてほしい」と母に懇願する。

最初は「話したくない」と、取りつく島もない和子さんだったが、「おばあちゃんがどんなつらい思いをしたか、私も知っておきたい」という友美のことばに、ようやく、重い口を開く。

沖縄から本土に疎開する学童など一七八八人を乗せた「対馬丸」が、鹿児島県の悪石《あくせき》島沖でアメリカ軍の潜水艦から魚雷攻撃を受け、あっという間に沈没したのは、太平洋戦争中の一九四四年八月二二日の夜だった。

確認されているだけでも、七七九人の学童を含む一四七六人が死亡したが、対馬丸を警護していた日本軍の砲艦と駆逐艦は、なぜか救助活動を行おうともせず、その場から去ってしまった。

一三歳だった和子さんは、兄と妹の三人で対馬丸に乗船していたが、一人だけ生き残った。そして運ばれた先の鹿児島港で、「対馬丸の沈没をだれかに話したら、家族もひどい目に遭うぞ」と憲兵におどされ、震え上がる。軍と警察は対馬丸の生存者に、厳しい箝口令《かんこうれい》を敷いたのだ。

「あのときの憲兵のことばがずっとおそろしくて、家族にもほとんど話せなかったし、できるだけ思い出さないように努めてきた」という和子さんは、沈没時の状況をぽつりぽつりと話したあと、「妹の『助けて!』という叫び声や、海に沈んでいった級友たちの顔が、いまでも突然に生々しくよみがえってきて、全身が汗でびっしょりになることがある」と、目を伏せる。

その和子さんが翌朝突然に、「施設に入る前に連れて行ってほしい場所がある」と言い出す。

梅沢友美が運転するレンタカーで三人が向かった先は、学童疎開船の悲劇を後世に伝えようと、沈没事件から六〇年目の二〇〇四年に那覇市内に開設された、対馬丸記念館だった。

和子さんは備え置きの車椅子に乗り、梅沢友美に押されながら展示品を見て回るが、犠牲となった児童たちの遺影が展示された壁の前まで来ると、車椅子から下り、不自由な身でその場に土下座して、「ごめんよぉ、ごめんよぉ」と嗚咽しながら手を合わせ続けた。その横に並んで腰を落とした梅沢友美は、無言で涙しつつ、ただただ愛しそうに祖母の背をさすり続ける……

この特集VTRのあとで画面がスタジオにもどったとき、印南次郎も涙を浮かべていた。

「いま一度、沖縄戦の意味を考えさせられる特集でした。おりしも東京では、四人の子どもが犠牲となる凶悪事件が発生しましたが、沖縄戦でも多くの子どもたちが犠牲になったことを思うと、命というものの尊さや重さが、時代状況や社会状況で左右されてはならないのだと、あらためてそう思わされます。戦争も犯罪も、その本質が暴力であることに変わりはありません。一人一人の命の営みを破壊し、平穏な日々を奪おうとするあらゆる暴力に対して、私たちはより毅然として、ひるむことなく対峙していかねばならないと、心からそう思わずにはいられません」

そんなことばで「慰霊の日」特集を締めくくった印南キャスターは、まさかその「四人の子どもが犠牲となった凶悪事件」が、決して切り離せない関係性で「沖縄」と一つに重なり合っていたとは、夢にも思わなかったに違いない。もちろん、ぼく自身もそうだった。


新たなニュースが飛びこんできたのは、この夜の『テン』が一一時一〇分に終わろうとする、間際のことだった。天気予報のコーナーで気象予報士と会話していた中井麻里が、突然、驚いた表情でカメラ目線になり、「いま、速報が入りました」と声を張り上げた。

「『白金台児童公園事件』の犯人が書いたと思われる犯行声明文が、今日の夕方に日読新聞の東京本社に届いていたことが、先ほどわかりました。手書きのその文章には、米軍基地を多く抱える沖縄の現状と、その沖縄への人々の無関心が犯行の動機である、といったことが書かれており、犯人が書いたものである可能性が高い、とする警察当局の判断を受け、日読新聞では、明日の朝刊に犯行声明文の内容を掲載するかどうか、慎重に検討しているとのことです」

そんな思いがけないニュースを、中井麻里は一分ほどで読み切ったが、「慰霊の日」の特集VTRを見終わったあとも、ベッドに寝転がってぼんやりとテレビを見ていたぼくは、思わず、鈍器で脳天を痛打されたかのような衝撃を受けた。

いったいなぜ、この事件が沖縄と結びつくのか？

どこのだれが、「米軍基地を多く抱える沖縄の現状と、その沖縄への人々の無関心」を動機として、幼い四人の子どもたちの命を奪ったというのか？

速報ニュースでは、「日読新聞では、明日の朝刊に犯行声明文の内容を掲載するかどうか、慎重に検討している」と伝えていたが、それは取りも直さず、「日読新聞では明日の朝刊に犯行声明文の内容を掲載するので、ぜひ読んでください」というに等しい表現に思えた。

犯行声明文は手書きだとのことだが、それがコピーではなく肉筆のものだとするなら、犯人は犯行声明文を一部だけ作成し、それを日読新聞に届けた可能性も考えられる。

ぼくはパソコンに向かうと、最新のネットニュースをチェックした。

すると、「『白金台児童公園事件』の犯人から日読新聞に犯行声明文が」といったニュースがもう複数見られたが、他の新聞社や報道機関に同様のものが届いているとの記事は、皆無だった。犯行声明文は、日読新聞東京本社にだけ届けられた可能性が高い。とするなら当然、たぐいまれな独占報道のチャンスとなるこの機会を、日読新聞がモノにしないはずがない。

マンションに日読新聞の朝刊が配達されるのは、だいたい朝の六時前後だった。

つまり、あと六時間半ほどすれば、日読新聞に掲載されるであろう犯行声明文の一部、もしくは全文を、ぼくも目にできるはずだ。

このところ深夜まで沖縄関連の資料を読みふけっていたこともあって、睡眠不足の状態だったぼくは、この夜は思い切って多めの睡眠導入剤を服用し、一二時前に寝ることにした。

もちろん、ベッドに入って眠りにつく前に、いつものようにリョウさんのスマホに電話をかけてみたが、電源が切られたままの状況に変わりはなかった。

ぼくはもう、まったく反応のないメールを送る気にもなれず、そのまま入眠のときを待った。

二〇一五年六月二四日（水）の朝。

目覚まし替わりのスマホが鳴らすベル音で目覚めたぼくは、一階のエントランスの片隅にある郵便受けまで、すぐに朝刊を取りに下りた。

前日の午後のリハビリで初めて全体重をかける練習をしたせいか、左膝の裏側に鈍い痛みを感じたが、ロフストランド杖で体重バランスを取ることで、その痛みはすぐに緩和された。

一階から四階の自室にもどるまでの時間がもどかしくて、エレベーターの中で新聞を開くと、一面の最上段に『犯人から血書の犯行声明文』という大きな横書きのカット見出しが躍り、その下に『新たな事件と殺害を予告』との主見出しが、そしてその横に、「沖縄の現状への不満　身勝手な動機」というソデ見出しが並んでいた。

新聞を手にして部屋にもどったぼくは、記事部分ではなく、二面に全文掲載されていた犯行声明文を、まっ先に読みはじめた。


〈告〉


私は東京都港区白金台で発生した児童毒殺事件の犯人である。

そして同じく港区赤坂で発生した加賀雄二郎毒殺事件の犯人でもある。

それを証明するために私が両事件に用いた毒物を同封しておく。

この毒物は沖縄の悠久たる自然が生み出した奇跡のたまものだ。

そして私の子どもも私にとっては奇跡のたまものであり私の人生そのものだった。

なのに抱きしめても抱きしめきれないほどに愛しいその子はもういない。
虐げられ殺されたのだ沖縄の米軍に。そして父も母も私までもが。
しかし沖縄でそんな目に遭ったのは決して私の家族だけではない。
日米安保条約が日本の社会にもたらす安全と繁栄の恩恵を受けるには
それに見合った基地の負担や代価が必要なのだと日本政府は言い続けてきた。
しかしなぜ国土の〇・六%の土地に国民の一%が暮らす小さな小さな沖縄社会が
その基地の負担と代価の七四%という途方もなく不当で過酷な現実を
これほど長い期間にわたって一身に背負い続けなければならないのか。
国民の九九%を占める「沖縄以外の日本人」であるあなたは
沖縄の人間も同じ日本国民であり平等な権利の主体であると認めるのなら
日米安保体制がもたらす負担や困難を全国民で公平に分かち合うためにも
沖縄の米軍基地の一部を私たちの地域で引き受けましょうとなぜそう言わないのか。
どうしてこれほど長期間にわたって米軍基地を一方的に沖縄に押しつけたまま
まるで他人事でもあるかのように徹底して無関心でいられるのか。
そこには明らかに沖縄に対する差別とネグレクトが存在する。
しかもあなた方はその差別とネグレクトを既得権益として温存し続けてきた。
沖縄に対して差別的で無関心であればあるほど米軍基地は沖縄に固定され
自分たちはこの先も米軍基地がもたらす危険と害毒に苦しめられることなく
日米安保体制がもたらす安全と繁栄を享受し続けることができる。

そしてリゾート気分で癒されたい時には基地のことなど忘れて沖縄を訪れ
お客様気分で青い空と海を消費しまくって心を痛めることもない。
つまり差別とネグレクトによって沖縄に米軍基地を押しつけてきた一番の張本人は
今この瞬間も沖縄の痛苦など気にとめることもないあなた方一人一人なのだ。
そこで私は苦悶しつつも決心した。
あなた方が米軍基地の一部でも引き受けてくれないのなら
その基地が生み出した最悪の産物である私の狂気だけでも引き受けてもらい
私が決行する凄惨極まりない毒殺事件とその結果を直視することで
なんのいわれもなく肉親を奪われることがどれほどつらいことなのかを
無関心ゆえに沖縄に過酷な現実を押しつけてきた人々に追体験してもらうほかはない。
加賀雄二郎の殺害は果たさねばならない仇討ちのようなものにすぎず
私の復讐の本体である無差別毒殺事件はさらにあなた方の日常へと侵攻する。
長い被虐の歴史を強いられながらも沖縄の人々は決して暴力に訴えはしなかった。
しかしそんなうるわしき歴史にこの手で終止符を打つことで私は沖縄とも決別する。
国民の九九%を占める「沖縄以外の日本人」であるあなたに告ぐ。
抱きしめても抱きしめきれないほどに愛しい子どもたちから絶対に目を離すな。
どんなことがあってもその手を握りしめていよ。その命を抱きしめていよ。
私は沖縄の米軍基地が生み出した最悪のマジムン（化けもの）である。
マジムンである私にもう人の心は通じない。

（六月二三日に覚醒し八月一三日に瞑目する者より）

犯行声明文を読み終えたぼくは、ショックのあまり胸に強い圧迫を感じて、呼吸困難におちいりそうだった。気になりながらもなぜか続報がとだえていた加賀雄二郎の死亡事件が、こんなかたちで目の前に突きつけられたことにも、度肝を抜かれるほどの衝撃を受けた。

いつのまにか抱きはじめていた漠然とした不安が、みるみるうちに空を覆いつくす鉛色の雲となって、全身にのしかかってくるようだった。

もしかしたら、この犯行声明文を書いた人物は、リョウさんかもしれない……

否定しようもなく、そんな思いがふくらんでゆく。

もちろん、はっきりとした明確な根拠があるわけではなかった。

この犯行声明文とリョウさんとの関係をうかがわせる具体的な要素としては、「リョウさんが加賀雄二郎の名と住所を書いた紙片を持っていたこと」、「犯行声明文で『父も母も私までもが』米軍に虐げられ殺されたなどと書かれているが、リョウさんの父親らしき座刈谷朝清氏も、脱走米兵に殺された可能性が高いこと」、そして、「犯行声明文に出てくるマジムン（化け物）ということばが、リョウさんが中二で書いた作文にも出てくること」……それぐらいしか挙げられない。

にもかかわらず、「リョウさんが書いたのでは？」と感じてしまうのは、声明文をつらぬく悲痛な息づかいが、電話で話した際のリョウさんのなにか思いつめた気配や、リョウさんが中二のときに書いた作文の独特の雰囲気などと、どこかで通底しているようにも思えるからだ。

しかも、現場周辺の防犯ビデオに映っていた『二〇代から四〇代ぐらいの、メガネをかけたパンツルックの女性』に、警察が強い関心を寄せているという。そういえば、ぼくが白金台のイタリア料理店で偶然見かけた際のリョウさんも、ベージュ色のパンツ姿だった……

もちろんそれは、ぼくの勝手な思いすごしや邪推なのかもしれないし、むしろ、できることならそうであってほしいと、願うばかりだった。

もしも犯行声明文を書いたのがリョウさんだとしたら、リョウさんは無差別毒殺事件をくわだてて、幼い子どもたちを死に至らしめただけでなく、加賀雄二郎まで殺していたことになる。

そんな大それた残酷な犯罪を、リョウさんが実行できるのか？

苦しみもだえて死んでいくのが、まだいたいけな子どもたちだとわかりながら、リョウさんに、公園の遊具に猛毒を塗るようなことができるのか？

日読新聞の記事では、「たて長の定形封筒には当社の住所が手書きされ、中には、複数枚の便箋に赤インクのようなもので手書きされた犯行声明文と、折りたたまれた一枚のティッシュペーパーが同封されていたが、その後警察により、犯行声明文に使われているのは赤インクではなく、人の血液であることが確認された。また、ティッシュペーパーには『白金台児童公園事件』に用いられた毒物と同じものが塗布されていると見られ、警察が分析作業を急いでいる。なぜこのような犯行声明文が当社に送られてきたかは、不明である」などと書かれていた。

そして日読新聞は、犯行声明の全文公開に踏み切った理由を、次のように説明していた。

当社は、目に見えない毒物で四人の幼い生命を奪い、多くの人々に被害をもたらした犯人に、許しがたい憤りを覚えると共に、一刻も早く犯人が検挙され、事件が解明されることを切望するものである。また、このような残忍な犯罪を手段として、みずからの主張や思想を社会に押しつけようとするすべての勢力に対し、毅然たる姿勢でのぞむものである。

そうした基本姿勢のもとで、当社が犯行声明の全文公開に踏み切ったのは、犯人像やその動機が不明なままで、事件が社会にもたらす不安が無限大に拡散するのを阻止し、犯行声明文を読まれた方々、目にされた方々から提供されるであろう種々の情報が、捜査や犯人検挙の一助となって、すみやかに事件が解決されることを願ってのことである。


ちなみに、朝刊の二面に活字化されて全文掲載された犯行声明文の横には、筆跡の特徴がわかるように、声明文の実物の一部を接写して拡大したカラー写真が二枚、掲載されていた。

それは一見したところ、あまり特徴のない女性的なペン字のように思えたが、よくよく見ると、文字が全体的に右肩下がりで、いささか丸みを帯びているようにも感じられた。

ただ、写真では焦げ茶色に見える文字のすべてが、実は人間の血で書かれており、もしかするとそれはリョウさんの血かもしれないと思うと、思わず鳥肌立つものがあった。

そしてぼくは、リョウさんに返す機会のないまま所持していたあの紙片を、机の引き出しから取り出し、そこに書かれた「加賀雄二郎　港区赤坂七丁目〇番〇〇号　グランディシエール赤坂」の文字を、新聞に掲載されていた犯行声明文の接写写真と、並べて比較してみた。

すると、「加賀雄二郎」や「港区赤坂」と書かれた文字の特徴が、驚くほど共通していることがわかった。とくに「雄」や「港」など、画数の多い字ほど、筆跡の同一性が強く感じられる。その事実が、ぼくの心をいっそう暗くした。

加えて、あの夜のリョウさんの足取りも、疑惑が生じる大きな要因となっていた。「白金台児童公園事件」が明らかになったのは、この二日前の月曜日のことだが、被害者の子どもたちが公園で遊んでいたのは、その前日の日曜日の、朝から夕方までの間だった。ということは、スベリ台やジャングルジム、それに、ブランコやシーソーなどの遊具に犯人が毒液を塗布したのは、土曜の夜から日曜の朝までの間だったと考えることができる。

一方、土曜の夜のリョウさんは、おそらく、九時半ごろにシトウ・マサトのコンサートが終演するまで、アートフル・パルプラザにいたはずだ。そして、白金台二丁目のイタリア料理店に立ち寄ったぼくが、窓からリョウさんの姿を目撃したのは、午後一〇時四〇分前後のことだった。そのときのリョウさんは、間違いなく目黒通りの方向に、つまり「すこやか児童公園」の方向に歩いていたし、あの店から公園までは、距離にすれば五〇〇メートルも離れていない。

そう考えると、リョウさんには十分に犯行の機会があったことになる。

そうした事実も含めて、考えれば考えるほど、リョウさんと事件との距離感がせばまってゆく一方で、ぼくは追いつめられた気分になり、無性にイライラするばかりだった。

日読新聞が朝刊に独占掲載した「白金台児童公園事件」の犯行声明文は、たちまち大きな反響を呼び、朝の報道番組やワイドショーなどはいずれも、犯行声明文に関するニュースをトップ扱いにして、かなり長時間の事件特集を組んでいた。

ぼくもザッピングをしながらいくつもの番組を見ていたが、やがてそれにも疲れてしまい、日読テレビ制作のワイドショー『モーニング・スマッシュ』にチャンネルを固定した。

この番組では、沖縄問題に詳しい報道部の池本デスクが犯行声明文の中身を解説したあと、メイン司会者である加藤純也の、「コメンテーターのみなさんは犯行声明文を読まれて、どのような感想をお持ちになったのでしょうか。率直な思いをお聞かせください」との要望を受け、金曜担当の四人のレギュラー・コメンテーターが、それぞれ次のように答えていた。

◆（吉岡洋子・弁護士）…………

「沖縄では、米軍基地のおかげで仕事に就けたり、生活が成り立っているような人も、たくさんいます。その方々の立場からすると、米軍基地への評価も、おのずと異なってくると思います。とはいえ、米軍基地が迷惑施設であるのは事実でしょうから、その負担に見合うだけのサポートを、もっと拡充すべきだと思います。実は、政府から配分される財政移転額の一人あたりの金額で見ると、一位は島根県で二位が鳥取県、そして三位が高知県で、四位が沖縄なんですね。でも、米軍基地が一つも存在しない島根や鳥取の方が、沖縄よりも多くの支援を得ているのは、どう考えてもおかしな話ですよね。だから私は、沖縄にもっと徹底的に補助金を投入して、それを沖縄の人たちが思い描くプラン通りに使えるようにすべきだと、そう思うんですね」

◆（清水尚男・カリスマバイヤー）…………

「私は、中国が海洋権益を強化しつつある中で、沖縄の米軍基地は絶対に必要だと、常々そう確信しています。沖縄を中心に半径一五〇〇キロの円を描けば、その中にピョンヤンやソウルや中国の一部、それに台湾やフィリピンまで入ってしまう。これだけ地理的条件のいい場所はほかにないから、日本の国土防衛の上で沖縄が果たすべき役割は、格段に重要です。

たしかに、米軍基地の弊害や問題点もあるでしょうけど、沖縄は基地の負担を受け持つことで、国民を守っているんだ、日本の盾となっているんだ、というような、そうした気概というか、誇りを持っているような方も、沖縄には大勢おられるんですね。犯人は、自分の考え方が沖縄で受け入れられないので、ヤケになって本土にテロをしかけたと、そんな気がします」

◆(熊田春奈・料理研究家)……………

「沖縄の人が米軍基地をめぐる現状に不満を持っているのは理解できるし、みんなが力を合わせてその現状を少しずつでも変えていく必要があるとは思うけど、だからといって、あんなむごたらしい方法で罪のない子どもたちの命を奪ったうえに、さらに、こういう犯行声明で平然と事件を予告するという残忍さは、もう、恐怖以外のなにものでもないですね。本当にこわいです。

私にも沖縄に友だちが何人もいますが、こういうことがあると、もう沖縄に行きたくなくなっちゃいますね。沖縄の人は人情味があって、いい人が多いけど、この犯人みたいな目で私たちを見てる人がいると思うと、旅行に行っても、楽しさが半減するような気がしますし」

◆(名田井隆三・大学教授)……………

「この犯人は本土の人間に対して、ぬぐいがたい敵意を持ってしまっていると、そんな気がしますが、その敵意を脱ぎ捨てることが必要でしょうね。国民の九九%を占める沖縄以外の日本人のせいで、沖縄の人は苦労させられているんだという、その発想自体が、偏見にとらわれていると思いませんか。

本土の人間の中にだって、沖縄の豊かな自然を守ったり、沖縄の経済発展のために、沖縄の人と一緒になっていろんな取り組みをしている人が、大勢いますからね。中には、わざわざ生活拠点を沖縄に移してまで、現地社会に貢献しようと頑張ってきた人たちもいるわけですから。

そうした現実を無視し、沖縄以外の日本人は悪だと、一方的な決めつけ方をするような人物だからこそ、あんな非道な事件を起こしてしまえるんでしょうね。絶対に許せません」

『モーニング・スマッシュ』だけでなく、他のワイドショーでも多くのコメンテーターやゲストパネラーが、犯行声明文や事件について多様な意見を述べていたが、それを視聴していたぼくは、やがてテレビを消してしまった。そこで語られていることの多くに、なにか根本的な違和感というか、救いがたい乖離《かいり》のようなものを覚えずにはいられなかったからだ。

しかしぼく自身にも、その違和感の正体がいま一つ、よくわかっていなかった。

なにかが根本的に、決定的にズレてしまっているのだけれど、その「ズレ」というか、「交わらなさ」の根源がどこにあるのか、それがもどかしいほど見えてこないのだ。

多くの人が言うように、罪もない子どもたちの命をこんな形で奪うなんて、絶対に許されないことだし、ぼくだって激しい怒りと憎悪を覚える。もしもぼくが殺された子どもの父親なら、自分で犯人を捜し出してでも八つ裂きにしてやりたいと、きっとそう思うに違いない。

だけど犯行声明文を読めば読むほど、この犯人を支配する怒りや悲しみの深さが伝わってきて、犯行に対する怒りや憎悪とはまた別の感情が、ぼくの心で明滅するのだった。

声明文の中ではあえて観念的で抽象的な表現がなされているが、その怒りや悲しみの根源には、いくつもの過酷でリアルな現実が折り重なり、ひしめき合っているように思える。

そして、「沖縄に対して差別的で無関心であればあるほど米軍基地は沖縄に固定され、自分たちはこの先も米軍基地がもたらす危険と害毒に苦しめられることなく、日米安保体制がもたらす安全と繁栄を享受し続けることができる」との指摘はその通りだろうし、その無関心を生み出しているのが「沖縄に対する差別とネグレクト」だとの論理もまた、ようやく沖縄の現実に目を注ぎはじめたばかりのぼくには、反論しがたいもののように感じられてしまう。

しかし、だからと言って、「沖縄以外の日本人を無差別に殺してもいい」ということにはならないし、幼い子どもへの加害を肯定できる理由など、どこにも存在するはずがない。

だけどそんなことは、犯人もよくよくわかりきっているのだ。

この犯人は、回復しようのない絶望につき動かされて凶行へと向かう自分のことを、もう完全に見限っている。そしておそらく、自分の命を絶つことを前提として、犯行にのぞんでいる。

だとしたら、そんな犯人に届きうることばは、まだ残されているだろうか。

そして、もしもそれがリョウさんだとしたら、リョウさんの犯行と自裁をくいとめる手立ては、まだ残されているのだろうか……。

とにかくぼくは、それを考えなければと思った。

（八）　スクープ

六月二四日（水）の夜の『ニュースレーダー・テン』でも、やはり冒頭から、「白金台児童公園事件」の「犯行声明文」をめぐる特集が組まれていた。

番組のファーストショットで登場したキャスターの二人は、示し合わせたように地味な無彩色のスーツに身を固め、表情にもいつにない緊張が感じられた。

「すでにご存じのことと思いますが、今日の日読新聞の朝刊に、『白金台児童公園事件』の犯行声明文が全文掲載されました。残念ながらいまのところ、これを書いたであろう容疑者につきましては、なに一つ、具体的な情報が得られていないのが実状のようです」

印南次郎キャスターはそこまで言って、一拍の間を置いた。

「そこで今夜は、『白金台児童公園事件』の犯人が日読新聞に送りつけてきた犯行声明文を徹底的に分析することで、いまだ輪郭の見えない犯人像に迫ってみたいと思います。

ではまず、犯行声明文の内容からご紹介しますが、声に出して読み上げますと、全体で四分半ほどかかる長文です。しかし今夜は、あえてその全文を、割愛することなくお伝えいたします。なお、この犯行声明文が読み上げられている間、画面には犯行声明文に書かれている肉筆の文字が映し出されますので、もしもその文字の特徴や書きグセなどに、なにかお心当たりや、お気づきの点がおありの方は、どんなに小さな些細なことでも結構ですので、ぜひともこの番組か警察にご一報くださいますよう、よろしくお願いいたします。それでは、中井さん」

印南キャスターに促され、少し重ったるい響きで、中井麻里が犯行声明文を読みはじめる。

「私は、東京都港区白金台で発生した児童毒殺事件の、犯人である。そして同じく、港区赤坂で発生した加賀雄二郎毒殺事件の、犯人でもある。それを証明するために、私が両事件に用いた毒物を同封しておく。この毒物は、沖縄の悠久たる自然が生み出した、奇跡のたまものだ……」

ゆっくりとした口調で読み上げられる特異な文章のもとで、画面いっぱいに映し出された血文字のつらなりとその筆跡が、新聞で目にしたとき以上に女性的な印象を感じさせた。

犯行声明文の全文がきっちり四分半で朗読され、それが日読新聞に届いた状況などが詳しく説明されたあと、「では、捜査本部のある警視庁高輪署に梶木杏奈リポーターがいますので、最新情報を伝えていただきます。梶木さん。犯行声明文の全文公開については、日読新聞と警視庁との間で、少し見解の相違があったようですが？」と、印南キャスターが問いかける。

バストショットで中継画面に登場した杏奈は、紺色の五分袖ジャケットを着こなしていた。

「まず最初に、日読新聞社に届いた犯行声明文の信憑性に関してですが、ナイロン袋に折りたたんで同封されていたティッシュペーパーから、『白金台児童公園事件』と同種の毒物が検出されたことから、犯人から送られてきたものであることは間違いないと見られています。

また、捜査本部としましては、『新たな事件の予告も含まれるため、いたずらに社会不安を拡大させる恐れがある』との危惧に加えて、『犯行声明文で一方的に主張されていることが、かならずしも本来の動機とは限らず、捜査の混乱を狙って、虚偽の動機が記載されている可能性もある』といった理由から、全文掲載を見送るよう、日読新聞社に要請したとのことです。

これに対して日読新聞社では、慎重な検討を重ねた結果、『犯人像や事件の動機がまったく見えない現状での犯行声明文の全面公開は、事件に対する注意喚起につながるし、全文公開によって得られる新たな情報により、事件の解決が早まる可能性もある』と判断して、今回のような全文掲載に踏み切ったとのことです」

「犯人から送られてきた犯行声明文は、捜査上の重要な証拠物件になるとは言え、法律的には信書に当たるため、捜査本部の思い通りにはならないと、そういうことですね」

「その通りです。たとえ法人に宛てた文書でも信書とみなされますので、これは受け取った側の所有物となり、警察の自由にはできません。たしかに刑事訴訟法の第一〇〇条により、郵便物の押収が認められるケースもありますが、今回のケースはそれに該当しないため、全文公開に関しては最終的に日読新聞社の判断に委ねられることになります。ただ、犯行声明文の実物はすでに警察に任意提出されており、現在、指紋や付着物の有無などが調べられています」

「それにしても犯人はなぜ、日読新聞社にだけ犯行声明文を送りつけてきたのか。その点に関しまして、日読新聞社の方はどのように受けとめているんでしょうか?」

「日読新聞の長瀬史男編集局長は、あくまでも個人的見解だとしつつ、『辺野古への基地移設問題などをめぐり、政府と沖縄が厳しく対立する中にあって、日読新聞が一貫して、沖縄の民意をもっと尊重すべきだとの論調を展開してきたことと、なにか関係があるのかもしれない』と、そう話しておられました。長瀬編集局長はまた、『捜査当局が犯行声明文の全面公開に否定的なのは、沖縄問題をこれ以上こじらせたり、より大きな関心を招くような事態にはしたくないという、政府の意向を反映してのことではないか』と、そのような見方も示しておられました」

「わかりました。そのまま取材を続けてください」

画面はスタジオにもどり、印南キャスターの左側に、二人の初老男性が並んだ。

一人はテレビの報道番組ではおなじみの犯罪評論家だったが、もう一人の、どことなくみすぼらしいジャンパー姿の長髪男性は、ぼくが初めて目にする人物だった。

「続きまして、犯行声明文からどんなことが読み取れるのかを、考えてみたいと思います。今夜は元警視庁捜査一課の刑事で、犯罪評論家の三上敬吾さんと、一年の半分は沖縄で取材を続けておられる、ルポライターの杉原順一さんにお越しいただきました。よろしくお願いします。

ではまず、三上さんにお聞きしますが、この犯行声明文を最初に読まれたときに、どんな印象をお持ちになったでしょうか?」

「そうですねぇ。最初に驚かされたのは、犯行声明文をすべて血文字で書いているという、異常性ですね。文章の一部や署名などに人の血を用いるというのは、たまにあったりしますが。

これは私の見立てですが、ここまで血文字にこだわるのは、犯行に対する決意を強調したいというのと、恨みの深さを伝えたいというような、そんな意識からだと思われます。最初から最後まで字に乱れがないのも、今回の犯行が強固な意志のもとに準備されたことを感じさせます。一般的な傾向で言うと、こんなふうに血文字を用いるというのは、女性的なやり方ですよね。

それに、血液で書いた文字からは簡単にDNAの型情報が読み取れますし、便箋に手書きだと、どんなに注意していても指紋がどこかに残る確率も高いですから、これを書いた人物は、前科や犯歴がなく、警察に指紋を取られた経験もないような人物だと、そうも考えられますね。

そのほかにも文章的な特徴や、全体的な雰囲気、それに、防犯ビデオに映っていた不審女性の情報も含めて、私はこれを書いたのは女性で、その女性による単独犯ではないかと思います」

「では、杉原さんはいかがでしょうか？」

「この犯行声明文の内容を特徴づけているのが、『反植民地主義的な考え方』というか、それに近い問題意識だと思うのですが、そこにある種の、『若さ』のようなものを感じましたね。

沖縄の本土復帰後に生まれ、アメリカによる軍政支配や親たちの本土復帰闘争を知らずに育った世代の中には、力ずくで推し進められている普天間基地の移設が象徴するように、沖縄は依然として日本による植民地支配を受け続けていると、そう感じている人が少なくありません。

それゆえ、沖縄の自立を取りもどし、本土との不平等や格差を是正してゆくためにも、日本による植民地支配と徹底的に闘うべきだと主張する若い学者や評論家が出てきていますが、この犯行声明文を書いた人物もまた、そうした考え方にかなり影響を受けているように思えます。

三上さんとは少し根拠が異なりますが、この声明文を書いたのは女性だろうという見方に、私も同感です。それも、実際に自分の子どもを亡くした女性ではないかと、そんな気がします」

「お二方とも、これを書いた人物、つまり、『白金台児童公園事件』の犯人は女性である確率が高いと、そう見ておられるようですが、三上さん、ほかにもなにか、犯人が女性だと考えられる理由はあるんでしょうか？」

「私が特に注目しているのは、犯行現場が児童公園だという点ですね。普通の大人の男性は、それほど児童公園に出入りする機会はないでしょうから、やっぱり、日ごろから子どもを連れて公園に出入りしていた女性ならではの発想ではないかと、そんな気がします。公園の遊具に毒を塗るという手口も、どことなく、女性的な方法論のように思えてしまいますし。

あまり言うと、女性への偏見と受け取られかねませんが、声明文の最後に、『六月二三日に覚醒し八月一三日に瞑目する者より』と書いてあるのも、気になります。女性は案外、なにかの記念日や節目の日に、犯罪を決行することが少なくありませんから。犯人が書いている六月二三日や八月一三日に、いったいどれほどの意味があるのか、私にはよくわかりませんが」

「なるほど。その六月二三日に関してですが、実は、沖縄戦で日本軍の敗北が確定したのが、一九四五年の六月二三日なんですね。沖縄ではこの日を、つまり昨日を、沖縄戦の『慰霊の日』と定めていますが、もしかすると犯人は、その『慰霊の日』を意識したのかもしれません。

ただ、もう一方の八月一三日というのが、どのような意味を持つ日なのか、これは私にもわかりかねるところがあります。終戦記念日は八月一五日ですしね。沖縄に詳しい杉原さん、そのあたりはどう見ておられますか？」

「沖縄県民にとって、六月二三日の『慰霊の日』が『悲しみの日』だとするなら、『怒りの日』となっているのが、八月一三日です。二〇〇四年のその日、米軍普天間飛行場の大型輸送ヘリコプターが訓練中に沖縄国際大学に墜落し、爆発炎上するという、重大事故が発生しました。

大学周辺には民家や学校や保育所、病院などが密集していますが、地域住民に人的被害がなかったのは、本当に奇跡的なことです。とはいえ、この事故で多くの住民が、米軍戦闘機の墜落で小学生ら一七人が亡くなった『宮森小学校米軍機墜落事故』を思い出し、恐怖に震えました。

しかも大学構内は私有地なのに、米軍は勝手に現場を封鎖し、事故機を搬出するまでの三日間、警察も消防も、県知事すら現場に入れませんでした。このように、日本の主権を無視して占領者のごとくふるまう米軍に対し、憤った三万人もの県民が、抗議集会に参加したのです」

「そのときの日本政府の、沖縄や米軍に対する対応にも、いろいろと批判の声が上がりましたよね。ちょうど、アテネ・オリンピックの時期だったと思いますが」

「ええ。当時の井村首相は夏休みで、都心のホテルで静養中でしたが、オリンピックでメダルを獲った選手にはアテネまで祝賀の電話をかける一方、沖縄県知事には、事故の見舞いや状況確認の電話を入れることなく、関係省庁に指示を出すこともなかったと伝えられています。

しかも、事故の三日後に上京した沖縄県の与那嶺知事が、再発防止策や米軍の当面の飛行停止を要請して、井村首相に緊急面会を求めたのに、首相は会おうともしなかったと報じられました。それで沖縄では、米軍のみならず日本政府に対しても、怒りの声が向けられたのです。

このような経緯から、沖縄では『八月一三日』といえばそれだけで、このヘリ墜落事件のことが思い起こされるわけです。犯行声明文を書いた人物は、沖縄がこれまでに強いられてきた犠牲を象徴する意味で『六月二三日』に、そして、沖縄に鬱積してきた怒りを象徴する意味で『八月一三日』という日に、強いこだわりを抱いているのではないかと思われます」

「ここであらためて三上さんにうかがいますが、犯人は声明文の中で、『無差別毒殺事件はさらにあなた方の日常へと侵攻する』と、新たな犯行予告のようなことを書いています。三上さんは実際に、この予告が実行に移される可能性が高いと、そうお思いでしょうか?」

「その可能性は高いでしょうね。犯行声明文の内容からして、この犯人はもう、途中でひるんだり、おじけづくようなことはないでしょう。復讐的な犯行だという意味合いからも、事件はまだ続くと考えるべきでしょうね。だからこそ警察には、一刻も早く犯人を検挙して、次なる犯行をなんとか未然に阻止するよう、ここは一つ命がけでがんばってもらいたいですね」

「三上さんは捜査のプロとしてこれまでに多くの難事件にもかかわってこられましたが、今回の事件に関して、犯人検挙のポイントはどこにあるとお考えでしょうか?」

「そうですねぇ。公園での毒殺事件はたしかに状況的に複雑な要素がいくつも重なっているので、犯人の周辺にまでは到達しにくいと、正直なところそういう気がしますね。だけど建築家の加賀雄二郎さんが殺された事件に関しては、事件の構造自体がもっとシンプルでしょうし、おそらく加賀さんが犯人と直接接触した可能性が高いと思われますから、もしかしたらこちらの事件の方が、犯人を追いつめる突破口になるかもしれません」

「なるほど。いま三上さんが、建築家の加賀雄二郎さんが亡くなられた事件にふれられましたので、ここで少し前倒しで、その事件についてもお伝えしておくことにします。

加賀さんは先週の土曜日の未明、つまり、『白金台児童公園事件』の前日に東京都内で死体となって発見されましたが、司法解剖によっても他殺か自殺か、結論の出ないままでした。

しかし本日、『白金台児童公園事件』の犯人から送られてきた犯行声明文によって、加賀さんの事件につきましても意外な事実が判明しました。中井さんからお願いします」

「はい、それではお伝えします」と、いつもながらの落ち着きぶりで、中井麻里。

「六月二〇日の未明に、東京都港区赤坂の路上で死亡しているのを発見された建築家の加賀雄二郎さんは、司法解剖の結果、なんらかの毒物の吸引による中毒死と見られましたが、その毒物が特定されず、また、毒物を自分の意志で吸引したのか、それとも誰かに吸引させられたのか、つまり、自殺なのか他殺なのかをめぐり、より詳しい捜査の求められる状況が続いていました。

ところが昨日、日読新聞に届いた『白金台児童公園事件』の犯行声明文に、『加賀さんを殺したのも自分だ』という主旨の記述が見られたため、警視庁があらためて分析した結果、今日になって、加賀さんが吸引した毒物と『白金台児童公園事件』に用いられた毒物、それに、犯行声明文に同封されていた毒物のすべてが、ほぼ同一のものであることが判明。警視庁はこの時点で加賀雄二郎さんの死亡事件を殺人事件と断定し、赤坂警察署に合同捜査本部を設置しました。

また、加賀さんが死体で発見される少し前に、現場近くで加賀さんが若い女性と立ち話をしていたとの目撃情報があり、警察ではこの情報にも注目して、捜査を続けているとのことです」

「ということで、加賀雄二郎さんの事件と、四人の子どもたちが犠牲になった『白金台児童公園事件』が、どちらも同じ人物による犯行だとわかったことで、私も本当に驚かされました。

ところで、一年の半分以上は沖縄で取材に明け暮れているという杉原さんは、沖縄を舞台に数多くの建築を手がけてこられた加賀さんとは、面識がおありとのことですが?」

「何度かお会いしたことはあります。加賀さんが那覇の首里城の近くで、『HANAS沖縄』という名のとても話題になったマンションを設計され、一九九八年度の公共建築年間最優秀賞を受賞されたときには、雑誌の仕事で、インタビュー記事も書かせていただきましたし。

ただ、加賀さんは沖縄の政財界にも通じ、現地の大規模な再開発事業にも影響をおよぼすような実力者でしたので、私ごときフリーライターと、それほど接点があったわけではありません。

私が最後に加賀さんとお会いしたのは、昨年の暮れでした。そのころ、辺野古のはずれの素晴らしくロケーションのいい場所に、ちょっとした別荘が建設中でしたが、その敷地面積があまりに広大なので、『本土の政治家がからんでいるらしい』と地元で噂になりました。それで加賀さんにお話をうかがいに行ったのが、お会いした最後になってしまいましたね」

「その別荘は、加賀さんとなにか関係があったんでしょうか？」

「実はもう一〇年以上も前から、政治家や芸能人、スポーツ選手など、本土の有名人が沖縄に別荘を新築することが増えていますが、加賀さんはそうした情報に精通しておられました。それに、それらの有名人からの依頼で、土地探しから別荘の設計まで、加賀さんの事務所がまとめて引き受けておられたケースもかなりあったんですね。ですから辺野古の物件についても、もしかしたら加賀さんがなにかご存じではないかと思い、取材にうかがったわけです」

「そのときの加賀さんは、どんなことを話されたのでしょう？」

「自分はなにも知らない、いっさい無関係だと断言されました。なので私の方で独自に取材を進めてみますと、やはり噂通りに、大臣経験もある大物政治家の親族が、その土地の購入者だとわかりました。その親族の名義で購入された土地は、八〇〇〇平米以上になると思います」

「少し事件からそれるようで恐縮ですが、いま、米軍普天間基地の辺野古移設をめぐって、なにかとむずかしい局面に差しかかっていると思うんですが、そうしたさなかに有名政治家の親族がなぜ、わざわざ辺野古の近くに別荘を建てたりするんでしょうか？」

「これは私の憶測ですが、別荘の建物自体は一種のカムフラージュでしょうね。本当の狙いは、やっぱり土地だと思います。普天間飛行場の辺野古移設が実現し、周辺のインフラ整備や開発が一気に進展すれば、大浦湾周辺の土地も相当に価値を増すはずだと、それを見越したうえでの投機的な土地取得が目的だったんじゃないでしょうか。アクセスや景色がよくて、有名人の別荘にふさわしい条件を備えた土地なら、もっともっと素晴らしい場所がいくらでもありますから」

「なるほど。そうした事実も、本土で暮らす私たちからはまったく見えてこない部分なんでしょうね。さて、話を加賀さんの殺人事件にもどしますが、三上さんはこの事件に関して、まだマスコミであまり報道されていない情報をお持ちだということですが？」

「私が直接、捜査関係者から耳にした情報では、司法解剖の結果、加賀さんの口の中や食道、肺などから、死因となった毒物が検出されただけでなく、加賀さんの顔の下半分、つまり両頬から鼻や口や顎にかけても、同じ毒物が付着しているのが確認されているようなんです。

これは、犯人が毒物を含んだ液体を、加賀さんの口や鼻めがけてスプレーしたからだと、たぶんそう思われます。だとしたら加賀さんは間違いなく、犯人と直接的に接触しているわけですから、その接触がいつどこで、どのように発生したかが、捜査の大きな焦点になってきます。

またその犯人像ですが、先ほど中井さんが読まれたように、加賀さんの遺体発見の少し前に、現場周辺で加賀さんが女性と話しているところが目撃されています。なのでこれはあくまでも私の直感ですが、もしかすると犯人は、加賀さんと面識のあった女性かもしれませんね」

このあとも三人のやり取りは続いたが、犯罪評論家の三上敬吾氏とルポライターの杉原順一氏が異口同音に「犯人は女性と思う」と述べていたことに、ぼくは気を重くした。

犯行声明文の筆跡がリョウさんの筆跡と酷似しているだけでなく、声明文がもたらした波紋の中からさまざまな事実が見えてくればくるほど、リョウさんが『白金台事件』と『加賀事件』の犯人である可能性が強まる気がして、ぼくはいよいよ、追いつめられた心境になった。

心の片隅ではまだ、リョウさんに限って……という思いが、風に揺れるロウソクの火のようにともり続けていたが、それももう、ちょっとした強風が吹けば消えてしまいそうだった。


『ニュースレーダー・テン』では、沖縄県の奥間知事の反応も報じられた。

「知事っ、『白金台事件』の犯行声明文は、もう読まれましたか？」

「犯人は『沖縄の基地問題への怒り』が動機だと書いてますが、どう思われますか？」

沖縄県庁前で登庁を待ち構えていた記者たちにそんな質問を浴びせられた奥間知事は、「極悪非道な事件ですから、犯人が沖縄と関わりを持つ人間であってほしくないと、心情的にはそう思います。ですが、犯人がどんな人物であれ、犯した罪に変わりはないですから、早く逮捕されることを願っています」と、ことばを選ぶようにして語った。

そして、「犯行声明文の内容に、沖縄県民の心情と重なる部分があるとお考えでしょうか？」との質問には、「沖縄がどんな現実に直面して苦しんでいるかは、みなさんもご存じの通りです。たとえどんな主張があるにせよ、それをもって凶悪な犯罪に訴えるというのは、絶対に許されることではありません。すべての県民がそう思っているはずです」と苦渋をにじませた。

『ニュースレーダー・テン』では続いて、須藤内閣官房長官がこの日の正午に総理大臣官邸で行った定例記者会見の様子が、VTRに短く編集されて紹介された。

この会見では須藤官房長官と『毎報新聞』の記者との間で、次のようなやりとりがあった。

……「白金台児童公園事件」の犯行声明文には、『差別とネグレクトによって沖縄に米軍基地を押しつけてきた人々への復讐』が犯行の動機だと書かれていますが、この内容に関して、どのように受けとめておられるでしょうか？

◆「今回の事件は極悪非道な、まれに見る凶悪事件であります。それゆえ政府としましても、新たな犠牲者を出すことなく、一刻も早く犯人が検挙されることを強く願っております。事件の全体像が判明するまでは、予断を排して、捜査を見守りたいと思います」

……犯人の主張が明らかにおかしいと思われるのでしたら、はっきりと否定された方がいいんじゃないでしょうか。政府がそうしたメッセージを出さなければ、犯行声明文に書かれた内容がその通りだと、そんな印象を社会に広めることにならないでしょうか？

◆「犯行声明文にしましても、そこに書かれた内容にしましても、はっきりとしたことはまだ解明されておりませんし、犯人逮捕後の捜査を待って、慎重に見きわめるべき事柄でもあります。くり返しますが、現段階では予断を排して、捜査を見守るだけです」

……原則的なお立場はごもっともですが、これが国家的なテロ事件の端緒だとするなら、一般的な犯罪事件とはまた異なった対応があってもいいと、そうは思われませんか？

◆「それは極端すぎる言い方ですよ。事件の内実が不明な段階で、どうしてそういうことが言えるんですか。この時点で思慮もなく『テロ事件』だなんて、そう口にすること自体が、あやまった社会不安を拡大させてしまうと思いませんか？」

……じゃあ、犯人がもしも、もしも本当に沖縄の人間だったら、どうしますか？

◆「どんな犯人であれ、司法の場で厳正に裁かれるだけのことで、政府がどうこう言うような問題ではありません。レベルの低い質問は、いい加減にしてほしいですな！」

こうして、『加賀事件』から四日目、『白金台事件』から三日目となる六月二四日に、犯行声明文の存在と内容が大々的に報道されたことで、事件捜査にもなんらかの進展が期待された。

ところが、なぜかそのあとの二日間、両事件に関する新たな情報がもたらされることはなく、目立って注目すべき動きもなかった。

マスコミによる連日の過熱報道や、ネットやSNSでまき散らされる根拠のない無責任な情報の氾濫によって、事件がもたらした社会不安や恐怖感はすでに極限に達しており、警察の初動捜査の遅れやふがいなさを批判する声が急激に拡大しつつあった。

梶木杏奈から突然の電話があったのは、六月二六日（金）の午後九時前だった。

「今夜の『テン』で私がスクープした特ダネを流すから、見といて。局長賞ぐらいはもらえそうなスクープだから」と、興奮を感じさせる声で杏奈が言った。

「それって、どんな特ダネ？」

「事件で使われた毒物の正体が、ようやく見えてきたの」

「特定できたってこと？」

「詳しいことは、オンエアで見てちょうだい」

「わかった。だけど、どうしてぼくにそれを？」

「だって英ちゃん、加賀雄二郎の事件が気になるって、言ってたじゃない」

「そうだな、ありがとう。『テン』見るから、がんばってな」

「じゃあね！」

本番前のわずかな時間を惜しむように、杏奈はそれだけの会話で電話を切った。

彼女がなにかスクープをものにした高揚感で電話をくれたことは、素直にうれしかった。

その反面、もしかするとスクープの中身が、リョウさんの犯行をさらに裏付けるようなものだったらどうしようと、また新たな不安が生じるのを禁じえなかった。

そして一時間後の、午後一〇時前。

食事のあとで風呂に入り、リハビリの疲れを十分にほぐしてから、ぼくはベッドに寝転がって、『ニュースレーダー・テン』がはじまるのを待った。その前にも何度かリョウさんのスマホに電話をかけてみたが、やはり電源は切られたままだった。

この夜の印南次郎キャスターは、冒頭から力強い口調で切り出した。

「今夜は『白金台児童公園事件』をめぐる、大変に注目すべき情報からお伝えします。これまで実体が特定できなかった毒物の謎が、ようやく解明されつつあるようです。驚くべきことに、それは過去に存在が知られていない、まったく未知の毒物だというのですが、いったいどういうことなのか。この事件の取材を続けてきた梶木杏奈リポーターから、最新情報をお伝えします」

画面は屋外中継に切り替わり、杏奈がいつも以上に硬い表情で現れた。

「こちらは、『白金台児童公園事件』と『加賀雄二郎氏殺害事件』の合同捜査本部が設置されている、警視庁赤坂署です。先ほど新たに判明したばかりの、最新情報をお伝えします」

少し上気しているのか、めずらしく早口になっていた。

「『白金台児童公園事件』で四人の子どもの命を奪い、建築家の加賀雄二郎さんの命をも奪った毒物に関しましては、それがどのような組成や構造を持った毒物なのか、これまで科学的に解明されないままでした。ですが、実はその毒物が、生物、つまり、生きものに由来する毒の中でも、とりわけ猛毒とされる『バトラコトキシン』に大変に近い構造を持つ、これまでに未発見の毒物である可能性が高いことが、つい先ほど、捜査本部への取材で明らかになりました。

バトラコトキシンは、南米に生息する特殊なカエルの分泌物に含まれ、一二〇マイクログラムという超微量で人が死ぬほどの猛毒です。『白金台事件』と加賀雄二郎さんの殺害に用いられた毒物は、このバトラコトキシンによく似た構造を持つことが解明されたわけですが、一部の構造が微妙に異なっており、バトラコトキシンよりも毒性が強い可能性もあるとのことです。

こうしたことから捜査本部では、これまでに存在が確認されていない『未知なる猛毒』が事件に用いられたとの見方を強めており、さらなる分析を急ぎたいとしています」

杏奈の報告を受けて印南キャスターが、「梶木さん、バトラコトキシンという、ある種のカエルの猛毒によく似た毒物が使われた可能性が高いとのことですが、その『未発見の毒物』は、人間の手で化学的に合成されたものではないということですか?」と、鋭い質問を投げかける。

「そうです。人の手で化学的に合成されたものではなく、あくまでも自然界において、なんらかの生物によって生み出された天然毒だと、そう見られています」

「ということは、その毒物もやっぱり、カエルのような生きものから分泌されたものだと考えられるということですね?」

「そのあたりのことは、まだわかっていません。バトラコトキシンにつきましても、先ほど、南米に生息するカエルの分泌物に含まれていると説明しましたが、実はニューギニアに生息する鳥の中にも、体内にバトラコトキシンを持つ個体がいることがわかっています。ですので、バトラコトキシンに大変に近い組成や構造をもつ今回の毒物が、いったいどんな生きものに由来するのか、現段階ではまだ、該当範囲をしぼりこめていないのが実状のようです」

「これまで存在が知られていない猛毒を犯罪の凶器として用いるということは、犯人は毒物に関する高度な専門知識を持った人物であると、そう考えられるんじゃないでしょうか？」

「たしかにその点につきましては、捜査本部も多大な関心を寄せているようです。国内の大学や製薬会社、研究機関などで、毒物や劇薬に関連する研究にたずさわっているスタッフに関して、すでに、なんらかの協力要請や情報収集がなされつつあるのは間違いないようです。

事件発生からようやく五日目にして、多くの被害者の命を奪った毒物の正体が見えてきたというのは、警視庁の科学捜査の大きな成果だと言えるでしょうが、その反面、毒物をめぐるまた新たな謎が深まったとも言えるかもしれません」

杏奈の中継はそこで終了し、画面はスタジオにもどされた。

「梶木さんのリポートにありましたように、今回の事件には生物が作り出したとされる、これまでに未発見の毒物が用いられたということですが、それがどのようなものなのかを、著名な生物学者で毒物にもお詳しい、渡瀬倫夫さんと考えてみたいと思います。渡瀬先生、よろしくお願いします」と、印南キャスターは右隣の、小柄な白髪の老人に軽く頭を下げた。

「ではまず、私も初めて耳にする『バトラコトキシン』という毒素が、いったいどのようなものなのか、そのあたりから解説していただけますでしょうか」

「中南米のいくつかの国々には、ヤドクガエルと呼ばれる小型のカエルが、六〇種類ほど生息しています。それらのカエルは大変に美しい色をしていたり、からだ全体が極彩色の派手な模様で覆われていたりしますが、もう一つ大きな特徴となっているのが、毒を持っていることです。

ヤドクガエルの『ヤドク』は、漢字で書けば、吹き矢の『矢』に『毒』と書きます。現地では昔から、ヤドクガエルが分泌する毒を吹き矢に塗って狩猟に利用する、ということが行われてきましたが、毒の成分や強さはヤドクガエルの種類によってマチマチなんですね。

その中でも一番の猛毒を持っているのが、『モウドクフキヤガエル』と呼ばれる種類で、この種のカエルが分泌する毒素が、『バトラコトキシン』です。バトラコトキシンは自然界ではもっとも強い毒の一つで、〇・〇〇〇一グラムで人を殺せると見られます。そしてこのカエル一匹から、大人を一〇人以上殺せるだけのバトラコトキシンが採れるとも言われています」

「そのモウドクフキヤガエルは、日本にもいるんでしょうか？」

「かなりの数が輸入されて、日本に入ってきています。ヤドクガエルは動植物の国際取引を規制する『ワシントン条約』のⅡ類に該当しますが、このゾーンの動植物はちゃんと手続きを踏めば、輸入できるんですね。なので国内の動物園や水族館でも、モウドクフキヤガエルを目にすることができますし、ペットショップで購入して自宅で飼育を楽しんでいる方もいます」

「ペットショップで買えるんですか？　それを自宅で飼育するといっても、人を殺せるほどの猛毒を持ったカエルですから、危険じゃないんですか？」

「自然界に生息するヤドクガエルは、アリやダニなどの昆虫をエサにしていますが、その昆虫の中に猛毒を持つ種類がいることが確認されています。ヤドクガエルの毒は、そうした昆虫の毒を体内にためこんだ結果であって、自分の体内で毒を合成しているわけではありません」

「ということは、『てっちり』や『てっさ』でおなじみの、フグのケースとよく似ているということでしょうか？」

「そうですね。自然に育ったフグは卵巣や肝臓に、テトロドトキシンという猛毒を持っています。テトロドトキシンの毒性は青酸カリの千倍以上の強さですが、バトラコトキシンはそのフグ毒より何十倍も強力なので、想像を絶する恐ろしさです。でも、人工のエサばかり食べて育った養殖フグは、テトロドトキシンを持っていません。モウドクフキヤガエルの場合も同じことです」

「日本に輸入され、ペットショップなどで売られているモウドクフキヤガエルは、人工繁殖だから毒を持ってはいないと、安全であると、そういうことですね？」

「ええ。ですから、日本で飼われているモウドクフキヤガエルから、その毒素であるバトラコトキシンを抽出して犯罪に用いるというようなことは、現実的には不可能だということです。これはモウドクフキヤガエルだけでなく、他のヤドクガエルにも共通して言えますが」

「今回の毒殺事件では、そのバトラコトキシンによく似た構造を持つ『未知の毒素』が使われたということですが、この情報をお聞きになってどう感じられましたか？」

「バトラコトキシンにしても、テトロドトキシンにしても、人間の手で合成してそれを作り上げるのは大変にむずかしいんですね。ですから犯行に用いられた毒素も、自然界に存在したものだと思われますが、被害の状況から推測しますと、想像を超えた猛毒かもしれませんね」

「バトラコトキシンに近い毒素ということですから、やはりモウドクフキヤガエルと同じカエルの仲間か、それに近い両生類の毒かもしれないと、そう思えてしまいますが」

「その可能性は大いにあるでしょうね」

「いずれにしましても、自然界で未知の毒素ということは、その毒素を持っている生物の存在そのものがまだ未発見であるということですね」

「いいえ、未発見の生物だとは限りません。すでにその存在がよく知られた生物でも、すべての体組織や分泌物の成分までは完全に分析されていない、というような生物はいっぱいいますので。そうした生物から抽出された毒が使われた可能性も、ゼロとは言い切れません」

「白金台の事件では一三人の子どもが、公園の遊具に塗られた毒物にふれて体調を悪化させ、四人が亡くなったわけですが、この毒物は子どもたちの口から入って致命的な影響を与えたのか、それとも皮膚から浸透して命を奪ったのか、どちらのケースが考えられますか？」

「司法解剖でもそれが確認できなかったみたいですが、私は両方の可能性があると思いますね。

　バトラコトキシン以外にも自然界に多くの天然毒が存在しますが、それらが人体に与える影響は詳しくわかっていません。致死量にしても、動物実験の結果から推定されているだけで、実際に臨床的に確認されたものではありません。フグ毒のテトロドトキシンに関してだけは、かなりの科学的データが蓄積されていますが、バトラコトキシンについては、データなど皆無です。

　ましてや、これまで存在が知られていない新種の毒物の場合、それが人間に対してどんなメカニズムで作用するのか、口から摂取した場合と皮膚から吸収した場合とでは、作用の仕方にどんな違いがあるのか、といった点については、まったく不明だというしかないでしょうし」

「先生の話をお聞きすればするほど、事件の不可解さに身の震える思いがします。最後におうかがいしますが、犯行声明文の中には、『この毒物は沖縄の悠久たる自然が生み出した奇跡のたまものだ』という一文がありますが、これを文字通りに解釈すれば、事件に使われた毒物の出どころは沖縄だということになると思いますが、渡瀬先生はその点について、どのように感じられたでしょうか？」

「たしかに沖縄には、多くの有毒生物がいます。たとえば陸上では、ハブやガラスヒバァやハイなどの毒蛇がいますし、海の中にも、毒貝の一種であるアンボイナガイやハブクラゲ、それに、エラブウミヘビやヒョウモンダコなど、危険な生物がいくらでもいます。ですけど、そうした生きものの毒の種類というのは、どう考えても今回の事件とは結びつきようがないんですね。

それよりも、今回確認された毒物が、『バトラコトキシンに大変に近い構造を持った猛毒』だと耳にしたとき、沖縄の生きものに関して、ふと、よみがえった記憶があります。それはもう、四〇年近くも忘れたままになっていたことなんですが」

「どんなことでしょうか？」

「沖縄が日本に返還された翌年、一九七三年の夏でしたが、沖縄本島の北部に広がるヤンバルの森で、両生類の生息調査を行ったことがあります。常緑広葉樹からなるヤンバルの森は、亜熱帯降雨林ならではのカエルの楽園でして、そのときの調査でも、イシカワガエルやナミエガエル、ホルストガエルなど、いまでは天然記念物になっている希少な固有種を何匹も発見できました。

実はその際に、もう九〇歳を過ぎていた地元のご老人から、『ヤンバルの森には、一匹で一〇〇人以上を殺せるほどの猛毒を持った、不思議なカエルが棲んでいる。自分も戦前は一〇年に一度ぐらい、森に入ったときにそのカエルを見かけたものだが、沖縄戦のあとはなぜか一度も、目にしたことがない。もう絶滅したのかもしれん』などと、そんな話を聞かされたのです。今日の夕方に、事件にはバトラコトキシンに似た猛毒が使われていたと電話で教えられたときに、ふと、そのことを思い出しました」

「興味深いお話ですが、その猛毒を持ったカエルというのは、どんなカエルでしょうか？」

「焦げ茶色をしたとても小さなカエルで、炎が燃え立つような、赤い目をしているそうです。沖縄や奄美諸島には、日本で一番小さなヒメアマガエルという名の、二、三センチのカエルがいますが、それよりも小さいようですから、一センチ未満の超小型のカエルかもしれません」

「先生が沖縄でそのカエルの話を耳にされてから、もう四〇年以上の時間がたつわけですが、そのカエルはいまになってもまだ発見されていないと、そういうことですね？」

「ええ、残念ながら、まだ発見されてはいませんし、目撃証言もありません。ですから、ヤンバルの地方で古くから伝えられてきた、実体のない伝承上の存在にすぎない、ということかもしれません。私もここで申し上げることに、いささか躊躇した次第ですが」

「いえ、大変に参考になるお話でした。今夜は『毒物の実体解明か』というスクープを受け、京都大学名誉教授の渡瀬倫夫さんにお越しいただきました。先生、ありがとうございました」

柔和な物腰で老学者を画面から送り出すと、印南キャスターはいつもの表情にもどり、「それではこのあと、『白金台児童公園事件』で大切なわが子を失った二組のご夫婦のインタビューを、お送りします」と続けた。

著名な生物学者で文化功労賞受賞者でもある渡瀬倫夫氏の口から、思いがけず語られた「ヤンバルの猛毒ガエル」の存在は、ぼくに大きな動揺をもたらさずにはおかなかった。

もしも万が一、ヤンバルの森にそんな猛毒ガエルが実在するとしたら、それは取りも直さず、リョウさんと「白金台児童公園事件」を結びつける有力な手がかりになると思えたからだ。「白金台児童公園事件」が発生する一〇日前の、六月一一日の深夜、リョウさんは間違いなく、ヤンバルの密林の奥にいた。

それは、そのあたりで殺された座刈谷朝清氏となにか関係があってのことだと、ぼくはそう思いこんでいたが、もしもその夜のリョウさんがヤンバルの森で伝説の猛毒ガエルを捕獲していたとしたら、「生物由来の未知なる猛毒」が用いられた事件の内実とも、流れが完全に合致する。沖縄戦のあと、七〇年にわたって一度も発見されていない幻の猛毒ガエルが、本当に実在したところで、そんなに都合よくリョウさんの手に落ちるとは考えられなかった。

しかしぼくの想像力は、ひたすら不吉な方向へと拡大する一方だった。

ぼくがなにより恐れたのは、もしもリョウさんが犯人なら、犯行声明文で『無差別毒殺事件はさらにあなた方の日常へと侵攻する』と書かれていたのが、まさに現実のものとなり、新たな犠牲者を生み出してしまうことだった。また同じような毒殺事件がくり返され、リョウさんが毒殺魔として、さらに罪を深めてしまうことだった。

なにがあっても、それだけは阻止しなければならない……

それこそが、リョウさんを愛してしまったぼくに課された、責務ではないのか。

そう思いつめたぼくは、翌土曜日の午後二時過ぎに、新幹線で大阪に向かった。

二〇一五年六月二〇日（土）に東京・品川駅前のアートフル・パルプラザで幕を開けた『シト

ウ・マサト・コンサートツアー　二〇一五』は、東京・大阪・名古屋・広島・福岡・横浜・仙台・札幌と、全国八カ所での公演が予定されていたが、東京に次ぐ二ヵ所目の公演会場は、大阪環状線の森ノ宮駅にほど近い、「森ノ宮シャトーホール」となっていた。

もしかするとリョウさんは、この大阪でのコンサートにもやって来るかもしれない。

そして大阪でも、第三の毒殺事件を引き起こすかもしれない……

そう考えると居ても立ってもいられなくて、ぼくは大阪行きを決断したのだ。とにかく森ノ宮シャトーホールに足を運び、そこにリョウさんが現れるのを待つしかなかった。

もちろん、リョウさんが本当に「加賀事件」と「白金台事件」の犯人かどうか、たしかなことはわからなかったし、大阪のコンサート会場に姿を見せるという、確証があるわけでもなかった。

しかし、スマホの電源が切られたままでメールにも返信がなく、まったく居場所が不明の状況では、シトウ・マサトのコンサート会場で待つ以外、リョウさんに会える手立てがなかった。

そしてぼくは、もしも大阪のコンサート会場でリョウさんに会えなければ、三ヵ所目の名古屋へも、そして四カ所目の広島へも、迷うことなく足を運ぶ覚悟でいた。

六月二七日（土）の午後五時五〇分。

新大阪駅からタクシーで直行したぼくは、開場時間の四〇分前に森ノ宮シャトーホールに着き、正面玄関から少し離れた植えこみのフチに腰を下ろして、リョウさんが現れるのを待った。

大阪に帰るのは九カ月ぶりだったが、今回は実家にはもどらず、梅田のホテルで一泊しただけで翌朝には帰京するつもりだった。骨折以来なにかと心配をかけている両親に、顔を見せて安心させてやりたいとも思ったが、リョウさんのことで頭がいっぱいで、気持ちに余裕がなかった。

ぼくが到着した時点ですでに、森ノ宮シャトーホールの正面玄関前には開場待ちの人たちが一〇〇人近く群がっていたが、その中にリョウさんの姿はなかった。

やがて六時一五分ごろになると、その群れが何倍かにふくれあがり、ホール前の道路にまで人がはみ出すようになったため、混乱回避のために予定より早く六時二〇分に開場された。

ロフストランド杖で長距離を移動したため、いつになく疲れながらも、ぼくは絶対にリョウさんを見逃すまいと、目だけはしっかりと見開き、四方から参集する人々の姿を追い続けた。

そんなぼくの眼前を、中学生ぐらいの若者からかなりの高齢者まで、幅広い年代の人々が男女半々の割合で、どんどん会場に吸いこまれてゆく。

あと五分ほどで開演予定時刻の七時になろうとする、そのときのことだった。

植えこみからかなり離れた反対側で一台のタクシーが停まり、降り立った一人の女性が、タイル敷きの舗道を小走りにホールの正面玄関へと向かって行く。

驚いて目をこらすと、それはたしかに、リョウさんだった。白い半袖のブラウスにベージュのパンツ姿が、薄暮の中でも明るい輝きを放って見えた。

ぼくはあわてて杖を手にすると、リョウさんに向かって走り出していた。しかしそれは意識だけのことで、まだ全体重を支えきれない左足は思うように動いてくれず、走り出したつもりが、早足ぐらいの速度にしかならないまま、ぼくは足をもつれさせて倒れこんでしまった。

そのはずみで地面に強く頬を打ちつけ、痛さで立ち上がれないまま、頭だけ起こしてホールの玄関を見ると、いままさに、リョウさんが会場に入ろうとするところだった。

とっさに、「リョウさん！」と大声で叫び、続けて「水貴さん！　水貴さん！」と、あらん限りの力で叫んでみた。その声に気がついたのか、正面玄関の内側に姿を消しかけたリョウさんが、こちらを振り返った。

ぼくはふたたび、「水貴さん！　水貴さん！」と呼びかけた。

するとリョウさんが、こちらに向かって走ってくるではないか。その姿が急にぼやけて見える。自分でも気づかぬうちに、ぼくは涙ぐんでしまっていたのだ。

「英樹ちゃん、血が出てるわよ！」

駆け寄ってくるなりぼくの前で膝をつくと、リョウさんはすぐにハンドバッグからハンカチを取り出し、ぼくの右頬に当ててくれた。真っ白なハンカチに点々と赤いシミがついたことで、ぼくは初めて、頬から出血していることに気づかされた。

ぼくはリョウさんのむき出しの両腕をつかむと、すがりつくように身を寄せて、「お願いだから、もう事件を起こさないで！　これ以上は絶対に、人を殺さないで！」と訴えた。

ほんの一瞬、奇妙な間を置いてから、「英樹ちゃん、ありがとう……本当にありがとうね」とリョウさんはつぶやき、強くぼくを抱きすくめてくれた。

それから諭すように、「私にかかわらないで。私のことなんか全部忘れて。英樹ちゃんのためにならないから」と耳もとで言うと、リョウさんは突然にぼくから離れて立ち上がり、両手で顔を覆いながら、コンサート会場とは反対の方向に走り去っていった。

それがリョウさんの生身の姿を目にした、最後となった。

もしかしたら開演後にまた、リョウさんがもどってくるかもしれない……

そう思って待ち続けたが、コンサートの終演までにリョウさんが姿を見せることはなかった。

仕方なく梅田のビジネスホテルに向かったぼくは、チェックインしたあとはもう、夕食のために外出する気にもなれず、ただただ、ベッドに寝転がって天を仰ぐばかりだった。

そして時間がたてばたつほど、ぼくが直訴した際にリョウさんが、「なにを言ってるの?」とか、「意味がわからない!」とか抗弁しなかったという事実が、重く厳しく、心にのしかかった。

やっぱり犯人はリョウさんだったのだ……

これまでは「嫌疑」にすぎなかったものが、次第に「確信」へと変化していく。

そして、「どうしてあのリョウさんが……」と泣き出したい気持ちで、胸がつぶれそうだった。

しかし一方で、「リョウさんが犯人でよかった」と、ほんの少しだけ、思えなくもなかった。

「もしも犯人がまったくの別人だったら、ぼくには最初から、事件の再発を防ぐ力などありもしなかった。だけど、リョウさんが犯人だったからこそ、ぼくの訴えを聞き入れて、犯行を中止してくれるだろう。そしてもうこれ以上、小さな子どもたちが毒殺されずにすむ……」

そう考えることで、ぼくは危うく崩壊しそうな自分を支えるしかなかった。

時間の問題でリョウさんが逮捕され、おそらく死刑になるであろうことは、努めて想像しないようにした。もちろん、みずから進んでリョウさんの情報を警察に提供し、その逮捕を早めるべきだとは、これっぽっちも思わなかった。

そんなぼくのふがいなさを、徹底的に思い知らされる現実が待ち受けていた。


翌六月二八日(日)。

正午過ぎに新幹線で東京にもどったぼくは、いったん自宅に帰って少し休憩し、昼食を終えてから、リハビリのために豊島区南大塚の病院に向かった。

日曜日は休診日で病院全体は閑散としているが、登録患者ならリハビリ室の一部を自由に利用できた。しかも日曜日はリハビリ室のスタッフが半減するので、マンツーマンの指導を受けることなく、自分の好きなペースでリハビリに励めるという気楽さがあった。

前日は大阪に出かけたため、リハビリに通えなかったこともあって、この日のぼくはいつもより時間をかけて、体重移動や膝の折り曲げのトレーニングをくり返した。

三時半ごろにリハビリを終え、エレベーターで病院の一階フロアまで下りたとき、スマホのメール着信ランプが点滅しているのにふと気がついた。

日曜日にだれだろう？　と思いつつメールを開いたぼくは、その場で凍りついた。

大阪でまた毒殺らしき事件が発生したので、これから大阪に向かいます。今夜は遅くまで取材で走り回っていると思いますが、北新地のホテルに泊まるので、以前に連れて行ってくれた北新地のあの、「呉春」を飲めるお店の名を、メールで教えておいてくれませんか。

梶木杏奈からのメールを何度も読み返しながら、ぼくは心の中で、「そんなはずはない。だって、もう事件は起こさないでって、ぼくが直接リョウさんに訴えたのだから。だから絶対に、毒殺事件じゃない！」と叫んでいた。

杖を持つ手が震え、立っていられなくて近くのベンチに腰を下ろすと、スマホを操作してニュース速報を調べてみた。すると、「大阪の公園でも毒殺事件か？　四人が死亡　二人が重症」とのタイトルで、次のような記事がアップされていた。

本日午前九時ごろ、大阪市中央区粉川町《こかわちよう》の深見公園で遊んでいた四歳の男児が、同公園内で倒れて意識不明となり、近くの病院に搬送される救急車内で、同行していた男児の母親（二九歳）も意識不明となった。これ以後、八人の児童が同公園で遊んだあとに、車の中や自宅などで相次いで体調を悪化させ、三ヵ所の病院に救急搬送されたが、午後二時三〇分現在で四人が死亡、二人が重症となっている。大阪府警では、東京で発生した「白金台児童公園事件」との関連も含めて調べているが、死因などはまだ明らかにされていない。

記事を最後まで目で追ったあと、ぼくはすさまじい虚脱感に襲われ、顔を上げることさえできなかった。落胆と、絶望と、呵責《かしやく》とが入り混じった、巨大な渦巻のような感情にのみこまれて、ただただ、身動きできずにへたりこんでいるしかなかった。

どれだけの時間が経過したのか、自分でもわからなかった。

「もしもし、大丈夫ですか？　少し横になられますか？」

通りがかった看護師に声をかけられ、やっとのことで自分を取りもどしたぼくは、電車に乗る気になれず、そのまま病院前からタクシーで帰宅した。

自宅に帰り着いてすぐにテレビをつけると、ＮＨＫでは急遽、番組編成を変更して『緊急速報番組』を放送しており、ちょうど事件現場となった大阪市内の公園から、関西なまりの強い男性記者が次のような生中継リポートをはじめたばかりだった。

「……そして、事件現場となりましたこちらの深見公園では、約四二〇〇平米の広さの中に、スベリ台とブランコとウンテイが設置されており、動物よけの柵で囲んだ砂場もあります。その砂場では、大腸菌などの繁殖をおさえる『抗菌砂』が使用されているとのことです。

公園の中では、昼前にはじまった現場検証がいまも続いていますが、規制線の内側にシートが張り巡らされているため、どのような捜査が行われているのか、内部の様子は確認できません。

これまでに死亡が確認されたのは、近くに住む三宅潤くん五歳、畑山翔太くん四歳、翔太くんの母親の瞳さん二九歳、そして、市内淀川区に住む渡辺見咲ちゃん四歳の、あわせて四人です。

このうち畑山翔太くんの場合は、こちらの公園で午前九時ごろから三〇分ほど、母親と二人で砂場で遊んでいたところ、翔太くんが急に意識を失って倒れ、救急車で近くの病院に搬送される途中で、同行していた母親の瞳さんも、意識不明におちいったとのことです。

二人とも病院に搬送された後、午前一〇時過ぎに亡くなられたわけですが、公園で清掃のボランティア活動をしていた人の話では、翔太くんと瞳さんは、公園内では他の遊具にいっさい近づくことなく、最初から最後まで、砂場に座りこんで一緒に遊んでいたそうです。

小学二年生の姉と二人で公園に来ていた三宅潤くんも、畑山さん親子と同じ時間帯に砂場で遊び、徒歩で三分の自宅に帰ってから、二人とも気分が悪くなって倒れたとのことです。

また、淀川区に住む渡辺見咲ちゃんは、母親が運転する車で公園近くの親戚宅をたずねたあと、午前八時過ぎに深見公園に立ち寄り、砂場で二〇分ほど遊んで帰宅する途中、車の中で激しいケイレンを起こして意識不明となり、搬送先の病院でまもなく息を引き取りました。

これら、亡くなった四人の方以外に、二人が重症、四人が軽症で入院しておられますが、その方々のすべてが、こちらの公園の砂場で砂にふれて遊んでいたことが確認されています。

現在のところ、亡くなった四人の死因は明らかにされておらず、毒殺かどうか断定しがたい状況ではありますが、一週間前に東京で発生した『白金台児童公園事件』とよく似た経緯をたどっていることから、大阪府警では、『白金台児童公園事件』の犯人による連続毒殺事件である可能性が高いと見て、警視庁とも連携を図りながら、捜査を進める方針です。

つい先ほど、長男の翔太くんと妻の瞳さんを同時に失った畑山大吾さんに、少しお話をうかがいましたが、『東京で毒殺事件が発生したときには、恐怖を覚えたけど、まさか大阪の自分の街で同じことが起こるとは、夢にも思わなかった。父親として、本当に注意が足りなかったと、悔やまれるばかりです』と、声を震わせて話しておられました。

一方、大阪府警はすでに、公園に出入りしていたすべての人が記録されている防犯カメラの映像を入手しており、犯人につながる不審者の割り出しを急いでいると見られます……」

「加賀雄二郎氏殺害事件」と「白金台児童公園事件」をめぐる警察の必死の捜査にもかかわらず、事件は大阪にもおよび、あわせて九人の死者と五人の重症者を出すという、過去に類例のない「連続毒殺事件」として、最悪の広がりを見せることになった。

この日は日曜日で新聞各紙の夕刊は発行されなかったが、大阪でも東京でも複数の新聞社が、『連続毒殺魔か？　大阪で児童ら四人死亡』、『公園が再び地獄に　大阪で毒殺事件か？』といった見出しの号外を街頭配布し、黒山の人だかりとなった。

ＮＨＫをはじめ、いくつかのテレビ局で放送された速報番組を見終わったあと、ぼくはどうしようもなく暗い気持ちでパソコンに向かうと、画面に大阪都心部の地図を呼び出し、新たな事件の現場となった「深見公園」の位置をたしかめてみた。

すると、シトウ・マサトのコンサート会場となった森ノ宮シャトーホールから深見公園まで、八〇〇メートルしか離れていないことがわかった。徒歩で一五分もかからない距離だ。

つまり今回も、「シトウ・マサト・コンサートの翌日」に「シトウ・マサト・コンサート会場から徒歩圏内の場所」で、事件が起きたことになる。これらの条件は「白金台児童公園事件」の発生時とまったく同じであり、いずれの場合も、リョウさんが現場周辺にいた。

それ以外のさまざまな要素も含めて、もうどう考えても、リョウさんが犯人であることは動かしようのない事実に思えた。

だからこそぼくは、これが最後のメッセージなのだという思いをこめて、次のようなメールをリョウさんに送った。

もう事件は起こさないでと、絶対に人は殺さないでと、あれほどお願いしたのに、どうしてそれを聞き入れてくれなかったのでしょうか。

また新たな事件が発生し、多くの犠牲者が出たことで、胸が張り裂けそうです。

水貴さんが犯行声明文に託した思いは、多くの人に伝わったはずです。なのにこんなことをくり返していては、さらに自分を、そして沖縄を苦境に追いこむばかりです。

だからどうか、これ以上はもう事件を起こすことなく、子どもたちの命を奪うことなく、いさぎよく自首して、裁判の場で水貴さんの思いを主張してください。

そしてその前に、お願いだからもう一度だけ、ぼくに会ってください。

最後の可能性を信じ、祈るような思いで、水貴さんからの連絡を待っています。


リョウさんの目にふれるかどうか、まったくわからないメールを送信したあと、ぼくはなすすべもなく、テレビのニュースに耳をそばだてるしかなかった。


六月二九日（月）。

大阪での事件発生をめぐって朝からテレビやネットが沸騰する中、大阪府警は午前一〇時過ぎにようやく、「大阪市中央区の深見公園で昨日発生した事件にも、『白金台児童公園事件』と同じ毒物が使用され、その毒物が、深見公園の砂場に散布されていたのを確認した」と発表。

これにより、「加賀雄二郎氏殺害事件」・「白金台児童公園事件」・「大阪深見公園事件」のすべてが、同一犯による毒殺事件であると断定された。


六月三〇日（火）の、午後四時過ぎ。

深見公園周辺の防犯ビデオに写っていたという、犯人と見られる女性の三〇秒ほどの映像と、その女性の姿を拡大した三枚の静止画像が、大阪府警によって公開された。

「白金台児童公園事件」から九日目にして、初めて犯人らしき人物の姿が明らかにされたとあって、この女性の映像と静止画像は、テレビやネットや新聞で大々的に報道され、警察が立ち上げた特設サイトでも、二四時間いつでも確認できるようになった。

もちろんぼくも、日本中が注目したその映像と写真を、最初は不安ではちきれそうな思いで凝視したが、何度かくり返し目にするうちに、ほとんど動揺せずに見られるようになった。

白っぽい半袖のブラウスに色の薄いパンツという装いは、たしかに森ノ宮シャトーホールで会ったリョウさんと同じに思えたが、かなり離れた場所からの撮影で解像度も低いため、その映像と画像からは、絶対にリョウさんであることを読み取るのは不可能だった。

ぼくはさらに、静止画像をパソコンで拡大するなどして検証したが、やはり、垂れた前髪や肩までのロングヘアー、それに、フレームの太いメガネなどがじゃまになって、顔の輪郭や表情は確認できなかった。年齢の見当もつかないほど、リョウさんは変装に成功していたのだ。

少なくともこれらの映像と画像が決め手となって、リョウさんが逮捕されることはない……

そう確信できた時点で、ぼくは深く胸をなで下ろした。

同時に、そんな自分に大きな矛盾を感じて、自己嫌悪にさいなまれた。

それに、リョウさんにメールで「自首」を呼びかけながら、そのリョウさんが逮捕されそうにないことに、安堵してしまう自分……それはいったい、どういうことなのか?

それに、大阪での毒殺事件が発生する前に、「犯人は座刈谷水貴です」とぼくが警察に通報していたなら、新たな犠牲者が生み出されることもなかったはずだ……

そんなことを考えれば考えるほど、自問自答のアリ地獄に引きずりこまれて、ぼくは苦悶するばかりだった。

（九）記者会見

ロケーション・ウリズンの専務で、ウリズンクラブの代表でもある比嘉真帆さんから、「座刈谷水貴」の身上調査の結果が送信されてきたのは、調査依頼から二週間後の七月三日（金）のことだった。

「長らくお待たせしましたが、座刈谷水貴さんの調査結果がまとまりましたので、取り急ぎ、メールに添付してお送りしました。書類にまとめたものは、本日中に発送させていただきます」

真帆さんがスマホの伝言メモにそんなメッセージを吹きこんでくれたとき、ぼくはまったく気づかずに、深く眠りこんだままだった。

「大阪深見公園事件」のあと、ぼくはひどく陰うつな気分になり、眠れない日が続いていた。なのでこの日も朝の五時に、かなり多めの睡眠薬をあおってベッドに倒れこんだのだ。

ようやく午後一時過ぎに目を覚ましたぼくは、真帆さんの伝言メモに気づいてすぐにパソコンに向かうと、逸《はや》る心をおさえて、メールに添付されていた調査報告書に目を通した。

そこには、次のような事実が記されていた。

◆父・座刈谷朝清（一九三九年四月一四日生）、母・座刈谷智子（一九四三年一〇月二三日生）の第一子として、一九八二年三月一六日に生まれる。他に兄弟姉妹はなし。
◆本籍地および出生時の居住地は、沖縄県名護市字屋部〇〇〇。
◆一九八八年四月　名護市立西屋部小学校に入学。
◆一九九〇年一〇月二七日　父・座刈谷朝清が何者かに刺殺される。
◆一九九一年八月四日　母・座刈谷智子が急性前壁心筋梗塞で死亡。
◆母の死後から翌一九九二年三月まで　父・座刈谷朝清の勤務先であった宮里土木建設株式会社・社長の宮里尚良宅（名護市字宇茂佐〇〇〇）で養育される。
◆一九九二年四月より、株式会社沖縄綜合第一建設に勤務する島垣春造・照美夫妻（浦添市城間〇丁目〇〇）の里子となり、浦添市立港川東小学校に転校。
◆一九九四年四月　浦添市立港西中学校に入学。
◆一九九六年四月二七日　里親である島垣春造氏が心筋梗塞で死亡。
◆一九九七年四月　沖縄県立拓誠《たくせい》高校英語科に入学。同時期に、沖縄市東桃原四丁目〇〇の賃貸アパートにて単身生活をはじめる。
◆一九九九年八月　沖縄市下山内二丁目〇〇の賃貸アパートに転居。
◆一九九九年一二月　宜野湾市我如古一丁目〇〇の賃貸アパートに転居。同アパートは里親である島垣照美の所有。

◆二〇〇〇年三月　沖縄県立拓誠高校英語科を卒業。
◆二〇〇〇年五月六日　非嫡《ひでき》出子として長男・英貴を出産。認知届が出されていないため、戸籍の父親欄は空欄。
◆二〇〇〇年一一月より、株式会社ヨナハメディアズ（浦添市宮城三丁目〇〇）に勤務。
◆二〇〇四年八月一五日　長男・英貴が急性硬膜下血腫で死亡。
◆二〇〇四年八月二〇日付けで、株式会社ヨナハメディアズを退社。
◆二〇〇五年二月　株式会社千代田シーエスサービス（東京都千代田区神田佐久間町〇丁目〇〇）に勤務。同時期に、東京都千代田区東神田《ひがしかんだ》〇丁目〇〇に転居。
◆二〇〇八年七月　株式会社千代田シーエスサービスを退社すると同時に、東京都千代田区東神田〇丁目〇〇から転出。
※以後は転居先、勤務先、動向等不明。

何度も調査報告書を読み返しながら、断片的に浮かび上がってくるリョウさんの人生の、あまりの痛ましさに、ぼくは深いショックを覚えずにはいられなかった。

想像していた通り、米軍脱走兵のジョージ・オオサキに殺害された座刈谷朝清氏は、やっぱり、リョウさんの実の父親だった。そして母である智子さんは、夫が殺された翌年に心筋梗塞で他界し、リョウさんはわずか九歳にして孤児になっている。

その後、父親の勤務先の社長宅で養育されたところを見ると、おそらくリョウさんの周囲には世話を託せるほどの親戚もなく、きわめて孤独な状態に置かれていたのだろう。

里子となってからのリョウさんは、見知らぬ家庭で暮らし、見知らぬ学校に通い、顔のアザのことでいじめられたりしながら、いったいどんな未来を夢見ていたのか。

それにしても、ぼくにとって最大の衝撃だったのは、リョウさんが高校三年で妊娠し、高校卒業直後にはもう、未婚のまま男の子を出産しているという事実だった。しかもその子の名が、ぼくとは字が異なるものの、同じ読み方の「ひでき」だなんて……

ぼくが「英樹」だと知ったあと、リョウさんがあれほど親しげに、「英樹ちゃん、英樹ちゃん」とぼくを呼んでいたことの理由は、きっとそこにあるのだろう。

その英貴ちゃんは、わずか四歳三カ月という幼さで、「急性硬膜下血腫」で亡くなっている。

しかしどう考えても、これは小児にとって尋常な死因ではないように思える。交通事故にでも遭ったのか、それとも、犯罪かなにかに巻きこまれたのだろうか。

いずれにしても、その死はリョウさんに相当な精神的打撃を与えたはずだ。もしかすると、英貴ちゃんの死が大きな契機となって、リョウさんは東京に出てきたのかもしれない。

調査報告書は二〇〇八年七月以降のリョウさんの動向は不明、というところで終わっているが、そのあとのリョウさんの暮らしぶりは、「リョウちゃんと知り合ったのは七年前で、当時のリョウちゃんは新宿の某店で、デリヘルの仕事をはじめたばかりでした」という、「悲喜劇的独身中年男」こと中辻嗣郎氏のメールの記述からも、少しは推測できた。

真帆さんが率いるウリズンクラブの調査がきわめて入念なものであるのは、母の智子さんと英貴ちゃんの死因が明確に特定されていることからも明らかだった。

死因は戸籍に記載されないため、それを知るには、本籍地の法務局戸籍課に死亡診断書の写しを請求する必要がある。真帆さんらは、そうした手間を惜しまずに調査してくれたのだ。

激しく動揺しながら報告書を読み終えたあと、ぼくは真帆さんにお礼の電話をかけた。

そして、「今回の依頼とはまったく関係ありませんが」と、意識的に前置きしてから、「いま大騒ぎになっている連続毒殺事件に関して、沖縄の方々はいったい、どんな思いで見ておられるんでしょうか？」と、ぶしつけな質問をしてみた。

すると真帆さんは、「私の周囲に限っていうと、犯行声明文に書かれている主張には、それなりに共感できる点もあるけど、事件の残虐さは絶対に認められない、方法が許せないと、そう思っている人が多いような気がします」と、すぐに答えを口にした。

「真帆さんご自身も、そう思われるんですか？」

「ええ。ただ……」

「なんでしょうか？」

「これはちょっと、言いづらいのですが、いつの日かこうした事件が起きるかもしれないと、そうした予感というか、予兆のようなものは、沖縄の多くの人が感じていたと思います」

「事件が実際に起きてしまったことで、沖縄にどんな影響があるでしょうか？」

「私が一番恐れるのが、沖縄と本土の関係がより敵対的になっていくことです。総選挙や知事選で示された沖縄の民意を無視したまま、普天間基地の辺野古移設が進められている中で、沖縄と政府の関係は、かつてなく対立的なものになっています。それがさらに悪化するのではと」

「つまり今回の事件は、なにも沖縄のプラスにならないと？」

「もちろんそうだと思います。沖縄の印象を大きく悪化させてしまったのは、明らかでしょうし、場合によっては、観光客の減少などにもつながる恐れがありますしね。それに、もともと沖縄に反感を抱いている人たちに、大きな攻撃材料を与えてしまったわけですし……」

「なんだか、犯人は沖縄の人間だと、そう感じておられるようですが」

「あの犯行声明文は、沖縄の人間でなければ書けないと思います。正直に言いますが、私も声明文を読んで、とても心が震えました。沖縄の人間として、やっぱり理解できるところがあるんですね。もちろん、絶対に許せない事件だとは思っていますが」

「そうですか……。わかりました。突然の質問ですみません」

そのひとことでぼくが話を変えようとすると、「調査の依頼者にこういうことをお聞きするのは、ルール違反かもしれませんが」と、真帆さんが恐縮した口調で切り出した。

「広川さんはこの座刈谷水貴さんという方と、親しいのでしょうか？」

「親しいと言えるかどうか、少し微妙ですが。それがなにか？」

「座刈谷水貴さんは家族の縁の薄い、とても厳しい人生を過ごしてこられたようなので、その方がいまどうしておられるのか、個人的に少し気になったものですから」

「実は、ぼくもたった二回しか会っていないので、よくわからないんです」

「そうですか……。お幸せに暮らしておられるようだといいんですが」

「ぼくも本当に、そう思います」

そんな会話で真帆さんとの電話を切ったあと、ぼくはリョウさんに電話をかけてみた。

すると、「おかけになった電話番号は、現在使われておりません。番号をおたしかめになって、おかけ直しください」と、いつもと異なるアナウンスが聞こえたので、驚いてしまった。

ただちに『アラフェス』でメールを送ってみたが、それも送信不能になっていた。

リョウさんはおそらく、スマホを解約してしまったのだ……

ぼくは大きな溜息をつきながら、もう二度とリョウさんには会えないのだろうと、そう直感するしかなかった。


それからしばらくの間、梶木杏奈に電話をかけようかどうしようか、迷い続けた。

三日前の火曜日には、犯人らしき女性の映像と静止画像が初めて公開され、いまも多くのメディアで頻繁に紹介され続けているのに、まだ犯人が特定されてはいない。つまり、連続毒殺事件の犯人がリョウさんだという事実が、まだ判明せずにいる。

翌七月四日（土）には、三ヵ所目のツアー会場となる名古屋中央市民会館でシトウ・マサト・コンサートが開催され、大勢のファンが押しかけるはずだ。

その会場に、リョウさんも足を運ぶ可能性がある。そしてコンサートが終わったあとで、また、徒歩圏内の公園かどこかで新たな事件を仕掛けるかもしれない。

しかし今度こそ、絶対にそれを阻止しなければならない。どんなことをしてでも、新たな被害者が出るのを防がねばならない。そのためにはもう警察に頼るしかないと、ぼくは観念した。

森ノ宮シャトーホールでぼくが直訴しても、リョウさんは犯行をやめてはくれなかった。あれだけ必死に訴えても、公園の砂場に毒をまいて、さらに多くの人を殺戮《さつりく》した。

とするなら、ぼくが警察に「犯人は座刈谷水貴だ」と通報するしか、新たな犯行をくい止める手立てはない。リョウさんを逮捕してもらうことでしか、連続毒殺事件は終わらないのだ。

そう思いながらもぼくがしばし逡巡《しゅんじゅん》したのは、裁判を考えたからだった。

ぼくの通報がもとでリョウさんが逮捕されたら、ぼくは当然、裁判にも出廷し、証言しなければならなくなる。そして必然的に、リョウさんの死刑判決に手を貸すことになる。

それだけは避けたいと、ぼくは強く強く思った。法廷でリョウさんを前にして、彼女を死刑に追い立てるようなことだけは、絶対にやりたくはなかった。

こうしてぼくは、「これ以上の犠牲者が出るのを看過できない」という思いと、「自分の証言でリョウさんを死刑にしたくない」という、相反する思いのはざまで葛藤し続けた。

そして最終的に、梶木杏奈の力を借りようと決心した。

ぼくが杏奈に、「リョウさん」こと「座刈谷水貴」が犯人であることをすべて打ち明け、彼女がそれを「取材過程で知り得た独自情報」として警察に伝えれば、名古屋での犯行は阻止され、リョウさんの逮捕にもつながるだろうと、そう考えたのだ。

それならリョウさんが逮捕されても、杏奈への情報提供者としてのぼくの存在は、報道関係者が死守すべき「取材源の秘匿」において口外されず、裁判に呼び出されることもない。

「そうだ……それが最善の方策だ」と、ようやく気持ちが固まった段階で、ぼくは次のようなメールを杏奈に送った。


突然ですが、連続毒殺事件の犯人に関して、杏奈にぜひ聞いてもらいたいことがあります。できれば今夜の『テン』の本番までに、会って話せないでしょうか？　それが無理なら、オンエア後でもかまいません。都合のいい時間と、都合のいい場所を指定してくれたら、どこにでもぼくの方から出向きますので。勝手を言いますが、よろしくお願いします。


するとと五分もしないうちに、杏奈から電話がかかってきた。

「英ちゃん、聞いてもらいたいことって、なんなの？」

「突然で悪いけど、時間を取れそうかな？」

「ダメなの。今日は特別に忙しいの。だから、この電話で話してくれないかしら」

せわしなさそうに言われ、ぼくは仕方なく、その場で概略を話すことにした。そうすれば杏奈の方から、「直接会ってもっと詳しいことを聞きたい」と言い出すかもしれないと思った。

「実は、今回の連続毒殺事件の犯人は、いまちょうど開催されているシトウ・マサトのコンサートツアーと、密接な関係があるんだ。犯人は東京でも大阪でも、シトウ・マサトのコンサート会場に出かけたその足で、近くの公園に向かい、そこで毒物を」

そこまで話したところで、杏奈が突然、「英ちゃん、それ、見事な推理だわ。当たりぃ、ってとこよ！」と叫ぶように言ったので、びっくりしてしまった。

「私たちもいま確認したところなんだけど、どうやらシトウ・マサトの明日のコンサートは、中止になるみたいなの。このあと四時から六本木のホテルで、本人が出てきて記者会見するみたいだから、取材に行くことになってるんだけど」

「それって、どういうこと？　なんでコンサートが中止に？」

「あっ、ごめんなさい。ちょっと、結論から先に話しちゃったわね。実は捜査官の中にも、英ちゃんと同じように、東京でも大阪でも、シトウ・マサトのコンサート会場の近くで事件が発生したことを不審に思って、ずっと聞きこみを続けていた人がいたらしいの。それでね……」

そこから先は少し声を潜めた杏奈の話によると、「白金台児童公園事件」の犯人像すら把握できない間に「大阪深見公園事件」が起きたことで、厳しい非難にさらされた警察当局は、一刻も早い犯人検挙のために、浮上したすべての疑惑を排除することなく、膨大な数の捜査員を投入。

その中で、大阪で防犯ビデオに映された「犯人らしき女性」によく似た女性が、シトウ・マサト・コンサートツアーの、東京と大阪の両会場で目撃されていたことが判明したのだという。

そこで捜査当局が、シトウ・マサト側になんらかの捜査協力を求めたところ、どういう経緯かわからないが、シトウ・マサト側が「コンサート・ツアーの中止」を決めたらしい。

六本木のホテルで四時から行われる予定の記者会見は、「ツアー中止の理由を説明したい」という、コンサートの主催会社が設営。同社名で、記者会見を告知するファックス文が送られてきたとのこと。その中に「シトウ・マサト本人も同席します」と書かれていたという。

「警察は、犯人がまたシトウ・マサトのコンサートにやって来る可能性が高いと見て、捜査員を張りこませ、不審者をチェックしようとしたんだと思うの。それがなぜか、コンサート・ツアーの中止ということになっちゃって、一番とまどっているのは警察自身でしょうね」

杏奈はそう解説したあとで、「でも、コンサート以外で肉声を聞く機会のなかったシトウ・マサトが、自分の口からなにを話すのか、相当に注目度が高いのは事実よね。記者会見には報道関係者だけじゃなくて、週刊誌の記者や芸能レポーターなど、いろんな人が集まってくると思うわ。インターネット・テレビでも中継されるみたいだし」と、さも興味深げに話を続けた。

「杏奈はコンサート会場で目撃されたその女性が、本当に犯人かもしれないと思ってるの？」

「公開された映像は不鮮明だから、似てるといっても、あんまりあてにならない気もするわ。でも、警察は前のめりになってるようだから、なにか別の確証があるのかもね」

「話は変わるけど、犯行に使われた毒物に関して、なにか進展はあった？」

「なんにも。バトラコトキシンによく似た構造の、これまでに未発見の天然毒だとわかっただけで、そこから先はお手上げ状態みたいね。あっ、そろそろ時間だから、記者会見に行く用意をするね。またなにかあったら、あとで教えてあげるから」

杏奈はそう言うと、一方的に電話を切ってしまった。

ぼくは本当は、「実は東京でも大阪でも、事件前夜の現場周辺でぼく自身が、犯人と思われる女性を見かけている。それは、つい最近まで渋谷のデリヘル店に勤めていた『リョウ』という女性で、本名は座刈谷水貴という、沖縄県の出身者だ」と、杏奈に打ち明けようと思っていた。

しかし、現実の成り行きのすさまじさの前では、ぼくのそんなもくろみなど、まったく意味をなさなかった。


それからほぼ二時間後の午後四時きっかりに、記者会見がはじまった。

自室でパソコンに向かい、インターネット・テレビでの生中継に目を凝らしていたが、ホテル・ニューオークウッドの記者会見場に用意された席はすべて埋まっており、おびただしい数のテレビカメラやスチールカメラが、三方の壁に沿って並んでいた。

正面の壇上に置かれた細長いテーブルには、白髪でオールバックの七〇歳ぐらいの男性と、淡い水色のスーツ姿でノーネクタイのシトウ・マサトが、少し距離をおいて座っていた。

ぼくが最後にシトウ・マサトの姿を目にしたのは、日読テレビに入社した年の夏に、新宿アップルファンタジアでのコンサートに出かけたときのことだった。

それから六年ぶりで目にしたシトウ・マサトは、上半身の印象でしかわからないものの、さらにやせ細っており、顔の上半分を覆うサングラスがこれまで以上に大きく感じられた。

そして、そのサングラスで隠しきれない頬の部分や、厳しく結ばれた口もとに、以前にも増して険しい雰囲気が漂っているようで、ぼくはかすかな衝撃すら覚えた。

最初に口火を切ったのは、白髪の男性の方だった。

「ただいまから、シトウ・マサト・コンサートツアーの中止に関する、記者会見を行わせていただきます。わたくしは今回のコンサートツアーを主催しております、ホマーズインフォーメーションの代表で、筒浪文仁《つつなみふみひと》と申します。どうぞよろしく、お願いいたします。

まず最初にわたくしから、コンサートツアーの中止に至る経緯をご説明させていただき、続いてシトウ・マサトさんの方から一言、ご挨拶をいただく予定にしております。そのあとで少々、質疑応答の時間も設けておりますので、どうか最後まで、よろしくおつき合いくださいますように。

さて、昨夜のことですが、警察の方が突然、わたくしどもの事務所にお見えになりました。そして、いま社会に大きな衝撃と不安を与えておりますます連続毒殺事件の現場となった公園が、いずれも、シトウさんがコンサートを行われた会場から徒歩圏内にあることを教えられました。しかも、東京と大阪のどちらも、事件の発生がコンサートの翌日であることなどから、警察としてはシトウさんのコンサートと事件との関係に注目しておられると、初めてうかがいました。

警察の方からはまた、犯人はシトウさんのコンサートに参加したあとで、公園に出向いて犯行におよんだものと思われ、今後もシトウさんのコンサート会場に姿を見せるかもしれないので、その機会を犯人検挙につなげるため、ぜひとも協力をお願いしたいと、お話がありました。

そこですぐに、シトウさんにも事務所に来てもらい、三者で話し合いを持った結果、わたくしどもの意志として、コンサートツアーは中止すると、決断いたしました。その最大の理由は、もしもお客様に万が一のことがあったのでは、取り返しがつかないと、そう考えたからです。

警察の方のお話では、明日の名古屋でのコンサート会場にも犯人が現れる可能性が高いとの前提で、いかなる状況にも対応できる数の捜査員を、会場の内外に配置させてもらうが、決してコンサートの邪魔になったり、お客様に気づかれるようなことはしないと、そういうことでした。

しかし、犯人とおぼしき人物がコンサート会場に入ったあとで、周囲に警察関係者がいることに気づき、逆上したり開き直ったりした場合、お客様を人質に取るとか、毒物をまき散らすとか、そうした挙動に出る確率が決して皆無とまではいえないだろうと、そのように思えました。

もちろん警察の方からは、犯人逮捕につながる大きなチャンスかもしれないので、なんとかコンサートを開催する方向で協力してもらえないかと、くり返しそう要請されました。

しかし、何度も言いますように、お客様に被害がおよぶ可能性が万分の一でも残るなら、やはりわたくしどもは、開催を強行することはできません。それになにより、そのような状況のもとでは、シトウ・マサトさんご自身が、歌をうたうことに集中できるはずがありませんし。

今回の判断が、多くの方々にご迷惑をおかけする結果になることは、本当に申しわけなく思っております。シトウ・マサト・コンサートツアーの、今後の予定につきましては、いったん、無期限的に延期させていただき、今回の連続毒殺事件の犯人が逮捕され、コンサートの会場運営にもいっさい支障がなくなった時点で、またあらためて、ご案内させていただきます。

最後になりましたが、いま一度、今回のコンサートツアーの中止によってご迷惑をおかけする皆様に、心よりお詫びを申し上げると共に、連続毒殺事件の犯人が一刻も早く逮捕されますことを、皆様とご一緒に、祈りたいと思っております。以上です。ありがとうございました。

それでは、シトウ・マサトさんの方から一言、ご挨拶をいただきます」

ホマーズインフォーメーションの筒浪代表が話している間、ずっと正面の一点を見すえたままだったシトウ・マサトは、筒浪氏のことばを受けて、テーブルに額を打ち付けそうなほど、深々と頭を下げ、「シトウ・マサトです。よろしくお願いします」と挨拶をした。

そして、声量豊かな歌声からは想像しがたい、意外なほど物静かな低い声で、ゆっくりと話しはじめた。

「このたび、コンサートツアーが中止のやむなきにいたりましたことの経緯につきましては、いまの筒浪さんのご説明の通りです。私の方からはなにも、付け加えることはありません。

ただ、せっかくこうして、大勢の皆さんの前で話せる機会を与えられましたので、勝手ではありますが、これから少しお時間をいただいて、ある人物が書いた文章を、読ませていただくことにします。その人物がいったいどのような人物で、そして、私とどのような関係にあるのかは、文章を読み終えたあとで、説明させていただきます。では、読ませていただきます」

シトウ・マサトはそう言うと、スーツジャケットの胸ポケットから小さく折りたたまれた紙片を取り出し、机の上で広げた。紙はどうやら、二枚あるようだった。

かたわらから筒浪氏が、「それって、なんなの？　聞いてないんだけど？」と怪訝《けげん》そうに小声で問いかけるが、シトウ・マサトはそれを無視したまま、ワンレンズサングラスの視線を机に落として、次のような文章を読みはじめた。

　私は、大城修英と言います。「大城」は「大きな城」、そして「修英」は、修学旅行の「修」に英語の「英」と書いて、「しゅうえい」と読みます。

　大城修英である私は、一九八一年の九月二七日に大阪で生まれ、その二年後に、母の故郷である沖縄県中頭郡《なかがみぐん》読谷村《よみたんそん》に渡ってからは、ずっと沖縄人として、つまり、ウチナーンチュとしての自覚のもとに、今日まで生きてきました。

　そして、大城修英という名を持つこの私こそが、「加賀雄二郎氏殺害事件」・「白金台児童公園事件」・「大阪深見公園事件」と続いた、今回の連続毒殺事件の実行者であり、犯人なのです。くり返しますが、今回の連続毒殺事件の犯人は、この私、大城修英なのです。

シトウ・マサトがそこまで読み上げた時点で、記者会見場には不穏などよめきが広がり、何人かの記者が、「質問でーす！」「ちょっと待ってください！」、などと声を張り上げた。

しかし、開いた右手を正面に突き出すようにしてそれを制すると、シトウ・マサトは、「とにかく、最後まで読ませてください。そのあとで、皆さんのご質問に答えますから」と大声で言い、ふたたびその先を読み続けた。

ウチナーンチュである私たちは長年、米軍基地がもたらす災いと分断により、日々の暮らしと尊厳を踏みにじられてきました。そうした中で私自身、幾度となく、その憤りを凶悪な犯行として日本社会に突きつけてやりたいと、強い衝動にかられたことがあります。

とくに、二〇一三年の四月二八日がそうでした。日本政府がこの日、サンフランシスコ講和条約から六一年目にして初の「主権回復の記念式典」を、東京で開催したからです。

たしかに、講和条約が発効した一九五二年四月二八日は、連合国による占領体制に終止符が打たれ、ようやく、日本が国家としての主権を回復した日です。しかし、沖縄の人間にとってのその日は、まさしく、「屈辱の日」以外のなにものでもありません。

なぜなら、沖縄戦で本土防衛の捨て石となって多数の県民が命を落とした挙げ句、「もう用済みだ」とばかりに、沖縄が日本から見捨てられたのが、四月二八日だからです。

戦時中から米軍の占領下にあった沖縄は、一九五二年の四月二八日をもって「主権回復をはたした日本」から切り離され、依然として日本の憲法や法律の支配がおよばない米軍統治のもとで、人質となって生きることを強いられ続けたのです。

だから、もしも「主権回復の日」を祝うなら、沖縄の施政権がアメリカから日本に返還され、沖縄の主権が回復した一九七二年五月一五日にちなんで、五月一五日にこそ、「完全なる国家主権の回復」を祝うべきだと、素朴にそう思います。なのに安藤政権は、沖縄の抗議に耳を傾けもせず、さも当然のように、四月二八日に式典を開催したのです。

「主権回復の日」の式典当日、私は、沖縄戦で無残な死を遂げた曽祖父や多くの親戚、それに、日本軍の一員として左足を失い、年老いて私の目の前で亡くなるまで、その後遺症で苦しみ続けた祖父のことなどを思い、悔しさで涙が止まりませんでした。

日本政府に無視されたのは、沖縄戦で命を投げ出した世代だけではありません。戦後も一貫して基地負担に耐え続けてきたすべての世代が、等しく黙殺されたのです。そして、そんな政府や体制のあり方を許してきたのが、この国の圧倒的多数の有権者なのです。

国民の九九％を占める沖縄以外の日本人がその気になれば、選挙などの民主的方法で、在日米軍基地のあり方は変えられたはずです。なのにそうならなかったのは、圧倒的多数の有権者もまた、沖縄に米軍基地を押しつけておいた方が都合がよかったからでしょう。

長い抑圧の歴史を強いられながら、私たち沖縄の人間がこれまで決して、本土に報復を仕向けなかったのは、「沖縄を犠牲にするな！　という訴えのもとで、自分たちが新たな犠牲を生み出してはならない」という思いが、沖縄の地で共有されてきたからです。「たとえ犠牲を強いられようとも、犠牲を強いる側に立ってはならない」という、みずからに向けられたその誓いこそが、地獄のような戦争から再生をはたした沖縄のたましいの、もっとも根源的な価値であり、ウチナーンチュの「誇りの原点」でもあったのです。

しかし私にはもう、沖縄のそんな「誇り」すら、見えなくなってしまいました。

今年も「主権回復の日」が四月二八日にやってきましたが、この日、アメリカでアハバ大統領と首脳会談を行った安藤首相は、普天間基地の移設問題に関して、「辺野古移設を唯一の解決策とする立場は、揺るぎない」と、自信満々にアハバ大統領に告げました。

言うまでもなく、普天間基地は他の米軍基地と同じく、住民が米軍の収容所に閉じこめられている間に勝手に建設され、その後も暴力的な土地接収によって拡張されてきたものです。これは明らかに、占領下での私有財産の没収を禁じた国際法に違反しており、そんな基地は即刻、閉鎖すべきだというのが、選挙で示された民意でもありました。

なのに安藤首相はまたもや、四月二八日が沖縄の「屈辱の日」であることに思いを寄せることなく、沖縄の民意を無視して平然と、沖縄をアメリカに差し出したのです。

今回の犯行へと至る私の怒りは、もうこの時点であともどりできなくなりました。これほど軽んじられ、踏みにじられても反撃しないなら、それは「沖縄人は、日本の植民地支配に甘んじて暮らす植民地人である」と自認するにも等しいと、そう思えたからです。

そして私は、この国の巨大な沖縄差別の構造に対し、一個人として復讐の痛打を加えるには、「沖縄の誇り」からもっともかけ離れた、徹底的におぞましい犯罪を仕向けるしかないのだと、ついに決意しました。そして東京で、大阪で、それを実行したのです。

だから当然、最悪の毒殺魔である私の歌は、発禁になったり自主規制されたりして、たちまちこの社会から抹殺されるでしょう。しかし、私が起こした今回の連続毒殺事件は、もうだれにも消し去ることができません。そして私は永遠に、沖縄が生み出した毒殺魔のままなのです。

もうおわかりでしょうが、三件の連続毒殺事件の犯人である、ウチナーンチュの大城修英という人物は、この私、シトウ・マサトそのものです。

シトウ・マサトであるこの私こそが、連続毒殺事件の犯人なのです」

一〇分ほどかけてそこまで一気に読み切り、最後には念を押すかのようにもう一度、「私が、連続毒殺事件の犯人なのです」と言うと、シトウ・マサトは無言のまま深々と頭を下げた。

と同時に、その寸前まで異様な静けさに支配されていた記者会見場は、たちまち蜂の巣をつついたような騒ぎとなり、何人もの記者が、「どういうことですか！」、「シトウさん、本当にあんたか！」、「ウソでしょーっ！」などと口々に叫びながら、シトウ・マサトの席に殺到しかけた。

するとシトウ・マサトは、「近づかないでください！　危険ですから！　ここに猛毒があります！　これは犯行に使った猛毒です！」と叫びながら立ち上がり、いつのまにか手にしていた小さなスプレー容器を、いまにも噴霧しそうな勢いで記者たちに向けた。

オオーッ！　というどよめきと共に、記者たちはもつれ合いながら、あわてて後退した。中にはそのまま必死の形相で、記者会見場を飛び出していく記者もいた。

そして、ひとかたまりとなった記者たちが、四、五メートルの空間を隔てておそるおそる、シトウ・マサトを半円形に取り囲むような構図が生まれた。その中には梶木杏奈の姿も確認できたし、私服警官っぽい屈強そうな男たちも交じっていた。

ぼくが見ていたインターネット・テレビの画面では、記者たちの頭や背中に隠れて、シトウ・マサトの顔が見えなくなってしまった。ただ、大声で質問する記者たちとのやり取りだけは、高性能マイクを通してはっきりと中継されていた。

「シトウさん！　シトウさんが本当に犯人なら、なにか証拠を見せてください！」

「これが証拠です。このスプレー容器には、まだ大勢の人を殺せるだけの毒液が残っています」

「だったら、この段階でなぜ、犯行を中止する気になったんですか？　警察の捜査が身近に迫ったからですか！」

「いいえ、そうではありません。警察の動きとは、まったく無関係です。ただ……」

「なんですか！」

「もう十分だと、もう本当に、十分すぎるぐらいだと、そう思ったからです」

「あなたが本当に犯人なら、単独犯ですか！　それとも共犯者が？」

「すべて、一人でやりました」

「そうすると、東京でも大阪でも、コンサートが終わったその足で、自分で公園まで出かけて、シトウさんご自身が毒液をまかれたと、そういうことでしょうか？」

記者の群れからひときわかん高い声を張り上げて、梶木杏奈が質問する。

「そうです。コンサートの直後はいつも、なぜか強烈な破壊衝動に襲われます。その衝動のさなかでなければ、自分に凶悪な犯罪などできないと、最初からわかっていましたから」

「こんな事件を起こして、なにかが変わるとでも思っていたんですか！」

「思っていません」

「じゃあなぜ事件を？」

「まっとうな人間でいたかったからです」

「まっとうな人間だなんて、あれだけの子どもを殺しておきながら、どこがまっとうなんですか！　よくもそんなことが言えるもんだ！」

「まっとうな人間だからこそ、狂うのです。もう狂うことでしか、自分のまっとうさを証明できないところにまで、来てしまったのです」

「シトウさん！　これからどうする気ですか！」

「裁判など、私には必要ありません。ただ、みずからを極刑に処すだけです」

シトウ・マサトがそう言い終えた、次の瞬間、記者たちの間にアアーッ！　という叫び声が広がり、少し遅れて何人かの男が、シトウ・マサトめがけて飛びかかっていった。

たちまち団子状にもつれ合って倒れこんだ男たちに向けて、無数のフラッシュがたかれ、なにか意味のわからぬ怒声が、そこかしこで飛び交った。

そこで突然、インターネット・テレビの画面が消え、真っ暗になってしまった。記者会見場の混乱の中で、中継カメラに不測の事態が起きたのかもしれなかった。

ぼくはあわててパソコンの前を離れると、ベッドの正面に置かれたテレビを見ようとして、リモコンを探した。しかしこんなときに限って、なかなかそれが見当たらない。

ようやく、ベッド脇の床に転がっていたリモコンを拾い上げ、すぐに電源を入れると、NHKの画面にはなぜか、人だかりが一丸となって左側に移動してゆく様子が映し出されていた。

いったいどんな変化があったのか、理解できずに画面を注視していると、男性アナウンサーの声で、「いま、シトウ・マサトさんが大勢の人に抱えられるようにして、記者会見場から運び出されようとしています」という実況説明が入った。

「シトウ・マサトさんは、スプレー容器の毒液を自分で吸いこんだようで、もう完全に、グッタリした状態のようです。ここからは、顔の表情までは確認できませんが、もしかすると、意識がないのかもしれません。……ああっ、ちょっとだけ横顔が見えましたが、サングラスがはずれて、素顔が見えます。白いですね、顔面が蒼白です。それにしても、どういうことでしょうか。

六本木のホテル・ニューオークウッドからお伝えしております、シトウ・マサト・コンサートツアーの中止に関する記者会見が、まったく思いがけない展開を見せ、いま、シトウ・マサトさんが運び出されていきます。にわかには信じられませんが、本当に、本当にシトウ・マサトさんが、犯人なのでしょうか。シトウ・マサトさんがみずから語ったように、連続毒殺事件の犯人は、本当に、シトウ・マサトさんなのでしょうか？」

動転ぶりを隠しようもない実況アナウンスを耳にしながら、それ以上にぼくも混乱してしまい、テレビの前でただただ、狼狽するばかりだった。連続毒殺事件の犯人がリョウさんではなく、あのシトウ・マサトだったただなんて、いったいどういうことなのか。

犯人は絶対にリョウさんだと、そう信じるに足る材料がいくつも揃っているし、あの犯行声明文の筆跡はたしかにリョウさんのものなのに、どうしてシトウ・マサトが犯人なのか。

それに、こんな有名アーチストに、どうしてあれほど残酷な事件が引き起こせるのか。

いくつもの名曲と熱唱ぶりで多くの人の心を揺さぶり続けてきたシトウ・マサトが、ギターをつまびくその手で本当に、なんの罪もない九人の命を奪ったというのか？

いくら考えても、ぼくの頭の中では連続毒殺事件とシトウ・マサトが結びつかなかった。

それにリョウさんの存在を考え合わせると、ぼくが思い描いていた事件の構図が一挙にひしゃげてしまい、現実のすべてが、分厚い霧の向こうに遠ざかっていくような気がした。

とにかくぼくは目を皿にして、続報を追い続けるしかなかった。

毒殺魔はなんと、数々の大ヒット曲で知られる、あの有名アーチストだった？

シトウ・マサトが記者会見でみずから、連続毒殺事件の犯人であると激白！
しかもその場で毒液を吸いこんで自殺！　謎が謎を呼ぶ事件の真相解明なるか？

そんな超弩級《ちょうどきゅう》の衝撃情報が、号外新聞やテレビ、ラジオ、ネットなどで大量に速報され、まさに日本中が震撼する中、記者会見から約二時間後の午後六時五〇分に、シトウ・マサトは搬送先の恵帝医大付属病院で息を引き取った。

相前後して、複数の報道機関の取材により、シトウ・マサトが読み上げた文書の通り、沖縄県の読谷村で育った「大城修英」という人物がシトウ・マサトその人であり、「一九八一年九月二七日生まれ」の「三三歳」であることなどが、明らかにされた。

さらに、夕方のニュース番組や、各局がゴールデンタイムに緊急放送した特別報道番組などでも、「大城修英は私生児として生まれ、母親が早くに亡くなったあと、沖縄の読谷村で祖父母に育てられていた」、「シトウ・マサトは子どものころから秀才で、沖縄の高校を中退するまでは医学の道を志していた」、などと、さまざまな情報が紹介されたが、シトウ・マサトが本当に連続毒殺事件の犯人かどうか、その核心部分が不明のため、いずれの番組もこの段階では、シトウ・マサトを被疑者扱いせず、呼称も「シトウ・マサトさん」と、「さん付け」のままだった。

しかし午後九時過ぎに警視庁で記者会見があり、「シトウ・マサトが所持し、みずから吸引した毒物の成分が、三件の連続毒殺事件で使われた毒物と一致し、また、犯行声明文が書かれた便箋からも、シトウ・マサトこと大城修英の指紋が採取されていたことがわかった」と発表されてからは、どの番組も被疑者として、シトウ・マサトを呼び捨てにするようになった。

午後一〇時から放送の『ニュースレーダー・テン』では、シトウ・マサトの「コンサートツアー中止記者会見」が開催されるに至った経緯や、その席上での衝撃的な出来事について、VTRで詳しく報じられたあと、この夜はめずらしく、梶木杏奈自身がスタジオに登場した。

明るい薄紫の半袖ジャケットを瀟洒に着こなした杏奈は、印南キャスターのすぐ左隣に座り、シトウ・マサトが毒液を吸引したときの状況を、次のように振り返った。

「私は記者席の一番前にいましたので、シトウ・マサトが毒液を吸いこんだ瞬間を、はっきりと見ました。シトウ・マサトは、『みずからを極刑に処すだけです』と言った、その直後に、スプレー容器の先端を指ごとくわえこむようにして、自分の口の中に毒液を噴霧したんです。

それは、噴霧された毒液を確実に吸いこもうとしたのか、それとも、その毒液が周囲に飛び散ったりして、被害が広がるのを避けようとしたのか、どちらかよくわかりませんが、あの状況で、結果的に本人以外に被害が出なかったのは、かなり奇跡的なことのように思えます。

そして、シトウ・マサトが毒液を吸引した直後に、私服刑事らしき男性たちがそれを制止しようとして飛びかかり、倒れこんだシトウ・マサトの上に何人もが折り重なり合うような状態になりました。そのとき一瞬、サングラスがはずれたあとのシトウ・マサトの素顔が見えましたが、目をカッと見開いたまま顔をゆがめて、本当に苦しそうな、すさまじい形相をしていました。

印象だけで言いますと、スプレーされた毒液は即効的にというか、ほとんど瞬間的にシトウ・マサトにダメージを与えるほど、強力なものだったと、そう思われます。なのであとから、自分もその場にいたことの恐ろしさがこみ上げてきて、しばらく呆然としてしまいました」

「梶木さんは、東京と大阪で発生した今回の連続毒殺事件を、最初からずっと取材してきたわけですが、これまでの捜査の過程で、疑わしき人物とでもいうようなかたちで、シトウ・マサトの名が挙がるようなことはあったのでしょうか？」と印南キャスター。

「それはまったくなかったですね。捜査関係者への取材でも、一度もそのような情報を耳にしたことはありません。あの記者会見がはじまる前も、会場で何人かの捜査関係者と会って話をしましたが、ただ単に情報収集のために来たんだと、捜査員の方々はそうおっしゃっていて、それほど緊張した様子もありませんでした。だから、テレビをご覧の皆さんとまったく同じで、私にとりましても、『青天の霹靂』以上の驚きだったと、そう言うしかありません」

杏奈の口調からはいつになく、正直なとまどいぶりがうかがえた。

続いて六本木の有名高級マンションから、警視庁担当の藪井記者が生中継で報告した。

「シトウ・マサトの犯行の告白と自殺という事態を受けて、警視庁では今夜八時から、シトウ・マサトが一人で住んでいる、東京都港区六本木のこちらの高級マンションで、家宅捜索を続けています。現在のところ、三四階にあるシトウ・マサトの部屋から、なにか事件に結びつくものや、シトウ・マサトが連続毒殺事件の犯人であることを裏付けるものが発見されたとの、情報はありません。しかし、このマンションの地下駐車場に置かれていたシトウ・マサト所有のワゴン車の中から、どうやら、相当に重要な物証が発見されているようでして、先ほど、鑑識官らを乗せて新たに到着した捜査車両が二台、地下駐車場に下りていきました」

翌日にはそのワゴン車の中から、女装用と思われる衣装や小物類が押収されていたことが判明。

しかもその中には、「犯人らしき女性」として公開されていた映像と完全に一致する、上下の衣装や、カツラ、メガネなどが含まれており、同時に押収されたパンプスの靴底からも、大阪の深見公園の砂場とまったく同じ抗菌砂が検出されたことが、明らかとなった。

また、「白金台児童公園事件」と「大阪深見公園事件」のいずれの現場でも、事件発生の前夜に現場近くの路上で、シトウ・マサト所有の黒色の国産ワゴン車が目撃されており、その鮮明な映像が付近の防犯ビデオに残されていたことも、その日のうちにテレビニュースで伝えられた。

こうして、新たな事実が次々に報道されるにつれ、「事件はすべてリョウさんの仕業だ」と思いこんでいたぼくも、真犯人はシトウ・マサトなのだと、認識をあらためざるをえなかった。

しかしそれは同時に、リョウさんに関する新たな疑念のはじまりでもあった。

連続毒殺事件の実行犯がシトウ・マサトだとしても、あの犯行声明文の筆跡や文章の気配からして、ぼくにはやはり、それを書いたのはリョウさんだと思えてならなかった。

だとすると、リョウさんはこの事件に、いったいどうかかわっていたのか？

リョウさんとシトウ・マサトは、どんな関係なのか？

そんな疑問を胸にしたまま、その日の夕刊を読んでいたときのことだった。

「シトウ・マサトは、沖縄県立拓誠高校に在学中は秀才の誉れも高く、有名大学の医学部を目指して……」との一文を目にして、ふと、その高校名に見覚えを感じた。

もしやと思い、前日に比嘉真帆さんから届いた『座刈谷水貴に関する調査報告書』をたしかめてみると、やっぱり、「一九九七年四月　沖縄県立拓誠高校英語科に入学」と書かれていた。

それに、リョウさんが「一九八二年三月一六日」の生まれで、シトウ・マサトが「一九八一年九月二七日」の生まれだということは、この二人は拓誠高校で同級生だった可能性が高い。リョウさんとシトウ・マサトは、高校時代からの知り合いだったのかもしれないのだ。

思いがけない事実が見えてきそうになったことで、ぼくは一瞬、心を高ぶらせた。
しかしそこから先は、想像力を働かせるに足る材料がなにもなかった。

警察がついに、「シトウ・マサトが犯人だ」と断定したのは、衝撃的な記者会見から三日後の、七月六日（月）のことだった。
「東京と大阪で連続的に発生した『加賀雄二郎氏殺害事件』・『白金台児童公園事件』・『大阪深見公園事件』の三件の、そのすべてが、シトウ・マサトの犯行であることを確認した……」との警察発表を受けて、午後の定例会見で記者たちに強く政府見解を求められた須藤官房長官は、沈痛な面持ちで次のように語った。

もう、シトウ・マサト本人が亡くなってしまったわけですから、裁判という法的な、公正な手続きのもとで事件の真実を解明することは、残念ながら不可能になってしまいました。もちろん捜査当局には、今後このような事件がくり返されないためにも、徹底的に、解明できる点は解明していただくよう願いますが、以上のことから、今回の事件の犯人に関して、あるいはまた、その動機や背景につきまして、政府が憶測だけで言及するようなことは、避けるべきだと思っております。被害者となられた方々に対しましては、心よりお悔やみとお見舞いを申し上げると共に、この事件で心を痛めておられるであろう沖縄の方々に対しても、ご心痛を察してあまりあると、そう申し上げておきたいと思います。

また、須藤官房長官のこの発言に連動するかのように、同日の夕方に沖縄県庁で記者会見した奥間知事は、冒頭で次のコメントを読み上げてから、記者たちの質問に対応した。

今回の事件の犯人であるシトウ・マサトが、沖縄県出身者だったという事実は、まことに残念だと、そう申し上げるしかありません。私たち沖縄県民は、基地問題という大きな困難を抱えてはおりますが、民主主義国家の一員として、なによりその正義と秩序を重んじるという姿勢におきましては、沖縄県以外の皆様と、なんら変わるところはございません。もちろん、基地問題を通して政府と対立したり、厳しい折衝をくり返したりということはございますが、沖縄県民はあくまでも平和を愛する信念から、根気強い対話により、合意形成をめざそうと努めてまいりました。そんな私たちの思いが、このような突出して残虐な犯罪で汚されてしまうことに、ことばにしがたい悲しみと、憤りを覚えております。今回の事件で被害を受けられた皆様方には、沖縄県民が思いを一つにして、皆様のご冥福を、あるいはご回復を祈念しておりますことを、どうかご理解いただきたいと、心からそう願っております。

そしてこれ以降、日本政府と沖縄県当局はかたくななまでに、「東京大阪連続毒殺事件」と「シトウ・マサト」に関して、言及することはなかった。

「数々の選挙で示された県民の意志を尊重し、米軍普天間基地の辺野古移設工事をただちに中止せよ！」と主張する沖縄県と、「前知事によって辺野古沖の埋め立てが承認されている以上、法的正当性にもとづいて粛々と工事を継続するのは当然だ」とする政府との間で、厳しい対立が続いていたが、「政府にとっても沖縄県にとっても、連続毒殺事件を基地問題とリンクさせることは決してプラスにならない」との認識だけは、間違いなく共有されているように思えた。

しかし、マスコミの過熱報道は、一週間が過ぎても収まらなかった。

テレビや新聞や週刊誌、それにネットニュースなどが、昼夜を分かたず大騒ぎの報道合戦を展開する中で、ぼくもできるだけ多くの情報に接し、なんとか事件の核心を理解しようと努めた。だが、飛び交う情報の大部分は興味本位の無責任なものばかりで、「シトウ・マサトはどんな人物で、なぜこんな大それた犯罪を行ったのか?」という根本的な問いに答えうる情報は、きわめて限られていた。それに、シトウ・マサトとリョウさんが拓誠高校の同級生らしいとわかった以外に、二人の関係を推測しうる新たな手がかりは、どこにも見当たらなかった。

そうした中にあって、ぼくがもっとも衝撃を受けたのが、シトウ・マサトの死から一〇日後に発売された『週刊実相』の、『孤高の天才アーチストはなぜ、恐怖の毒殺魔と化したのか?(シトウ・マサトを生きた男の生涯とは?)』と題する、巻頭特集記事だった。

週刊誌としては異例の長さとなるその記事は、次のようなものだった。

日本を代表するシンガーソングライターの一人であったシトウ・マサトが、テレビで生中継されている記者会見の席上で突然、「連続毒殺事件の犯人はこの私です」と告白し、みずから毒液を吸引してその場で自殺するという、前代未聞の衝撃的な出来事があったのは、七月三日のことだった。

幼い七人の子どもと二人の大人の命を奪い、日本社会を不安と恐怖のどん底に突き落とした毒殺魔が、あろうことか有名アーチストであり、しかもその人物が、犯行を名乗り出た直後に衆人環視の中で命を絶つという、あまりに異様すぎる事態の推移に、テレビや新聞は最大級の時間と紙面を割いて、このニュースを大々的に報道した。

しかしその時点で、数々のビッグ・ヒットを持つこのシンガーソングライターに関して、私たちが知り得ていることが、いったいどれだけあっただろうか。

実は、熱烈なファンを自認する人たちでさえ、なに一つといっても過言ではないほど、「シトウ・マサトに関するたしかな事実」を知らなかった。その存在は広く社会に認められながらも、「シトウ・マサトの実体」は一〇年以上にわたり、謎に包まれたままだったのだ。

そこで本誌は、シトウ・マサトの自殺の直後に特別取材班を編成し、「シトウ・マサトの実像」を、そして、彼が毒殺魔と化すに至った、その理由と背景を、総力を挙げて追い続けてきた。その結果見えてきたのは、稀代のアーチストの、思いもよらない個人史であり、底深い孤独に沈みこんでゆく、もう一人のシトウ・マサトだった。

■二歳で孤児となり祖父に育てられる

記者会見でみずから明らかにしたように、シトウ・マサトの本名は「大城修英」と言い、一九八一年九月二七日生まれなので、実年齢（享年）は三三歳ということになる。

修英の母の大城栄子は、沖縄県読谷村の出身。石材工場で働く父と病弱な母との間に一人っ子として生まれた栄子は、優秀な成績で県立東読谷高校を卒業後、大阪府池田市の自動車製造会社に就職。会社の近くの社員寮で、同郷のA子さんと相部屋暮らしをはじめた。

「性格の優しい、素朴な感じの子でね。みんなから『栄ちゃん』って呼ばれ、愛されてました。入社五年目ぐらいに職場の先輩のMさんと恋仲になり、Mさんの子を妊娠したので、会社を辞めたんです。そのまま結婚すると思ってましたが、お父さんに『ヤマトンチュー（本土の人）との結婚は許さん！』と猛反対され、出産後も籍は入れませんでした。

その男の子があのシトウ・マサトだなんて、いま記者さんから教えられて、本当にびっくり仰天です。栄ちゃんのことが思い出されて、なんだか、複雑な気持ちですね」

二十数年前に寿退社し、大阪府箕面《みのお》市で暮らすA子さんは、そう言って目を伏せた。

こうして私生児として修英を産んだ後、栄子は結局、Mさんと別れることになる。

「お給料の大半を仕送りするほど親思いだった栄ちゃんは、強硬に反対する父親に、逆らえなかったんだと思います。Mさんはその男の子を認知しないまま栄ちゃんと別れ、やがて別の女性と家庭を持ちました。いまは関連会社の役員になっています」

A子さんにそう教えられ、Mさんに会って取材を申しこんだが、拒否された。「シトウ・マサトは栄子さんの子で、あなたの息子ですよ」と記者が迫っても、「私にはそんな子どもはいないし、シトウ・マサトという人物など知らない」とくり返すばかりだった。

Mさんと別れた後、大阪府豊中《とよなか》市の庄内という町に移り住んだ栄子は、修英を保育園に預けてFRP工場で働いた。「FRP」とは「繊維強化プラスチック」のことで、神崎川に面したこの工場では、装飾用の鏡枠や額縁、マネキンなどをFRPで製造していた。

その栄子が、突然の劇症肝炎で亡くなったのは、一九八三年一〇月のこと。当時の同僚の中には、「工場で大量に使われていたアセトン（揮発性の高い液体で、有機化合物の溶剤に用いられる）が、体調悪化の原因になったのかもしれない」と語る人もいる。

栄子の入院直後に沖縄からやって来た両親が修英を沖縄に連れ帰っていたため、母を亡くした修英はそのまま、読谷村の祖父母のもとで育てられることになった。

当時を知る村民の一人は、「栄ちゃんが二八歳の若さで亡くなったあと、母親の政恵さんは、ヤマトンチューとの結婚を許してやればよかったって、よく泣きよったね。だけど父親の徳信さんが、絶対に結婚を許さんかったからね。なんせ徳信さんは、このあたりでも一番の、ヤマトンチュー嫌いだったからのう」と証言する。

この「ヤマトンチュー嫌い」の祖父の存在が、修英の人生にも多大な影響を与えたと思われる。それを理解するためにも、この祖父の人物像をここで詳しく見ておこう。

■戦後二五年目にして大阪へ仇討ちに

大城修英の祖父・大城徳信は、読谷村の農家の三男として、一九二七年（昭和二年）に生まれた。小学校卒業後は家業のサツマイモ栽培に従事していたが、終戦の年（一九四五年）の二月に防衛召集され、一七歳で特設警備工兵隊に配属された。その前年の秋に「陸軍防衛召集規則」が改正され、徴兵適齢期前の一七歳でも、防衛召集が可能になっていたのだ。

徳信と幼なじみで、防衛召集されたときも一緒だった島袋彰正さん（八八）は、「徳信は子どものころから、仲間に頼られる存在でした」と、次のように回顧する。

「入隊当初は首里で壕掘りばかりでしたが、一番若かった私と徳信は、中隊長の世話までやらされました。愛知出身のその中隊長は、とにかく沖縄の人間を見下しており、私たちがほんの二言三言、沖縄のことばを話しただけで、『方言を使うヤツはスパイとみなし、処刑していいんだぞ！』と、死ぬほど殴られたりしました。しかしそんなときでも、『沖縄弁で話しかけたのは、私の方であります』と、徳信は私をかばってくれました。本当に、徳信にはどれだけ助けてもらったか。だから月命日には、欠かさず墓参りしてますよ」

方言使用が厳禁されていた小学校時代、徳信は教師に反発してわざと方言を口にし、日に何度も、ビンタをくらうことがあったという。反骨心の旺盛な徳信にとって、理不尽な強権と暴力が支配する軍隊は、さぞかし居心地の悪い世界であっただろう。

しかも徳信は、日本軍の一員として死線をさまよう中で何度となく、沖縄の人間に対する日本兵の許しがたき非道を、目の当たりにしている。その中でも、徳信にとって生涯忘れられない怒りの源泉となった現場を、前述の島袋彰正さんも同時体験していた。

「米軍の沖縄上陸後、南部に敗走する中で部隊がばらけてからは、徳信を含む四人の仲間で行動していましたが、糸満の小さなガマ（洞窟）にたどり着いたときのことでした。

そのガマには独歩一三大隊の小隊が潜んでいたので、私たちは遠慮して入口付近で休んでいましたが、繁元という小隊長に見とがめられ、不審者扱いで身体検査をされました。するど、仲間のKのポケットから、小さく折りたたんだ宣伝ビラが出てきたのです。それは米軍が飛行機からばらまいたもので、『沖縄の皆さんは内地人の犠牲となって、命をすり減らしていませんか』といった内容の、沖縄の住民に投降を呼びかけるビラでした。

それを見て血相を変えた繁元小隊長は、「おまえはアメリカのスパイだ！」と宣言して、

Kをその場で射殺してしまいました。それに徳信も私も、半殺しの目に遭いました。

遺族年金も絡むので、Kは名誉の戦死になっていますが、本当はそれが真相です。Kの遺体は私と徳信でガマの脇に埋めましたが、戦争が終わって数年後に遺骨捜しに行ったときには、もう見つかりませんでした。激しい砲撃で、地形も変わっていましたし」

島袋さんは苦々しげに述懐した後、「実は徳信は、Kの仇を討つために、繁元小隊長の家を探して会いに行ったことがあるんですよ」と、思いがけない話を聞かせてくれた。

「あれは一九七〇年の、大阪万博のときです。勤め先の石材店の関係で大阪万博に行くことになった徳信は、大阪出身の繁元の実家を探し出し、本当に会いに行ったんです。

すると、八〇歳を過ぎた母親が一人で暮らしていて、『息子は戦争から帰ってきた半年後に、包丁で割腹自殺した』と教えられたそうです。繁元がなぜ自殺したのか、母親も理由がわからなくて、なにか思い当たることがないかと、逆に徳信が質問されたみたいです。

徳信は繁元に会い、Kに対して謝罪させたかったのでしょうが、繁元が自殺していたので、『仏に罪はなし』という気持ちになって御仏前を置いてきたと、笑ってましたね」

そう話してくれた島袋彰正さんは、沖縄戦で日本軍の敗北が確定する一カ月前の一九四五年（昭和二〇年）五月下旬に、移動中に米軍に包囲され、みずから投降した。

一方、伝令を命じられて別の小隊に向かった徳信は、そこで米軍の戦車隊に斬りこみをかけ、地雷を踏んで負傷。左足の膝から下を吹き飛ばされた状態で、米軍の捕虜となった。

沖縄戦で肉親の多くを失い、生計の源であった農地を米軍基地に接収された徳信は、戦後にようやく左足の義足に慣れたころから、村内の石材店で働くようになる。沖縄産の琉球石灰岩を、石垣や石畳、それに墓石用などに加工するのが、主な仕事だった。

そんな徳信にとって、見合い結婚をしてすぐに授かった一人娘の栄子は、宝物だった。栄子の大阪での就職を許したのも、「三〇歳までには沖縄に帰る」との条件つきだった。

その栄子が二八歳で他界した三年後に、徳信の妻の政恵も乳ガンで亡くなり、徳信と孫の修英は、二人だけの生活をはじめることになる。大のヤマトンチュー嫌いの徳信だが、娘がヤマトンチューとの間にもうけた修英だけは、はた目にも溺愛していたという。

■上半身裸で番長に「復讐してやる」

幼いころの修英は、近所の子どもたちと遊ぶことの少ない、いたって内向的な子どもだったという。しかし小学校に上がるころには、次第に周囲の注目を集めるようになる。

「とにかく賢くて、不思議な感性を持った子でした。いつも自分のことを『わたし』と呼ぶので、かげでは『わたしチャン』なんてアダ名されてましたが、ふとした瞬間に、だれもが考えつかないような、思わずドキッとするようなことを口にするんですね。

たとえば、私が授業中に、『今日は雨ふりだから、校庭の花壇の水やりはしなくていいですね』と言ったときのことでしたが、修英くんが手を上げて、『わたしは、雨の日でも人間が水をやるべきだと思います』と言うんです。どうしてなのかたずねると、『草や花には、雨でふる水と、人間がやる水との違いが、わかっているかもしれないからです』と、そう言ったんです。それを聞いて衝撃を受けたというか、すごく考えさせられましたね。

簡単に『どちらも、水には違いないでしょ』と言って済ませることのできない、なにか侵しがたいものが、そこにあるような気がしましてね……」

小学校二年生のときの担任だった女性教師は、そんな話を聞かせてくれたあとで、「あの修英くんがシトウ・マサトになって、あんな事件を起こすなんて……」と絶句した。

修英がいかに特異な感性の持ち主だったかについては、次のような目撃談もある。証言してくれたのは、五年生のときのクラスメートだった、B子さんだ。

「あるとき、番長グループが校舎の裏で、Mくんをボコボコに殴っていました。Mくんは少し言語障害があり、それで目をつけられ、よくいじめられていたんですね。私たちは二階の教室から見てましたが、巻きこまれるのが恐くて、だれも止めに行きませんでした。

すると、それに気づいた大城くんが、なぜか突然に服を脱ぎはじめて、上半身だけ完全な裸になると、そのままの姿で校舎の裏に下りていったんです。その上半身がとても色白で、まるで女の子のようにか細くきれいだったことを、いまも鮮明に覚えています。

とにかく、上半身がすっぱだかの大城くんに驚いた番長たちは、Mくんを殴るのをやめ、今度は大城くんに怒鳴ったりしてました。だけど大城くんが、なにかひとこと言っただけで、番長グループはなぜかおずおずと、その場から立ち去ってしまったんですね。

それは、見ていてとても奇妙な光景でした。あとでMくんに、大城くんが番長たちになにを言ったのかを聞いたら、『わたしのからだに傷をつけたら、一生かけても復讐してやる』と、そう言ったそうです。そのことばが不気味で、番長たちもびびったんでしょうね。それでなくても大城くんは、どこか人を寄せつけない雰囲気をもってましたから」

やがて中学生になった修英は、授業が終われば即座に帰宅する日々を送るようになる。将来は医者になろうと考え、そのための受験勉強をみずからに課していたからだ。

祖父の徳信は定年退職後、親の遺産分けの軍用地（かつての農地）の借地料と年金で生活する身だったが、「孫が将来は医者になりたいらしいので、応援してやる」と、親しい村民に話している。成績優秀で祖父思いの修英は、徳信にとっても自慢の孫だった。

徳信は若いころから三線《さんしん》（三味線によく似た沖縄の弦楽器で、胴の部分にニシキヘビの皮が張られている）の名手で、酔えば三線を奏でながら沖縄民謡を歌ったが、その教えを受けて、修英も早くから三線を弾きこなした。そして中学時代に中古ギターを手に入れてからは、独学でギターの練習にも打ちこんでいたという。

しかし中学時代の修英は、学校ではきわめて印象の乏しい、孤独な生徒だった。

当時の級友たちに取材しても、「勉強はよくできたが、それ以外のことは覚えていない」、「昼休みも一人でずっと参考書を読んでいた」、「自分のことを『私』と言ったりするので、少し変人視されていた」といった声ばかり聞かれた。そして、「シトウ・マサトが本当に大城修英なのか、いまだにピンとこない」という感想が、圧倒的に多かった。

■医師志望の秀才が高校中退で東京へ

一九九七年（平成九年）春、修英は沖縄市の県立拓誠高校理数科に進学する。同校は沖縄県内では三本の指に入る進学校だが、南部にあるトップ校にも進学できる学力を持ちながら、修英があえて拓誠高校を選んだのは、祖父の徳信の身を案じてのことだった。

徳信は戦争で失った左足の後遺症に悩まされていたが、石工時代の無理がたたって、高齢になるとそれが悪化し、痛さで義足も装着できず、松葉杖で暮らすようになっていた。

修英はそんな祖父に一人暮らしをさせたくないとの思いから、進学校の中で唯一、読谷村の自宅から通学可能な、拓誠高校を選択したのだった。

そして入学後も相変わらず勉学に励み続けた修英だったが、中学時代とは一つだけ、大きく異なることがある。それは文芸部に所属し、部会に顔を出したり、合評会で自作の詩を朗読するなど、クラブ活動に熱心に参加するようになったことだ。

拓誠高校の文芸部では毎年の秋に、『拓誠文学』という年刊誌を発行していたが、修英は高校一年生のときに、『沖縄の冬』と題する次のような詩を同誌に発表している。

もしもこの沖縄に　雪が降っているとしたら
それはどこの町か　だれの胸の中か
それとも　爪先のあたりか

たとえることのあまりのたやすさに
おそらく私は　まともにさえ話せなくなった

だらだらと　歳月を犬のように転がり落ちて
妄執のふちで歯を磨くみたいに
ことばを　両脇に抱えたことばを磨く
その　なんという姿　なんという十二月

沖縄の冬は　生殺しのぬくもりで腐敗しながら
縁側にただよう貧弱な笑いの中で　溺死を
まさに溺死を　くり返してきた

だからこそ　くぐもる悲哀の波間から
問わねばならぬ屈辱がある

果てなき背信に　さらされ続けた者たちの
たえまない希求の反問をかいくぐり
もしもこの沖縄に　雪が降っているとしたら
それはどこの町か　だれの胸の中か
それとも　くるぶしのあたりか

生まれ落ちてしまった過失のように
それは本当に　白い雪なのか

ご覧のように、修英は高校一年生の時点で、もうこれだけ水準の高い詩を書いている。しかもその内容は、どこか、今回の「連続毒殺事件」の予感をはらんでいるように思える。当時の文芸部の顧問であったD先生（男性）も、修英の才能には驚嘆したという。

「大城くんの詩を初めて読んだときは、びっくりしました。普通の高校生が書く詩とは、明らかにレベルが違うので、どう批評すべきか悩みました。いや、すでにあの時点で、私の批評など超えていたと思います。とにかく早熟で、どんなふうに成長していくのか、楽しみにしていました。本人の希望通り、琉球大学の医学部には絶対に合格できる成績だったのに、どうして高校を辞めてしまったのか……。卒業まであと半年でしたし」

D先生がそう話すように、修英は高校三年の秋に突然、拓誠高校を中退している。子ども時代からの夢だった医師への道を着実に歩んでいた修英に、いったいなにがあったのか。

修英の高校三年時の担任教師（女性）に話を聞こうと、自宅を訪ねたが、「連続毒殺事件のショックが大きくて、冷静に話せる自信がない」と、取材に応じてもらえなかった。

そこで、高校時代の級友たちにも取材したところ、ここでもやはり中学時代と同じく、「教室内ではいつも一人で読書していた」、「極端に口数が少なかった」、「笑顔を見た記憶がない」といった、内向的な少年像が浮かび上がってくるばかりだった。

しかし、そんな中で一人だけ、同じ文芸部員だった女性が、「大城くんは、英語科の男子生徒のTくんとだけはとても仲がよく、おかしな表現かもしれませんが、恋人同士のような雰囲気をかもし出していました。そのTくんが通り魔に襲われて重傷を負い、退学してしまったことが、なにか影響したのかもしれません」と教えてくれた。

さっそく、そのTさんのお宅にうかがったが、本人はいまも、通り魔に襲われたときの後遺症に苦しんでおり、「人に会うと体調が悪化しますので、ご遠慮ください」と、介護している母親に面会を断られてしまった。

結局、修英の高校中退に至る確かな理由は、わからずじまいだった。しかし、その年の初めに祖父の徳信が大腸ガンで他界したことが、一つの要因になっているだろうことは、想像に難くない。ここでも、徳信の親友だった島袋彰正さんの話に耳を傾けよう。

「徳信が死んだとき、修英は泣いてばかりで、弔問客の応対もできないほどでした。本当にオジー思いの孫でしたし、徳信も孫のために、精一杯のことをして亡くなりました。嘉手納爆薬庫の軍用地に取られている土地を、先祖のためにも絶対に取り返したいと、あれほど言っていたのに、亡くなる前にはそれを売り払い、修英のために少しまとまった金を残してやったのです。だからその金で、琉大の医学部に行くものと思ってましたら、ある日突然に修英が、高校を辞めて東京に行くと、そう挨拶しに来たので、驚きました。オジーが死んだから、もう沖縄で暮らす意味がないのだと、寂しそうに言ってましたね」

■みずから強く望んだ「自己情報非公開」

こうして一九九九年の一〇月に拓誠高校を中退した修英は、ほどなく上京する。

しかしこれ以降、修英の足取りは判然としなくなる。東京での修英はなぜか「大城修英」という本名を名乗ることがなく、何度となく、海外にも出かけたりしていたからだ。

その修英が二〇〇四年の秋に「シトウ・マサト」としてデビューし、有名アーチストにまで成長する過程で、もっとも重要な役割を果したのが、アーティスト・マネージメントオフィスである「ホマーズインフォーメーション」の代表・筒浪文仁氏だ。

実績ある音楽プロデューサーとして知られる筒浪氏は、シトウ・マサトが犯行を激白して自殺するという、あの衝撃的な記者会見の場を設けた、責任者でもある。

事件直後に体調を崩し、都内の病院で面会謝絶状態にあった筒浪氏だが、「デタラメなシトウ・マサト情報」が氾濫する現状に心を痛め、「少しでも本当のことを伝えるのが、私の責務だと思いまして」と、メディアとしては事件後初めて、取材に応じていただいた。

「シトウ・マサトのもっとも身近にいながら、一連の事件を未然に防げなかったことを、被害者やその関係者の皆様に、伏してお詫び申し上げたい気持ちでいっぱいです……」

ベッドで半身を起こした状態でのインタビューだったが、筒浪氏はまず、悲痛な表情でそう述べてから、「すべて、正直にお答えします」と記者に向き合った。その口から語られた驚愕の事実は、まさにシトウ・マサトの「謎」の核心に迫るものだった。

「私がシトウ・マサトと、つまり大城修英と初めて出会ったのは、二〇〇三年の五月でした。友人が経営するラウンジが西麻布にあって、半年ぶりぐらいで顔を出したら、少年っぽい歌い手が、『トリステーザ』とか『ブラジルの水彩画』とか『イパネマの娘』とか、サンバやボサノバの名曲をギターの弾き語りで、独特のアレンジで歌っていました。

それが日本人離れした見事な表現力で、びっくりしちゃいましてね。オーナーである友人の話では、二カ月ほど前に突然、歌わせてほしいとやって来たのでテストしてみたら、これがとても素晴らしかったので、今は週に三日、来てもらっているとのことでした。

それでもしもなにか、オリジナルな持ち歌があったら聴かせてほしいと頼んだら、閉店後に二曲、私のためだけに歌ってくれました。それが、『アダンに降る夜』と『裏切りの由来』でした。それを聴いたとき、もう全身が震えるほど、感動しました。プロ・アマの別なく、だれかの歌でそれほど感動したというのは、私の長い音楽人生でも初めてでした。

とにかくたぐいまれな才能に出会えたことで、すごく興奮させられましたよね」

まもなく還暦を迎えようとしていた筒浪氏は、「プロデューサー人生の最後を、この青年に賭けてみよう」と決意。数日後にはもう、修英を自分のオフィスに招き、「全力でバックアップするから、専属アーチストにならないか」と契約話を持ちかけている。

これに対して修英は、「テレビやラジオには絶対に出ない」、「沖縄の出身であることを含めて、自己情報はいっさい公表したくない」、「仕事の時間以外は、生活に干渉しないでほしい」という三つの条件を、「絶対にゆずれない条件」として明示したという。

「普通はそんな身勝手を受け入れる余地はないのですが、とにかく一緒に仕事がしたかったので、あえてその条件を呑みました。世の中には、私が戦略的に『徹底的に謎めいたアーチスト』としてシトウ・マサトを売り出した、というような誤解もあるようですが、まったくそうではありません。彼が望む条件を誠実に満たしてゆけば、自動的に『謎めいたアーチスト』になってしまったと、そういうことです。シトウ・マサトという芸名も、『なんとなくその名が頭に浮かんできたから』と、彼自身が考え出したものです」

■尾行調査で判明した「女装」の真相とは？

こうして筒浪氏と修英の二人三脚がはじまるが、筒浪氏はまず最初に興信所に依頼し、修英に対する二週間の尾行を含む、身辺調査を行ったという。以前に有力新人の売り出しを手がけた際に、デビュー直前に暴力団との関係が発覚。手痛いダメージをこうむった経験から、新たな契約アーチストにはそうした調査を行うのが、社内ルール化されていた。

「その調査ではもちろん、裏社会との関係や薬物問題、それに、過去の犯罪歴や身辺トラブルなど、危惧すべき事実はなにも出てきませんでした。しかし、まったく思いもしなかった、いささかショッキングな事実が確認されました。それは、女装です。

彼は、二週間の尾行調査の間に三回、マンションの部屋から女装で街に出て、渋谷の書店で本を買ったり、原宿のカフェでお茶を飲んだり、新宿で映画を見たりしました。いずれもそれだけのことで、女装を仕事にしているのではないようでした。

調査員が隠れて撮影した写真を何枚も見ましたが、どの写真にも、若くてきれいな女の子が写っているだけで、それが男性だとは絶対に見破れない、完璧なレベルの女装でした。彼はもともと細くてきゃしゃな、女性的なからだつきをしていましたし」

あのシトウ・マサトが女装姿で街を歩いていた……まさに衝撃的な事実だが、実は、警察の必死の捜査にもかかわらず、連続毒殺事件の犯人が逮捕されなかった最大の理由が、ここにある。防犯ビデオや目撃証言での情報により、早くから「犯人は女性」と思いこんでいた捜査本部は、ものの見事に、シトウ・マサトの「女装」にだまされていたのだ。

「彼がなぜ女装したりするのか、とにかく本人に確かめてみるしかないので、尾行調査の結果をもとに話を聞きました。するとそのときに初めて、自分の本来の性別は女性だと確信しており、将来的には性別適合手術を受けて女性になり、気持ちとからだを一致させたいのだと、そう打ち明けてくれたのです。いわゆる、性同一性障害ですよね。

小学生時代に、自分が男であることに強い違和感を覚え、中学生になるともう、自分は女性だと完全に自覚できたそうです。ただ、祖父との二人暮らしの中で、少しでも女性的な要素を見せると『男のくせに！』と叱られたので、隠し通すしかなかったんですね。

好きになるのも男性ばかりで、高校時代に一度だけ、同級の男子生徒に恋心を告白したところ、相手がそれを受けとめてくれたので、一年近くつき合っていたそうです。だけどそのうち、いろいろショックな出来事が重なったことで、その関係を終わらせるしかなかった、それが東京に出て来る大きなきっかけになったと、そうも言ってました」

筒浪氏の話に出てくる「一年近くつき合っていた男子生徒」というのは、おそらく前出の、通り魔に襲われて負傷した「Tくん」だと思えるが、真相は確かめられなかった。

「性格的に夜のお店で働くようなことは無理なので、歌の世界でやれるだけやって、やがては見知らぬ国に行き、孤独でいいから女として暮らすんだと、そう言ってましたね。だから私も、その思いを尊重してやりたいと、そんな気持ちでいたのですが……」

■語らなかった「沖縄」を最後に熱唱

二〇〇四年の秋から半年間、ＳＡＢテレビで放送されたドラマ『さよならの活用形』は、妻子持ちの高校教師と女生徒の心中事件をミステリアスに描いて、驚異的な視聴率を弾き出した。そして、主題歌となった『アダンに降る夜』も空前の大ヒットを記録し、シンガーソングライターであるシトウ・マサトの名を、一躍、世に知らしめることとなる。

シトウ・マサトはこれ以降、テレビやラジオにいっさい出演することなくヒット曲を連発し、「メディア嫌いの謎めいたアーチスト」として注目を集めてゆく。二〇〇六年夏からは、コンサートツアーでついにファンの前に姿を現したが、肩までの長髪に大きなワンレンズ・サングラスという風貌は、むしろ、その謎めいた印象を倍加させるものだった。

こうして着実にビッグアーチストへの道を歩みながらも、修英はその一方で、それまでと変わらず「女装」を続けた。しかも近年、その頻度は増す一方だったという。

「女装でいる時間が増えはじめたのは、五、六年前からでしょうか。とくにここ数年は、もう、ほとんどの時間が女装で、女になりきって暮らしている感じでしたね。

彼は日ごろから大型のワゴン車に乗っていましたが、その車内を改装して女装用の服を積みこみ、そこで着替えたり、化粧したりできるようにしていました。ツアーの際は札幌でも博多でも、自分でその車を運転してやって来て、またその車で帰って行くのです。

ツアー先では他のスタッフと同じホテルにならないよう、彼だけが別のホテルに泊まっていました。その予約は私の担当でしたが、三年ほど前からは彼の要望で、『大城栄子』という名前で部屋を取るようになりました。どうしてその名前にしたのか、よくわかりません が、ホテルには完全に女性として出入りしていたんだと思います」

ホテル予約時の『大城栄子』という名は、二八歳で亡くなった、修英の母の実名だ。二歳で死別し、顔も覚えていないであろう母の名を、修英はどんな思いで名乗っていたのか。そしてシトウ・マサトは、いつのころから、毒殺魔への道を歩きはじめたのか。

「彼はとても無口で、自分については語らない人間でした。だから沖縄での暮らしぶりも、彼が話してくれたと言うより、それとなくこちらから聞き出したと、そんな感じでした。もちろん基地問題についても、安藤政権への批判も、一度も口にしたことはありません。

彼はワインが好きだったので、たまには女装の彼とワインバーに行ったりしましたが、そんなときは、ジョアン・ジルベルトのコード進行のここがすごいとか、トレイシー・チャップマンのこの歌詞がすばらしいとか、音楽に関する話ばかりしていました。

だから、どうしてこんなことになったのか、私にもまったく理解できません。ただ、いまにして思えば、東京でも大阪でもエンディング曲の後で、突然、予定にはなかった沖縄の歌を弾き語りしたことに、なにか彼なりの、深い思いがあったのかもしれませんね。私が、東京のコンサートで舞台が引けた後に、『初めて聴く歌だったし、歌詞が沖縄弁で理解できないから、お客様になにか説明した方がよかった』と言うと、彼は、『わかってもらえなくても、感じてもらえればいいんです』と、そう言っていましたが……」

筒浪氏が話すように、シトウ・マサトは東京でも大阪でも、コンサートの最後の締めくくりに、『PW無情』と題する沖縄の歌を、三線で弾き語りした。

この「PW」とは「Prisoner of War」の略で、「戦争捕虜」のことを指している。

そして、沖縄の捕虜収容所で生まれたとされるこの歌を、酔えば必ず三線を手にして歌ったのが、シトウ・マサトこと大城修英の祖父である、徳信だった。

その歌詞の一節は、次のようなものである。

懐ちかしや沖縄（ウチナー）　戦場（イクサバ）になやい
世間御万人（シキンウマンチュ）ぬ　ながす涙
PW　哀りなむん

（訳）懐かしい故郷・沖縄が戦場になってしまった
どんなに世間のたくさんの人が涙を流していることだろう
捕虜になり　なんと哀れな姿だろう

勝ち戦（イクサ）願（ニガ）て　山ぐまいさしが
今（ナマ）や囚われりてぃ　捕虜になとうさ
ＰＷ　無情なむん
（訳）勝ち戦だと信じて　山に息を潜めてこもっていたが
今は囚われて　捕虜になってしまった
捕虜というのは　なんと無情なものだろう

スタッフも知らない間に三線を用意してまで、修英はコンサートの最後の最後に、「わかってもらえなくても、感じてもらえればいいんです」との思いで、この歌を熱唱した。それは、愛する祖父の無念を噛みしめようとしてのことだったのか。それとも、「私たち沖縄の人間は、いまだにＰＷのままではないのか？」と、そう問いかけたかったのか。

■だれも知らなかった「毒殺魔の日常」

シトウ・マサトのファンには心痛むことではあるが、すでに明らかとなった事実や物証により、修英が連続毒殺事件の犯人なのは、微塵も疑う余地がない。

しかし、修英には子どもがいないだけでなく、私たちが取材したその生い立ちから考えても、犯行声明文に書かれた内容と修英の現実とでは、かなり多くの相違点がある。

それに、声明文の筆跡は修英の筆跡と一致しないとの説があるし、それが書かれた便箋からは、修英のものとは異なる指紋も採取されている。また、修英と加賀雄二郎氏との間に「果たさねばならない仇討ち」をめぐるどんな接点や関係があったのか、いまも確認されてはいない。

こうしたことから、「シトウ・マサトの単独犯行としても、他に協力者がいた可能性も捨てきれない」という警察関係者がいるし、「犯行声明文の内容は、捜査の攪乱《かくらん》を狙って書かれたもので、本当の動機は別のところにある」との見方も、根強く残っている。

さらに、修英が自殺に用いたスプレー容器の中には、科学捜査に十分な量の毒液が残されていたが、その毒がどんな生物のものなのか、いまもって解明されないままである。

私たちはほぼ一〇日間にわたり、シトウ・マサトこと大城修英の身辺を、徹底的に調べまくった。そして、「天才シンガーソングライター」と謳われた彼がなぜ、「恐怖の毒殺魔」と化したのか、その真相を探り当てようと、大勢の人に話を聞き、多くの場所に足を運んだ。

しかし、そんな私たちの前に最大の障壁として立ちはだかったのが、黒々とした闇の中に閉ざされたかのような、修英の「孤独」だった。

有名アーチストである修英は、多くの仕事仲間に恵まれ、幅広い交友関係を築いてきたかに見えた。しかしそれは、あくまでもビジネス次元のことで、仕事を離れて個人にもどったとき、修英の周囲にはだれ一人として、心を許し合える存在はいなかった。

結論から言えば、シトウ・マサトが「沖縄出身の大城修英」だと知る人間は、シトウ・マサトの生みの親である筒浪氏以外にいなかったし、その筒浪氏でさえ、性同一性障害者としての修英の「日々の暮らしぶり」については、ほとんどなにも知らなかった。

修英の死後、警察は彼のワゴン車から、女性用の衣装やカツラ、それに化粧道具などを押収した。しかし、彼の住まいである六本木のマンションからは、女ものの衣服や洋品はなに一つ発見されなかったため、警察も最初は、女装用の品々は犯行時の変装のために用意されたものだと、そう理解したに違いなかった。

実は、修英が住む六本木の高級マンションは、筒浪氏の会社の所有物である。デビュー曲の『アダンに降る夜』が大ヒットした後に、筒浪氏が修英とも相談してマンションの一室を買い上げ、その中に防音のミニスタジオを作ったりして、修英に提供したのだ。

修英は最初の数年間は、毎日その部屋で暮らしていたし、自殺する少し前まで、その部屋で曲作りをしたり、編曲者や音楽仲間を招いて、仕事の打ち合わせをしたりしていた。

しかし、修英自身はもう三、四年前から、六本木のマンションとは別の場所で暮らしていた。その場所ではおそらく、完全に女として、ごくごく普通の一人の女性として、本来の自分にふさわしい日々を過ごしていたのだろう。もちろんだれにも、肉体的には男であることや、シトウ・マサトであることは気づかれないままで……

筒浪氏は最後に、目を真っ赤にさせて、こう述懐した。

「ついに亡くなるまで、彼は自分が毎日の生活を送っている場所のことを、私に打ち明けてはくれませんでした。私が多少なりとも理解し合えたつもりでいた、その相手はシトウ・マサトであって、大城修英ではなかったと、いまはそういう気がしてなりません」

この記事を掲載した『週刊実相』が発売されたのは七月一四日（火）だったが、その時点でもう、シトウ・マサトの音楽世界は社会的に抹殺されつつあった。

作品の独占販売権を持つジアースミュージックが、ＣＤや映像商品の全タイトルを出荷停止にし、同時に、全楽曲・映像のデジタル配信も停止。あらゆる店頭から、シトウ・マサト関連商品が回収されたばかりか、街のカラオケ店でもシトウ・マサトの曲は歌えなくなってしまった。

「最悪の毒殺魔である私の歌は、たちまち社会から抹殺されるでしょう」とシトウ・マサト自身が語った通りのことが、おそらく彼が想定した以上の早さで、現実化されつつあるのだった。

シトウ・マサトはまた、「私が起こした今回の連続毒殺事件は、もうだれにも消し去ることができません。そして私は永遠に、沖縄が生み出した毒殺魔のままなのです」とも語ったが、彼が性同一性障害者であり、組織や運動といったものとは無縁な存在だと判明するにつれ、その犯行は次第に、「きわめて特異な人物による、異常な犯罪」として報じられる傾向が強まっていく。

当初は、「沖縄の民意を無視した政府の、高圧的で強硬すぎる物事の進め方が、沖縄という活火山に充ち満ちていたマグマの、ある意味での『暴発』を招いたと言えなくもない」と書いていた日読新聞も、「シトウ・マサトの心の闇は、あまりにも深い。そこには、永遠に他者のうかがい知れない、確信に満ちた絶望が巣くっていたのだろう」、などと書くようになった。

やがては、主要な大手メディアでもそうした論調が多く見られるようになり、「東京大阪連続毒殺事件」がもたらした衝撃と恐怖と評価は急速に、沖縄の諸問題や、米軍基地問題からは切り離され、ほとんど確実に、「個人的な資質に端を発した異常犯罪」へと収束されつつあった。

米軍基地問題に関しては、もっとも先鋭な政権批判で埋め尽くされてきた沖縄の新聞でさえ、「今回の連続毒殺事件は、あくまでもシトウ・マサトが固有の私憤により引き起こした事件であり、当然のことながら、沖縄の民意とは遠くかけ離れたものである。もしも彼が本当に沖縄の現状を憂い、沖縄全体のことを考えていたなら、決してこのような事件を発想することはなかったはずである。なぜなら、この種の事件は、『沖縄と本土の分断工作』にこそ利用されることがあっても、沖縄の現状改善や未来創出には、まったくの悪影響しかもたらさないことを、県民の多くが知り尽くしているからだ」と社説で書き、シトウ・マサトを切り捨てようとした。

それに、シトウ・マサトの告白と自殺から二週間後に電話で話した、ロケーション・ウリズンの比嘉真帆さんは、次のようなことばで、沖縄の人々の受けとめ方の一端を伝えてくれた。

「事件を起こしたのが沖縄の無名の一市民で、沖縄で普通に暮らしている人でしたら、きっとまた反応が違ったというか、もっともっと大きな、より多様な反響が生まれたと思います。だけど、犯人がシトウ・マサトという、超個性的な有名人だったことで、沖縄でも事件の受けとめ方が、かなり限定されてしまったんじゃないでしょうか。私もシトウ・マサトの歌は、ときどき聴いたりしていましたが、まさか沖縄の人だとは、夢にも思いませんでした。だから、彼がウチナーンチュだとわかったからといって、急に感情移入できるわけでもありませんし。

もしもシトウ・マサトが、ウチナーンチュであることを堂々と打ち出し、沖縄の苦悩や困難をすすんで背負うような、そんな音楽活動をしていた人なら、もちろん、事件は事件として厳しく指弾される一方で、沖縄の潜在的な情念を反映した、また別の反響が湧き起こったはずです。

でも、そうならなかったのは、彼自身がウチナーンチュであることを隠してきたというか、沖縄について語らなかったことの、当然の帰結ではないかと、そう思えてしまいます……」

『週刊実相』が指摘するように、犯行声明文の筆跡がシトウ・マサトの筆跡と一致しないことなどから、「他に共犯者か協力者がいるのでは？」との臆測も、一部でくすぶり続けていた。

しかし警察は、「シトウ・マサトは、他人の筆跡を模倣して犯行声明文を書き上げた」と判断したのか、あくまでもシトウ・マサトの単独犯行として事件処理を急いでいるようで、梶木杏奈が捜査本部に探りを入れても、共犯者の洗い出しが行われている気配はなかったという。

そして数ヵ月後には、シトウ・マサトは殺人や傷害の容疑で被疑者死亡のまま書類送検され、刑事訴訟法の規定に従って、不起訴となるはずだった。つまり裁判は開かれないため、犯行を裏付ける証拠や証言が法廷で示されたり、捜査資料が公開されたりすることもなく、史上まれに見る連続毒殺事件の本質は、ほとんど解明されずに終わるのが目に見えていた。


かえりみれば、ぼくがリョウさんと会ったのはたったの二回だし、身も心も重ね合ったのは、本当に一時間ぐらいの、わずかな時間でしかなかった。なのにぼくはリョウさんに心を奪われ、リョウさんに恋をして、四六時中、リョウさんのことを考えるようになった。

しかしリョウさんが「白金台児童公園事件」の犯人かもしれないと気づいたときから、ぼくは複雑な感情に追い立てられ、「新たな犯行を阻止しなければ！」との思いと、リョウさんへの恋情との間で不安定に揺れながら、それでも、自分になにができるかを模索し続けた。

にもかかわらず、結局は第三の犯行を阻止できず、大阪でも犠牲者が出たことで、自分の弱さやふがいなさを痛いほど思い知らされ、自責の念と自己嫌悪にさいなまれるしかなかった。

ところが、思ってもみない経緯で犯人がシトウ・マサトだと判明したことで、ぼくは突然、そうした自責の念や自己嫌悪から引き離された。それは、出口が見えずにもがき続けていた迷路の中から、不意に外界に連れ出されたにも等しい、なんとも奇妙な感覚だった。

しかも、それで完全に解放されたわけでも、気持ちの整理がついたわけでもなかった。

今度は、「リョウさんとシトウ・マサトは、いったいどんな関係だったのか？ 事件の全体像の中で、リョウさんはどんな役割を果たしていたのか？」といった疑問が、また新たな迷路となって行く手をふさぎ、ぼくはふたたび、身動きしがたい気分におちいった。

そこからなんとか抜け出すためにも、本当のことが知りたかった。

リョウさんが連続毒殺事件とどのようにかかわっていたのか、その真実を……

しかし、リョウさんの行方はようとして知れず、事件の真相に迫るすべもないまま過ぎていく時間のもどかしさに、ただただ徒労感がつのるばかりだった。

そんなころだった。突然、連続毒殺事件の真相を知ったのは。

しかも、それをぼくに明かしてくれたのは、リョウさん自身だった。


二〇一五年七月二一日（火）。

ようやくこの日、シシ権現での骨折から一〇五日目にして、ぼくは職場復帰をはたした。

そして、社内の各部署や下請のプロダクションなどへの挨拶回りで一日を終え、夜の七時過ぎに帰宅すると、マンションのエントランスの郵便受けに、真っ白な洋形の封書が入っていた。

表書きもなく、切手も貼られていない封書を手に取り、何気なく裏返したとたん、心臓に衝撃が走った。そこに小さな字で、「水貴より」と書かれていたからだ。

リョウさんが直接、届けてくれたんだ……

ぼくは反射的にマンションの前の道路に飛び出し、まだ暮れきらない夕闇の四方をながめ渡したが、もはやそこに、リョウさんの姿があるはずもなかった。

部屋に上がり、逸る気持ちで封を切ると、「英樹ちゃん　私の正直な思いを伝えたくて　長い長い文章を書いてしまいました　私の源氏名をアルファベットの三文字で入力すれば　ファイルが開きます」と書かれた一枚の便箋と、小さなＵＳＢメモリが同封されていた。

すぐにパソコンでＵＳＢメモリの中身を見ると、『お別れに』というタイトルの、パスワードで保護された文書ファイルが入っており、「ＲＹＯ」と入力すれば、簡単に開くことができた。

そこには、「国土の〇・六％の土地に国民の一％が暮らす小さな小さな沖縄社会」（犯行声明文より）で生まれ育ったリョウさんの、おおよその半生が記されていた。

（一〇）お別れに

英樹ちゃん。これまでのこと、本当にごめんなさい。

数え切れないほどの電話やメールをもらいながら、無反応だったことを、許してください。

だけど英樹ちゃんの存在は、私にとってこのうえなくうれしく、貴いものでした。

それも含めて、英樹ちゃんには本当に、心の底から感謝しています。

英樹ちゃんにすすめられて、私もスマートフォンに『ＡＲＡＦＥＳ』をインストールしましたが、それを使えば、相手から届いたメールの発信場所が特定できるのは、わかっていました。

だから英樹ちゃんからのメールが届くたびに、そのメールがどこから発信されたものなのかを、いつもたしかめていました。そうすることで、あなたが身近にいて、私のそばで生きてくれているような、そんなよろこびを感じていたのです。

英樹ちゃんがいつから私を連続毒殺事件の犯人だと思うようになったのか、その詳しい経緯はわかりません。ただ、私がもっと早く『ＡＲＡＦＥＳ』をアンインストールしたり、ショートメールを受信拒否にしていれば、英樹ちゃんに心配をかけずにすんだはずです。それができなかったのは、もう少し、もう少しだけ、英樹ちゃんとつながっていたい……という、私の一方的な甘えのせいでした。その結果、英樹ちゃんを不安におとしいれ、苦しい思いをさせてしまったことを、本当にもうしわけなく思っています。

でも、英樹ちゃんと出会えたことは、私にとって最後の幸運でした。英樹ちゃんと再会したあの日は、まるで宝もののような偶然が、考えられる限りの不思議を織りなして私たちを引き合わせてくれた、そんな一日だったのです。

あの夜、私は英樹ちゃんのおかげで、これまでに経験のない一体感に打ち震えて、心とからだを解放できました。どうか信じてください。それはまぎれもない真実です。

できることならその意味の一端でも、英樹ちゃんにわかってもらいたい。そして、私のせいで苦しい思いをさせてしまった英樹ちゃんにだけは、やはり、本当のことを伝えておきたい。

そんな思いから、この文章を書こうと決心しました。

英樹ちゃんが私を毒殺事件の犯人だと思いこんだのは、決して見当違いではありません。

日読新聞に掲載されたあの犯行声明文を書いたのは、私だからです。

そして事件を決意し、計画し、準備したのも、私です。

なのに、死を賭してそれを実行したのは私ではなく、シトウ・マサトだったのです。

その事実へと至る私の歴史のようなものを、これから書いてみたいと思います。

英樹ちゃんが初めて知る私の真実の姿が、目をそむけたくなるほど醜悪なものだったとしても、どうか一度だけは、最後まで読んでくださいますように。

私が生まれたのは、沖縄本島北部の、名護市という町です。

市内の土木建築会社に勤めていた父は、そのときすでに四二歳。

近くの製糖工場で働いていた母は、三八歳でした。

私の誕生日は一九八二年三月一六日ですが、沖縄ではその前年から私が生まれた年の中ごろまで、日本の水道史上でもっとも長期間の給水制限をよぎなくされるほどの、渇水にみまわれました。母が私に「水貴」という名をつけたのも、そんな時期にちなんでのことです。

私が育った家は、名護市を流れる屋部川が海にそそぎこむ、その河口のすぐそばにありました。いかにも沖縄の民家らしい、赤い瓦屋根の小さくて古い平屋で、海に向かう西側の庭には何本ものフクギが青々と茂り、まるで潮風を緑色に染めているかのようでした。

だけど、いまでも夢に見るほど大好きだったその家で私が両親と一緒に暮らせたのは、小学三年生までの、たった九年足らずのことでした。

私の父は沖縄本島中部の北谷で、農家の長男として生まれています。

しかし、父のお父さんやおじいさん、それに叔父さんなど、身内の成人男性はすべて日本軍に召集されたあと、沖縄戦で戦死。祖母は米軍が上陸する少し前に、まだ六歳だった父と二歳の叔母を連れて、北谷から北へ北へと逃げ、最終的には「ヤンバルの森」に逃げこんだのです。

「ヤンバル」はもともと、沖縄本島の北部全体の俗称ですが、漢字で書くと「山原」となるように、この一帯には与那覇岳や伊湯岳《いゆだけ》、西銘岳《にしめだけ》などの山々がつらなり、それを覆いつくすようにして、スダジイやオキナワウラジロガシが繁茂する、日本最大級の亜熱帯の森が広がっています。

この常緑の森こそが「ヤンバルの森」なのですが、この森にはヤンバルクイナや、ノグチゲラ、ヤンバルテナガコガネ、オキナワトゲネズミなど、世界でもここにしか生息しない貴重な固有種をはじめ、研究者が驚くほどの多種多様な動植物が生息しているのです。

しかし、沖縄戦のさなかに父たちがヤンバルの森に逃げこんだとき、期待した食べものはもう残されていなかったといいます。巨大なゼンマイのようなヒカゲヘゴの新芽や、黒く熟したギイマの実、それに、コバテイシの実や、クワノハエノキなど、食料になりそうな草木や果実はすべて、敗走する日本兵や先行していた避難民たちに採りつくされてしまっていたからです。

父たちはしかたなく、たまに捕まえることのできたヘビやカエル、そしてミミズや昆虫に細々と命を託すような、すさまじい飢餓にたえながら、ヤンバルの森をさまよい続けたそうです。

結局、祖母と叔母はヤンバルの森で亡くなりましたが、六歳で一人残された父は、それから半年近くも自力で森で暮らし続けました。そして私の母方の祖母と二人の伯父もまた、沖縄戦のさなかにこの森で命を落とし、その遺骨もまだ、ヤンバルの森のどこかで眠り続けたままです。

戦争孤児として成長した父は、やがてヤンバルの森での自然観察を生きがいとするようになりました。戦時中に慣れ親しんだ森の生きものたちが、孤独な父の一番の仲間だったのです。

そして父は、足しげく通いつめていたヤンバルの森で、肉親の遺骨や遺品を捜しに通ってくる一人の女性と出会い、気持ちを通わせるようになります。それが私の母だったのです。

父にとっても母にとっても、ヤンバルの森はまさに家族の歴史の原点であり、沖縄戦の悲痛な別れで満たされた、家族の墓標でもあったのです。

そしてそこに、まったく思いがけない、新たな墓標が加わることになります。

忘れもしません。それは、一九九〇年の一〇月二七日でした。

前日の夕方に国頭村の安波のあたりからヤンバルの森に入り、夜通しで生物観察をしていたはずの父が、その日の朝に、血まみれの刺殺体となって発見されたのです。

小学校三年生だった私がそれを知ったのは、三時限目の授業中でした。私は教室にやって来た教頭先生に呼び出され、「お父さんが大変なことになったから、先生が警察まで同行してあげる」とタクシーで、遺体の搬送先である名護警察署に連れて行かれました。

そしてそこで、先着していた母から、父が何者かに刺し殺されたことを教えられ、安置所で遺体と対面したのです。そのときの私はショックと悲しみで、もう、涙も声も出ませんでした。

父の死は母にも多大な悲歎《ひたん》をもたらし、やがて体調を崩した母は、通院するようになりました。

そんな母が、北谷町の停留所でバス待ち中に心臓発作で倒れ、救急車で病院に運ばれたものの、まもなく心筋梗塞で息を引き取ったのは、父が殺された翌年の八月のことでした。

だけどこの母の死をめぐっては、病院の関係者から情報提供を受けた地元新聞が、母の名は匿名ながらも小さな記事にしてくれたおかげで、一部でかなり問題になりました。

というのも、母を搬送した救急車が、広大な米軍基地を迂回することなく最短距離を走り、もう少し早く病院に着いていたなら、母は救急処置で死なずにすんだ可能性があったからです。

沖縄の米軍基地は、その地域でもっとも使い勝手のよい平坦な一等地を占拠する形で、一方的に拡張され続けてきたため、こういった問題は毎日のように発生しています。母のように、助かる可能性のあった多くの人が、米軍基地の存在によってその可能性を奪われてきたのです。

だけどそうした事実は、沖縄に住んだことのない人にはなかなか伝わりません。

ここまで書いてきただけで、早々と、私の心は音を立てて折れてしまいそうです。二度とことばを交わせなくなった父や母の無念を思い、ここから先の、私自身の人生の変転を思うと、からだが震え、涙がにじんできてしまいます。

だけど人生の最後にようやく、英樹ちゃんという、私の本心を打ち明けておきたいと思える、たったひとりの人と奇跡的にめぐり会えたのです。その幸運にただただ感謝しながら、気を取り直して、この先を書き続けることにします。

父が何者かに殺され、母が急死したあと、身寄りのなくなった私はしばらくの間、父が勤めていた土木建築会社の社長のお宅で、面倒を見てもらっていました。そして五年生の新学期から、浦添市のある家庭の里子として、新たな暮らしをはじめるようになったのです。

その家庭には実子がなく、沖縄では名の知れた建設会社に勤める夫と、中学校で国語の教員をしている妻の、五〇代の夫婦二人だけの家庭でした。二人とも温和なやさしい人たちで、「自分たちを本当の親だと思って、お父さん、お母さんと呼んでほしい」と言われましたが、私にはそれができなくて、結局、「おじさん、おばさん」と呼ぶようになりました。

里子に入ってすぐでしたが、私はおばさんに連れられ、那覇市内の美容整形外科医院に出かけました。名護で生まれ育った私は、バスで二時間半も離れた那覇には、それまでに数えるほどしか行ったことがなかったので、この日のことはとてもよく覚えています。

実は私の顔には、生まれたときから右目の周囲に、青紫色の大きなアザがありました。

里子に入った家のおばさんは、太田母斑と呼ばれるこのアザを最初からとても気にしており、もう一刻も放っておけないとばかりに、私を病院に連れて行ったのです。

私はおばさんに、幼稚園児だったころに名護の病院で、「治療は大人になってからでいい」と言われたことを話したのですが、医療技術の進歩は日進月歩だからと、その一点張りでした。

案の定、那覇のその病院でも、「いまアザを消しても、思春期のころにまたアザが生じる可能性があります。なので、太田母斑がほぼ完成する思春期以降にレーザー治療を受ける方が、二度手間になりません」と言われ、おばさんもようやく納得してくれました。

私の両親は、アザをもって生まれた私のことをそのまま自然に受け止め、「水貴が大きくなってその気になったときに、治療して消せばいい」といった感じで、淡々としていました。

しかし浦添の里親のもとでの毎日は、私が「顔にアザのある、かわいそうな孤児」であることを大前提として成り立っていました。そして「アザのある私」の現在は、将来の「アザのなくなった私」から逆算して、常に否定されるべきものでしかなかったのです。

それでも、そうした環境にしかたなく慣れることで、私はなんとか笑顔を失わない日々を過ごせていました。それに五年生になってすぐに初潮を迎えてからは、おばさんと女同士のきずなが深まった部分もあって、よく二人で買い物に出かけたりしたものです。

ところが六年生の夏休みに、すべてが一変したのです。

それは、おばさんが四日間の教育研修で福岡県に出かけた、初日の夜のことでした。自分の部屋で寝ていた私が、突然、衝撃を感じて目を覚ますと、すぐ眼前におじさんの顔があり、私が声を上げる間もなくキスをしてきたので、私はおじさんを突き飛ばしました。そのはずみでおじさんはベッドから転がり落ちましたが、すぐに立ち上がると、「おれの言うことをきけ！」と大声でどなり、身を投げ出すようにして、私にのしかかってきたのです。

私はなにか叫ぼうとしましたが、なぜか少しも声を出せず、ただ必死でもがき続けました。すると突然、片方の乳房をわしづかみにされ、驚くほど強い力で、両頰を張られたのです。

それまで一度も人にぶたれたことのなかった私は、たちまち震えあがってしまいました。そのときの恐ろしさは、いまもからだのどこかに消えることなく残っています。

そしてまったく抵抗できなくなった私は、ただただ、おじさんのなすがままにされながら、まるで拷問のような、下半身の痛みにたえ続けるしかなかったのです。

すべてを終えたあと、おじさんはまじまじと私を見つめて、「これからはもっと、甘えてくれていいからな。それから、どんなことがあっても、人に話してはいかんぞ。もしも話したら、水貴はここに住めんようになるからな」と、いつもとは別人のような、くぐもった声で言いました。

そして次の夜も、おじさんは私の部屋にやって来ました。

前夜の行為で私が少し出血したので、そこに薬を塗ってやると言いながら、おじさんはまた、私を犯し、新たに出血させたのです。

そして、次の日もまた……

おじさんによる性的虐待は、私が中学生になってからはさらに頻度が増しました。

そんな状況から逃げ出したいと思いながら、私が警察にかけこんだりしなかったのは、おばさんのことを考えたからです。中学の先生だったおばさんは、やさしい気持ちで私の面倒を見てくれました。そのおばさんに、おじさんの逮捕などでつらい目に遭ってほしくなかったのです。

それに私は、もっと根本的な解決策に向けて、自分の気持ちを整理しつつありました。

その「根本的な解決策」というのは、自殺です。自分が死んでしまえばなにもかもすべてが解決するのだと考え、私はひそかに、その具体的な方法まで研究しつつあったのです。

一九九五年九月四日に「沖縄米兵少女暴行事件」が発生したのは、そんなころのことでした。沖縄に駐留する三人の米兵が、商店街で一二歳の女子小学生を拉致。手足を縛ってレンタカーに押しこみ、近くの海岸で集団強姦して負傷させたというこの事件は、米兵の暴力と犯罪に苦しめられてきた沖縄の怒りを爆発させ、日米地位協定の不平等さをも、あらわにするものでした。

被害者の少女は、私と同じ北部の出身で、しかも年齢が一歳しか違いません。

おじさんに犯され続けていた私は、ほとんど自分のことのような悲痛さで事件を受けとめ、一〇月二一日に宜野湾市の海浜公園で開催され、八万五〇〇〇もの人が参加した県民抗議集会の様子も、くいいるようにしてテレビの中継画面で見ていました。

ところがその集会参加者の中に、思いがけない人物の姿を発見して、わが目を疑いました。

テレビの画面にはそのとき、同じ灰色の作業服を着た男ばかりの一団が、コブシを突き上げるようにしてスローガンを叫んでいる様子が映し出されていましたが、「米軍基地をなくし、子どもたちに安心の未来を！」と書かれたゼッケンを一様に胸につけた男たちの中で、ひときわリーダー然と振るまっている、まさしくその男こそが、里親のおじさんだったのです。

私はそれを見た瞬間、自分が自殺しようとしていたことが、急にバカらしくなりました。そして確信したのです。死ぬべきは私ではなく、私を犯し続けている、この男なのだと。

そして私は決意し、今度は自殺ではなく、殺人の方法をひそかに考えはじめたのです。


里親のおじさんの私への性的虐待は、日を追って悪質化する一方でした。

とくに泡盛をしこたま飲んだ夜には、その要求が見境もなくエスカレートしました。

そしておばさんが旅行で不在のある夜、酔っぱらって私を風呂場に連れこんだおじさんは、とてもここには書けないような、許しがたいことを、力ずくで私に強制しました。

もうたえきれず、その直後に家を飛び出した私は、ふらふらと深夜の町をさまよった挙げ句に、里親の家から半時間ほどの距離にある、牧港テラブのガマにたどり着きました。

「ティランガマ」と呼ばれていたこのガマは、小型の鍾乳洞ともいえる、琉球石灰岩でできた自然洞穴で、大量の車が行き交う国道五八号線から、少しだけ脇にそれたところにありました。

そこは普通の町中の、大きなパチンコ屋のすぐ裏手にあたる場所なのですが、目印もなく、緑が茂る一角に小さな穴が開いているだけなので、地元の人以外にはあまり知られていません。

私が懐中電灯を手に、その小さな入口から洞穴の中に入ると、ススで汚れた鍾乳石が垂れ下がるガマの内部に、大人が十数人は入れるほどの空間が広がっており、線香の匂いがしました。

その正面にしつらえられた石造の祭壇が、ここが御嶽《うたき》でもあることを示しています。

御嶽とは、沖縄で古くから信仰の対象となってきた場所のことで、そこには琉球神話の神々や祖先につらなる神が棲んでいたり、降臨したりすると信じられてきました。

私は浦添の家に里子で来てから、級友に教えられてこのガマの存在を知り、放課後によく一人で訪れるようになりました。友人たちは、「あんな気持ちの悪いところに、なにしに行くの？」といぶかりましたが、私にとってはとても気持ちの落ち着く、癒しの場所だったのです。

ガマの中に身をひそめ、御嶽を背にしながら、入口から差しこむ日の光をぼんやりとながめていると、亡くなった両親がいつのまにか天上から舞い降りてきて、なにも言わずに、あの温かなまなざしで私を見ていてくれるような、そんな安らぎを覚えることができるのでした。

その夜、行く当てもないままティランガマを訪れた私は、そこで二時間も三時間も、泣き続けました。やがて涙もかれ、少し気持ちが治まったころになって、電池切れなのか懐中電灯が消えてしまい、私は自分の指先すら見えない真っ暗闇に、飲みこまれてしまいました。

そんな漆黒の中で私は突然、父が聞かせてくれた、興味深い話を思い出したのです。それはやはり、父の意識の大部分を占めていたと思われる、ヤンバルの森に関してのことです。


沖縄戦の直前にヤンバルの森に逃げこんだ父たち三人は、そのあと、アメリカ軍が上陸して戦闘が激化すると、さらに森の奥へ奥へと分け入り、うっそうと木々が生い茂る沢沿いに見つけた小さなガマを拠点として、明日をも知れぬ暮らしを続けたといいます。

そして当時はまだ六歳だった父が、ヤンバルの森での暮らしで一番恐れたのが、顔を合わせば食料を要求する日本の敗残兵や、それを追撃する米兵との遭遇ではなく、自分が目を開けているのか閉じているのかもわからなくなるほどの、「夜の森の暗さ」だったそうです。

しかもその暗闇が、なぜか生きもののようなヌメッとした肌ざわりをもって全身の皮膚にまとわりついてくるので、父は毎日、夜になるのが恐ろしくてたまらなかったそうです。

ところがまったく意外なかたちで、父がその恐怖から解放される瞬間が訪れるのです。

「森に入って数カ月が過ぎたころ、真っ暗な夜にガマに横たわったまま、いつまでも眠れないでいると、子ども心にふと、自分が吸っているのは空気ではなく、暗闇そのものなんだと、急にそう思えてきた。自分は空気ではなく、暗闇を呼吸して生きている、暗闇に生かされているんだと、なぜか突然、そんな実感がこみあげてきた。そしたら不思議なことに、それまでこわくてしかたなかった真っ暗闇が、なぜか少しもこわくなくなった。本当に不思議な感覚だったが、あの夜以来、ヤンバルの森で真っ暗闇に身を置いても、一度もこわいと感じたことがない」

父は大好きな泡盛をちびりちびりと楽しみながら、一緒に食卓を囲んでいた母と私に、とても感慨深げにそんな話をしてくれたものです。

そしてこのときにもう一つ、私はティランガマの真っ暗闇の中で、父に関する、ある決定的なことを思い出しました。それはあの、不思議なカエルに関してです。

長年にわたりヤンバルの森での生物観察をライフワークとしていた父は、地元の言い伝えや目撃情報など、森の生きものに関するさまざまな情報を収集する一方、地道で粘り強い観察を重ねて、それまでに世界に知られていない未発見の生物を、いくつも発見していました。

一九八三年に発見され、「日本最大の甲虫」としてすっかり有名になったヤンバルテナガコガネや、一九九五年になってようやく新種として認定されたヤンバルクロギリスなども、父はずいぶんと早い段階から存在を確認し、その姿を何枚もの写真に記録していたのです。

しかし父は、それらの生きものに直接手をふれたり、採集したり、捕獲したりはしませんでした。ただ自分の目で観察し、スケッチし、写真に撮るだけだったのです。しかもそのスケッチや写真は、ごく数人の、限られた人にしか見せようとしませんでした。

父がなぜ、そんなかたくなな姿勢を守り通していたのか、私にはよくわかりません。

ただ、「ヤンバルの森が痛めつけられ、貴重な自然が失われてゆくのが、くやしくてたまらない。こんな危機的状況の中で、それでも奇跡的に生きのびてきた生きものたちを、新発見だとしてさらし者にするようなことは、一番してはならないことだ。新発見は決して、生きものたちの利益にならない」というような意味のことを口にしていたのを、おぼろげに覚えています。

なのにその父がたった一度だけ、ヤンバルの森から生きものを持ち帰ったことがありました。

それは、父があんな無惨な殺され方をする、四カ月ほど前のことです。

その日は日曜日で、朝八時ごろに夜通しの観察からもどった父は、庭の片隅に自作した三畳ほどの「研究小屋」にこもったきり、なかなか外に出てこようとしませんでした。

そこで不審に思った私が小屋まで行き、その引き戸を開けようとすると、「来るな！」と、中から父が叫びました。それは私がかつて一度も耳にしたことがないほどの、大声でした。

驚いた私はすぐに研究小屋から離れましたが、そのしばらくあとに、ようやく小屋から出てきた父は、母と私に、手にした一本の小さな酒瓶を見せてくれました。

その酒瓶は、沖縄の与那国島で造られている「くぶら」という名の、アルコール度数が六〇度もある泡盛でしたが、その透明な液体の中には焦げ茶色をした小さな小さな、一センチくらいのカエルが四匹、宇宙遊泳をしているような姿で浮かんでいました。

父の話では、このカエルはおそらく、安波や高江のあたりで古くから語り継がれてきた「幻の毒ガエル」ではないか、とのことでした。明王朝時代の中国では、このカエル一匹の毒で一〇〇人以上の敵を殺せるというので、家が建つほどの高値で売買されたそうです。

そこで琉球国の歴代の王は、このカエルの存在を国家の機密とし、ヤンバルの特定の一族にこれを捕獲させ、明王朝への貢ぎ物とすることでその信任を得ていた、とも伝えられています。

しかし、当時の乱獲によって絶滅したと思いこんでいた父は、「生きているとは夢にも思わんかったから、見つけたときは本当に、腰が抜けそうになった。どれだけの猛毒を持っているかわからんので、安全な液浸《えきしん》標本にするまでは近づかないよう、水貴にどなったんだ」と、いつになく興奮気味でした。

父がそれを発見したのは、米軍の北部訓練場内の、リュウキュウアカガエルの観察ポイントとなっている沢でのことです。岩の上や水溜りの中など、半径二メートルほどの範囲に点々と、激臭のする黒く小さな油の塊が落ちており、それらの水溜りの中に四体、カエルの死体が浮かんでいたといいます。

もしもそれがまだ生きていたなら、父は絶対に持ち帰りはしなかったでしょう。

「あの場所の上空ではよく、米軍ヘリがホバリングしたり、超低空で旋回したりしている。そんな訓練の際に潤滑系のオイルが漏れ落ち、その揮発臭に誘われたカエルたちが、オイルの有毒成分が溶け出した水溜りに入って、やられてしまったんだ。米軍ヘリがまき散らす有毒オイルのせいで、伝説の毒ガエルたちも、今度こそ本当に絶滅の危機に瀕しているかもしれん」

父は怒りに曇った表情でそう話し、「これまでに発見されたことのない新種のカエルだから、水貴が好きなように、どんな名前をつけたっていいさ。だけどこのカエルを見つけたことは、お父さんと水貴とお母さんの、三人だけの秘密にしておこうな」と言ってくれました。

なので私は、丸二日間も考えぬいた末に、「マジムンガエル」と名付けました。

「ヤンバルの森に棲む小さなマジムン（悪霊）が、農民たちにいじめられた仕返しに、その霊力で農民たちをカエルにしてしまう」という、私の大好きな沖縄の民話から発想したのです。

そして父と私は、そのうち二人でマジムンガエルの発見現場に行き、今度は生きているマジムンガエルを探してみようと約束しましたが、それがかなうことはありませんでした。

この四カ月後に父が殺され、翌年の八月に母が亡くなったため、父が勤めていた土木建築会社の社長宅に移り住むことになった私は、その際に家財道具や両親の遺品をすべて処分しましたが、父が「くぶら」の泡盛を利用して作ったマジムンガエルの液浸標本は、父が愛用していたライターや腕時計などと一緒に、私の衣服をつめこんだ段ボール箱に忍ばせました。

それ以後、まったく忘れたままになっていたその液浸標本の存在を、私はティランガマの暗闇の中で、ヤンバルの神からの啓示でもあるかのように思い出したのです。

もしもあのマジムンガエルが、父が話していた通りの「幻の毒ガエル」だとするなら、それを使っておじさんを殺せるはずだと、私はそう考えました。そして決心したのです。

あとはもう、結果を恐れずに実行するしかないのだと。

それから二ヵ月ほどが過ぎた、四月の終わりのことでした。

すでに中学三年生になっていた私は、おばさんの帰宅が遅くなるのがわかっていた夜に、仕事から帰ってきたばかりのおじさんに、台所でむりやり全裸にされ、犯されました。

おじさんはそのあとで風呂に入りましたが、私はその間に、部屋の片隅の段ボール箱の中から、マジムンガエルを浸けこんだ「くぶら」の瓶を取り出し、薄い琥珀色と化していたその泡盛を、ほんの少しだけ、おじさんが毎晩飲んでいる泡盛の一升瓶に注ぎ入れたのです。

そして私はその足で、クラスメートの真由莉の家に向かいました。

一番の仲良しだった真由莉は、沖縄出身のダンスグループ「バッド5」の大ファンで、彼女が購入したばかりの「バッド5」のライブビデオを、この夜、二人で見ることにしていたのです。

ですが、私はビデオに集中できず、いつものように晩酌をはじめたはずのおじさんの様子が、そして「くぶら」がどれだけの効果を発揮するのかが、気がかりでなりませんでした。

ただ、できればもう、おじさんが再起不能になるほどのダメージを与えてほしい、願わくばそのまま死んでほしいと、祈るような気持ちでそう思っていました。

実際にそうなれば私は逮捕されるでしょうが、それでもいいと覚悟していました。ただ、おばさんの気持ちを考え、犯行の動機だけは、絶対に警察で話さないでおこうと決めていました。

里親のおばさんから真由莉の家に電話がかかってきたのは、二時間近い「バッド5」のビデオを見終えたあとに、そのままダラダラと話しこんでいた、午後一一時前でした。

「水貴ちゃん、大変なの。一時間ほど前に家に帰ったらお父さんが倒れていたので、すぐにセンター病院に運んだけど、いまさっき亡くなって……。あんまり突然すぎて、私もなにがなんだかわからないの」と、受話器の向こうですすり泣くおばさんの声を聞きながら、私は、「マジムンガエルは、本当に毒ガエルだったんだ……」と、それほどの驚きもなく思っただけでした。

真由莉の父親の車で病院に向かいながら、私はまもなく逮捕されるかもしれない、町の景色を見られるのも今夜限りかもしれないと、不安で胸がしめつけられそうになりました。でも病院に着いてみると、なぜか、警察官やパトカーの姿はどこにも見当たりませんでした。

すぐにおばさんに会って説明を聞くと、おじさんは以前から心臓に持病があってこの病院にも通っていたので、医師はほとんど迷うことなく、心筋梗塞で死亡と診断したとのことでした。

冷たくなって目を閉じ、善良な表情のままで亡くなっているおじさんとも、霊安室で対面しましたが、私はほとんど、心の痛みや罪悪感を感じることなく、正直に言えば、「ああ、これでやっとおじさんから解放されたのだ」という、安堵感と脱力感でいっぱいでした。


そして翌々日。お葬式で弔辞を読んだ労働組合の幹部から、「反基地運動に情熱を注ぎ、平和を愛した人格者」と讃えられたおじさんは、茶毘《だび》に付され、五六年の人生を終えました。

火葬場からの帰路、おばさんは私の手を握りしめて、「水貴ちゃんがいてくれて、本当に助かった。この先一人じゃあ、寂しくて仕方がないもの」と涙ぐみましたが、私はこのときすでに、高校生になったらすぐに里親の家を出ようと決心していました。おじさんとの忌まわしい記憶が残された家でおばさんと暮らし続けるのが、精神的に困難だったからです。

それに私は、大好きな英語を学ぶために、高校は沖縄市の県立拓誠高校に進みたいと考えはじめていました。なんとか受験勉強をがんばりぬいて、特色ある進学校として知られる同校の英語科に進学し、学校の近辺で一人暮らしをはじめたいと、そう思うようになっていたのです。

しかしそのためには、高校進学と自活を実現できるだけの、まとまったお金が必要です。

心やさしいおばさんのことですから、私が頼めば用立ててくれるでしょうが、おじさんの命を奪った殺人者である私が、これ以上、被害者の妻であるおばさんの世話になるわけに行きません。

そこで私が、悩みに悩んだ末に導き出した結論が、当時の週刊誌をにぎわしていた、「援助交際（援交）」という名の売春だったのです。手引きをしてくれたのは、真由莉でした。


自宅で塗装業を営む家庭の一人娘だった真由莉は、すでに中二のときから、那覇のテレフォンクラブ（テレクラ）を通じて知り合った男性と、援交をくり返していました。

「バッド5」の熱狂的ファンだった真由莉が、福岡でのライブに出かけたり、発売されるライブビデオを欠かさず購入したりしているので、以前に私がそのお金の出所をたずねたところ、「援交で、これまでに四〇万円ほど稼いだの」と、悪びれもせず話してくれたのです。

その真由莉に、高校進学と自活の資金について相談すると、「まず電話で話を決め、ホテルなんかで会ってセックスするわけだから、テレクラ援交は水貴のような、見た目にハンディのある人に向いているかもしれないわ」と率直に口にして、私に援交デビューをすすめたのでした。

そのことばに弾みを借りるようにして、私は中三の夏休みに初めて、テレクラで男性とことばを交わし、その男が待つラブホテルへと出向きましたが、相手は私の顔を見るなり、「なんだその顔は！」とどなって、私を追い返しました。そしてその次も、同じような結果になりました。

それからの私は、テレクラの電話に出た相手に、「顔にアザがありますが、それでもいいですか？」と前もって言うようになり、ようやく五人目の男性と援交を初体験しましたが、そうした過程で、自分のアザが思っていた以上に社会的な障害になることを思い知らされました。

そんな私に、「アザも個性のうちだから、気にしないで、一度会ってみようか」とやさしい声をかけてくれたのが、東京から来ていた建築家の加賀雄二郎でした。

その日の私はテレクラの電話で加賀に指示され、浦添からバスに揺られて、那覇の沖縄県庁の近くにあるホテルに向かいました。援交そのものはすでに何度か経験していましたが、生まれて初めて一流ホテルに足を踏み入れたことで、足がガタガタ震えるほど、緊張していました。

でも、加賀はそんな私を笑顔で迎え入れると、なに一つ強要することもなく、若い女性をあつかいなれた自然さで私を抱き、別れるときに三万円もの大金をくれたのです。

ただ、加賀は私の顔を見た瞬間から、「アザのある女は、初めてだ」と口にし、行為の最中もずっと間近で、私のアザをながめていました。

そのあとで私が正直に「いま中学三年です」と告げると、四〇代半ばでまだ沖縄でそれほど名を知られていなかった加賀は、「おれの娘と同級とは思えん」と、とても驚いていました。

それからの二年一〇カ月の間、私はずっと、加賀の「プチ愛人」でした。

最初の三、四回は私がホテルを訪ねるたびに三万円をもらっていましたが、やがて加賀の方から、「絶対にほかの男とはセックスをしないと誓うなら、会う回数に関係なく、月に一五万円渡してもいい」と提案されたので、私も喜んでそれを受け入れたからです。

こうして加賀のおかげで、高校進学や自活に必要な資金調達のメドがたった私は、月の前半は東京、後半は那覇で仕事をしていた加賀のスケジュールに合わせて、受験勉強の仕方をうまく調整することで、なんとか希望通りに、拓誠高校の英語科に進学できました。

それと同時に浦添の家を出た私は、学校にほど近い沖縄市内のアパートで暮らしはじめ、ようやく自分だけの自由な空間を持てたよろこびで、ますます向学心に燃えました。以前から漠然と、「将来は通訳か翻訳関係の仕事をしたい」という夢を抱いていたのですが、英語科で学べば学ぶほど、その夢が本当に実現しそうな気がしてきて、学業にも自然に身が入ったのです。

そんな当時の私にとって、ひそかに気がかりだったのが、性的な快感のことでした。

里親のおじさんに性的虐待を受け続けた私は、もちろんおじさんとの関係の中で、一度も快感を得たことなどありません。それは、加賀の「プチ愛人」になってからも同じでした。

私が若すぎたからかもしれませんが、加賀は私のことより自分が感じることの方を優先させ、私に一方的な奉仕を求めました。そしてなぜか、私の顔のアザに対する執着を深めて、長い時間をかけて指先でアザを撫でまわしたり、そこにキスをくり返したりしました。

私はそれがとてもいやでしたが、もしも加賀に捨てられたら高校生活が破綻するという不安から、逆らうことなくすべてを受け入れました。そんな関係が固定されていく中で、私はいつまでたっても性的な快感に目覚めることがなく、むしろ、それを見失っていくばかりだったのです。


二年一〇カ月におよぶ加賀との「プチ愛人関係」が突然に終わりを迎えたのは、まったく予想だにしなかった、ショッキングな事件がきっかけでした。

それは私が高校三年生だった年の、六月の日曜日でした。

加賀が運転する車で沖縄本島南部の南城市《なんじょう》までドライブに行き、斎場御嶽《せーふあうたき》や知念城《ちねんじょう》址を見て回った私たちが、加賀が定宿にしている県庁近くのベルフェスホテルにもどったとき、なんと、加賀の部屋の前で、英語科のクラスメートである知花《ちばな》くんが待ち受けていたのです。

知花くんはその半年ほど前から、私にラブレターを寄こすようになり、「水貴のことが大好きだから、ぼくとつき合ってほしい」と直接言い寄られたことも、何度かありました。

誠実で、正義感のかたまりのような知花くんとは、私も親しく接していましたが、それは恋愛感情とは別のものでした。それに、勉強と加賀のことで精一杯だった私は、「いまはそんな余裕がないから」と、知花くんのアプローチをさえぎっていました。

その知花くんがなんの前触れもなく目の前に現れたので、私はびっくりしました。

「ぼくは水貴と同じクラスの知花と言いますが、あなたに話があります！」

知花くんに大声でそう切り出された加賀は、怪訝そうに私を振り返り、「ほんとに、おまえのクラスメートなのか？」と確認を求めたので、私は黙ってうなずき返しました。

「とにかく、部屋に入りなさい」

加賀がそう言いながらルームキーでドアを開け、私たち三人が部屋に入るやいなや、「加賀さん、すぐに水貴を解放してやってください！」と、知花くんが声を張り上げました。

「いったい、なんの話をしてるの？」

そう問い返す加賀に、「水貴はまだ一八歳にもなっていないから、あなたがやっていることは、完全に沖縄の条例違反で、犯罪です。許せません！」と、どなるように言うと、知花くんはいきなり加賀の顔面をなぐりつけ、のけぞった加賀の腹部に、強烈な蹴りを入れました。

そして、腹を抱えて前のめりに倒れこんだ加賀をしり目に、「水貴、行こう！」と、ものすごい力で私の腕をつかみ、ホテルの外まで連れ出したのです。

実はその二週間ほど前に、私は知花くんから予期せぬことを聞かされていました。下校時に校門を出たところで、待ち構えていた知花くんが駆け寄ってきて、「おまえ、那覇のホテルで売春してるって、本当か？」と、驚くべき質問をしてきたのです。

「だれがそんなことを言ったの？」と聞き返すと、「宮良《みやら》がいまベルフェスホテルでバイトをやってて、おまえが東京の建築家の部屋に出入りして売春してるのが、ホテルのスタッフの間で噂になってるって、そう言ってた」と、知花くんは中途退学した級友の名前を口にしました。

「もしもそうだとして、どうだって言うの？　あなたに関係ないでしょ」

「ぼくが水貴のことを好きなのは、わかってるだろ。だから、そういうことはすぐにやめてほしいし、おまえを金で買うようなヤツは、絶対にぼくが許さない」

「私にも事情があるんだから、ほっといてよ」

「ほっとけないから、こうして言ってるんだ！」

そんなやり取りのあと、私は逃げ出すようにその場から駆け去り、翌日以降、教室で顔を合わせても、お互いに口をきくこともありませんでした。

そんな知花くんがこのような実力行使に出るとは、考えてもいませんでした。

二人で加賀の部屋を出たあと、私がまたホテルに引き返すのを恐れたのか、知花くんはむりやり私の手を引き、沖縄市にもどるバスに乗せました。

そして車内で並んで腰かけていた一時間ほどの間、「水貴、目を覚ませよ。金がいるなら、ぼくがなんとかするから」と言いながら、汗ばんだ手でずっと、私の手を握りしめたままでした。

知花くんが深夜、バイト先のコンビニからの帰り道に二人組の暴漢に襲われ、半死半生の重傷を負ったのは、あのホテル事件があってから一週間後のことでした。

テレビも新聞も見ずに登校したところ、校長先生が朝礼で全校生に向け、「昨夜遅くに、英語科三年の知花くんが……」と事件を報告するのを聞いて、衝撃で倒れそうになりました。

と同時に、その「暴漢」の背後に、加賀の存在を直感したのです。

私は昼休みになるのを待って、校内の公衆電話から加賀の事務所に電話をかけました。

そして電話口に出た加賀に、「知花くんのこと、加賀さんなんですよね？」と問うと、加賀は即座に、「沖縄の若者が純粋すぎるのは、教育がかたよっているせいだな」と言い放ったのです。

そのひとことで、すべてが理解できました。

「加賀さんを絶対に許せません！」と言うと、「傷もんの小娘のくせに、よくそんな口がきけたもんだ！」と、加賀は声を荒らげました。それが私たちの最後の会話になりました。

加賀はとても小柄で肉体的には貧弱でしたが、その反動なのか他人に対して、とりわけ男性に対しては、横柄で尊大にふるまい、常に自分を「大物らしく」見せているところがありました。

それに加賀は、建築工事や不動産取り引きをめぐってなにかとトラブルを抱えていたようで、私と一緒にいるときの電話でも、「あの物件に関してはあいつを徹底的に痛い目に遭わせて、あきらめさせるしかないだろ！」などと、大声で話していたこともあります。

一度、「暴力団と関係があるんですか？」と、なかば冗談っぽくたずねたときに、「関係というほどでもないが、道具としては利用することもある。沖縄ではなにかにつけ、そういう力が必要な局面も多いからな」と真顔で答えたのを、はっきりと覚えています。

そして、プライドが高くて激高しやすい性格の加賀は、その「力」を道具として利用することで、私の眼前で加賀に恥をかかせた知花くんに報復したのです。「超」がつくほどの正義漢だった、まだ一七歳の知花くんを、暴漢に襲わせたのです。

事件の三日後に級友と病院にお見舞いに行くと、知花くんは手術の最中でした。そのときにお母さんから、「バットのようなもので頭をなぐられ、脳の損傷がひどいので、手術が成功しても障害が残るらしい」と聞かされ、もとはと言えば私のせいだと、胸が張り裂けそうでした。

なんとか手術が成功し、知花くんは一命を取り止めましたが、やはり、重篤な後遺症のせいで寝たきり状態になってしまい、高校もそのまま退学せざるをえなくなりました。

その後しばらくの間、警察に行くべきかどうか、私はとても悩みました。

私が警察に出向いてホテルでの一件などを話せば、加賀の関与が判明して、実行犯が逮捕されるかもしれません。しかし一方で、警察に行けばなにかのはずみに、私が里親のおじさんを殺した犯人であることがばれてしまうかもしれないと、そんな不安にもさいなまれました。

そして最終的に、私は警察に行くだけの勇気を振りしぼれなかったのです。

たとえ直接的な証拠がなくても、私が加賀に関する詳しい情報を提供していれば、そのあとの警察の捜査ですべての事実が明らかにされ、少しは知花くんの無念が晴らされたかもしれません。

なのに私は、その可能性を自分の手で断ち切ってしまったのです。

いまになって思えば、あれほど純粋な心で、向こう見ずなまでに私のことを思ってくれた知花くんに対して、これほど人間として不誠実な、冷酷な裏切りはなかったと思います。

だからでしょうか。ついに私に、天罰が下されたのです。
それは知花くんが暴漢に襲われてから一ヵ月半後の、一九九九年七月二八日のことでした。

もう夏休みに入っていたその日、私は朝からずっと机に向かっていました。翌日の午前中に学校で、文芸部が年に一回発行している『拓誠文学』という部誌の編集会議が予定されていたため、なんとかそれに間に合わせようと、必死で詩を書いていたのです。

私は文芸部員ではありませんが、それまでに何度か、熱心な文芸部員だった級友に誘われて、合評会に参加したことがあります。それぞれが書いてきた詩を互いに批評し合うのですが、どういうわけか、みんなが私の詩を個性的だと面白がってくれました。

そして、その年の『拓誠文学』を一〇月に発行するための編集作業がはじまったとき、「退部者が多くて、掲載作品が集まらない！」とあせった編集長役の大城くんから私に、「悪いけど、にわか仕立ての文芸部員になって詩を二編、掲載してほしい」と要請があったのです。

私がそれを受け入れたのは、詩を書きさえすれば、編集会議や打ち合わせなどでまた、大城くんと会って話せる機会があると、そう思ったからです。

理数科に在籍していた大城修英くんが、「東大や京大の医学部にも合格できる」と言われるほどの秀才で、全国学生文芸コンクールで受賞を重ねるような、すぐれた詩の書き手でもあることは、私も知っていました。それに『拓誠文学』に掲載された詩も、感嘆しつつ読んでいました。

その大城くんとは、文芸部の合評会で初めてことばを交わしたのですが、私はたちまち、不思議な中性的雰囲気を感じさせる大城くんを、好きになってしまいました。より正確に言うなら、私が恋心を寄せるようになった生涯で唯一の男性が、大城くんだったのです。

それゆえ、『拓誠文学』に掲載される予定の二編の詩も、大城くんの期待にこたえられるような、質の高い作品に仕上げなければと、私はいつになく思いつめていました。

そしてようやく、夜の一〇時ごろに二編の詩を書き終えた私は、ホッとした気分で台所に立ち、遅い晩ご飯の支度をはじめました。すると、私の部屋の前の階段を駆け上がっていく足音が聞こえたので、「ああ、また米兵が来たのだ」と思いました。

私が住んでいたのは、拓誠高校と米軍の嘉手納基地をほぼ直線で結ぶ桃ノ木通りの、その中ほどを西に折れたあたりにある、三階建てのアパートでした。

私の部屋はアパートの一階でしたが、真上の部屋には二〇代の水商売風の女性が住んでおり、夜になると何人もの米兵が入れかわり立ちかわり、その部屋にやって来ることから、おそらくそこで売春に近い現実が展開されているのだろうと、感じていました。

だからその夜も、駆け上がる足音をさほど気にとめもしなかったのですが、すぐに、今度は駆け下りてくる足音が聞こえ、思いがけず私の部屋のドアがノックされました。

「どなたですか?」と声をかけると、「上の部屋の女性が留守なので、預かっておいてほしいものがあるのですが」と、丁寧な英語が返ってきました。

私は思わず警戒心をゆるめ、ドアを開けてしまったのですが、そこに立っていた黒人男性は私の顔を見るなり、「なんだ、化け物か!」と、どなるように英語で言いました。

そのひとことで私が反射的にドアを閉めかけたとき、手か指がドアにはさまれたのか、男は「ウォーッ!」と、大きな叫び声を上げました。そして、閉まり切らなかったドアをものすごい力で押し開けると、いきなり私に飛びかかってきたのです。

倒れこんだ私は、そのまま男に組み伏せられたかと思うと、大きな手ですぐに強烈な喉輪をされて、たちまち息ができなくなりました。そして、あわや窒息死かというその手前で、男は喉輪の手をゆるめると、今度は数発、私の顔をなぐりつけました。

男はさらに、短パンにTシャツという軽装の私から衣服を剝ぎ取り、むき出しになった両方の乳房を、大きな黒い手でわしづかみにしながら、「騒ぐと殺すぞ!」とどなりました。乳房が引きちぎられそうな痛みの中で、私はもう、黙ってうなずき返すのがやっとでした。

それから三〇分ほどの間に、私は立て続けに二回、その黒人男性に犯されました。男は私の顔のアザを目にしたくなかったのか、二回とも四つん這いにさせて、尻を高く持ち上げるように強制したうえで、背後から私を凌辱《りょうじょく》したのです。

しかもそのあとで、倒れたままの私の背中に馬乗りになると、まるでその過程を楽しむかのようにゆっくりと、私の首を絞めはじめました。私は苦しさで手足をばたつかせながら、急速に薄れてゆく意識の中で、今度こそ殺されてしまうのだと、そう思ったのを覚えています。

しかしなぜか、男は私を最後まで殺しはしませんでした。

どれだけ時間が過ぎたかわかりませんが、意識を取りもどした私が部屋の中を見回すと、すでに黒人の姿はなく、鼻をつく便の臭いがしました。首を絞められた際に、失禁してしまっていたのです。もしかすると男は、私が失禁したので首を絞めるのをやめたのかもしれません。

私はとにかく、這うようにしてユニットバスまで行くと、シャワーを全開にして何度も何度も下半身を洗浄し、全身をくまなくきれいにしてから、失禁のあと始末をしました。

それから、もう下着を身に着ける気力も体力もないまま、ベッドに身を横たえると、タオルケットをからだに巻きつけるようにして、眠りに落ちました。いや、眠ってはいなかったのかもしれません。眠ってはいなかったけど、決して目覚めているわけでもない、そんな奇妙で重たい空白の中を、私は自失状態のままで何時間も、さまよい続けていたのです。

「水貴さん！　水貴さん！　大丈夫？」

その声に気づいた私が、ぼんやりと目を開いたとき、眼前に大城くんの顔がありました。

私はなぜ大城くんが目の前にいるのか、とっさに理解できませんでした。

しかし、「水貴さん、どうしたの？　いったいなにがあったの？」と、大城くんに肩をつかまれ、揺り起こされた私は、引き裂かれたTシャツやむしりとられたショーツが目の前に散乱しているのを見て、瞬間的に、レイプされたときの恐怖に引きもどされました。

「レイプされたの……突然入ってきた黒人に、レイプされたの……」

そう訴えながら、私は思わず大城くんに抱きつき、その胸に顔を押し当てて、泣き崩れました。凌辱され、殺されかかったことのこわさと悔しさが、一気にこみ上げてきたのです。

そんな私を、大城くんはもう一度ゆっくりとベッドに横たわらせると、タオルケットで全裸のからだを覆い直すようにして、その上から抱きしめてくれました。泣き続ける私の背中をずいぶんと長い時間、やさしくさすりながら、「大丈夫だから……大丈夫だから」と、声をかけ続けてくれたのです。そのやさしさに、私はどれほど救われたことでしょう。

やがて、少し落ち着きを取りもどしたころになって、「どうしてここに？」とたずねると、大城くんは、「きょうの九時から編集会議だったのに、いつまでたっても水貴さんが来ないから、会議のあとで佳枝ちゃんにここまでの地図を書いてもらい、様子を見に来たの。そしたら、ドアが少し開いたままになっていたので、おかしいなと思って……」と話してくれました。

そのことばで現実に引きもどされ、机の上の時計を見ると、もう昼の一二時半でした。

大城くんはしきりに、「これから警察に行き、被害届を出した方がいい。わたしも一緒について行くから」と言ってくれましたが、私には、相手が警察であろうとなかろうと、自分の身に起きたことを思い出して話せるだけの精神力など、まったく残されていませんでした。

だから、「どんな奴だったか、覚えている?」という大城くんの問いにも、「大柄な黒人、モスグリーンのTシャツ、袖から両腕のイレズミが見えた」などと説明するのが精いっぱいで、それ以上のことを思い出そうとすると、また、恐怖で涙がこみ上げてきそうになりました。

ベッドに横たわったままの私に、ずっと寄り添い続けてくれた大城くんが、「このまま一人でこの部屋にいるのはつらいだろうから、よかったら、わたしの部屋にこない? せまくて汚い部屋だけど、ここにいるより、その方がずっと気がラクになるかもしれないし」と、思いがけない提案をしてくれたのは、窓からの日差しが少しかげりはじめたころでした。

そのとき、ありがたさとうれしさで胸がいっぱいになり、私はまた涙ぐんでしまいました。

米兵が階段を上り下りする音を聞きながら、レイプの記憶にさいなまれて一人で過ごす夜のつらさを思うと、それは本当に、願ってもない救済の誘いだったのです。

こうして私は、予期せぬ経緯で、大城くんと二人だけの時間を過ごすことになりました。

学区制限のない拓誠高校には、県内全域から入学できましたが、学生寮が用意されていないため、遠方からの生徒は各自でアパートや借家を探して、一人暮らしをしなければなりません。

大城くんは沖縄市と隣接する読谷村の出身だったので、最初は自宅から通学していました。でもその年の二月に、たった一人の肉親だったおじいさんが亡くなってからは、拓誠高校から東に一・五キロほど離れた久保田と呼ばれる地区で、一人暮らしをしていたのです。

家賃が二万円だという大城くんの部屋は、かなりの年季を感じさせるアパートの一階で、広さは六畳ほど。そこに、ベッドと机、本箱やギターが置かれているので、私たち二人が並んで腰を下ろせるようなスペースは、ベッドの上にしか残されていませんでした。

「今夜はこのベッドで一緒に寝るしかないけど、それでもかまわない?」と、申しわけなさそうに大城くんが言うので、「あの部屋に一人でいることを思うと、このベッドが天国みたいな気がするわ」と私が答えると、「ちょっと大げさよね」と、大城くんは苦笑しました。

でも私は、それが本心なのだとわかってもらいたくて、「ううん、本当にそう思えるの。もう絶対に、殺されると思ったから……だからこうして、大城くんと一緒にいられることが、本当に、天国にいるみたいな気がするの」と、やっとの思いで話したとたん、またしても、急激にこみ上げてきた感情を制止できずに、両手で顔を覆って泣き出してしまいました。

大城くんはそんな私の肩を抱きながら、「泣きたくなったら、気がすむだけ泣けばいい。あさっての昼過ぎまでは、ずっと一緒にいるから」と言ってくれました。

それからしばらくして、近くの食堂から出前してもらったソーキそばで夕食をすませた私たちは、ベッドの上でからだをくっつけ合うようにして座り、夜中までいろんな話をしました。

ふとしたはずみでレイプの瞬間に引きもどされそうになる私の気持ちをまぎらわせようとして、

大城くんはいつになく饒舌《じょうぜつ》に、自分の生い立ちや家族のことを話してくれたのです。

大阪でシングルマザーの子として生まれたけれど、母親が早く亡くなり、二歳のころから読谷村の祖父母に育てられたこと。その実家は、座喜味城《ざきみじょう》から歩いて一〇分の場所にあったこと。

小学校一年生の授業中に「お父さんかお母さんか、どちらかの顔を描くように」と言われ、父母の顔を知らないためになにも描かないでいたら、教師に叱られたので、泣いて抗議したこと。

小学校の高学年になると、毎晩自分で料理をするようになり、隣家からもらったパパイヤを使って、祖父の好物のパパイヤイリチー（熟していないパパイヤの炒り煮）をよく作ったこと。

祖父が中学の進学祝いを買ってやるというので、正直に「ミシンがほしい」と言うと、「隣のおばさんに頼めばなんでも縫ってくれるから、そんなものをほしがるな！」と叱られたこと。

沖縄戦で左足を失った祖父が後遺症に苦しむ姿を見て育ったので、小学生のころから、将来は琉球大学の医学部で勉強して医者になり、少しでも祖父の役に立ちたいと考えていたこと。

その祖父が亡くなったのを機に、できれば音楽の世界に進みたいと思うようになったこと。

高校を出たらすぐに東京に出て、自力で音楽の勉強をするつもりでいること……

大城くんはそんな話をしてくれましたが、琉大の医学部に進学するものとばかり思っていた大城くんが、音楽の世界に方向転換しようとしているのを知って、私はとても驚きました。

そこで、「大城くんがやりたい音楽って、どんなの?」とたずねると、「シンガーソングライターになりたい。まだ人前で歌ったことはないけど、ギターで弾き語りできる作品を、もう二〇曲ぐらい作っている」と、大城くんは恥ずかしげに答え、「どんな曲か、聴かせてほしい」と私が懇願すると、「いいけど、この部屋じゃ近所迷惑になるから、明日の夜にでも、近くの公園で聴かせてあげる。天気のいい夜は、よく公園で練習してるから」と約束してくれました。

やがて話し疲れた私たちは、せまいベッドでくっつき合って、横になりました。

そして私は、大城くんの胸に顔を埋めながら、いつとはなしに深い眠りに落ちましたが、大城くんはそんな私を、ずっと抱きしめていてくれたのだと思います。


翌日、私たちは童心にもどって一日を過ごしました。

大城くんの提案で、徒歩で二〇分ほどの「沖縄こどもの国」に出かけたからです。

沖縄が返還された一九七二年に、本土復帰記念事業として誕生した「沖縄こどもの国」は、県内初の動物園として親しまれていました。一九九〇年にはそこに、日本最南端の遊園地が併設されましたが、経営悪化でこの年の八月末には、遊園地の方が閉園になると決まっていました。

そこで大城くんが、「あと一カ月で観覧車にも乗れなくなるから、行ってみよう」と誘ってくれたのです。私は黒人になぐられた顔の腫れぼったさが気になり、人前に出たくはなかったのですが、「気分転換にもなるし」という大城くんの思いやりに、素直に従うことにしました。

私たちは、遊園地では観覧車やメリーゴーラウンドなどに乗ったあと、動物園で珍しい動物たちを観察し、ウサギやモルモットたちともふれ合ったりして、楽しい時間を過ごしました。大城くんがずっと手を握っていてくれたことが、感情的に不安定な私の支えとなったのです。

「こどもの国」からの帰路、地元のスーパーでグルクンの唐揚げやジーマーミ豆腐、それにラフティ（沖縄風の豚の角煮）などを買って帰った私たちは、シャワーで汗を流したあと、ベッドの上に段ボールを重ねただけの、即席の食卓をはさんで座り、二人で夕食をとりました。

私が作った「だし巻き卵」を、「最高においしい！」と言って食べてくれる大城くんのやさしさに感謝しながら、私はつくづく、「大城くんに命を救われた」と感じました。あの部屋にずっと一人でいたら、もしかしたら自殺していたかもしれないと、本当にそう思えたからです。

その大城くんがギターを手に、近くの諸見里《もろみざと》公園に案内してくれたのは、夜の八時過ぎでした。

住宅地の中に窪地のようにして広がるその公園には、大きなグラウンドやテニスコート、日本庭園などがありましたが、大城くんは庭園の近くまで行くと、「いつもここで、歌とギターの練習をしてるの。この場所なら、大きな音を出せるしね」と、芝生の上に腰を下ろしました。

節電のためなのか、照明が不足した公園内では、遠くでジョギングをする人たちのシルエットが見えましたが、その足音が届くこともなく、夜にふさわしい静寂が私たちを包んでいました。

「じゃあ三曲、歌ってみるね。最初は、『人はどうして』というタイトルの作品から……」

大城くんはそういうと、二度、三度、首をタテに振るような仕草でタイミングを計ってから、いきなり激しい動作で、胸もとに抱えたギターを弾きはじめました。

ボサノバなのか、サンバなのか、私には詳しいことはわかりませんが、ギターからはたちまちラテン系の軽快なリズムがあふれ出し、思わずからだを動かしたくなるような小気味よいストロークで、どこかなつかしさのある、物憂げなイントロが進行してゆきます。

もうその段階で、私は驚いていました。大城くんのギター演奏があまりに見事だったからです。そして、透明感のある歌声で大城くんが歌詞をつむぎはじめると、驚愕が驚嘆に変わりました。そこには、だれの真似でもコピーでもない、大城くんだけの世界が存在したからです。

透明な海の底に　忘れてきたもの
それはキラキラと輝く　幼い日の夢
透明な風の中に　捨ててきたもの
それはユラユラと揺れる　憎しみの記憶
人はどうして　こんなにも心痛むのか
目に映るものの　切なさに満ちて……

そんな歌詞の内容と、音楽全体のカラッとしたアンニュイな雰囲気が見事にマッチして、まるで未知なる抒情にふれたかのような衝撃が、私の胸を占拠しました。
そして二曲目の『アダンに降る夜』も、一曲目と共通した曲想ですばらしかったのですが、それにもまして私を戦慄させたのが、三曲目の『グスク　沖縄の城にて』という歌でした。
「グスク」とは「城」や「城址」のことで、沖縄では「城」という字を「グスク」と読みます。

まだ子どもだったころ
夕暮れはいつもオジーと二人で
座喜味のグスクに登っていた
足の悪いオジーの手を引き　たどりついた高台で
わたしはひたすら　海ばかりながめていたが
オジーはひたすら　アメリカの基地ばかりながめていた

オジーはときどき基地に向かい
先祖代々の土地を返せと叫んでみるが
襲い来るような戦闘機やヘリコプターの爆音で
オジーのしわがれ声は　かき消され
悲しげなオジーを見つめる
わたしの心もかき消され

たましいの故郷だというニライカナイの島は
この海のはてに　本当にあるのだろうか
いまは亡きオジーのたましいは
無事にその島に還《かえ》れただろうか
基地の空を　さまよい続けることもなく

前の二曲とはまったく異質な、「レ」と「ラ」の音を除いた「ド・ミ・ファ・ソ・シ・ド」の琉球音階で書かれたこの歌は、民謡調のメロディーでゆっくりと進行したあと、最後の最後に、心の奥底からの叫びに満ちた歌唱の盛り上がりで、私の全身を揺さぶりました。

自分からは基地の話など一度も口にしたことのない大城くんが、沖縄の現状への怒りを秘めたこのような歌を作っていたことも、私には大きな驚きでした。

大城くんの真横で三曲すべてを聴き終えたとき、私は感動で胸がつまり、息苦しいほどでした。

「人に聴いてもらうのは初めてだけど、どうだった？」と聞かれても、「すばらしかった」と答えるのが精一杯で、あとはもう大城くんに抱きついたまま、心を震わせているばかりでした。

その翌日の昼過ぎに、大城くんは那覇空港から東京に向かうことになっていました。

翌々日の夜に、六本木のライブハウスでステージに立つ予定だったからです。自分の実力を試したくて、東京の代理ブッキング会社に費用を払って機会を設定してもらったとのことでしたが、その本番に備えて喉を痛めないようにと、公園では三曲だけにして、部屋にもどりました。

そしてこの夜、私たちは初めて、そして生涯でただ一度だけ、からだを重ね合いました。


大城くんの歌に感嘆し、大城くんへの思いを高ぶらせた私が、あふれる感情のまま、「前から大城くんが好きだったし、私が大城くんの歌のファン第一号になった記念に、抱いてほしい」と言い出したとき、大城くんは、「そんなこと、絶対に無理！」と、即座に拒否しました。

それでも哀願を重ねると、大城くんは激しく首を横に振り続け、最後には、「わたしは男のからだをしてるけど、自分では、本当は女性だと思ってるの。だから、男性しか好きにならないし、セックスも一度だけ、それも男性としか経験がない」と、衝撃的な事実を口にしたのです。

しかし、それでも、「私のからだから、レイプされたときの感触をぬぐい去ってしまいたいから、大城くんに抱いてほしい」と涙ながらにくり返す私に根負けしたのか、大城くんはついに、「できるかどうか、わからないけど……」ということばで、それを受け入れてくれました。

「自分は性同一性障害で、将来的には、肉体的にも完全な女性になってしまいたい」という大城くんにとって、それはきっと、自分に対する見きわめの試練だったのかもしれません。

それから私たちは、おたがいに全裸になって、ベッドで抱き合いました。

大城くんは、初めてふれる女体に強い違和感を覚えたみたいで、「なんだか不思議な、別世界の生きもののように思える」とつぶやいたりしていました。しかも、乳房にまだ生々しく、黒人の爪痕が残っているのを目の当たりにして、なおさら、とまどいをつのらせたようでした。

自分からは決して私に向かってこようとしない大城くんに、私の方から少しずつ、何度も何度も挑発をくり返し、大城くんの心が、葛藤と混乱のはてにようやく解放された、そのわずかなタイミングを共有し合うことで、私たちはようやく、一つに結ばれました。

行為の最中に黒人に傷つけられた下半身が痛んだり、大城くんが途中でやめかけたりしたこともあって、若さにまかせた熱狂や快楽からはほど遠い、ひっそりとしたセックスでしたが、それでも私は、大好きな人のたましいと交信し合えたことを実感し、うれしさに打ち震えました。

大城くんは、「女の人とは、これが最初で最後だと思う。だから死ぬまで絶対に、水貴さんのことは忘れない」と言いながら、私の胸に顔を埋めてくれましたが、その大城くんを強く強く抱きしめたまま、私はとめどなくあふれ出る涙を、どうにもおさえようがありませんでした。

翌日、愛用のギターを携えて東京に向かう大城くんを、私は近くのバス停で見送りました。

大城くんは、バスが到着する直前に思いつめた表情で私を見つめ、「水貴さん、どんなことがあっても、負けちゃだめよ」と言うと、なぜかその目からポロポロと、涙をこぼしました。

私はなにも言えず、ただ、できるだけの笑顔を作って、大城くんを送り出したのでした。

その日のうちに不動産屋に出向いた私は、レイプされたアパートを出て、より学校に近いアパートに転居するよう、手続きをしました。そして翌々日には、新しい部屋に移り住んだのです。

一週間の予定で東京に出かけた大城くんは、二週間が過ぎ、三週間が過ぎても、沖縄に帰ってきませんでした。ただ、『拓誠文学』の編集作業に関しては、東京から電話で後輩に指示を出していたようで、その後輩が私のもとに「掲載予定の詩の原稿をください」とやって来ました。

しかし私は、その詩を後輩に渡すことなく、破り捨てました。レイプされた夜の記憶につながるものは、できるだけこの世から抹消してしまいたいと思ったからです。

そして、警察での事情聴取や事件報道、それに、犯人が逮捕された場合の裁判などに耐えられるだけの自信がなかった私は、結局、警察に被害届を出しませんでした。

学校では、「近くに米軍基地があり、日常的に米兵に接する機会も多いからこそ、常に最大の注意を払うように」と厳しく指導されており、私のレイプ被害が明らかになると先生方にも大きな負担と迷惑をかけてしまうという、そんなうしろめたさが決意を鈍らせたことも事実です。

一カ月がたち、二学期がはじまるころになってもまだ、大城くんは帰ってきませんでした。心配になった私が大城くんの部屋を訪ねても、ずっと電気が消えたままで、「拓誠通りの『ナカヤ』横の、山里アパートに引っ越しました。二階の七号室です。もどられたらぜひ、声をかけてください」と書いて郵便受けに入れておいた私のメモも、読まれた形跡がないままでした。

その大城くんが、「さっき、東京からもどってきた」と私の部屋まで来てくれたのは、もう大学別模試が目前に迫った一〇月上旬のことでした。

「東京では思っていた以上に、魅力的で刺激的な体験ができたので、ついつい沖縄に帰りそびれてしまったの。でも、今回の東京体験で迷いが吹っ切れた。卒業を待たず、すぐに拓誠高校を中退して、東京に移住しようと思っている。もう会えなくなるけど、いつの日にか絶対に、多くの人の心に刻みこまれるような歌い手になってみせるから、水貴さんも見守っていてほしい……」

大城くんは希望に満ちた熱い口調で、そんな決意を語ってくれました。

実はその一週間前に、私は妊娠してしまったことに気づき、身の処し方に迷っていたのですが、大城くんには打ち明けませんでした。大城くんと結ばれるのを望んだのは私の方ですし、新たな夢に向かって旅立とうとしている大城くんに、いかなる負担もかけたくなかったからです。

「もしもわたしが女性を愛せたら、きっと水貴さんを愛したと思う。でも、わたしはやっぱり性同一性障害者で、本当に女なんだと、東京でもそう思い知らされたの。音楽をやるうえでも、女性として生きていくうえでも、わたしには東京の方が合っている。落ち着いたらまた連絡するから、水貴さんもからだに気をつけて、できることなら、水貴さんらしい人生を生きてね……」

そう言い残して、大城くんは私の前から、そして沖縄から、去って行きました。

私たちは最後に、長いお別れのキスをしたのですが、大城くんの唇からはこれまでにかいだことのない、タバコの臭いがしました。私にはその臭いが、まるで東京そのものの臭いであるかのように感じられたものです。


妊娠は私の人生を大きく変えました。

大城くんと結ばれたあと、一度生理がありましたが、二度目の生理が来ないので不審に思い、薬局で買った妊娠検査薬の陽性反応で、やっと妊娠に気づいたのです。最初の生理はかなり異常なものだったので、実際は生理ではなく不正出血だったのでしょう。

妊娠に気づいた当初は、とにかく中絶するしかないと思いました。子どもを産んでも育てていくだけの経済力がないのですから、出産という選択は最初からありえないと考えたのです。なのに、妊娠がわかってから日を重ねるにつれ、私はお腹の中の子どもに急速に、えもいわれぬ愛着というか、それまで味わったことのない、不思議な一体感を抱くようになりました。

里親との暮らしの中で不眠症気味になってしまった私は、どんなに疲れて眠ろうとしても眠れず、身を切るような孤独感の中で、父母を思って涙することがよくありました。

しかしふとそんな状況におちいりそうになったときでも、なぜかどこからともなく、「大丈夫だ、私はいま、一人じゃないんだ。もう、これまでの孤独な自分じゃないんだ」というような感覚が湧き上がってきて、崩れ落ちそうな自分の心を、やわらかく支えてくれるのです。

その「一人じゃないんだ」という、説明しがたいけれども力強くリアルな感覚の源泉が、私の子宮の中でかたちを成しつつある小さな命であることを自覚したとき、私が選択すべき道は、おのずから定まっていたのかもしれません。

東京から帰ってきた大城くんと会い、ミュージシャンとして、そして女性として東京で生きていくんだという決意を聞かされたとき、私も「大城くんの子どもを産もう」と、心に決めました。つつましやかでいいから、その子を思いっきり愛して二人だけの平和な暮らしを築くことができれば、もうそれで十分なのだと、心底そう思ったのです。

こうして出産を決意してからの私は、自分でも滑稽なぐらい、気丈な女になりました。

なんとしても高卒の資格は確保しておきたいと、担任教師に妊娠を告げて相談した結果、「成績面は問題ないので、二学期末まで通学すれば、卒業に必要な出席日数は満たされる」と教えられ、妊婦であることが外見的に隠しきれなくなる三学期は、休学することにしました。

一方、里親のおばさんにも、「結婚できない人の子を妊娠したので、産むことにした」と話し、出産にまつわる費用や、その前後を乗り切れるだけのお金を、用立ててもらいました。

本当はおばさんの世話にはなりたくなかったのですが、卒業するころにはこれまで蓄えたお金もついえてしまうため、仕方なく、すべては生まれてくる子どものため、私のたった一人の肉親のためなのだという思いに徹することで、現実的な選択をするしかなかったのです。

おばさんは私の出産に強く反対しましたが、私の決意が固いとわかったあとは、「浦添に帰ってきて私の養子になってくれたら、先々の心配もなくなるのに」と、しきりに養子縁組を口にしました。でもおじさんとのことを思うと、どうしてもそんな気にはなれませんでした。

おばさんはまた、「うちの賃貸アパートが空いてるから、そこに住めばいい。家賃はいらないし、場所は宜野湾市の我如古だから、なにかあればここから一五分で駆けつけられるし」とすすめてくれたので、その厚意には、ありがたく甘えさせてもらうことにしました。

そして、一九九九年の師走に我如古のアパートに転居した私は、高校卒業後の二〇〇〇年五月六日の朝に、アパートからほど近い琉球大学付属病院で、元気な男の子を出産しました。

その子には「大城修英」の「英」の字と、私の名前の一字を組み合わせて、「英貴」と名づけました。そうです。字は違うものの、読み方はあなたと同じ、「ひでき」だったのです。

母となった者にとって、子どもはなにものにも代えがたい存在です。

まだ一八歳だった私も、英貴と過ごす毎日の積み重ねの中で、英貴が私の命そのものであり、存在意義そのものであることを、あらゆる機会を通して思い知らされるばかりでした。

大好きな父が殺され、母も亡くなったあと、私はもう二度と、家族で暮らせた幸せな日々を凌駕《りょうが》するような時間はやって来ないのだと、確信するしかない歳月を生きていました。

なのに英貴は、痛ましいほどに小さくてもろい存在でありながら、底無し沼のような孤独から私を救い出してくれただけでなく、悲嘆の彼方に遠ざかっていた父母の存在をもよみがえらせ、日々の暮らしの中に家族という、かけがえのないぬくもりを取りもどしてくれたのです。

いつも愛くるしい笑顔を見せてくれた英貴と二人で、日々の出来事や季節のうつろいを分かち合いながら過ごしたあの歳月は、私の人生の核心であり、価値そのものでした。

いまも目を閉じれば、英貴と二人で懸命に生きた日々の出来事が、鮮やかに思い出されます。

……「もっと深く乳首を含ませるように」と看護師さんに教えられたのに、いつまでたっても英貴が浅飲みするので、出産の一週間後に退院して自宅で授乳するようになってからは、ついに乳首に血がにじみ出し、それからしばらくの間、しかたなく乳頭保護器を使い続けたこと。

……英貴が赤ちゃんらしいふっくらとした体形になった、生後四カ月のころ。アパートのそばにある普天間飛行場から飛び立った何機ものヘリコプターが、夜の一一時を過ぎても低空で旋回飛行をくり返し、すさまじい爆音に驚いた英貴が大声で泣き続け、引きつけでも起こすのではないかと、不安にかられたこと。そして、そんな日が何日も続いたこと。

……生後六カ月の英貴を近くの保育園に預けて、浦添市内のコールセンターで働くようになった私が、夕方に仕事が終わって保育園に迎えに行くと、それまではどんなに泣きわめいていても、英貴はなぜか、私が保育園に着く数分前に絶対に泣きやむらしく、「英貴ちゃんは遠くからでもお母さんを感知する能力を持っている」と、保育士さんに不思議がられたこと。

……一歳半になっても英貴がまだ、意味のあることばを一言も話せず、呼びかけへの反応も乏しいので、健診の際にお願いして心理相談に出向いたら、「発達の遅れがあるかもしれないので、経過観察しましょう」と言われ、とてもショックだったこと。またそのことで、「ことばの覚えが悪いのは、水貴ちゃんの愛情不足よ」と里親のおばさんに言われ、二重に悲しかったこと。

……保育園でも他の子どもたちと少し様子が違うので、心配してくださった園長先生から療育ボランティアのグループを紹介され、一歳八カ月のころから毎週土曜の夜に、『子ども支援ハウス・でいご』に通うようになったこと。すると英貴は、「手遊び」や「からだ遊び」がとても気に入り、これまでより快活にふるまったり、大きな声も出せるようになったこと。

……英貴が二歳二カ月のころに『でいご』に向かう途中で、散歩中の大きなゴールデンレトリーバーと出会ったとき、英貴が突然、「ワンワン、おっきいね」と言ったので、飛び上がりそうなほど驚いた私が、「英貴ちゃん、ワンワン、好きなの?」と聞き返すと、「ワンワン、ちゅき。ワンワン、ちゅき」と答えて、私に思いがけない、うれしいうれしい衝撃を与えてくれたこと。

……三歳児健診の前日に発達検査をしてもらったら、「障害名はつけられないが、グレーゾーンではある」と言われ、『でいご』の方々に報告すると、「発達障害なのか、個性なのか、その線引きにあまりこだわらないで、英貴ちゃんの得意なことと不得意なことを見きわめ、そのバランスを調整してやるようにしましょう」と言われ、それが私にとって大きな指針となったこと。

……英貴が三歳の夏にバスとタクシーを乗り継いで、初めて二人でヤンバルの森に出かけた際に、父母の遺骨を埋めた沢まで子連れで入山するのは危険だからと、はるか手前の沢で水遊びをさせると、英貴はキャッキャッと、リュウキュウイノシシのウリ坊のようにはしゃぎまわり、それまで見たことがないほど笑顔を弾かせて、本当に本当に、うれしそうだったこと。

……それから毎月一回、英貴をヤンバルの森に連れて行くようになった私が、「この緑色の貝は、アオミオカタニシ」、「お星さまにそっくりなこの花は、コンロンカ」などと、森で出会った動植物の名を教えてやると、英貴はすぐにそれを覚えてしまい、「この子は天才だ！」と私を感嘆させたこと。

……ヤンバルの森の生きものたちの名前は即座に覚えてしまうのに、英貴はなぜか町中や自宅ではモノの名前に関心を示さず、「この丸い鉄のフタは、マンホール」、「靴をはくときに使うこの道具は、クツベラ」などと教えても、ハナから覚えようとしなかったこと。そしてあるときようやく、「英貴は、生きものの名前にしか関心がないんだ」と気づかされたこと。

……英貴が四歳になってすぐに、北谷の美浜《みはま》アメリカンビレッジに『ドラえもん』の映画を見に行ったら、まったく興味なさげに見終えたくせに、それからときどき、「えいがが見たい」と言うようになり、私が、「夏になったら子ども向けの映画がくるから、そのときに行こうね」というと、いつもきまって、「じゃあ、なつはいつくるの？」、と聞き返したこと。

……最後にヤンバルに出かけたとき、いつもと違う林道から森に分け入ると、天然記念物のヤンバルクイナが姿を見せたので、「わーっ、英貴ちゃん、ラッキーだわ。いま見た鳥の名前は」と言いかけると、英貴が突然、「ヤンバルクイナ！」と叫んで、私に最大級の衝撃をもたらしたこと。「どこで覚えたの？」と聞いても答えてくれなかったけど、そのときあらためて、「この子は私の知らない多くの可能性を秘めているんだ」と気づかされて、胸が熱くなったこと……

しかし、それからわずか五日後の、二〇〇四年八月一三日。

私と英貴の、つつましいながらも幸せな暮らしが、一瞬にして破壊されたのです。


その日は金曜日でした。

前々日から夏期休暇でコールセンターを休んでいた私は、朝から英貴を連れ、名護市の県立北部病院に向かいました。父が勤めていた土木建築会社の社長で、私が孤児になったときにお世話になった方が、肺ガンで長く入院しておられたので、お見舞いに出かけたのです。

そして私たちは、とんぼ返りしました。『子ども支援ハウス・でいご』のスタッフである国吉さんが、昼の一時過ぎに、子連れで私のアパートに遊びに来ることになっていたからです。

『でいご』には、代表で、みずからも発達障害児の母である下地さん以外に、四人のスタッフがいましたが、実際に臨床心理士としての実務経験があるのは、国吉さんだけでした。

国吉さんは一六歳も年上でしたが、拓誠高校の先輩で、自宅も近いことなどから、『でいご』で出会ってすぐに個人的なおつき合いがはじまり、なにかと相談に乗ってもらっていました。

小学三年生と一年生になる国吉さんの息子たちは、自宅でウサギやカメを飼うなど動物好きで、いつもやさしく英貴に接してくれたので、英貴もこの二人にはとてもなついていました。

なのでこの日も、国吉さんが持参したサーターアンダーギー（沖縄の揚げ菓子）をみんなで食べたあと、「虫とりに行ってくる！」という二人のお兄ちゃんに手を引かれて、英貴もうれしそうにアパートから出て行きました。

それがいつものことなので、私と国吉さんは「気をつけてね」と見送っただけで、あとは二人でのんびりと、さんぴん茶を飲みながらおしゃべりを楽しんでいたのです。

すると突然、鈍い爆発音のようなものが遠くで聞こえたので、「トラックでもぶつかったのかしら？」などと話していたら、しばらくして何台もの消防車のサイレンが聞こえ、カンカン、カンカンという、けたたましい音が鳴り響いてきました。

立ち上がって、北向きの窓から音のする方をながめてみると、普天間飛行場のあたりから、黒煙と白煙がもつれ合うように立ち上っているのが見えました。

「事故かもしれない！」

私が大声を出したので国吉さんもそばに来て、煙がどんどん大きくなってゆくのをながめていましたが、アパートの二階の私の部屋からは、普天間飛行場そのものは見えないため、立ち上る煙のもとでいったいなにが起きているのか、具体的なことはわかりませんでした。

そのとき突然、バタンと音を立てて玄関のドアが開き、「お母さん、英貴ちゃんがたいへん！」と、三年生の拓也くんの叫ぶ声がしました。

「どうしたの？　なにがあったの？」とたずねると、「英貴ちゃんがとつぜん倒れて、頭が血だらけになってる！」と言うではありませんか。

部屋を飛び出した私たちは、拓也くんのあとを追って、我如古公民館の方へひた走りに走り、公民館の少し手前の雑木林の前で、うつぶせに倒れている英貴を発見しました。

英貴のそばには一年生の悠馬くんが座りこみ、「英貴ちゃんが死んじゃう、英貴ちゃんが死んじゃう」と泣いていましたが、私が駆け寄って英貴を抱き起こすと、額のあたりからあふれ出た血で顔面は真っ赤に染まり、まるで骨がないみたいに、全身がぐったりしていました。

いくら名前を呼んでも英貴は微動だにせず、意識もないので、もしやと思って胸に耳を当てると、かすかに鼓動が確認できました。それで私が、「心臓は動いている！」と叫ぶと、「すぐに救急車を呼んでもらうわ！」と、国吉さんは公民館に向かって駆け出していきました。

私は一瞬、英貴を公民館まで運ぼうかと思いましたが、頭のケガなので不用意に動かさない方がいいと思い直し、着ていたTシャツを脱ぐと、血止めのために英貴の額に巻きつけました。

それから救急車が到着するまでの間に、「なにがあったの？」と拓也くんに聞くと、「コオロギを探してたら、ゴン！　という音がして英貴ちゃんが倒れ、ぼくが声をかけたら、最初は少し返事したけど、頭からいっぱい血が出てきて、すぐになにも言わなくなった」、とのことでした。

英貴が倒れていたそばには、排水溝用のコンクリート製品がひとかたまり、積み重ねて置かれていたので、もしかしたらと思い、「英貴ちゃんはこのコンクリートに頭をぶつけたの？」とたずねると、「ううん、そうじゃない」と、拓也くんははっきりと否定しました。

やがて駆けつけた救急車に英貴を収容し、私も一緒に乗りこもうとしたとき、国吉さんがその場でブラウスを脱いで、「これ、着ていって！」と渡してくれました。私はその瞬間まで、自分がブラジャーだけの姿になっていたことを忘れてしまっていたのです。

「つい先ほど、米軍の大型ヘリコプターが普天間飛行場のそばに墜落した」という衝撃的な事実を私が知ったのは、救急車の中でした。私が見た煙は、その事故によるものだったのです。

それを教えてくれた救急隊員の方から、「ヘリコプターの本体は沖縄国際大学に墜落して炎上しましたが、空中分解みたいな感じで、ヘリの機体の一部が周辺に飛び散った可能性もあるので、もしかするとお子さんの負傷は、今回の事故となにか関係があるのかもしれません」と言われたとき、私はショックで息が止まりそうでした。

たしかに、すぐ近くに巨大な米軍基地があるのですから、戦闘機やヘリコプターの墜落という重大事故がいつ発生しても、決しておかしくはありません。現に一九五九年の六月には、米軍の嘉手納基地から飛び立ったジェット戦闘機がうるま市内の小学校に墜落し、一一人の小学生と六人の一般住民の、あわせて一七人が死亡し、二〇〇人以上が重軽傷を負うという、大惨事が発生しています。

そして、一九七二年の本土復帰以後に限っても、基地の中や、海や、山林、田畑などに、米軍の戦闘機やヘリコプターが墜落するという事故が、四〇件以上発生しており、三〇人以上の米兵が亡くなっていました。でも幸いなことに、民間人を巻きこむ死亡事故は起きていませんでした。だからでしょうか。私は万が一そのような事故が起きたとしても、まさか自分たちが直接、その被害に遭うことはないだろうと、なぜか漫然と、そう思いこんでしまっていたのです。

なんの根拠もなく、能天気にそう思いこんでいた自分がうらめしくて、私は心の中で何度も、「英貴ちゃん、ごめんね、ごめんね」とあやまり続けました。

救急車は五分ほどで宜野湾メモリアル病院に着き、英貴はCT検査などの結果、「頭部外傷によってもたらされた脳挫傷による急性硬膜下血腫」と診断され、血腫を取り除くための手術を受けることになりました。

英貴の病状を説明してくれた医師に、「手術をすれば大丈夫なんですね?」とたずねると、「お子さんのような昏睡状態の重症硬膜下血腫では、データ的に言うと、手術をしても七割ぐらいの人は助かりません。できるだけのことはさせていただきますが」という恐ろしいことばが返ってきて、私は不安のどん底に突き落とされました。

しかも医師は、「手術時間は一時間ぐらいの予定です」と言っていましたが、実際にはその倍ぐらいかかり、やっと手術室から出てきた英貴は、そのまま集中治療室に移されました。

病院の事務員がやって来て、「こういう事故の場合、負傷原因などを警察が調べる必要があるので、先ほど警察に連絡しましたら、すぐに来てくださるそうですので、負傷時の状況などをお話しいただけますか」と言われたのは、英貴の手術がはじまって一時間が過ぎたころでした。

しかし、交番のお巡りさんのような警官が二人、実際に病院にやって来たのは、私が集中治療室で英貴のそばにつき添っているときでしたので、たぶん、もう五時は過ぎていたはずです。英貴のことで気持ちに余裕のなかった私は、警察の方が来ることすら忘れていました。

すでに病院側から英貴の病状を聞き取っていた警官たちの質問に答えて、私は、英貴が倒れていた状況や、国吉さんの息子の拓也くんが話してくれたことなどを詳しく説明しましたが、英貴の容態が急変しないかと、その間も気が気ではありませんでした。

「お母さんとしては、どのような原因でお子さんが負傷されたと思われますか?」

そう警察官に問われた私が、「沖国大に墜落したヘリコプターからなにかが落ちてきて、それが英貴の頭を直撃したと、そうとしか考えられません」と正直に話したところ、中年の警官が急に不機嫌そうな表情になり、「お母さん、それは私たちが現場で調べないと、わかりませんから。あまりうかつなことは、口にしない方がいいですよ。マスコミの連中が聞きつけると、すぐに飛んできて、あることないこと聞かれますから」と、強い口調でさとすように言いました。

「まずは、お子さんが犯罪の被害に遭われたのではないことを確認する必要がありますので、そのお友だちの住所や連絡先を、教えてもらえますか」と、若い方の警官が差し出したノートに、私が国吉さんのお宅の地図と電話番号を書いたあと、二人は病院を出て行きましたが、警官たちの動きが腹立たしいほど緩慢に感じられたのは、私が動転していたからでしょうか。

頭部を包帯で巻かれ、点滴の管を二本も腕に刺された英貴は、手術のあともずっと眠り続けたままでしたが、心なしか呼吸が荒々しく感じられ、私は英貴の小さな手を握り締めたまま、ただただ祈るような思いで、その顔を間近に見つめ続けるばかりでした。

しかし、集中治療室内でのつき添いには時間制限があり、午後八時には室外に出ざるをえなかったため、私は少し離れた休憩室のようなところに移動しました。

病院からは、「容態の変化に備えて、家族のお一人は病院内で待機していてください」と指示されていましたが、もとより私には、英貴のそば以外に居場所はないのですから、英貴の病状次第では何日も病院で過ごすしかないのだと、最初からその心づもりでいました。

国吉さんが病院までお見舞いに来てくれたのは、九時を少し過ぎたころです。

国吉さんの話では、「七時半ぐらいに二人の警官がやって来て、半時間ほど、とくに拓也と悠馬から、英貴ちゃんが倒れたときのことを詳しく聞き取りして帰った」とのことでした。

警官たちは国吉兄弟の証言により、「犯罪で負傷したのではない」という事実を確認したあと、「ゴンという音がしてからあの子が倒れたのか、それとも、あの子が倒れたときにゴンという音がしたのか、どっちだった?」と、何回も執拗に、尋問口調で聞き返したそうです。

なので、最初のうちは「ゴンという音がしてから倒れた」と答えていた拓也くんも、最後には、「どっちだったか、よくわからない」と答えるようになってしまったそうです。

警官たちは国吉さんに、「ここに来る前に我如古の現場を見てきたが、あのあたりでは米軍による落下物探しが行われており、米兵がうようよしていた」と話し、「現場にはコンクリート製のU字溝があったので、あの子はそれに頭をぶつけた可能性もありますな」と口にしながら、なぜかそのことに関しては、拓也くんと悠馬くんになにも質問しなかったそうです。

国吉さんは、琉球タイムズが発行した号外を持って来てくれました。

その紙面には、「沖国大に米軍ヘリが墜落」、「本館に接触後、炎上、猛煙」、「逃げ惑う学生、まるで戦争」といった大きな見出しが並んでおり、黒焦げのヘリコプターに向けて米兵が消火活動をしている写真が掲載され、事故の大きさと恐ろしさを感じさせました。

国吉さんの話では、テレビは全局が事故直後から長時間にわたって、墜落現場周辺の模様を実況中継していたとのことで、沖縄国際大学の周辺は交通制限が敷かれているため、マイカーで病院に来る際にもかなりの遠回りを強いられたとのことでした。

「うちの子が虫捕りに連れ出したばかりに……本当にごめんなさい」

国吉さんは涙ながらに頭を下げましたが、私は国吉さんの手を取り、「そんなことはないので、どうか気にしないで」とくり返すうちに、たまらなく悲しくなってしまい、結局二人して、しばらく泣いてしまいました。

国吉さんが来てくれたおかげで、私は気になっていたことを一つ、済ませることができました。それは、里親だったおばさんへの電話です。

私が一八歳になった時点で法的な里親関係が解消されたあとも、おばさんとは変わりなく接していましたが、英貴が成長するにつれて、行き来する回数が自然に減りつつありました。

でも、おばさんの所有するアパートにタダで住まわせてもらい、ときどきは英貴と一緒に、おばさんの車で美ら海《ちゅらうみ》水族館や買物に連れて行ってもらうなど、お世話になっていることに変わりはないので、英貴が入院したことを早く連絡しておかなければと、思っていました。

しかし病院内の公衆電話は私のいた休憩室から遠い場所にあるので、電話をかけに行っている間にもしものことがあればと、不安が先行し、なかなかそこまで行けずにいたのです。

でも国吉さんが休憩室にいてくれたので、私はようやくおばさんに電話連絡できました。

その夜は一睡もせずに休憩室で過ごし、翌朝は一〇時から一時間だけ、集中治療室で英貴につき添えましたが、「いまもきわどい状態のままです」という医師のことばに、私は英貴の手を握り、「がんばってね。ずっと一緒だから、がんばってね」とくり返すばかりでした。

二人の警官がふたたびやって来たのは、昼過ぎのことでした。

「昨日今日と現場の周辺を調べましたので、その報告をさせてもらいに来ました」

そう切り出した中年の警官は、「お子さんが倒れていた場所から一〇〇メートルほど離れた草むらで、米軍ヘリの尾翼の一部が発見されたこともあり、現場一帯はすでに、米兵の手で徹底的に落下物の捜索がなされたあとでした。われわれも丹念に調べましたが、お子さんの負傷と関連するようなものは、なにも発見できませんでした」と、淡々と説明しました。

「じゃあ、英貴の頭を直撃した落下物が現場に残っていたとしても、もう、米兵に回収されてしまったあとだと、そういうことですね」

「そうかもしれませんし、そうでないかもしれません。そもそも、お子さんが米軍ヘリの落下物で負傷したかもしれないというのも、お母さんの臆測にすぎませんし、実際のところ、目撃者のいない状況では、正確な事実は突き止めようもありません」

「だけど、国吉さんの子どもたちが、ゴンという音がして英貴が倒れたと証言しているのですから、なにか落下物が頭に当たって倒れたと、そう考えるのが自然じゃないでしょうか」

「その点は、国吉さんの子どもさんにも問い質《ただ》しましたが、よくわからないと、そんな話でしたよ。まぁ、小学生ですし、どこまで事実を把握できたか、むつかしいところですね」

中年警官は苦々しげに言い、「お子さんが倒れていた場所には、コンクリートのU字溝が四〇個、きっちりと四段に積んであったのに、なぜか最上段の数個がずれ動いていました。その状態からして、最上段の数個がずれ動いたのは、ごく最近のことと見られます。ですので、お子さんはなにかのはずみにあのU字溝の角で頭を打って負傷されたと、そう考えるのが一番合理的だと思うんですが」と、同意を求めるように私の顔を見ました。

合理的、ということばに抵抗を感じながらも、私が言い返せずにいると、今度は若い方の警官が、「われわれのその見立てが、お子さんのケガの状態と矛盾しないかどうか、先ほど主治医の先生からもお話をうかがいましたが、そういう可能性も否定できないと、そうおっしゃっていました」と、まるで勝ち誇ったように、自信たっぷりの口調で言いました。

英貴の事故の現場を詳しく観察する間もなかった私には、もうそれ以上、反論に足る材料も根拠もなく、ただただ承服しがたい思いで、黙りこんでしまうしかありませんでした。

すると中年警官が、不服そうな私に弁明するように、問わず語りで話しはじめました。

「納得しがたいかもしれませんが、これ以上調べようがないし、米軍の関係する現場では思うように事が進まないのが普通です。われわれもYナンバー（米軍関係の車）がらみの事故や、米兵の犯行現場などで、いつもヤツらに勝手をされ、腹の立つことがしょっちゅうです。今回のヘリ墜落現場もそうです。米軍が即座に一方的に封鎖してしまい、いまも警察や消防が現場に入れない状態です。まさに国家主権を無視したやり方で、われわれもむかついてならんのです」

最後は吐き捨てるように語られたそのことばを耳にしながら、私は正直、「国家主権も大切だろうけど、いまの私にとっては英貴の命の方が大切なんだ」と思いました。

英貴の容態が急変して集中治療室に呼ばれたのは、警官たちが帰った直後のことです。

「脳浮腫の増悪による脳幹部の圧迫で、手の施しようがありません」と医師に宣告され、私はもう、泣くことすらできずに、オロオロするばかりでしたが、英貴はそれでも最後の最後まで力をふりしぼって、精一杯に、生の側に踏みとどまろうとしました。

でも翌日の未明に、ついに力がつきてしまったのです。

二〇〇四年八月一五日の、午前四時九分のことでした。

「人生」と呼ぶにはあまりに短すぎる、四年と三カ月の生涯でした。

私は病院で紹介された葬儀屋さんに頼んで、昼前に英貴をアパートの自室に連れて帰りました。そして、毎晩二人で一緒に寝ていた壁ぎわのベッドに、遺体を安置しました。

部屋の中は英貴の急を聞いて飛び出したときのままでしたが、私はもう、片付けようとも思いませんでした。明日になって英貴がこの部屋から永久に出て行ってしまうまでの、ほんの短い時間だけでも、英貴と二人して、いつものように過ごしたいと思ったからです。

葬儀屋さんが引きあげると、私はようやく、英貴と二人っきりになれました。部屋の中を見渡しても、そして窓からのながめも、それまでとなにも変わりはありません。

ただいつもと違うのは、ベッドの上で肌掛け布団からちょこんと顔を出している英貴のその頭部に、かなり厳重に包帯が巻かれていることぐらいでした。

ずいぶんと長い間、放心したままで英貴の顔を見つめ続けていた私は、ふと、数日前に買ってきたばかりの絵本を、まだ一度も読んでやっていなかったことに気づきました。

『おきなわ昔ばなし・新シリーズ』の絵本が大好きだった英貴のために、毎月一冊ずつ買い揃えて、読み聞かせをしていたのです。

そこで私は、毎晩寝る前にかならずそうしていたように、畳に座りこんでベッドに両肘をつき、「英貴ちゃん、新しい絵本のお話、読んであげるね」と声をかけてから、英貴の顔のすぐ間近で、『名幸《なこう》タンメーとキジムナー』の読み聞かせをはじめました。

途中で何度か声をつまらせながらも、なんとか一〇分ほどかけてそれを読み終え、英貴の顔をのぞいてみると、心なしか先ほどまでより、表情がやわらいでいるように見えました。

ああ、英貴もやっぱり、この部屋に帰ってきてホッとしているんだ……私はそう感じながら、眠りはじめた英貴にいつもしてやっていたように、やさしく胸をさすってやりました。

すると肌掛け布団の上からゾゾッとする冷たさが伝わってきたので、驚いて布団をはねのけると、真っ白い布袋に入れられたドライアイスが何個も、英貴の胸や腹部に置かれていました。

その姿にショックを受けた私は、「この子をたった一人で見知らぬ世界に行かせてはならない。私が一緒についていってやらなければ、英貴がかわいそうすぎる」と、そんな気持ちで胸が張り裂けそうになりました。そして瞬時に決断したのです。

半畳ほどの押し入れから、父母の遺品をまとめて入れてある段ボール箱を引っ張り出すと、私はその中から、マジムンガエルを浸けこんだ泡盛の瓶を取り出しました。そうです。里親のおじさんの命を奪った、あの琥珀色の「くぶら」です。

そして私は、スクリューキャップをはずすと、それを口に運ぼうとしました。

そのときです、不意に玄関のドアを叩く音がしたのは。

ふとわれに返った私は、「おばさんが来てくれたのだ」と思い、あわてて「くぶら」の瓶を段ボール箱にもどすと、タオルで涙をぬぐってから玄関に出ました。

訪ねてきたのはおばさんではなく、半袖のワイシャツにきちんとネクタイを締めた、まだ二〇代半ばと思える青年でした。

青年は私に、「沖縄新報　社会部記者　〇〇〇〇」と記された名刺を差し出しながら、お悔やみのことばを口にし、「こんなときに申しわけありませんが、よろしければ、お子さんが亡くなられた状況について、お話を聞かせていただけないでしょうか」と切り出しました。

そして玄関先に立ったまま、およそ次のようなことを話したのです。

「宜野湾メモリアル病院の関係者から、米軍ヘリの墜落事故と同時刻に、我如古から救急搬送されてきた子どもがいたと聞いた。詳しい状況を知りたくて病院に行くと、もう亡くなられて、自宅にもどられたあとだった。主治医は、『創傷の原因は、現場確認した警察の判断を尊重するしかない』と語ったが、本当に、コンクリート資材で頭を強打したことによる負傷だったのか？

沖縄国際大学の墜落現場から四〇メートルほど南のお宅では、ヘリコプターの破片が二階の窓ガラスやフスマを貫通して、生後六カ月の子がいつも昼寝をしている部屋まで飛びこみ、テレビを破壊した。さいわい住人が留守で人的被害はなかったが、他にも危機一髪に近い事例が判明してきている。お宅のお子さんの負傷も、そうしたヘリからの落下物となにか関係があるのではないか。もし思い当たることがあれば、真相を調べたいので、ぜひ話を聞かせてほしい……」

額の汗をぬぐおうともせず、一生懸命に取材の意図を説明する記者と対しながら、私はようやく、自分の思いを正直に吐き出すことのできる相手にめぐり会えたのだと思いました。

そして私の訴えのすべてを、真摯に受けとめてもらえたのです。

記者はそのあとで、「いまのお話で、お子さんの命を奪ったのは米軍ヘリだと確信しました。今回もこれだけの重大事故なのに、本土の新聞やテレビはすでに、『住民に被害はないから、たいした事故ではない』といった論調で、不当な報道をはじめています。そんな流れに対抗するためにも、徹底的に取材して、真相はどうだったかを明らかにしたいと思います。取材結果を記事にできるメドがついたら、また連絡しますので、おつらいでしょうが、どうかそれまでご自愛ください」と話し、ベッドで黙したままの英貴に長く手を合わせながら、涙を流してくれました。

この記者の来訪が私に、英貴のあと追い自殺を思いとどまらせました。

もしかしたら、英貴の無念を晴らせる日が来るかもしれないから、それを見届けるためにも、いましばらくは生きていようと、そんな気持ちにさせられたのです。

しかし、それは完全に判断ミスでした。私はやはり、あのときに死んでおくべきだったのです。たった一人の肉親である英貴を、私の手で天国に送り届けるためにも。

英貴は浦添市の海岸埋め立て地にある斎苑で、荼毘に付しました。市域の四分の一を普天間飛行場に奪われている宜野湾市には、火葬場もないからです。

葬儀屋が用意してくれた子ども用の骨壺は、白地にオモチャの柄がプリントされていて、英貴にふさわしいかわいさでしたが、焼き上がった英貴のお骨が、その小さな骨壺にすべて納まってしまうほどの量しかなかったことに、私はあらためて涙しました。

英貴がお骨になって帰ってきてからの三日間ぐらいは、お世話になった保育園やかかりつけの医院に挨拶に出向いたり、さまざまな手続きのために役所に行ったり、コールセンターに退職届を出しに行ったりと、とにかく、すませておくべきことに専念して過ごしました。

しかしそうしたことを一通り終えたあとはもう、気をまぎらす方法がなにもなかったのです。英貴の死から一週間が過ぎたころ、私は突然、指一本動かすこともできないような、はなはだしい脱力感に襲われ、ベッドから出られなくなりました。

初めのうちは不眠による疲労のせいかと思いましたが、そうではありませんでした。たまに少し眠れた夜があっても、朝になるとなに一つ状況が変わらず、這うようにしてトイレに行き、そのついでに水道の水を飲む以外は、終日そのままの状態で身を横たえているばかりでした。

もちろんまったく食欲もなく、だれかが玄関のドアをノックしたり、私の名を呼んだりしても、いっさい返答する気にもなれませんでした。

そうした中でも、最初の一週間ほどはまだ、ベッドに横たわったままで、英貴の遺骨に話しかけることぐらいはできていました。しかしやがて、それもできないほどの状態におちいり、ついには、トイレにも起きられずに、おもらしをしてしまうようになりました。

電気代の節約のためにクーラーも設置していない真夏の部屋で、むせ返るような悪臭の底に淀みながら、それでも私は、不思議と穏やかな気持ちでいました。「このまま死んで、英貴のそばに行くのだ」と、決めてしまっていたからです。と同時に、こういう死に方をするのがふさわしいぐらいの人生でしかなかったのだと、つくづくそうも思いました。

そんな私を死の一歩手前で発見してくれたのは、里親のおばさんでした。

実はおばさんとは、二人だけで英貴を見送った火葬場の帰りに、言い争いをしていました。

「いまはつらいだろうけど、時間がたてばきっと、これも運命だと思えるときが来るわ。水貴ちゃんはまだ二二歳なんだから、これからもっと、自分の幸せを探さなくちゃあ。英貴ちゃんと一緒にいたらできないようなことだって、これからはできるようになるんだから」

おばさんが車を運転しながら、そんなことばで私を慰めようとしたので、「おばさんは本当に英貴のことを悲しんでくれているの?」とたずねると、「そりゃあ私だって、英貴ちゃんがかわいそうだとは思うわよ。でも水貴ちゃんには悪いけど、どうしても、あの子を好きになれなかったの」と、ついに本心を口にしたのです。

「どうしてなの?」

「説明しなくても、わかるでしょ」

冷たくそう言い放たれ、ついカッとなった私は、「おばさん、もう当分は私の部屋に来ないで。私を一人にしておいて!」と叫ぶように言ってしまったのです。

それでもおばさんは、その三日後ぐらいから何度か、私の部屋に来たそうです。

だけど返答がなく、持参したお供えの品をドアの外に置いて帰ったところ、それが二週間も放置されたままなので、異変を感じて合鍵でドアを開け、私を見つけたのでした。

そのときの私は体重が三二キロにまでやせ細り、意識ももうろうとしていました。なのでその前後のことは、ほとんどおぼろげにしか思い出せません。

とにかく、宜野湾市役所にほど近い精神科病院の「うつ病急性期病棟」に入院し、最初のうちは薬を飲んだり、点滴を受けたりしながら、だいたいはベッドで寝ていたのだと思います。

結局四ヵ月におよぶ病院での療養生活の中で、いまもはっきりと覚えている出来事が、三つあります。一つ目は入院してからたしか、二週間目ぐらいのことでした。

ようやく少し体調が回復しつつあった私が、英貴の遺骨と離れているのがつらくて、「遺骨を病室に持って来たい」と主治医に訴えると、三〇代後半の男性医師は、「同室の患者の中には遺骨を嫌がる人もいるだろうし、他の患者が投げ捨てたりするかもしれない」と反対しました。

しかしその一方で、「小さな、米粒ぐらいの遺骨を一つ持ってきてもらえば、私がいつでも息子さんと一緒にいられるようにしてあげます」と、やさしく言ってくれたのです。

なのでおばさんに頼んで、英貴の骨壺の中からそれぐらいのかけらを一つ、持ってきてもらったのですが、主治医はその骨片を医療用の透明接着剤でコーティングしたあと、ガーゼ付きの絆創膏で、私の左手首のすぐ上あたりに貼りつけてくれました。

「こうしておけば二四時間いつでも、息子さんと一緒にいるのと同じことです。絆創膏は私が診察のたびに取り換えてあげますから」

主治医の先生のそんな思いやりに感謝しながら、本当に久しぶりに、英貴の存在を身近に感じることができて、私は心からホッとしました。この一粒の遺骨に支えられてこそ、四カ月での退院をはたせたのだと思います。

二つ目の出来事は、少しつらい出来事でした。

入院して一カ月半になったころ、看護師につき添われて病院の中庭を散歩していたら、背後で私の名を呼ぶ声がしたので振り返ると、あの、沖縄新報の青年記者がそこにいました。

記者は私の姿を見て察したらしく、「ここに入院しておられるのですか?」と問われたので、黙ってうなずき返すと、「そうでしたか……。何度かお宅にうかがわせていただいたのですが、いつもお留守だったもので」と、申しわけなさそうに言いました。

それから記者は、報告が遅くなったことを詫びたあとで、次のように話しました。

「お子さんの事故の件ですが、現場の西側に、五階建てのマンションがありますよね。その四階の住民の中に、墜落したヘリの落下物を探すアメリカ兵たちの様子を、双眼鏡で見ていた人がいました。その人から、お子さんが倒れていたあたりで、野球ボールぐらいの大きさの落下物を二、三個、アメリカ兵が拾い上げ、迷彩柄の布バケツに入れるのを見たという、証言が取れました。

ところが、米軍に問い合わせてもノーコメントだし、『ヘリの落下物で死亡事故が起きていた可能性がある』といくら県警に訴えても、物的証拠がなければ動けないと、その一点張りでした。せめて記事にだけはしたいと、社内でもかなり議論したのですが、明確なウラの取れない記事を書いたのでは、逆に足元をすくわれると、最後にはそういう話になってしまいまして……」

やっぱりそうだったのだと、私はなかばあきらめの気持ちでそれを聞きました。

米軍は事故直後から、沖縄国際大学内の墜落現場を勝手に封鎖すると、日本側のすべての現場検証を拒否し、ヘリの残骸や周辺土壌を回収しました。土壌にこだわったのは、墜落したヘリの部品にストロンチウム90が用いられており、放射能汚染が発生した可能性があったからです。

しかし米軍がその事実を認めたのは、事故から二〇日後のことで、放射能で汚染された土壌はすでに回収されてしまっているため、日本側は汚染の実態を調べようもなかったそうです。

同じように英貴の事故現場の周辺でも、すべてが米兵たちに回収されてしまい、英貴がヘリの落下物に直撃されたという物証を見つけるのは、最初から無理なことだったのでしょう。

それでも、英貴の死の真相を明らかにしようと懸命に取材してくれた記者に対して、私は心からお礼を述べたあと、どうしてここにいるのかとたずねると、「このところ眠れないので、睡眠薬でも処方してもらおうと思い、初めて受診に来ました」と、記者は元気なく答えました。

おたがいに「お大事に」と言い合って別れ、しばらくしてから振り返ると、記者は私に向かってずっと頭を下げたままでした。

さて最後の、三つ目の出来事ですが、これは本当に私にとって、思わず叫び出したくなるほどうれしくて感動的な出来事でした。

薬物治療と並行して水踏みや患者ミーティング、作業療法などの治療プログラムに参加する一方、何度もカウンセリングを受け、自分でも驚くほどの早さで回復した私は、ちょうど丸四カ月を迎えたその日に、「明日にでも退院していいですよ」と、主治医から言い渡されました。

その夜の私は八時半ごろに、患者のくつろぎの場でもあるデイルームに顔を出し、親しくしていた患者仲間たちに、退院するにあたってのお礼のことばをかけて回りました。

すると私の一歳年下だった友香《ともか》ちゃんが、「寂しくなってしまう」と急に泣き出したので、私も腰をすえて、友香ちゃんの話につき合うことにしました。

恩納村のホテルでフロント係をしていた友香ちゃんは、ダイビングのインストラクターだった彼が潜水中に事故死したため、精神に変調をきたし、私より一カ月ほど遅れて入院してきました。

「先生や看護師さんより、水貴さんが一番私を理解してくれていたのに、水貴さんがいなくなったらもう、いつまでたっても病気から抜け出せなくなってしまう……」

そう言って泣き続ける友香ちゃんの手を握り、「大丈夫だから、とにかくあせらないで。友香ちゃんも、もっと積極的にカウンセリングを利用してみてはどうかしら」などと励ましていると、ふとどこからか、なつかしい声が聞こえたような気がして、私は一瞬、耳を疑いました。

そしてその声が、デイルームの奥の小さなテレビから響いてくるのに気づいた私は、「ごめんなさい、ちょっと待ってね」と友香ちゃんに声をかけ、すぐにテレビの前に駆け寄りました。

すると、やっぱりそうだったのです。

ひとかたまりになってテレビを見ている患者たちに交じって、心と耳をとぎすませて確認したその歌声は、間違いなく、大城くんの歌声だったのです。

目を閉じればそこは　アダンに降る夜
夕暮れはいつも　海辺で駆け回っていた
砂浜に絵を描いたり　逃げる波を追いかけたり
だれも迎えに来ないのを知りながら
いつまでも一人遊びしていた　あのころのわたしに

アダンの木は教えてくれた
孤独にも　さらに僻地《へきち》があることを

あれほど海が好きだったあなたが
いつの日か海を忘れてしまうなんて
想い出が化石になってしまいそうなほど
あなたを待ち続けたままだなんて

そうです。

この歌は五年前の夏の夜に、沖縄市のあの諸見里公園で、大城くんが私のために弾き語りをしてくれた三曲の中の一曲、『アダンに降る夜』だったのです。アダンは沖縄や奄美の海岸べりに多く見られる常緑樹で、熟すと甘い芳香を発する、パイナップルのような実をつけます。

驚きとうれしさで、私はしばし茫然として、テレビの画面を見つめたままでした。

まさかこんなかたちで大城くんの歌と再会するなんて、夢にも思っていませんでした。

友香ちゃんにきくと、『アダンに降る夜』は、この年の秋から夜の九時台に放送されている『さよならの活用形』と題する一時間ドラマの主題歌で、オープニングには毎回かならずこの歌が流れるとのことでした。私がたまたま耳にしたのも、そのオープニングの場面だったのです。

しかも友香ちゃんは、「この歌を自作自演でうたっているのは、シトウ・マサトっていう新人歌手なんだけど、これだけ大ヒットしてるのに、本人はいっさいテレビにもラジオにも出てこないし、雑誌の取材にも応じないみたいなの」と、意外な情報まで教えてくれました。

私は翌朝の一〇時に退院したその足で、少し遠回りをしてCDショップに立ち寄り、大城くんの、いいえ、シトウ・マサトの『アダンに降る夜』を買いました。

そしてようやく帰還したアパートの自室で、英貴の遺骨をしっかりと胸に抱きしめながら、飽きることなく『アダンに降る夜』を聴き続けました。

この歌を初めて耳にして心震わせたあの夜から、もう五年半の歳月が流れていました。

その間、大城くんとは一度も会うことがありませんでしたが、英貴との日々の暮らしの中で、大城くんはいつも、私たちのすぐそばに存在し続けていたのです。

私は、『アダンに降る夜』にどっぷりと浸りながら、ふと思いました。

いまわしい出来事ばかりで塗りつぶされた沖縄での暮らしを捨てて、私も東京に行ってみよう。大城くんと同じ街の片隅で、これまでとは違う、別人のような人生を生きてみようと。

一人ぼっちにもどってしまった私にとって、どこでどのような生き方をしようが、もうそれをさまたげるものも、いさめるものも、なにもありません。私はその孤独と引き換えに、野放図なまでの自由を手に入れたといえるかもしれません。

そんな私がだれに見送られることもなく那覇空港を飛び立ち、わずか二時間一五分のフライトで初めて東京に足を踏み下ろしたのは、二〇〇五年二月一〇日のことでした。

東京に出た私が最初に住んだのは、千代田区の東神田でした。

JRの浅草橋駅の近くにあるコールセンターにテレフォン・オペレーターとして採用され、そこから二〇〇メートルも離れていない、神田川沿いの寮に住むことになったのです。

顔に大きなアザのある私には、ほとんどの職種で越えがたいハンディキャップがありましたが、唯一、それをあまり感じずにすんだのが、電話対応によるコールセンターの仕事でした。

実際、家電通販店の子会社であるこのコールセンターでも、沖縄のコールセンターでの経験が評価され、簡単な実技テストを受けただけですぐに採用が決まりました。私の外見が問題にされることは、まったくなかったのです。

実は東京に出てくるとき、私には一つの、確固たる目的がありました。

それは生まれてこの方、私の人生を支配し続けてきた顔のアザを、東京で消し去る、というものでした。私が就職時に「寮のあるコールセンター」にこだわったのも、家賃を節約して、その分をアザの治療費や、その関連費にまわしたいと考えたからです。

しかし上京から三カ月後に神田和泉町《かんだいずみちょう》の病院で相談すると、太田母斑のレーザー治療は保険適用なので、それほど費用がかからないとわかり、私はその場で治療の開始を決意しました。

そしていよいよ六月一三日に、初めてのレーザー治療を受けることになったのです。

その日の私は、いつもは旅行カバンの中にしまったままにしている小さな革ケースをハンドバッグに忍ばせて、病院に向かいました。父が生物観察用のルーペを入れていたその革ケースには、英貴の骨片が入っており、この日はずっと英貴と一緒にいたいと思ったからです。

英貴の遺骨の本体は、沖縄を出る直前に、父母の遺品と一緒にヤンバルの森に埋めました。

北谷にあった父の実家の墓は、沖縄戦で完全に破壊され、沖縄戦で亡くなった父の両親や妹、叔父たちの遺骨も発見されなかったことから、父は新たな墓を作ろうとしませんでした。

父も母も、「死んでも墓など作らず、ヤンバルの森に埋めてほしい」というのが口癖でしたが、その希望通りにヤンバルの森に眠る父母と一緒に、英貴の遺骨も埋めてやったのです。

いよいよ、太田母斑の治療がはじまったその日、私はまず最初に診察室で、アザのある部分にクリーム状の麻酔を塗られたあと、その上に直接、ラップフィルムを貼られました。

待つこと一時間。皮膚表面の麻酔がようやく効いてきたのか、顔面が妙に引きつった状態になったところで、今度はアザのある右目の周囲にだけ、局所麻酔の注射を打たれました。

それから処置室で二〇分以上にわたり、レーザー照射による治療を受けたのです。

注射の麻酔が効いている部分はそれほどでもないのですが、クリーム麻酔を塗っただけの部分は、レーザー照射のたびに鋭い痛みに襲われ、私は何度か、声を出してしまいました。そしてすべての照射が終わったときには、思わず大きなため息をつくほど、クタクタになっていました。

数日間は腫れが残り、顔が引きつった感じでしたが、その腫れが引きはじめたころから照射痕が急速に乾いてカサカサになり、やがてそれがカサブタとなって、ポロポロと剝がれ落ちるようになります。そして二週間から三週間でもと通りの肌の状態にもどるのですが、私の場合、一回目の治療でむしろアザの色が濃くなったように感じられ、いささか不安を覚えました。

しかし三、四カ月に一度の割合でそんな治療を受け続けることにより、三度目の治療ぐらいからは目に見えてアザの色が薄らぐようになり、丸二年かけて七回のレーザー治療を終えたときにはもう、私自身が驚くほどの治療効果で太田母斑が消えていました。

私のアザを見慣れていた同僚たちは、「ネクラな印象が消えて、明るく華やかな印象に変わった」、「絶対に美人度が高くなった」などと、お世辞も含めて私の変化を称賛してくれました。

しかし当の私自身は、鏡の中の「アザのない自分」と対面するたびに、「本当にこれが自分なのだろうか？」と、なんとも居心地の悪い、落ち着かない気持ちにさせられました。

時間がたちさえすれば、そんな「アザのない自分」にも次第に慣れてゆくのだろうと、そうは思いながらも、奇妙な違和感のようなものを払拭《ふっしょく》できずにいたのです。

会社に頼みこんで治療スケジュールに対応した勤務シフトを組んでもらうなど、なによりもアザの治療を最優先させることに徹したその二年間、私が最大の楽しみとしていたのが、シトウ・マサトこと、大城修英の歌を聴くことでした。

『アダンに降る夜』の大ヒットでその名を広く知られるようになった大城くんは、およそ半年ごとにオリジナル・アルバムを発表し、それが毎回、ヒットチャートの上位にランクされることで、着実に評価を高めていました。それに私が東京に出てきた翌年からは、夏に限定して、年に一度の全国巡回コンサートツアーを開催するようにもなりました。

そんな大城くんのアルバムCDをすべて買い揃え、目が覚めたばかりのベッドの中や、仕事が終わったあとのくつろぎの時間などに、ゆっくりとそれを聴くのが私の日課となっていました。

しかし私は、大城くんのコンサートに足を向ける気にはなれませんでした。着実に夢をかなえて大きな存在になりつつある大城くんに比べて、目的も生きがいも見失ったまま、どこに向かって歩いているのかさえ定かでない自分の姿に、自信を持てなかったからだと思います。

二五歳で太田母斑のアザから解放された私は、しばらくの間、思いもしなかった周囲の変化にとまどいました。町で見知らぬ男性に声をかけられたり、同僚に合コンに誘われたり、デパートで美容部員に化粧品をすすめられたりと、アザがあった時代には考えられなかった体験が増えるにつれ、私はそれまでにない緊張を強いられ、疲労感で一日を終えるようになりました。それに加えて私を深く苦しめたのが、「いつまでたっても、アザのなくなった自分を受け入れられない」という、まったく想定外の現実でした。

時間がたつにつれて「アザのない自分」に慣れてゆき、やがて「アザのあった自分」と「アザのなくなった自分」が自然に一体化されて「一つの自分」に統合されるはずだと、なんの疑いもなくそう考えていたのに、現実は決してその通りにはならなかったのです。

「アザのなくなった自分が、本当の自分だとは思えない」という、この自己分裂感や葛藤は、日に日に肥大してゆき、ついにある日、仕事を終えたその足で精神科のクリニックに駆けこむまでになりました。太田母斑が完治してから、半年後のことです。

最初に診察を受けた日本橋のクリニックでは、中年の男性医師から、「アザが消えてきれいになったんだから、もっと前向きに、プラス思考で受けとめるべきです。できるだけ鏡を見る回数を増やして、美しくなった自分をもっとほめてあげてください」などと、バカげたアドバイスしかもらえず、落胆させられました。

しかし何軒目かのクリニックで四〇代の女性医師から、「あなたはアザのあった時代に苦労をされたので、あなたの人格や記憶がアザと結びつき、アザがあなた自身であるかのような象徴性を帯びていたんでしょうね。それが消えて精神的に不安定に、分裂的になるのは、自然な心理反応かもしれません。日々の暮らしを充実させることで、アザのない自分に対する肯定感を高めていけるといいのですが……」と言われ、私はおぼろげに自分の心の状態を自覚できたのでした。

睡眠薬がほしかったこともあって、このクリニックには一年近く通いました。

その間に、アザの治療をしたのと同じ病院で二重まぶたの整形手術を受けたのは、目の表情が変わればアザの記憶も少し薄れるかもしれないと思ったのと、レーザー治療のつらさに比べれば、それがごくごく簡単な、気軽に受けられる手術のように感じられたからです。

わずか一〇分ほどのこの手術で私の目もとは劇的に改善され、「顔の印象が別人になった」、「大人っぽくきれいになった」、「やさしげな顔になった」などと、周囲から言われました。

そんな私が「アザのない二重まぶたの顔」になって初めて、大勢の人がいる場所に出て行ったのが、二〇〇八年六月の「シトウ・マサト・コンサートツアー・東京公演」だったのです。

チケットは早くに完売されていたので、ネットオークションで高額のチケットを入手して出かけたのですが、初めて体験した大城くんのコンサートは、想像を超えてすばらしいものでした。

大城くんはこの日のコンサートで、それまでに発表していた一〇〇曲近い自作曲の中から二九曲を熱唱しましたが、最初の一曲はやはり、デビュー作の『アダンに降る夜』でした。

舞台の中央に注ぐ小さなスポットライトの中に登場した大城くんが、ギターの弾き語りでこの曲を静かに歌いはじめると、満員の会場はたちまち静まり返り、やがてたましいの奥底から絞り出すような、悲痛な声を響かせて歌い終わったとたん、拍手の嵐が沸き起こりました。

そのあとで、「今夜はありがとうございます。おしゃべりは苦手ですので、一曲でも多くの歌をお届けしたいと思います。最後までおつき合いください」とだけ挨拶した大城くんは、二時間半にわたって完璧なまでのシトウ・マサト・ワールドを展開して、観客を魅了し続けました。

そして最後に、この時点ですでに『アダンに降る夜』を上回る大ヒット曲となっていた『愛のしじまに』を、ふたたび大城くんがアコースティック・ギターで弾き語りはじめると、それまでのうねるような熱気から一転して、会場は厳粛なまでの静謐《せいひつ》に支配されたのです。

いまこの瞬間の夕焼けは
二度と再現されることがない
目の前で生まれたかと思うと
はかなく消えてゆくものの
悲痛なまでの美しさよ

あなたが見せる愛のしぐさは
なぜかわたしを自問に向かわせる
激しい愛は激しさのままに
静かな愛は静けさのままに
わたしの心に問いを課す

恋という名の迷路の中を
どこまで行けば　罪になるのか
どこまで行けば　救いがあるのか
あなたと抱き合う　この愛のしじまで

真っ白なTシャツにジーンズという出で立ちの大城くんが、透き通る低音で最後のフレーズを歌い切り、フィンガーピッキングを駆使したクラシカルな伴奏を弾き終えた瞬間、総立ちした人々の割れんばかりの拍手と歓声で、会場の興奮は最高潮に達しました。

私も立ち上がって必死に拍手をしながら、ほんの少しだけ寂しさを禁じえなかったのは、『アダンに降る夜』以外はまったく、沖縄を感じさせてくれる曲がなかったからです。

でも、シトウ・マサトである大城くんは、沖縄の出身であることもいっさい公表していないのですから、そんな欲求不満を覚えたのは、きっと私だけだったのでしょう。

コンサートのあとでいつになく気分を高揚させた私は、ふと大城くんに会ってみたくなり、「ひと目お会いしたいのですが」とホールの係員にたずねると、「建物の裏手の、右端の出口で待っていたら、お顔ぐらいは見られるかもしれません」と教えられ、すぐにその場所に回りました。

するとそこには、五〇人前後の人たちがひとかたまりとなって「出待ち」をしていましたが、私はその一団に加わる気にもなれず、少し離れた位置から遠巻きにながめていました。

私のすぐ背後に一台のハイヤーが停まったのは、半時間ほどしてからのことです。

ほぼ同時に、示し合わせたかのように大城くんが出口から姿を見せました。

しかし先導役の三人の男性が、「サインや写真撮影は御遠慮ください！」、「花束などは私どもがお受け取りします！」と大声で言ったこともあって、ファンはおとなしくその男性たちに花束やプレゼントを手渡し、大城くんとはほんの一瞬、軽く握手をしてもらうだけでした。

そして思いがけず、出待ち集団の一番外にいた私の前まで大城くんが来たとき、私はとっさに、「うたいみそーちー（お疲れさま）」と、ウチナーグチ（沖縄ことば）で声をかけてしまいました。

私は幼いころから両親に、昔ながらのウチナーグチを教えられていましたし、おじいちゃん子だった大城くんもまた、同世代では珍しい、ウチナーグチの使い手だったからです。

するとと大城くんが、驚いたように足を止めました。

サングラスの下の表情はわかりませんが、至近距離から私を見つめる大城くんに、さらに、「わんぬくとぅ、うびてぃますか（わたしのこと、覚えていますか）」と話しかけると、大城くんは不審そうに首をかしげながら、そのままハイヤーに乗りこんでしまいました。

そのあとで私は、公衆の面前で二度までも、大城くんに沖縄ことばで話しかけてしまったことを、とても後悔しました。みずからの履歴をいっさい公表していない大城くんに対して、ウチナーグチで話しかけるというのが、あまりにもデリカシーに欠ける行為だと気づいたからです。

でも、私が東京でだれかに沖縄ことばで話しかけたのは、唯一、このとき限りでした。

上京してからの私は「座刈谷」という名前のせいで、「どちらの出身ですか?」とよく聞かれ、そのたびに「沖縄です」と答えると、そこから沖縄の話題へと発展することもありました。

しかしたいていの人は、「自然が豊かな美しい島」、「リゾート気分に浸れる癒しの島」、「異国情緒あふれる島」といった印象で沖縄を見ており、「基地の島」としての現実を思い知らされるしかなかった私の生活実感からは、大きな隔たりを感じずにはいられませんでした。

たまに私が、「米軍基地が沖縄に集中していることで、多くの深刻な問題が生じています」と口を滑らせたときでも、返ってくるのは、「地理的条件からして、国防上、沖縄に基地が集中するのはやむをえない」といった、思考停止にも似た画一的なことばでしかありません。

東京で実際に本名を名乗りながら暮らしてみて、大城くんが沖縄の出身であることを公表しない気持ちの一端が、私にも少し理解できる気がしました。残酷なまでに過分な負担を沖縄に担わせておきながら、ほとんどの人がその現実に無自覚なままで暮らしている社会の中では、自分が沖縄の人間であるというだけで、ある種の屈服感を生じさせてしまうからです。自分が

アザがなくなった自分の顔に違和感を覚えたまま、安定感の乏しい、中途半端な精神状態で生きていた私が、コンサートのあとで大城くんと顔を会わせたのは、実に九年ぶりでした。しかし、顔の印象を支配していたアザを消し去り、整形手術でまぶたを二重にし、流行中の化粧をほどこした私の顔を見ても、大城くんはそれが私であることに気づきませんでした。

その事実が私に、思いもしなかった新たな感情を生じさせたのです。

それは、「アザがあったころの自分とは別人にしか見えないのなら、もう思い切って昔の自分と決別し、別人のような人生を生きてやろう」という、開き直りにも似た感情でした。

ちょうどそんなころです、里親だったおばさんから、「一年半前に乳ガンの手術を受けたが、肺や骨にも転移したので、余命は半年だと医師に宣告された。これまで毎月返済してくれたお金は、水貴ちゃんからの便りだと思って受け取っていたが、残りの分は返してくれなくていい。もう会えないだろうが、どうか元気で頑張ってほしい」といった内容の手紙が届いたのは。

おばさんはやさしい人でしたが、私とは人間的に相容れない面も多く、何度となく言い争ったり、衝突をくり返したりしてきました。でも、おばさんが私にとって「大恩人」とでもいうべき存在であることに、変わりはありません。

そのおばさんがまもなく世を去ってしまうと知り、悲痛な感情に襲われると同時に、どうしよ

うもなく罪悪感にさいなまれました。私がおじさんを殺してさえいなければ、おばさんもそのような最期を迎えることはなかったかもしれないと、そう思えたからです。

そして私は、「おばさんが逝く前に、すべてを完済したい」との思いにかられました。

私が沖縄を離れる時点で、おばさんには一五〇万円ほどの借金がありましたが、おばさんは、「餞別がわりに全部あげるから、返さなくていい」と言ってくれました。でも私は、アザの治療のメドがついてからは毎月三万円を、返済金としておばさんの銀行口座に振りこんでいました。

しかしまだ、未返済分が四〇万円ほど残っていましたし、おばさんが所有するアパートに五年間、まったく無料で住まわせてもらった分の家賃を清算するとしたら、それだけで二四〇万円ほどになります。

その家賃分も含めて、「おばさんにはなに一つ、金銭的な借りを残したままにしたくない、物質的に清算できるものは、すべて清算してしまいたい」と、強く強くそう思ったのです。

私が三年半勤めた浅草橋のコールセンターを退職し、新宿のデリヘル店で働きはじめたのも、おばさんの余命がついえるまでの半年間に、すべてを返済してしまいたかったからです。それに、アザがあったころには絶対にできなかったデリヘルの仕事なら、「別人になった自分」をより自覚的に生きられるかもしれないという気持ちも、少しはありました。

半年間、デリヘル嬢としてがむしゃらに働いた私が、なんとか目標通りに二八〇万円を完済し終えたのは、おばさんが亡くなる一カ月前の、二〇〇九年一月のことでした。

しかし私はそのあとも、少し仕事量を減らしただけで、デリヘルの仕事を続けました。『でいご』への資金援助と「整形手術」という、また新たな自己課題を見つけたからです。

宜野湾市を拠点とする療育ボランティア・グループである『子ども支援ハウス・でいご』には、英貴はもちろんのこと、私自身も本当に多くの面で支えてもらいました。その『でいご』が資金難に直面しているのをネットで知り、毎月二〇万円を寄付しようと決めたのです。

英貴が亡くなった翌年の二〇〇五年には、ようやく「発達障害者支援法」が施行されましたが、行政の対応に批判的だった『でいご』は公的支援を受けず、自立的な活動を続けていました。しかしハウスを利用する子どもたちが増えたため、資金不足が深刻化していたのです。

私は恩返しのつもりで『でいご』への寄付を続ける一方、整形手術にのめりこみました。「過去を断ち切って別人として生きるためにも、子どものころに憧れたような美しい女性になってみたい」との思いから、整形手術をくり返すようになったのです。

最初に受けた手術は、鼻を高く美しくするためのアナトミカル型プロテーゼによる隆鼻術で、それでもまだ鼻先の形状に少し不満が残ったので、二度目の手術であらためて、鼻先を修整。三度目の手術は、どことなく重ったるい感じのまぶたの印象を良くするための眼瞼下垂手術で、その次はこめかみのくぼみをなくすための、プロテーゼ挿入手術でした。

五度目の手術は少し大がかりな、腹部から吸引した脂肪を両胸に注入するという豊胸手術で、六度目はプロテーゼを使用したアゴの修整手術。七度目は、修整手術で変化したアゴの形とバランスをさらに整えるための、唇を薄くする手術で……と、書いていてイヤになるほどです。

もうおわかりでしょうが、これが私の真実であり、実体なのです。

英樹ちゃんは私に、「きれいな方ですね」と言ってくれましたが、それはこれだけの回数の整形手術を受けた結果であり、成果でもあったのです。

本来の私の顔は、もう私自身ですら思い出せないほどの、遠い記憶でしかありません。

でも、私は自分のそうした変化を、それなりに納得していました。

多くの客に美人だと言われて指名数が増えれば増えるほど、客を選《え》り好みできるという自由度が高くなりましたし、お店でも上位ランクのギャラをもらえるようにもなりました。

しかしその一方で、なにか得体のしれない分裂感や自己嫌悪が、心の奥底で確実に増幅していくのを、どうにもできずにいました。やがてそれが極限的な大きさにまでふくれあがり、ある日突然、私の心そのものを破裂させてしまうのではないかという、妙に生々しい恐怖感……

そんな感覚にとらわれ出した私は、自宅にいるときは絶えず、ブランデーやワインを飲むようになりました。そしてそれまで以上の熱心さで、大城くんの歌を聴いたり、DVDを観たりするようになったのです。「大城くん依存症」とでもいうべき、逸脱したのめりこみ方で。

そして私にとって、一年で最大の癒しのイベントとなっていたのが、夏に恒例の大城くんの全国コンサートツアーでした。たいていは、東京・大阪・名古屋・広島・福岡・横浜・仙台・札幌と巡回するツアーの、そのすべてのコンサートを、一人旅をしながら聴きに行くのです。

でもツアー先で二度と、大城くんに会いたいとは思いませんでした。

私はただ、大城くんのコンサート会場の片隅で、じっと座っているだけで満足でした。

それだけで十分に癒されるのは、自分のすべてのルーツである沖縄から遠ざかりつつあることの寂しさや孤独感が、大城くんの歌の基調である「人生の逃れようのない寂寥《せきりよう》」と共振し合って、まじりっけのない無垢な郷愁へと、純化されるからなのかもしれません。そしてその時間だけ、大城くんと心が通じ合っているかのような、なつかしいぬくもりで満たされるのです……

私が本名を伏せ、「鈴木美香」の名で暮らしはじめたのは、デリヘル嬢になったときからですが、私はまだ当分、鈴木美香としての生活を続けていくのだろうと、漠然と考えていました。デリヘル嬢としてのサービスを淡々とこなしていくだけの、さほど変哲もない日々と、整形手術のくり返し。そして飲酒と、「大城くん依存症」と、年に一度のコンサートツアー……。

そんな反復の中で年齢を重ねていき、やがてはデリヘル嬢もできなくなって、東京のどこかで貧素な暮らしをしながら、ひっそりと孤独に朽ちていくのだろうと、思いこんでいました。

ところが衝撃的な事実の発覚により、私は一挙に、沖縄に引きもどされてしまったのです。

今年の二月初めのことでした。

パソコンで調べものをしていた私は、ふと気まぐれに、検索ボックスに「座刈谷」と打ちこみ、検索ボタンをクリックしました。「座刈谷」は私の本名で、「いまかりや」と読みます。

すると、いつもならたった一件だけ、私の中学時代に関する記録しか表示されないはずの検索結果に、なぜかもう一件、新たなサイトが増えていたのです。

すぐにそのサイトをのぞいてみた私は、めまいがするほどのショックを受けました。

検索に引っかかったのは、日読新聞の記者が書いているブログでしたが、その回は、アメリカで死刑執行を控えた日系人死刑囚にインタビューした内容が、記されていました。

それを読み進むうちに、かつて海兵隊の歩兵部隊の一員だったその死刑囚が、「沖縄の北谷の基地にいたときに、北部のジャングル訓練場がある森で日本人男性を背後からナイフで刺し殺し、小さなトラックを奪って逃げた」などと証言していることを知ったのです。

生物観察のためにヤンバルの森に分け入っていた父が、一九九〇年一〇月二七日の朝に血まみれの刺殺体となって発見されたことは前述しましたが、この日系人死刑囚の証言はまさに、彼が父を殺害した真犯人であることを如実に物語るものでした。二五年にわたって未解決のままだった殺人事件の犯人が、ようやく、みずからの口で事実を語ったのです。

しかし、在日米軍司令部は日読新聞の問い合わせに、「そのような人物（日系人死刑囚）に関する記録はない」と公式に回答して、米軍との関係を全否定しているとのことでした。

加えて、当の日系人死刑囚の刑が執行されてしまい、新たな証言を得られなくなったため、ブログの筆者は、「真相はもう、永遠に確かめようがない」と、投げ出すように書いていました。

私はそのブログを何度も読み返し、この日系人死刑囚こそが父を刺殺した犯人に違いないと、確信しました。そして真犯人が米兵だったことに、ことばにならない衝撃を覚えました。

たしかに事件の直後には、父の軽四輪トラックを那覇市内で運転していた人物が目撃されていましたが、証言はすべて、「運転していたのは三〇代の日本人男性」ということで一致しており、まさかそれが日系人米兵だったとは、警察ですら思いもしなかったのではないでしょうか。

私が日読新聞社を訪ね、ブログを書いた記者にお目にかかったのは、その翌日のことです。

そして、記者が日系人死刑囚から聞かされた話をすべてうかがったのですが、そのときに初めて、ナイフで背中を刺されて亡くなる間際の父が「水貴！」と、断末魔の叫びで私の名を呼んだと知らされ、私はその場に泣き伏してしまいました。

それからしばらくの間、私の耳には二五年の歳月を超えて、「みずきーっ、みずきーっ、みずきーっ！」と私を呼ぶ父の叫び声が、こだまし続けていました。

思い起こせば、父がある日突然に刺殺されたのが、私たち家族の暗転のはじまりでした。沖縄戦で家族が次々に命を落とす中、父はたった一人、子どもながらに必死のサバイバルで生き残りました。その父が殺害されずに元気でいてくれたなら、母も翌年に亡くなりはしなかったでしょうし、私も見知らぬ夫婦の里子となって、性的虐待に苦しむこともなかったはずです。

それを思うと、父を無惨な死に追いやった米兵と米軍に対し、とめどもなく憎悪がつのるばかりでした。しかも父だけではなく、母もまた、米軍に殺されたに等しいのです。

母が心臓発作で運びこまれた病院の医師は、「救急車が基地を迂回せずにもう少し早く到着していたら、助けられたのに」と悔しがりました。もしもその当時、救急車や消防車は特別に米軍基地を横断できるという協定が日米間で成立していたなら、母の命は救えたかもしれません。

そして私自身、おそらく嘉手納基地の駐留兵と思える黒人に凌辱され、私の宝ものだった英貴も、米軍ヘリに命を奪われました。

このように家族全員が、米兵と米軍に運命を変えられてしまったのですから、同じ目に遭った人、あるいはこれから遭おうとしている人は、数えきれないほどいるに違いありません。

しかも米軍は、自分たちに不都合な事実はすべて、強権を用いて隠蔽《いんぺい》するばかりですし、日本政府もそんな米軍の言いなりになって、沖縄の命と暮らしを軽視し続けてきたのです。

そうした現実を考えれば考えるほど、「もう許せない！　こんなことはもう、絶対に許せない！」という気持ちで、胸が張り裂けそうになりました。

そしてさらに、沖縄に対する本土の視線の本質を、あらためて強く思い知らされるにおよんで、私はついに、人間としての心を失ったのです。

それは、父の死の真相を知ってから一カ月半後の、三月中旬でした。

デリヘル店の同僚の中で一番親しかったサヤカちゃんが、私の誕生祝いにご馳走をしてくれるというので、原宿のイタリア料理店で待ち合わせたときのことですが、「これ、リョウさんへのお誕生日プレゼントよ」と、サヤカちゃんから一枚の紙袋を手渡されました。

その中には、新聞の一面を縮小してコピーした紙が一枚入っていましたが、よく見ると、新聞の発行日が「一九八二年三月一六日」、つまり、私の誕生年月日になっているではありませんか。

「これね、コンビニのマルチコピー機でさっきプリントしてきたの。『お誕生日新聞』っていうサービスなんだけど、だれかの誕生日に発行された新聞の一面を、ほぼ一〇〇年分にわたって、二四時間いつでも自由にプリントアウトできるの。すごいでしょ」

そう教えられた私は、思い立って、その店からの帰りにコンビニに立ち寄りました。

そして、英貴の命を奪った米軍ヘリ墜落事故が発生した二〇〇四年八月一三日の、その翌日の朝刊の一面を、A紙・B紙・C紙の三紙にわたって、すべてプリントしてもらいました。

自宅にもどり、その三紙の一面記事を確認した私は、愕然としました。

A紙の一面トップには、『田辺オーナー辞任・巨人　スカウトで裏金』という大見出しで、プロ野球の記事が来ており、二番手の扱いで、『沖縄　米軍ヘリ、大学に墜落　普天間基地近く』の記事が、そして三番手として、『アテネ・オリンピック』の関連記事が掲載されていました。

また、B紙の一面トップも、『巨人・田辺オーナー辞任　スカウトが明大投手に現金』という大見出しの記事で、次いで、この日に開幕するアテネ五輪の記事が掲載され、ようやく三番手の記事として、『沖縄で米ヘリ、大学内に墜落』との見出しで、ヘリ事故が報じられていました。

とくに驚かされたのが、世界一の発行部数を誇る、C紙の紙面でした。『不評の人名用漢字さらに七九字削除』という見出しの法制審議会関連記事が、一面のトップに来ており、あとは、アテネ・オリンピック関連記事と、前二紙と同じプロ野球関連記事ですべてが埋め尽くされており、どこをどう探しても、沖縄の米軍ヘリ墜落事故に関する記事は見当たりませんでした。

ああ、これが日本という国の現実なのだと、怒りに震えながら私は思い知らされました。

米軍ヘリの墜落事故は大惨事につながる可能性もあっただけに、地元メディアは事故発生直後からこぞって大々的な報道を続け、沖縄全土が、事故に対する恐怖と怒りで覆われました。なのに本土では、沖縄での米軍ヘリ墜落事故は、プロ野球やオリンピックの話題よりも下位のニュースとしてあつかわれ、C紙では、一面で報じる価値もないと判断されていたのです。

これはどう考えても理解しがたい、不当なことです。

宜野湾市の人口密度は、東京都の千代田区や武蔵村山市、埼玉県の所沢市などの人口密度を、優に上回っています。つまり、宜野湾市の民有地に米軍ヘリが墜落したという事実は、それらの諸都市にヘリが墜落したのと同等、もしくはそれ以上の人的被害を生じさせる可能性があったことを意味します。現に私の英貴が、落下物で命を奪われているのです。

なのに三大新聞の紙面において、沖縄の米軍ヘリ墜落事故がこんなあつかいしか受けないのは、明らかにそこに、沖縄への無関心とネグレクトが存在するからだと、言わざるをえません。

「米軍基地の多くは沖縄にあるのだから、自分たちには縁のない遠い話だ」という無関心と、「米軍基地の危険性や犯罪性が露見すると、沖縄に基地を固定しておきにくくなるから、不都合な事実には目をつぶって、できるだけふれないでおこう」という、悪意に満ちたネグレクト。

そしてこれほど長期間にわたって沖縄に基地負担を押しつけたまま、徹底して無関心でいられるのは、やはり本土で、沖縄に対する差別が常態化しているからです。もしも本土の多くの人が、沖縄の人間を「自分たちと平等な、人間的共感の対象」だとみなしていたなら、決してこれほどまでに、非人間的な無関心やネグレクトが蔓延することはなかったでしょう。

私がついに、「子どもたちを公園で無差別的に毒殺する」という、身の毛がよだつ犯行を決意したのも、そうした本土の無関心と差別への、絶望的な怒りと敵意によるものでした。

もうこれ以上は、ないがしろにされるのを黙ってはいられない。

私自身が狂気のマジムンとなって、激烈な報復を加えてやる。

愛する者を奪われることが、どれほど苛烈で残酷なことなのか。

沖縄を差別してきた人たちに、それを徹底的に思い知らせてやる……

私はそう固く決心したのです。もちろん人間として、最悪の選択だとわかりきったうえで。

そして私は、沖縄戦の終結の日であり、「慰霊の日」でもある六月二三日から、英貴の命を奪った米軍ヘリ墜落事故が発生した八月一三日までを犯行期間として、その間にできるだけ多くの毒殺事件を実行し、最後には当然、自分も命を絶つ気でいました。

ところが、ありえないはずのことが起きてしまったのです。

すでに報じられている通り、その連続毒殺事件を実際に手がけたのは私ではなく、シトウ・マサト、つまり大城くんだったのです。

事件の全体像も、犯行の手口も、すべて私が考えました。マジムンガエルの毒が溶けこんだ

「くぶら」も、私の父の形見です。それにあの犯行声明文を書いたのも私だというのに、最後の最後に直接手を下すことになったのは、私ではなく大城くんだったのです。

率直に言って、その事実の意味を、私自身もまだ十分に受けとめ切れないのが実状です。


それにしても二度目に英樹ちゃんと会った日のことは、いま思い出してもつくづく、私にとっては特別に不思議な一日だったというしかありません。

あの六月九日は最初から、デリヘル嬢としての「最後の一日」だと決めていました。

私はあの日をもって現実の日常社会と決別し、あとはただ一直線に、私の人生の結末である復讐劇に向けて自分をかり立てていくしかないのだと、そう考えていたのです。

だから英樹ちゃんがお店に予約電話をくれるのがもう一日遅かったら、私たちは再会しなかったでしょうし、英樹ちゃんが私にとって、特別な男性になることもなかったでしょう。

信じてもらえないでしょうが、デリヘルで働いた七年間、私はたったの一度も、男性を最後まで受け入れたことはありません。求められたことは山ほどありますが、英樹ちゃんと最初に新宿のホテルで会ったときもそうであったように、そのすべてを拒否し続けてきました。

なのにあの夜の私は、自分の方からあなたと一つになりたいと願ったのです。

あの日、事務所のマネージャーに、「文京区の広川さんから指名電話があった」と教えられたとき、私はすぐに以前会ったときのことを思い出し、驚きました。

広川という名前はもちろん、イシカワガエルをめぐる会話や、あなたが制作した「イシカワガエル」や「タコのスベリ台」の番組のことも、はっきりと覚えていたからです。

それに私は、その翌日には沖縄にもどり、翌々日にはイシカワガエルも棲むヤンバルの森に入るつもりでいたので、なおさらその偶然が、とても不思議な、奇妙なことに思えたのです。

それだけではありません。あなたの部屋を訪ねたら、いきなり大城くんの歌が、それも私が一番好きな『いまになって』が流れていたのにも、強く心を動かされました。

そしてさらに、もう一つの決定的な偶然が、私をあなたに向かわせました。

あなたの名前が、私の英貴と同じ読み方の「英樹」だと知ったとき、私は直観的に悟ったのです。あなたとの出会いこそが、私の人生にとっての最後の救いなのかもしれないと……

だから私は、どんなことがあっても英樹ちゃんを抱いてあげたかったし、私も英樹ちゃんに抱かれてみたいと、心の底からそう願いました。そんな気持ちになったのは、大城くんとのたった一度の夜以来のことです。

英貴を亡くしてからの私は、もう、たましいを失った抜けガラみたいなものでした。

それゆえ、東京に出てきてからは人生を変えたくて、太田母斑の治療を受けたり、整形手術をくり返したりしました。でも、沖縄時代の自分から遠ざかろうと、あがけばあがくほど、混沌とした空虚さの中に迷いこむばかりで、それもいよいよ、限界に近づきつつあったのです。

そして私は、無差別的な復讐を決意する過程でようやく気がつきました。

沖縄で暮らしていたころの「アザのある自分」こそが、逃げようとしても逃げ切れない本来の自分であり、命を賭して凶悪犯罪へと向かおうとする、怒りの主体なのだということを。

だから私は、その時代の自分にもどって、英樹ちゃんの前にすべてを投げ出してみたかったのです。レーザー治療や整形手術を受ける前の、まだアザがあった沖縄時代の自分にもどって、英樹ちゃんに抱かれたかったから、右目の周囲をルージュで塗りたくったのです。

そんな私を、英樹ちゃんは真摯に迎えてくれ、望外の感動とよろこびを与えてくれました。信じがたいその事実に、私はうれしさで心が震えるばかりでした。

私のような人生を生きてきた者は、女としての歓びなど知りようもないまま死んでいくのが当たり前だと、ずっとそう思いこんでいたので、言いようもなく、深い安堵で満たされたのです。

そしてなにより、「ひできちゃん」と声に出して呼べたこと、それも、まるで英貴と二人で楽しく暮らしていたときのように、何度も何度も、「ひできちゃん」と声に出して呼ばせてもらったことに、心の底から感謝しています。

やがて毒殺魔と化す私は、もう地獄に落ちていくしかないと覚悟していました。

だから、もしも死後の世界があったとしても、天国の英貴とは会えないのだと思っていましたが、何度も「ひできちゃん」と呼ばせてもらったことで、少しは寂しさがやわらいだ気がします。


英樹ちゃんと抱き合った次の朝、私は予定通り、始発の飛行機で沖縄に帰りました。

その日は沖縄本島の最北端にある国頭村の民宿に宿泊し、翌朝に徒歩で民宿を出て、父と母と英貴の、三人の遺骨を埋葬したヤンバルの森へと分け入りました。

広大なこの森のどこかには、沖縄戦のさなかに飢えや病に倒れた父の家族や、母の家族も眠っているので、私にとっては本当に「わが家の墓地」ともいえる森です。

もう二五年前になりますが、父の遺志に従い、その遺骨を埋葬するために母と二人でヤンバルの森を訪れたとき、埋葬場所をめぐって、私と母との間で意見のくい違いがありました。

私は、親子三人で何度も訪れたことのある、ホルストガエルをよく見かけた沢の美しさが気に入っていたので、そこがいいと言ったのですが、母は、「沢の周辺は大雨で地形が変わるし、水が出たら遺骨が流される可能性もある。それよりも、沖縄戦のときにお父さんの命をつないでくれた、ハブのアパートの周辺がいい」と主張し、譲ろうとはしませんでした。

結局、「次にこの森でお父さんのそばに眠るのは私だから、私の希望としても、そうしてほしい。水貴はおそらく結婚でもして、どこかで普通のお墓に入るだろうしね」という母に押し切られ、私たちは「ホルストガエルの沢」から、さらに森の奥深くを目指しました。

そして、行く手をはばむ低木の茂みをかき分けながら、クネクネと半時間ほど進んだ窪地のあたりで、ようやく、オキナワウラジロガシの大木を見つけることができたのです。

そのオキナワウラジロガシの根本からは、板根と呼ばれる板状の根が四方八方に伸びており、それが地中にもぐりこむあたりの東側には、大小さまざまの琉球石灰岩が積み重なってできた高さ五メートルほどの急斜面が、山裾を巻くようにしてかなりの長さでつらなっていました。

つまり、ガレ場のような崩壊地であるその急斜面には、岩と岩との間に生じた穴や隙間が無数に口を開いており、それがまさにハブにとって絶好の住処となっていたのです。母が「ハブのアパート」と呼んでいたのも、この場所のことでした。

祖母と叔母が死んだあとにたった一人、六歳の身で森の中をさまよった父は、偶然にこの場所を見つけ、ハブやヒメハブ、アオヘビなどを捕獲できたので、餓死せずにすんだそうです。火を起こす道具も持たなかった父は、ヘビの皮を剝ぎ、その生肉にかじりついたといいます。

このガレ場のすぐ近くに、母と二人で父の遺骨を埋葬した私は、あろうことかその一年後に、今度は小学四年生だった私一人で、父の真横に母の遺骨を埋めることになりました。

そしてそれから一三年後に、両親にとっては唯一の孫であり、私にとっては最後の肉親となった英貴もまた、私の手でこの地に葬られるしかなかったのです。

一〇年以上も前に東京に移り住んでから、ヤンバルのこの場所を初めて訪れた私は、久しぶりに家族全員が揃ったうれしさと悲しさで、最初の二時間ほどは、ずっと泣いてばかりいました。

それから、私の手元にあった英貴の遺骨の一部や、ずっと大切にしていた父母の形見の品などを、三人が眠る場所に埋めてやりました。

夕方からはいかにもヤンバルらしい霧雨が降りはじめたため、私はオキナワウラジロガシの板根の間にヒカゲヘゴの葉を渡して屋根にすると、その下で雨を避けつつ、夜を迎えました。

父はよく日暮れ前に森に入ると、夜明けまで夜行性の生きものたちを観察していましたが、やはりいろんな危険がともなうため、いくら私がねだっても、同行させてはくれませんでした。

なので私は、日中のヤンバルの森はよく知っていても、夜の闇に覆われた森には、ほとんど足を踏み入れたことがありません。だからこそ、すべてが終わってしまう前に、ヤンバルの森でひと晩ゆっくりと暗闇に身を浸し、家族とともに、最後の別れのときを過ごしたかったのです。

そしてこの夜、私は何種類もの、なつかしい生きものたちと出会いました。

日が暮れて間もないころにガレ場の岩の上に舞い降りてきて、トカゲのようなものをついばんでいたのは、日本最小のフクロウとして知られるリュウキュウコノハズクでしたし、いつのまにか私の足もとまで寄ってきて、「生きている化石」とも言われる原始的な姿を披露してくれたのは、イモリの中ではかなりの大型でゴツゴツした体表の、イボイモリでした。

それに、チュルチュルチュル、チュルチュルチュルチュルと、独特の美声で夜通し鳴き続けていたのは、背中に大きな「X」の模様がある、リュウキュウカジカガエルです。

また、ほんの四、五メートル隔てただけで、キョロキョロとあたりを見回しながら眼前を通り過ぎていったのは、野犬と見間違うほどにスリムで精悍なリュウキュウイノシシでしたし、私が背にするオキナワウラジロガシの樹上に突如飛来し、ギャーギャーと騒々しい鳴き声で驚かせてくれたのは、超音波ではなく視覚に頼って木の実などを探し回る、オリイオオコウモリでした。

いずれも、子どものころに森で出会ったり、父が撮影した写真やスケッチを通して、よく目にしていた生きものばかりなので、私はなんだか、昔からの友だちに再会した気分になりました。

同時に、こうしてヤンバルの生きものたちと出会えるのも、そして家族が眠るこの地に足を運べるのも、もうこれが最後なんだと痛感して、こらえきれない寂しさにさいなまれました。

たとえ幻でも錯覚でもいいから、英貴や両親が一瞬だけでも姿を見せてくれればいいのに……

そう願いながらも、疲れ切った私はやがて、漆黒の眠りに引きこまれていったのです。

翌日の昼過ぎに那覇にもどった私は、カフェをハシゴしながら自分の気持ちを整理し、夕方になってようやく、勇気をふるって知花くんの実家を訪ねました。

高校時代の知花くんは親元を離れ、拓誠高校の近くで一人暮らしをしていましたが、その実家は首里城のそばの、高級住宅街の中にありました。ひときわ立派な門構えの豪邸で、高さが一メートルほどありそうなシーサーが、赤瓦の屋根に鎮座していました。

しかし門まで出てきて応対してくれたお手伝いさんの話では、知花くんの両親は五年前に離婚し、知花くんと母親は現在、真嘉比《まかび》のマンションに住んでいるとのことでした。

そのお手伝いさんに知花くんの様子をたずねると、「目が見えないし下半身マヒだから、この家にいるときはほとんどベッドの上だけで暮らしていた」と教えられ、私はあらためて強いショックを受けました。まさか失明しているとまでは、想像していなかったからです。

知花くんが暴漢に襲われた事件のあと、私は何度も病院にお見舞いに行きましたが、面会謝絶の状態が長く続いていたし、その直後に私がレイプされたりしたため、結局、知花くんとは事件後に一度も顔を合わせることがないまま、長い歳月が過ぎていたのです。

真嘉比なら徒歩で行ける距離なので、どうしても知花くんに会いたかった私は、お手伝いさんに番号を教えてもらい、知花くんのマンションに電話をかけてみました。

そして、電話口に出たお母さんにその旨を告げると、数分待たされたあとで、「裕太が来ていただいてもいいと言ってますが、突然のお話ですので、ちょっとお時間をいただいて、七時ぐらいでもかまわないでしょうか」と、やさしい声で言ってもらえました。

その七時きっかりに、モノレールの「おもろまち」駅にほど近いマンションを訪ねると、知花くんは2DKの一室に据えられたベッドに横たわったまま、私を迎えてくれました。

「知花くん、水貴です。突然に来てしまって、ごめんなさい……」

精一杯の思いで私がそう言うと、「ああ、本当に水貴の声だ。変わらないなぁ。よく来てくれたな。何年ぶりだろ？」と、知花くんは少しろれつの回らない、ゆっくりとしたしゃべり方で言いました。

快活そのものだったかつての知花くんとはうって変わったそのしゃべり方は、明らかに、事件の後遺症を感じさせるものでした。

しかも、私に向けられた両眼の瞳が、焦点を定められずに、不安定に宙をさまよい続けているのを見て、私は思わず胸がつまり、手で口を覆うと、小さく泣き声を上げてしまいました。

それに気づいた知花くんは、「水貴、泣くなよ。せっかく来てくれたんだから、泣くなよ」と言ってくれましたが、知花くんのその声も、最後の方は少し涙でかすれていました。

そのあとでお母さんが、「ちょっと半時間ほど、買い物に出かけてきますね」と外出したのは、一六年ぶりに再会した私たちへの気づかいだけでなく、知花くんが私と話せる体力的限界が半時間までなのだと、私にそう伝える意味も含んでいるように思えました。

だからその半時間を少しもムダにしたくなくて、私は知花くんと二人っきりになるとすぐに、「私のせいで知花くんの人生が大きく変わってしまったこと、心の底から申しわけないと思っています。いくら謝っても謝りきれないけど、本当に、本当にごめんなさい」と、心からの謝罪をこめて、一六年間にわたって抱き続けてきた思いを口にしました。

すると知花くんは、「水貴、そんな言い方、おかしいよ。ぼくをこんな目に遭わせたのは、たぶん加賀だろうけど、それは、ぼくが先にあいつに手を出したことへの、仕返しなんだから、水貴が謝るのは、筋違いだよ。ぼくも水貴を、恨んでなんかいないから」と時間をかけて言い、その思いを示すかのように、私に向けて左手を差し出しました。

その手を両手で強く握り返しながら、「知花くんは、加賀の指図で襲われたのかもしれないってことは、わかっていたの?」とたずねると、「もちろん、わかっていた。ぼくを襲った二人組は、最初にぼくに声をかけ、ぼくが知花裕太だと確認したうえで、殴りかかってきたんだから」

と、少し険しい表情になって答えました。

「じゃあ、加賀が黒幕かもしれないと、警察にもちゃんと話したの？」

「いいや、話さなかったし、話す気にもなれなかった」

「どうして？　それを言えば、犯人が逮捕されたかもしれないのに」

「それを話せば、水貴と加賀の関係が、警察にわかってしまうし、もしも犯人や加賀が逮捕されて、裁判にでもなったら、なおさら多くの人に、知れ渡ってしまうじゃないか。そんな、水貴を世間のさらしものにするようなことを、ぼくが言えるはずないだろ……」

知花くんのそのことばに、私は立っていられなくなり、ベッドの脇に崩れ落ちて、ただただ嗚咽するしかありませんでした。生死の境をさまようほどの傷を負い、失意のどん底に突き落とされながら、それでも知花くんはずっと、私のことをまもり続けていてくれたのです。

結局、警察に出向いて加賀を告発しようともしなかった私は、どこまでも純粋な知花くんの誠実さの前で、あらためて、自分のずるさや卑怯さを深く恥じ入るしかありませんでした。

そんな私が、英貴の誕生や死を含めて、高校卒業後の人生の概略を知花くんに話すことになったのは、「もう一〇年以上昔だけど、友だちが北谷で偶然、赤ちゃんを抱いて歩いてる水貴を見かけたって、言ってた。だから、水貴は早く結婚して、子どもがいるんだと思ってたけど、その子は女の子なの？　それとも男の子？」という、知花くんからの問いがきっかけでした。

目が見えない知花くんは、私の顔からアザが消えたことや、私が整形で別人の顔になったことなど、気づきようもないまま、私に接していました。だから私も、アザがあったころの自分にもどって、素直な気持ちですべてを打ち明けられたのです。

しかし、私の話を聞き終えた知花くんが、「水貴も、つらい日々を生きてきたんだなぁ」となぐさめるように言ってくれた、そのあとで口にしたことばは、衝撃的なものでした。

「ヘリの事故で亡くなった坊やの名前が『英貴』なのは、大城の子どもだからか？」

知花くんはなんの前触れもなく、そう言ったのです。

そうです。知花くんは、私が黒人に犯されたことも、そして、たったの一度だけ大城くんと関係を持ったことも、すべて知っていました。なぜなら、大城くんが私に、「同性となら、一度だけ関係を持ったことがある」と話していた、その相手が、実は知花くんだったからです。

「大城はぼくを愛してくれたけど、ぼくはいつのまにか、水貴を好きになってしまった。だからぼくは、大城を裏切ったことになる。だけど、水貴と関係を持ったことで、大城もまた、ぼくを裏切ってしまったと、そんな気になったんだと思う。あいつが沖縄を出て行く前に、最後に見舞いに来てくれたとき、泣きながら、全部話してくれた」

そんな信じがたい事実を告白した直後から、知花くんはゼーゼーと、あえぐような呼吸をくり返すようになりました。明らかに体調が悪化しつつあったのです。

最後に私は、「いまは加賀のことを、どう思ってるの？」とたずねてみました。

すると知花くんは、絞り出すような声で、「殺して、やりたい」とつぶやいたのです。

「じゃあ、私が復讐する。加賀も含めて、沖縄を見下してきた人たちに、私が復讐してやるわ。もう決めているの。でもその前に、知花くんに会って、謝っておきたかったから……」

また胸がつまりそうになるのをこらえながら言うと、知花くんが苦しげに、「水貴は、なにをしようとしているの？　なにを決めたの？」と聞き返しました。

その問いに答えることなく、無言のままで知花くんの顔を間近にのぞきこんだ私は、たまらない感情に襲われて、知花くんの唇にそっと口づけをしました。

その瞬間、小さく声を上げたものの、知花くんはもうそれからは、まったくしゃべらなくなりました。おそらく、別れの時間が来たのを感じ取ったのだと思います。

そして私も、胸が痛んで「さようなら」すら言えないまま、知花くんの部屋をあとにしました。私が出てゆくのが知花くんにもわかるよう、大きな音で玄関のドアを閉めて……


私が東京にもどったのは、六月一三日の夜でした。

翌日の夕方、私は港区赤坂にある加賀の建築事務所まで、周辺状況の下見に出かけました。するとと日曜の夜なのに、ビルの七階の加賀事務所には明かりがともっていたため、そのまま待ち続けていると、一〇時過ぎになってビルの玄関から、加賀が数人の男たちと出てきました。

私はあとを追い、背後から様子を観察しましたが、一六年ぶりに目にする加賀は、オールバックの長髪が真っ白に変化しただけでなく、かなり太っていました。しかし相変わらずヒールアップシューズを履いていましたし、反り返りそうに背筋を伸ばして歩く姿勢も、昔のままでした。

実は私は、知花くんに会う前から、加賀を殺す気でした。知花くんへの仕打ちが許せなかったからです。そして加賀の事務所や自宅マンションの住所を調べ上げていましたが、知花くんの口から「殺してやりたい」と聞かされたことで、私の決意はさらに強固なものとなりました。

私は携帯用のスプレー容器を使い、夜の街路で加賀の顔面に「くぶら」を噴霧して殺そうと考えましたが、はたしてそんな方法で加賀の命を奪えるのか、確信が持てずにいました。

そこで一度だけ、動物実験を行いました。私が住んでいたマンションの周辺にはカラスが多かったので、ベランダの手すりにチーズをくくりつけ、それに「くぶら」を噴霧しておいたのです。すると一〇分もしないうちに、一羽のカラスが飛来し、チーズをついばみはじめました。ところがほんの数秒後に、全身をケイレンさせてベランダから落ちていきました。数分後にやって来た二羽目のカラスも、同じ運命をたどりました。父が二五年前にマジムンガエルの液浸標本として製作した「くぶら」は、きわめて即効性のある猛毒液だったのです。

加賀への復讐を決行するのは六月一六日の夜だと決めた私は、それまでにあらかじめ、「犯行声明文」を書いておくことにしました。

加賀の襲撃に失敗したらその場で、「くぶら」を吸って自殺するつもりでしたが、その場合でも、加賀の殺害に続いて連続毒殺事件を企てていたことを、世に知らしめたかったからです。私がどんな思いで凶悪犯罪に臨もうとしていたのかを、ちゃんと書き残しておきたかったのです。

私は、まず加賀を殺害し、さらに最初の公園毒殺事件に成功した時点で、日読新聞に送りつけるという前提のもと、犯行声明文を書き上げました。左の前腕をナイフで傷つけた血でそれを書いたのは、少しでも、犯行声明文への注目度を高めたかったからです。

また、声明文の送付先を日読新聞にしたのは、父を刺殺した犯人が日系米兵であることをブログに書いてくれた人物が、たまたま日読新聞の記者だったという、それだけの理由でした。

犯行声明文を書きながら、私はいま一度、自分がやろうとしていることの恐ろしさをかみしめました。幼い子どもたちを無差別に毒殺するという犯行の残忍さに、思いを巡らせたのです。

しかし、それでもやはり、決意は揺らぎませんでした。

私の心で煮えたぎる怒りと憎悪を、沖縄を差別してきた人々に向けて一挙に吐き出すには、もう目を覆いたくなるほど残忍で冷酷な犯罪しかないのだと、あらためて心を定めたのです。手加減のうかがえる犯行や人々を恐怖させない犯行など、復讐としての意味をなさないからです。

こうして私は、なにかが憑依《ひょうい》したかのような異様な高揚感の中で、たっぷりと時間をかけて、犯行声明文を書き上げました。

その興奮が冷めやらぬままに迎えた、六月一六日の午後。

加賀事務所のあるビルとは赤坂通りを隔てた反対側の歩道で、私は適当に身の置き場所を変えながら、加賀がビルの外に出てくるのを待ち続けました。

日が落ちてもそのあたりはまだ人通りが多いため、加賀が姿を見せるのはできるだけ遅い方がいいと願っていましたが、加賀はそんな私の思い通りに、一一時をまわったころにようやく、それもたった一人で、歩きタバコのままビルの外に出てきました。

ただちに赤坂通りを渡り、加賀に怪しまれないだけの距離をへだてて背後についた私は、そのまま一〇分ほど歩き、高台にある自宅マンションの手前で加賀が坂道を上りはじめてすぐに、ショルダーバッグから「くぶら」の入った携帯用スプレー容器を取り出しました。

それをすぐに噴霧できるよう、ノズルに指をかけて右手に持ち、そのまま加賀との距離を一気に縮めようとした、そのときでした。だれかが突然、背後から私の右腕をつかんで、「水貴さん、いけない！」と、小さくどなったのは。

驚いて振り返ると、見知らぬ若い女性が、険しい形相で私をにらみつけていました。

反射的に私はその手を振り払おうとしましたが、「水貴さん、だめよ。これ以上はもう、加賀に近づかないで」と言うと、女は私の腕をつかむ手に、さらに力をこめました。

そのとき、私はまったく見覚えがないはずのその女性に、なんだか不思議な気配を感じました。明瞭ではないものの、きっとどこかで出会った人だと、ふとそんな気がしたのです。

それが伝わったのか、女はにわかに表情をゆるめると、「わかるかしら。私、大城です……大城修英です」と、びっくりすることばを口にしたのです。


私たちはそのあと、近くの駐車場に停めてあった大城くんのワゴン車で、同じ港区内のお台場にあるホテルまで行き、最上階の部屋にチェックインしました。

一五階のその部屋からは、すぐ目の前にレインボーブリッジが見おろせ、その向こう側に、気味が悪いほど華やかなきらめきを浮かべた、東京の夜景が広がっていました。

でも私は、加賀への犯行の寸前で突然に制止されたことや、それが女装した大城くんだったことに動転、混乱してしまい、ホテルに入ってからも一種の失語状態のままでした。

そんな私に大城くんが、「いつも飲んでいる睡眠薬だけど、鎮静効果もあって、気持ちが落ち着くから」とすすめてくれた白い錠剤を二粒飲み、備えつけの冷蔵庫に入っていた赤ワインをグラスに二杯、ゆっくりと飲み干したころになって、私はなんとか気持ちを取りもどせました。

そして、「あんなときに大城くんが現れるなんて……それも、完全に女性になってるなんて」と言うと、「たしかに、驚いたでしょうね」と、大城くんもおだやかな笑顔を見せました。

それから、「昔の水貴さんと顔が違うので、加賀を襲おうとする直前まで、水貴さんかどうか、確信が持てなかった。本当はその前から、マークしていたんだけど」と大城くんは言い、なぜ突然に現れたのか、その理由を次のように説明してくれました。

「一昨日の朝に知花くんから電話があり、水貴さんが復讐のために建築家の加賀雄二郎を殺すかもしれないから、なんとか止めてほしいって、あの不自由な口で必死に訴えていた。そのときに、水貴さんが私の子どもを産んでいたことも、その子の名前が英貴で、米軍ヘリの事故で亡くなったことも、水貴さんが東京で暮らしていることも、知花くんが全部話してくれた……

だから私も一昨日の夜から、加賀の事務所のあるビルを監視できる駐車場に車を停めて、ずっと様子を見ていたの。もしかしたら、水貴さんが現れるんじゃないかって。でも、間に合って本当によかった。知花くんも私も、水貴さんを人殺しになんかしたくなかったから……」

私にとってあまりにも思いがけないそんな話をしてくれたあとで、大城くんは私に、「加賀を襲おうとしたときに、小さなスプレー容器を手にしていたでしょ。その容器の中に、いったいなにが入っているの？」とたずねました。

どこまで事実を話すべきか迷いながらも、カウンセラーのようなやさしさで質問をくり返す大城くんの誘導に応じて、私はそれがマジムンガエルの毒液であることや、実は都心の公園で連続毒殺事件を起こそうと考えていることなどを、打ち明けてしまったのだと思います。

そんな「思います」という言い方しかできないのは、睡眠薬とワインの相乗効果なのか、大城くんと話しているうちに意識が混濁してきて、いったい自分がなにをしゃべっているのか、自分でもよくわからないという、奇妙な状態におちいってしまったからです。

そしてほどなく、私は意識を失いました。

翌朝、八時過ぎにベッドの上で目を覚ましたとき、大城くんの姿はもうどこにもなく、シーツにシワのないもう一方のベッドの上に、一枚の書き置きが残されていました。

水貴さん。おそらくは困難に満ちた状況の中で、それでも英貴を産んでくれて、そして命がけで育ててくれて、本当にありがとうございます。心から、感謝しています。

四年ちょっとの短い間でも、わたしの血を分けた子どもが、故郷である沖縄で暮らし、あなたからありあまるほどの愛を与えられて生きていたのだと思うと、それだけで、わたしをむしばみ続けてきた宿痾《しゅくあ》の孤独から、少しは救われる気がします。

英貴の誕生と死を知り、きのうは泣けるだけ泣いて、そのあとであらためて、自分がまがうことなき女性であることを、思い知らされました。わたしが産めなかった子を、あなたが代わりに産んでくれたのだと、いまは強くそう確信しています。

沖縄戦の意味と記憶が忘れ去られていく中で、年々あらわになる沖縄への差別と蹂躙《じゅうりん》は、すでにわたしを限界にまで、追い立てつつありました。あなたが書いた犯行声明文を貫く怒りと叫びは、そっくりそのまま、わたしの怒りと叫びでもあるのです。

だから、あなたがやろうとしていた復讐はすべて、わたしが実行します。わたしとあなたの英貴を奪ってもなお、醜悪な基地負担を沖縄に押しつけて動じないこの社会に、そして、わたしが唯一愛した知花くんの未来を奪った加賀に、わたしが憤怒の鉄槌を下します。

しかしわたしの犯行は、沖縄に不利益しかもたらさないでしょう。そんな当然の帰結からなにを導き出すかは、これからの沖縄を生き続ける人々に託したいと思います。

さようなら、水貴さん。今後はなにがあっても絶対に、わたしにかかわらないでください。

くり返しお願いしておきます。どうか絶対に、わたしに近づかないでください。

その文面を目にしてすぐに、私のハンドバッグの中身をたしかめると、「くぶら」の毒液が入った携帯用スプレー容器も、「くぶら」を垂らしたティッシュと犯行声明文を入れた封筒も、なくなっていました。封筒には日読新聞社の住所を宛名書きし、切手も貼っていました。

加賀雄二郎が遺体となって発見されたのは、四日後の六月二〇日、土曜日の朝のことです。数日前にそれまで住んでいたマンションの部屋を引き払い、都内のホテルに滞在していた私は、テレビでそのニュースを知ったとき、ショックのあまりバスルームに駆けこみ、ひどく混乱して、大声を発し続けるばかりでした。

大城くんが私の「くぶら」と犯行声明文を持ち去ったのは、あくまでも私を犯罪者にさせないためであって、まさか大城くん自身が、本気で加賀や社会に犯行をしかけるはずがないと、そう思いこんでいた私は、不覚にも大城くんの決意を見抜けなかったのです。

テレビのニュースでは、加賀には外傷や争った形跡がないため、警察は病死と事件の両面から捜査しているとのことでしたが、それが大城くんの仕業であることは、歴然としていました。

その日の夜、「もしかすると今夜が、ナマで大城くんの歌を聴ける最後の機会になるかもしれない」という悲壮な思いを抱きながら、私は品川のアートフル・パルプラザで初日を迎える「シトウ・マサト・コンサートツアー　二〇一五」に足を運びました。

加賀の遺体発見の報に接して平常心を失ったままの私は、大城くんの歌に気持ちを集中できるかどうかわかりませんでしたし、加賀を殺害してまもない大城くんが、はたして平静に、いつものようなすばらしいステージを務められるのかどうか、とても不安でした。

ところが、すべてが杞憂にすぎなかったと、すぐに気づかされました。

大城くんはいつもと同じく、純白のTシャツにジーンズという姿でステージに現れると、気迫のこもった歌唱を展開し、圧倒的な感動を呼び起こしました。全二八曲のすべてに、大城くんならではの詩的抒情やメッセージがあふれており、私はまたたくまに引きこまれ、現実を忘れて聴き入りました。

そしてコンサートの最後の最後に、突然に三線を手にした大城くんが、なんの説明もないまま、沖縄戦で捕虜となった兵士の心情をうたった『PW無情』を絶唱しはじめたとき、私ははっきりと確信したのです。大城くんは決して、私が企図した復讐を「代行」しようとしているのではなく、私以上に激烈な怒りと憎悪に突き動かされて、みずからの復讐を決行しつつあるのだと……

コンサートが終わったあと、私は大城くんに会いたくてたまりませんでした。

でも、「絶対に、わたしに近づかないでください」という書き置きのことばを守って、出待ちをあきらめた私は、その足で、コンサート会場から徒歩圏内にある白金台に向かいました。

私が最初の無差別毒殺事件の犯行現場として想定していたのが、都心のおしゃれな高級住宅街である白金台の「児童公園」だったからです。そこでの犯行が成功して一定の被害をもたらしたという前提で、私は犯行声明文を書き、それを犯行の直後に投函するつもりでいました。

だから大城くんがもしも、私が書いた犯行声明文に沿って事件を起こすとしたら、きっと白金台の公園に足を運ぶでしょうから、そこで待っていれば大城くんに会えるかもしれないという気持ちが、私を白金台に向かわせたのです。

でも本心では、大城くんがツアー初日の夜に、しかも、加賀を殺害したその翌日に連続して事件を起こすはずがないと思っていましたし、一〇ヵ所以上もある白金台の児童公園の中で、大城くんがどの公園を選んで「くぶら」を散布するのか、見当もつきませんでした。

要するに私は、大城くんに会いたい気持ちをしずめるためにだけ、白金台の公園を五ヵ所ほど巡り歩き、ホテルにもどりました。そして加賀のことや、知花くんのこと、すでに犯罪者となってしまった大城くんのことなどを考えながら、いつまでも眠れない時間を過ごしました。

しかし大城くんはまさにその深夜に、私が訪れた公園の一つである「すこやか児童公園」で、私が訪ねたよりも遅い時間に、スベリ台やジャングルジムに毒液を噴霧したのです。

「白金台児童公園事件」が明らかになったのは、翌々日の月曜日でした。

土曜の深夜に大城くんが毒液を塗布し、日曜の午前中にはもう被害が発生していたのに、それが「毒殺事件」として認識され、報道されるまでに、それだけの時間がかかったのです。

マジムンガエルの毒性の強さは私の想定をはるかに超えており、それがもたらした犠牲の多さや被害のむごたらしさに、私自身が震撼させられました。

たしかに私は、ゆるぎのない確信に満ちて、残虐な事件を実行するつもりでいましたし、「復讐のための犯行なのだから、被害者は一人でも多い方がいい」と考えていました。

ですが、実際に大城くんが事件を決行し、四人の子どもが死んでいった様子をテレビや新聞で知らされると、痛ましさで胸をかきむしられました。「マジムンである私にはもう人の心は通じない」と犯行声明文に書いたものの、マジムンになりきれるほど、私は強くなかったのです。

私が書き、大城くんが投函した犯行声明文が、事件の発覚から二日後に日読新聞に全文掲載され、思った以上に世間の耳目を集めた時点で、私はもう、「ここまででいい」と思いました。

そしてすぐに、「もう復讐はやめにしよう」と大城くんに伝えたくて、所属事務所に電話をかけたり、その近くで大城くんを待ち伏せたりしましたが、事務所関係者や警備員に不審がられたため、大城くんの身に災いをもたらさないためにも、それ以上のアプローチは断念しました。

しかし私には、大城くんに直接、犯行の中止を訴えかける機会が、まだ残されていました。半年前の先行予約抽選で、大阪のコンサート会場では前から三列目の中央という、絶対に大城くんの目にとまりそうな席を確保できていたのです。だからコンサート中に、「もうやめて！水貴」と書いた紙を掲げれば、大城くんも気づくはずだと、その可能性に賭けていました。

ところが、開演直前に会場に駆けこもうとしたとき、ホールの玄関脇で背広姿の男たちが、「もしも犯人が……」、「わかった、裏手にも……」などと会話しているのを耳にしました。

コンサート会場に私服警官が張りこんでいるのに気づいた私が、おののきながらも受け付けにチケットを差し出そうとした、そのとき、背後で英樹ちゃんの声が聞こえたのです。

「お願いだから、もう事件を起こさないで！　これ以上は絶対に、人を殺さないで！」と英樹ちゃんに訴えられたとき、私は心から、自分が実行犯だったらよかったのにと思いました。もしも本当にそうなら、即座に、英樹ちゃんの訴えに応じられたはずだからです。

しかし私は実行犯ではなかったのです。

転んで傷ついている英樹ちゃんを思わず抱きしめたとき、私は玄関脇の男たちがこちらを見ているのに気づきました。そして反射的に、男たちから遠ざかりたい一心で、その場を駆け去ったのです。それから二度と、コンサート会場にはもどりませんでした。

翌日、「大阪深見公園事件」が発生し、また四人の犠牲者が出ました。

さらにその五日後に、何百万の人々がテレビで見守る記者会見の席上で、大城くんはみずからの思いと主張を述べたあと、あのような死に方を選んだのです……

これが連続毒殺事件の真相であり、私が英樹ちゃんに伝えたかったことの、すべてです。

私は決して、英樹ちゃんに愛してもらえるような女ではないのです。

大城くんが自殺してからずっと、私は一つのことを考え続けてきました。

もちろん、大城くんは最初から死を覚悟していたでしょうが、それは私も同じです。たとえ実行者が大城くんであっても、事件の元凶はすべて、この私なのですから。

だから私は、自分をどのように極刑に処すべきなのか、それだけを考えていました。

大城くんは連続毒殺事件の凶器となった「くぶら」をみずから吸いこみ、被害者たちと同じ苦しみを味わいながら亡くなりました。その「くぶら」の五〇〇ミリリットル瓶は、いまも私の手元にあり、瓶の中にはほんの少しですが、まだ毒液が残されています。

だから私も、それを口にすればすぐに死ねるのですが、それではあまりに不公平すぎます。

あらゆる被害と悲歎を生み出した責任は、この私にあります。そんな私がみずからに課すべき極刑が、被害者の死や大城くんの死と、同じものであっていいはずがありません。

私が処せられるべきは、より以上に苛烈な死でなければならないのです。

そう考えて、四匹のマジムンガエルと残りの毒液は、高尾山系の某所に埋めました。

ただ「くぶら」の瓶だけは、私と事件との関係を示すために、残しておくことにします。

明日（七月二三日）の夕方に、私はみずからに対する刑を執行します。

その前にもう一度、英樹ちゃんに会いたいと、強く強く思いましたし、私が明日、なにをしようとしているのかを、英樹ちゃんにだけは具体的に伝えておくべきかどうか、迷いました。

でも、やっぱり、これ以上はもう、あなたを巻きこみたくはありません。

だからこの文章をもって、最後のお別れとさせていただきます。

たった二度の出会いでしたが、あなたには本当に、いろんな意味で救われました。

心から「ありがとう」を、そして「ごめんなさい」を、言わせていただきます。

さようなら、英樹ちゃん。

今度こそ本当に、さようなら……


水貴より……

（一一）　アルバム

リョウさんが「みずからに対する刑の執行日」だとした、七月二二日（水）。

ぼくは一睡もしないまま、午前九時前に出社した。

前夜、リョウさんの手記を読み終えたぼくは、なんとかしてリョウさんが滞在しているホテルを探し当てて自殺を制止しなければと、都内のホテルにかたっぱしから電話をかけまくった。

そして、「そちらに座刈谷水貴さんか、もしくは、鈴木美香さんという名前の女性が宿泊されていないでしょうか？」と尋ねても、判で押したように、「そのような方はお泊まりになっておられません」という答えが返ってくるばかりだった。

翌日にはぼくの職場復帰に合わせて、『岡村佳彦のワンダフル好奇心（秋のスペシャル版）』の会議が開かれるため、その夜のうちに、最終ネタ案の構成を書き上げなければならなかった。

しかし、自殺するつもりのリョウさんが気がかりで、ネタ案どころでなかったぼくは、夜中の三時までかかって一〇〇ヵ所以上のホテルに電話をかけ、疲れ切ってその作業を断念した。

それから出勤時間までに必死で、『暗闇を掘り続けて三十余年。執念のガマフヤー（遺骨探索人）が訴える！　沖縄戦犠牲者の視点で問うべき、米軍基地移設問題とは？』というタイトルの、照屋晴杉さんを取材対象としたネタの構成案を書き上げたが、結果的には徒労に終わった。

その日の昼一番にはじまった会議の冒頭で、前谷チーフ・プロデューサーから、「シトウ・マサトの連続毒殺事件のせいで、いまは沖縄に対するイメージが、かなりネガティブなものになっている。どう考えてもタイミングが悪すぎるので、局長や編成部長とも話し合った結果、今回の『スペシャル版』の沖縄企画は、見送ることになった。岡村さんにもさっき電話して、こころよく納得してもらった」と、一方的な報告があったからだ。

八人いた会議出席者の中で、「それって、逆じゃないですか？　事件のせいで沖縄に関心が集まっているいまだからこそ、この番組ならではの独自の観点から、沖縄の現実を掘り下げた企画を打ち出すべきじゃないでしょうか？」などと反論したのは、ぼくだけだった。

しかしそれも、「広川には申しわけないが、この状況じゃ数字が取れそうにないことぐらい、おまえにもわかるだろ。沖縄ネタはゆっくり温めておいて、そのうちまた、世間の風向き次第で復活させればいい」という前谷さんのことばで、いとも簡単に押し切られてしまった。

急遽、新ネタ検討の場となった会議が五時に終わり、自分のデスクにもどったぼくは、沖縄企画がボツになったショックと、リョウさんが予告していた「夕方」がせまりつつある圧迫感とで、暗くいらだつ気分におちいった。まるで重い判決を待つ被告のような、息苦しさだった。

できることならいますぐ飲み屋にでもかけこんで、浴びるほど酒を飲みたい。もうなにもかも忘れて、無意味に笑い出してしまえるほど酔いつぶれたい……

そう思っても、すぐさまそれを実行するだけの大胆さもないぼくは、資料に目を通しているふりをしながら机に向かい、下降する一方の心情と戦い続けるしかなかった。

しかし、やがてそんな時間にも耐えきれなくなったぼくは、スマホを手にすると、梶木杏奈に逃げ場を求めた。

彼女の個人設定による呼び出し音が鳴ったあと、「はーい」と軽やかな声がした。

「ぼくだけど、いまいいかな？」

「大丈夫よ」

「実は、昨日から職場復帰して、もう出社してるんで、とりあえず報告しておこうと思って」

「そうなの。おめでとう。足の調子はもういいの？」

「まだ杖は使ってるけど、時間の問題で、それも手放せると思う」

「だけど、あんまり無理しないようにね」

「ありがとう。じゃあ、またな」

それだけの会話で電話を切ろうとしたとき、「せっかくだから、おもしろいニュースを教えてあげようか」と、杏奈が少しもったいぶって言った。

「大きな声では言えないけど、さっき、連続毒殺事件のもう一人の犯人だと自称する人物から、うちの局にメールが届いたの。どうやら、他局にも届いてるみたいだけど」

「どんな内容？」と、ぼくは即座に問い返した。

「それほど長いものじゃないから、読んであげるね」

そう言って杏奈が教えてくれたメールの文面は、次のようなものだった。

私は、東京と大阪で発生した三件の連続毒殺事件の、犯人の一人です。シトウ・マサトこと大城修英さんと私は共犯関係にあり、主犯は私です。このあと午後五時四〇分から「ＦＳｔｒｅａｍ」で実況生中継を行い、今回の連続毒殺事件に対する私の責任と主張を明らかにします。

番組名は『癒しの島のマジムンより日本のすべての人に』です。


「これが本当に事件の関係者からのメールかどうか、たしかめようがないし、愉快犯の可能性もあるので、うちの局としては生中継の中身を確認するまで、外部に情報は出さないことにしてるの。なのでもうしばらくは、ヒ・ミ・ツ・だからね」

冗談っぽい口調で杏奈が電話を切ったあと、腕時計を見ると、もう五時をかなり過ぎていた。メールで予告された五時四〇分まで、残された時間はわずかしかなかった。

ただちに新聞社やテレビ局など、ニュース系の主要サイトに目を通してみたが、まだどこも、「共犯を自称する人物からのメールが届いた」との情報は公表していなかった。各社とも日読テレビと同様に「愉快犯の可能性」を考慮し、生中継の内容確認を優先させているのだろう。

ぼくは、「生中継予告メール」の送信者はリョウさんに違いないと、確信していた。

おそらくリョウさんは、「みずからに対する刑の執行」を生中継するつもりなのだ。ただし、それがどのような映像になるのかは、想像したくもなかった。

目の前が真っ暗になるほどの焦燥にかられて、「なんとかしなければ」と思った。

しかし、前夜の電話でもリョウさんの滞在ホテルを突きとめられず、連絡するすべもないぼくには、息づまる思いで生中継がはじまるのを待つ以外、できることはなにもなかった。

予告メールで名を挙げられていた「FStream（エフストリーム）」は、ネット上の動画共有サービスのことで、このサービスを利用すればだれもが無料で、スマホやパソコンを使って簡単に、インターネットを介した映像生中継を実現できる。

ぼくも何度か試したことがあるが、「エフストリーム」にアカウント登録したスマホをネットに接続して動画撮影状態にしたあと、サイト内のエントリーシートに、自分で決めた番組名と中継開始時刻・中継終了時刻を書きこめば、音声つきの映像を世界に向けて中継できてしまう。

ぼくは、「エフストリーム」の検索ボックスに『癒しの島のマジムンより日本のすべての人に』と番組名を打ちこみ、中継開始時刻が来れば自動的にパソコン画面に映像が表示されるように設定すると、不安で胸を締めつけられそうになりながら、その瞬間を待った。

そしてついに、五時四〇分が来た。

パソコン画面の左側上部に、四角い窓となって生中継映像が現れたので、すぐに全画面表示に切り替え、二〇インチの画面いっぱいに拡大すると、画面の中央に、うしろ向きで座っている人物の姿が映っていた。それは女性で、場所はどこかのバルコニーかテラスみたいだった。

バスタオルのようなものが敷かれた上にあぐらをかく格好で、一糸まとわぬ全裸の女性が座っているのだが、微動だにしない女性の左の肩越しに、東京スカイツリーが確認できた。

意表をついた映像に混乱させられながら、ぼくはその女性が本当にリョウさんかどうか、目で探り続けた。しかし顔がまったく見えないため、はっきりとした確証は抱けなかった。

それに、肩まである頭髪はなにかオイルのようなものでビッシリと固められており、自然なふくらみのあるナチュラルボブだったリョウさんとは、少し印象が違って見えた。

するとそのとき、東京を覆っていた雲の切れ間から夕暮れの陽光が差しこんできて、女性の全身を包みこんだ。うしろ姿の裸体が光を浴びて、黄金色の彫像のように輝きはじめる。

よく見ると、陽光のせいだけではない人工的な輝きが、女性の裸体を覆っていた。おそらく全身のすべての肌にも、頭髪と同じオイル状のものがくまなく塗られており、それが折からの陽光を反射して、まばゆい輝きを放っているのだ。

次の瞬間、うしろ姿の女性が右手で頭上に、なにか円筒状の容器を持ち上げた。

その容器からはキラキラとした透明な液体がこぼれ落ち、たちまち女性の上半身を濡らしてしまった。容器がカラになると、女性は別の容器を手にして、同じことを三度くり返した。

途中でぼくは、女性がなにをしようとしているのかを理解して、息をのんだ。

そんなぼくに、まるで最後の別れを告げるかのように、女性はゆっくりと両手で頭上に、なにか文字の書かれた白い紙を掲げて見せた。

沖縄に　あなたの町と同じだけの　平穏を！

白地に黒でそう書かれた美しい文字は、間違いなくリョウさんの字だった。

反射的にパソコンにしがみつくと、ぼくは心の中で、「リョウさん、やめて！　やめるんだ！　お願いだからやめてくれ！」と叫んでいた。

リョウさんは頭上に掲げた紙を下ろすと、軽く前屈みになった。

次の瞬間、中継画面からも聞き取れるほどの音を上げて、リョウさんの裸体から火柱が立った。アッというまにその全身を包みこんだ炎は、数秒後には画面を覆いつくすほどに膨張し、透き通るような空洞めいた真っ赤な空間を出現させた。

その中心部で、リョウさんはまた別の白い光を発していた。真っ赤に燃え上がる炎とは明らかに異質の輝きを放ちながら、リョウさんの姿だけが、蜃気楼《しんきろう》のように揺れていた。

ぼくは周囲の目を意識しながらも、「リョウさん！　リョウさん！」と胸の内で叫び、一向に衰えない火勢の中のリョウさんに、懸命に呼びかけ続けた。

しかし、炎はさらに凶暴さを増して襲いかかると、何度かフラッシュライトのような白い閃光を発したあとで、もう完全に、リョウさんと一体になってしまった。

まぶしく燃え上がる炎の、どこにもリョウさんの姿を探し出せなくなったぼくは、ことばを失ったまま、放心状態で画面に見入るしかなかった。

やがて少しずつ弱まりはじめた炎の中に、ふたたびリョウさんの輪郭がよみがえったとき、その姿はかなり縮んで見え、黒いかたまりのようになっていた。

けれどもリョウさんは、当初と変わらぬ姿勢を保ち続けていた。

もう男女の区別もわからない、ただ人間であるだけの姿にまで焼かれながら、リョウさんはまだリョウさんのままでいた。

それから少しして、突然にガクッと、リョウさんが前のめりに倒れこんだのと同時に、炎の高さが一段低くなった。しかしそれでも、炎は消えることなく燃え続けた。まるで、終わりのない懲罰のように。

リョウさんが焼身自殺を遂げた場所は、墨田区錦糸町《きんしちょう》のラブホテルだった。「バルコニーから東京スカイツリーを展望できる豪華スイートルーム」を売りものにしていた同ホテルでは、そのバルコニーに大きな炎が立ち上るのを目にした隣室の客が、フロントに急報。すぐにスタッフが駆けつけたが、ドアの内側にバリケードのようにソファーやテーブルが並べられていたため、合鍵で部屋に踏みこむのが遅れ、リョウさんの命を救えなかったという。

スイートルームには「くぶら」の毒液が付着した瓶が残されていたことや、リョウさんの遺体のDNA検査の結果が、犯行声明文の血文字のDNA型と一致したことなどから、警察は、「焼身自殺した女性は、連続毒殺事件の犯行声明文を書いた当人」だと発表した。

しかし遺体の損傷がひどく、身体特徴がほとんど確認できないこともあって、焼身自殺した女性がどこのだれなのか、そして、シトウ・マサトとどのような関係にあった人物なのかは、警察の捜査によっても明らかになることはなかった。

三カ月後の定例記者会見で、報道記者の厳しい追及を受けた警察庁長官が、「物証が乏しいこともあって、史上まれに見る凶悪犯罪に関与した人物の素姓がいまだにわからないというのは、まるで現代の怪談のような話でして、本当にはがゆく、申しわけなく感じています」と口にするしかない状況が、リョウさんの死後、ずっと続いているのだった。

そして炎の中で燃えつきたリョウさんの生中継映像は、たちまちコピーされてネット上で拡散し、「九人を殺害した毒殺魔の一人の、覚悟の焼身自殺」として、日本だけでなく世界中で驚異的な視聴回数を記録した。もちろん、「沖縄に　あなたの町と同じだけの　平穏を！」という、リョウさんの最後の訴えも、多くの人の知るところとなった。

リョウさんの死から数えて一二一日目となる、二〇一五年一一月二〇日（金）。

昼前に東京の羽田空港を発ったぼくは、二時きっかりに、沖縄の那覇空港に到着した。

飛行機に乗るのは、大腿骨折で入院していた大分県から東京にもどるとき以来だった。九月に『秋のスペシャル版』の沖縄ロケを敢行する予定だったことを思うと、この間のさまざまな変化と出来事に、いまさらながら複雑な思いがつのるばかりだった。

ちなみに、『岡村佳彦のワンダフル好奇心（秋のスペシャル版）』は、『信長や秀吉と同時代に活躍したとされる世紀の大泥棒・石川五右衛門は実在したのか？　世界一の人気観光都市・京都で、びっくり仰天の謎に迫る！』という、有森さんが提案したネタで制作され、ぼくが担当ディレクターを務めた。

そして一〇月一一日の日曜日にオンエアされた結果、局内の評価は平均点だったが、スペシャル版としては歴代二位となる高視聴率に恵まれ、数字面でのノルマは達成できた。

そのおかげで前谷チーフ・プロデューサーに、「一週間の自己研修休暇」を認めてもらったぼくは、ようやく思いがかなって、沖縄に足を運べたのだった。

リョウさんが焼身自殺してからの五、六週間、ぼくはかつて経験したことのない最悪の精神状態におちいり、いまにも自滅しそうな気分で日々を過ごしていた。リョウさんの死がもたらした衝撃や喪失感に加え、結局は保身に流されてしまうふぬけな自分への嫌悪から、その場にへたりこんだままで二度と立ち上がれなさそうな、とめどもない気だるさに支配され続けた。

でも、そうした状態からなんとか脱出できたのは、「リョウさんが愛したヤンバルの森を、一度は訪ねてみたい。そこに還っているであろうリョウさんのたましいを、直接肌で感じたい」という思いの強さが、最後の復元力となって、ぼく自身を支えてくれたからだった。

その思いを実現させるために、さらには、リョウさんやシトウ・マサトをそこまで追いこんだ米軍基地の、現状の一端にもふれたくて、ぼくは沖縄までやって来たのだった。


その日の沖縄は快晴で、東京とは明らかに異質な、底抜けの青空が広がっていた。

那覇空港の到着ロビーでは、琉球犬のロケから一年半ぶりの対面となるロケーション・ウリズンの比嘉真帆さんが、ぼくを待っていてくれた。

真帆さんが運転する車の助手席に乗りこむと、ぼくは国吉美佐子さんの自宅に向かった。

今回の沖縄旅行で、ぜひとも会ってみたい人が三人いた。

一人は、リョウさんが中学時代に一番の仲良しだった、真由莉さん。この人の存在が大きなきっかけとなって、リョウさんは援助交際をはじめたと思われる。

もう一人は高校時代のクラスメートで、リョウさんへの思慕から加賀をなぐり、仕返しをされて重い障害を負った、知花裕太さん。知花さんはシトウ・マサトとも、深い関係にあった。

そして最後の一人が、発達障害児の療育施設である『子ども支援ハウス・でいご』の臨床心理士で、リョウさんと親しかった国吉美佐子さんだ。国吉さんは英貴ちゃんの事故当時の状況を、もっともよく知る人物だった。

しかし真帆さんに頼んで調べてもらったところ、真由莉さんは六年前に結婚して名古屋市千種《ちくさ》区に住んでいたものの、数年前に離婚したあとは所在がわからなくなっていた。

また、知花裕太さんの住所がわかったので、手紙で面会を申し入れたところ、「連続毒殺事件の関係で週刊誌に書かれたりして、大変な迷惑をこうむった。息子も体調を悪化させて入院中なので、もういい加減そっとしておいてほしい」と、お母さんから厳しい返信をいただいた。

同じく、現住所を確認できた国吉美佐子さんには、「私は何度か、座刈谷水貴さんとお会いしたことのある者ですが、その際に、お子さんの英貴ちゃんが米軍ヘリ墜落事故のせいで亡くなったと聞き、衝撃を受けました。今回、所用で沖縄に行きますので、米軍基地をめぐる現実を理解する一助として、ぜひ、英貴ちゃんが亡くなられた当時のことなどを、お聞かせ願えないでしょうか。水貴さんから事故当時のお話をうかがった際に、国吉さんのお名前も耳にしていましたので、ぶしつけながら、こうしてお願いする次第です……」といった内容の手紙を送った結果、この日に会ってもいいとの承諾を得られたのだった。

国吉さんの自宅は浦添市内の山手の、「浦添ようどれ（琉球王国時代の陵墓）」にほど近い住宅地にあった。沖縄でよく目にする角張った二階建てのコンクリート住宅で、庭にはピンクのカトレアやオレンジ色のビオラが咲き誇り、おだやかな暮らしを感じさせた。

二年前に膠原病《こうげんびょう》を発症し、いまは週に二日だけ、『子ども支援ハウス・でいご』でボランティア活動をしているという国吉さんは、四七歳。夫と次男の三人暮らしだった。

国吉さんはぼくたちを玄関脇の応接室に案内すると、待ちきれないように、「水貴ちゃんは、どうしてますか？」とぼくにたずねた。

「最後にお会いしたのは今年の七月でしたが、そのときはお元気そうでした。ただ、それから海外に移住されたみたいで、現在の連絡先などはわからないのですが」

「そうですか。じゃあ、たぶん元気にやってるんですね」

国吉さんは人の良さそうな笑顔を見せると、そのまま一人でしゃべり続けた。

「上京してすぐに、東京でもコールセンターに勤めてるって連絡をくれたんで、何度か手紙のやり取りをしましたが、六、七年前から手紙が送り返されてくるようになったので、ずっと気になっていたんです。極端な話、生きているのか死んでいるのか、わからないままでしたから。それに、東京と大阪で毒殺事件があったでしょ。あの犯人の声明文を読んだとき、なんだか急に、水貴ちゃんを思い出しましてね。あの子も、基地のせいで人生を狂わされた一人だから……」

ぼくが小さく動揺したのに気づくはずもなく、国吉さんはそう話し、「水貴ちゃんの顔には、まだ、アザはありましたか？」とぼくの顔をのぞきこんだ。

「いいえ、アザのようなものは、なかったですね」

「じゃあ、手術したんだわ。もともと右目のまわりに、大きなアザがありましたから」

国吉さんはそこでことばを切ると、しばし躊躇したあとで、「変なことをうかがいますが、鈴木美香、という名前は、ご存じないでしょうか？」と、おそるおそるたずねた。

ぼくは一瞬、とまどいはしたものの、ありのままに答えるしかなかった。

「その名前は、水貴さんが別名として、使っておられたと思います」

「やっぱりそうなんだ」と、国吉さんは大きな声を出した。

「もう何年も前から、私たちが運営してる発達障害児のサポート施設に、東京から毎月二〇万円も寄付してくださる方がいましてね。その方のお名前が鈴木美香なんですが、関係者のだれもその方を知らないので、もしかしたら水貴ちゃんじゃないかと、みんなで話していたのです……。そうですか……。やっぱり、水貴ちゃんだったんですね。三カ月前からそれが送られてこなくなったのも、いまお聞きしたように、水貴ちゃんが海外に移住したからなんでしょうね」

国吉さんはそう言うと、少し天を仰いで、涙をこらえているようだった。

そのあとでぼくからお願いして、英貴ちゃんが事故に遭ったときの状況を、国吉さんに詳しく教えてもらった。そしてそのすべてが、リョウさんの書いていた通りであることを確認した。

「あのとき小学三年生だった長男は、この春から福岡の大学に通っています。でもいまでも、英貴ちゃんは絶対に、米軍ヘリの落下物で殺されたんだと、そう言っています。だけど、米軍が事故の直後に落下物なんかを全部、持ち去ってしまったんです。だから、証拠が残っていないのが、なさけないですよね」と、国吉さんはくやしそうに唇をかんだ。

それからしばし、リョウさんと英貴ちゃんの思い出話を語ってくれた国吉さんは、突然思い出したように、「そういえば、水貴ちゃんと英貴ちゃんが一緒に写っている写真が、一枚だけあったはずだけど、捜してみましょうか」と席を立ち、五分ほどしてから、一冊のアルバムを手にして応接室にもどってきた。

そして、「ああ、これこれ。うちに遊びに来たときに撮った写真です。英貴ちゃんが三歳ぐらいのときかな」と、アルバムのそのページを開いて、ぼくの前のテーブルに置いた。

ぼくはすぐに身を乗り出し、ページの四分の一ほどを占めるその写真をのぞきこんだ。

そして次の瞬間、「えっ、この子が英貴ちゃんですか?」と声を上げてしまった。

「目もとのあたりが、水貴ちゃんにそっくりでしょ」

国吉さんに言われ、あらためて写真を凝視すると、庭の芝生にあぐらをかくようにして座りこんだワンピース姿のリョウさんが、両足の間に英貴ちゃんを座らせていた。

しかし、リョウさんの顔には大きく鮮明なアザがあるため、それが邪魔して、英貴ちゃんの目もとがリョウさんに似ているかどうか、判定のしようがなかった。ぼくが確認できたのは、ただ、英貴ちゃんであるその子が、黒人の男児だという事実だけだった。

全身が硬直するのを感じながら、呆然と、ぼくはその写真を見つめ続けた。

「英貴ちゃんのお父さんって、黒人だったんですね……。調べていて、そこまでは気がつきませんでした」と、真帆さんが初めて、重たそうに口を開いた。

ぼくはなんとか精一杯の平静を装うと、「英貴ちゃんの父親について、なにかご存じでしょうか?」とたずねてみた。

すると国吉さんは、「水貴ちゃんから直接聞いたことがないので、よくわかりません。でも沖縄の一般論からすると、米軍基地に駐留していた黒人兵である可能性が高いと、そうは言えるでしょうね」と、さも当たり前な口調で言った。

国吉さんの自宅を出てから、その日の宿泊先となる恩納村のホテルに向かう車中で、真帆さんにはすまないと思いながらも、ぼくはもう、なにもことばを発する気になれなかった。

それを察知したらしく、真帆さんも黙っていたが、やがて無言の時間に気まずさを覚えたのか、

「昨日、母と二人で初めて、辺野古に行ったんですよ」と、問わず語りで話しはじめた。

「ちょうど昨日は、普天間飛行場の辺野古移設に反対する人たちが、キャンプ・シュワブのゲート前で座りこみをはじめてから、五〇〇〇日目だったんですね。それで母が前の晩に急に、『私たちも応援に行こう！』って言い出したんです。これまでは基地問題なんか関係ない、っていう人だったのに、沖縄を占領地あつかいする政府のやり方に、さすがに頭にきたんでしょうね」

真帆さんが話してくれた前日の状況については、羽田空港で買った新聞にも、「キャンプ・シュワブのゲート前では、市町村議団や市民団体の呼びかけで、過去最大となる一〇〇〇人近くが座りこみに参加した」という、小さな記事が掲載されていた。

またすぐに沈黙に立ち返ったまま、さらに半時間ほど走ったころだった。

左手に見え隠れしていた海が、とぎれることなく、ずっと真横に見えるようになった。

「このあたりの海は、もう名護湾になります」

真帆さんに教えられ、ぼくはまた、何度も読み返したリョウさんの手記を思い出す。

リョウさんは、名護市内を流れる屋部川の河口の近くで、生まれ育っている。

住んでいたのは、いかにも沖縄の民家らしい赤い瓦屋根の、古くて小さな平屋だった。

海に向かう西側の庭では、青々と茂ったフクギがいつも潮風に揺れていた……

両親と暮らせたその短い期間が、リョウさんのもっとも幸せな時間だったに違いない。

まだ子どもだったリョウさんの目に、この名護湾の海は、どのように映っていたのか。

そんなことを考えながら海を見ていると、不意に胸がつまりそうになり、ぼくはあわてて、

「きれいな海ですね」と、意味もなく口にした。

すると真帆さんが、「今日の海は、私としては不満です」と、強い口調で言った。そしてしばらくしてから、「いつもは、もっときれいですから」とつけ加えた。

カバー写真　アマナイメージズ
©relaxmax/a.collection/amanaimages
ブックデザイン　鈴木成一デザイン室

この作品は書き下ろしです。原稿用紙八二八枚（四〇〇字詰め）。

若一光司　わかいち・こうじ

一九五〇年、大阪府豊中市生まれ。作家・画家。八三年、「海に夜を重ねて」で文藝賞を受賞。『最後の戦死者 陸軍一等兵・小塚金七』『ペラグラの指輪』『自殺者 現代日本の１１８人』『自殺者の時代 20世紀の１４４人』『大阪が首都でありえた日』『大阪 地名の由来を歩く』ほか、著書多数。

毒殺魔

二〇一六年十一月二五日　第一刷発行

著者　若一光司
発行者　見城徹
発行所　株式会社　幻冬舎
〒一五一-〇〇五一　東京都渋谷区千駄ヶ谷四-九-七
電話〇三(五四一一)六二一一(編集)
〇三(五四一一)六二二二(営業)
振替〇〇一二〇-八-七六七六四三
印刷・製本所　中央精版印刷株式会社

検印廃止
万一、落丁乱丁のある場合は送料小社負担でお取替致します。
小社宛にお送り下さい。本書の一部あるいは全部を無断で複写複製することは、
法律で認められた場合を除き、著作権の侵害となります。定価はカバーに表示してあります。
© KOJI WAKAICHI, GENTOSHA 2016
Printed in Japan　ISBN978-4-344-03031-2 C0093
幻冬舎ホームページアドレス http://www.gentosha.co.jp/
この本に関するご意見・ご感想をメールでお寄せいただく場合は、
comment@gentosha.co.jp まで。